세상의 모든 부모에게 쓰는 내내,
끝난 후에도 참 많이 미안했다.

하지만 분명한 것 하나,
나도 누구도 결국은 부모들이 걸어가는
그 길위에 놓여있단 거다.

전혀 다른 길 위에 놓여있는 게 아니라.

노희경 애서다
2016. 7.

디어 마이 프렌즈

1

노희경 대본집

디어 마이 프렌즈 1

초판 1쇄 발행 2016년 7월 20일
초판 10쇄 발행 2023년 9월 5일

지은이 | 노희경
펴낸이 | 金湞珉
펴낸곳 | 북로그컴퍼니
주소 | 서울시 마포구 와우산로 44(상수동), 3층
전화 | 02-738-0214
팩스 | 02-738-1030
등록 | 제2010-000174호

ISBN 979-11-87292-18-0 04810
ISBN 979-11-87292-17-3 04810(세트)

노희경 대본집

디어 마이 프렌즈

1

북로그컴퍼니

우리가 사랑하는, 사랑했던, 순간은 버리고 싶은 우리 부모들의 이야기

작가가 되어서 이렇게 잔인해도 되나. 드라마의 결말을 쓰며, 내 잔인함에 내가 소름이 돋았다. 아무리 포장해도 이 드라마의 결론은, 부모님들 자식들에게 의지하지 마세요, 우리 살기 바빠요, 그러니 당신들은 당신들끼리 알아서 행복하세요, 우리는 이제 헤어질 시간이에요, 정 떼세요, 서운해하지 마세요, 어쩔 수 없잖아요, 그것 아닌가 싶었다. 그래서 세상의 모든 부모에게 쓰는 내내, 끝난 후에도 참 많이 미안했다.

하지만, 분명한 것 하나, 나도 누구도 결국은 부모들이 걸어간 그 길 위에 놓여 있단 거다. 전혀 다른 길 위에 놓여 있는 게 아니라.

드라마를 함께한 친애하는 나의 늙은 동료 배우 선생님들, 완이를 내세워 내뱉은 살벌한 작가의 꼰대 뒷담화에 맘도 아리셨을 건데, 너그러이 괜찮다 받아주신 것, 눈물 나게 감사한 마음이다. 더러는 아파서, 불편해서, 이 드라마를 보고 싶지 않다고 하는 시청자도 있는데, 당신들은 당신들의 불편한 얘기를 온몸으로 마주하고 서서, 표현하면서, 얼마나 막막하고 두려우셨을까. 가슴이 먹먹하다. 그리고 배운다. 나도 당신들처럼 어떤 미래가 닥쳐도 내 앞에 주어진 길을 피하지 않고 당당하고 치열하게 걸어가리라. 도망치지 않으리라. 웃음도 잃지 않으리라.

혼자서도 빛나는 길 마다하고, 기꺼이 이 힘든 드라마의 짐꾼이 되어준 고현정 씨에게 고마운 마음이다.

어른들 잘 모셔준 홍종찬 감독님, 김윤창 님, 이승규 님, 김순용 님, 이병성 님, 진효승 님, 이강현 님, 홍수희 님, 최인희 님, 박인철 님, 신숙 님 외 젊은 나의 동료들, 그리고 제작사와 방송사에게도 감사한 마음 전한다.

노희경

일러두기

1. 이 책의 편집은 노희경 작가의 드라마 대본 집필 형식을 최대한 따랐습니다.

2. 드라마 대사는 글말이 아닌 입말임을 감안하여, 한글맞춤법과 다른 부분이라 해도 그 표현을 살렸습니다.

3. 말줄임표는 두 개, 세 개, 네 개 등으로 다양하게 표현되어 있습니다. 이는 대사 시 호흡의 양을 다양하게 표현하고자 한 작가의 의도를 반영한 결과입니다.

4. 쉼표, 마침표 등과 같은 구두점도 작가의 의도를 따랐습니다.

5. 드라마에서 장면을 나타내는 '씬'의 경우, 표준국어대사전에는 '신'으로 등록되어 있지만 여기서는 작가의 집필 형식에 따라 '씬'으로 사용했습니다.

6. 이 책은 작가의 최종 대본으로, 방송되지 않은 부분이 포함되어 있습니다.

차례

끝나지 않았다, 살아 있다!
황혼기 청춘들의 인생 찬가!

어른과 노인의 차이가 대체 뭘까? 이 질문은 이 드라마의 출발점이었다.

작가는 드라마를 위해, 청춘들의 어른에 대한 시각을 취재했다. 그들은 가차 없이 자신의 윗세대를 어른 아닌 다만 노인으로 폄하하며, 몇몇 부정적 단어로 그들을 규정지었다.

꼰대, 불편, 의무, 부담, 뻔뻔, 외면, 생색, 초라, 구질, 원망, 답답 등등. 사회적 관계에서 만나는 어른은 그렇다 쳐도 부모조차도 가차 없었다. 말은 완곡했으나 '조용히 살아주셨으면'은 공통된 견해였다.

부디, 국으로 자립해주시고, 국으로 스스로 건강 챙겨주시고(과다한 건강 염려는 볼썽사나우며 불편하니 사양), 국으로 자식에게 무한히 사랑을 베푸시며, 국으로 시체처럼 사시길, 당신들에 대한 죄송함은 훗날 내 자식에게나 혹은 죄책감으로 갚을 테니, 지금은 우리의 외면을 제발 대범히 기꺼이 받아주소서가 결론이었다.

작가는 이런 부정적 시선이 어디서 기인했나 고민했다. 청춘의 인색함일까? 역지사지 못 하는 무지일까? 다만 싸가지가 없어서일까?

작가는 청춘들의 이러한 시각이 어른들에 대한 정보의 부재, 관찰의 부재에서 온 것이라 결론지었다. (어른들이 청춘의 아픔에 갖는 무지 역시 같은 이유일 것이다) 그도 그럴 것이, 드라마 속과 언론 속 시니어는, 참으로 재수 없지 않은가. 돈에 목매고, 남의 자식 상관없고 내 자식에만 목매고, 기존의 질서에 목매고 변화를 두려워하며, 결코 사회적 문제를 약자의 편에서 사고치 않으며(사회복지를 노인복지로 국한 지어 규정하는), 사유치 않으며, 젊은이를 경쟁 상대로 여기거나 방해하며, 자기만 옳다고 주장하면서 나이로 권력으로 생색내는 자, 끝없이 훈계만을 늘어놓는 지혜 없는 다만 늙은 자.

작가는 이번 드라마에서 노인의 이야기가 아닌 어른의 이야기를 하려 한다. 그래서 제목처럼 청춘과 어른이 '친애하는 친구'가 되는 관계가 되길 바라는 마음이다.

한 번도 시도된 적 없는 도시 시니어들의 리얼하고도 유쾌한 이야기!

본격적인 도시형 시니어 드라마가 될 것이다

드라마 선진국에선 이미 주인공이 시니어인 경우가 많다. 그들의 관록과 그들의 인생에 귀 기울이는 계층이 많다는 의미다. 그러나 우리는 이미 숫자상으로 두터운 시니어 그룹이 증명되었음에도(시청자 층도 두텁다) 그 시도는 미비하다. 주인공들의 고난에 방해되는 인물로만 그려지는 것이다. 또 시골을 배경으로 그려지는 시니어 드라마는 있지만, 수십 배 더 많은 시니어 인구가 사는 도시 배경의 시니어 얘기는 없다. 무학의 시니어는 있으나, 배운 시니어 얘기는 없다. 육칠십 년형의 노인 이야기가 존재할 뿐이다. 〈디어 마이 프렌즈〉는 한 번도 시도된 적 없는, 리얼하고도 유쾌한 도시 시니어들의 이야기가 될 것이다.

젊은 세대가 동요하고, 공감하는 시니어 드라마를 만든다

젊은 세대를 취재하며 그들이 노인 문제에 전혀 관심이 없는 것이 아님을 발견했다. 영화 〈님아, 그 강을 건너지 마오〉가 수백만 젊은 관객을 동원하고, 〈국제시장〉이 천만 관객을 모은 건, 시니어 그룹 이야기의 희망을 보여준다. 그들은 다만 새롭고, 재밌고, 유익하다면(자신들의 노후에 대한 방향 제시, 부모에 대한 이해, 훈계가 아닌 감동으로) 언제든 시니어 이야기에 대한 관심을 표출할 준비가 되어 있다. 이야기의 스피드, 신선함, 구성의 새로움들로 젊은 세대가 공감하는 드라마를 만들 것이다.

새로운 드라마 장르를 선보인다

이미 젊은 층은, 고졸 이상의 시니어들은 단일 주인공의 이야기에 신물을 느낀다. 다양한 소재, 다양한 매체, 다중의 주인공이 등장하는 미국식 이야기에 길들여진 이들에게, 산만한 티브이 매체가 아닌 휴대폰과 인터넷으로 집중력 있게 시청하는 이들에게, 허술한 한 사람의 인생 이야기는 닳고 닳은 방식으로 느껴지기 때문이다.

다양한 입체적 관계 속에서 좀 더 유기적이고 사색적으로 드라마를 선보일 시대가 분명 도래했음에도, 제작 관계자들은 여전히 수구적이다. 극본 완작으로 좀 더 치밀하고 완성도 높은 반사전 제작 형태를 취하면서, 도전적이면서도 실험적인 장르를 선보이려 한다. 공격적인 창작물을 지향하는 tvN에 부합하는 작품이 될 것이다.

"까짓것, 나도 혼자 살 수 있어요."

조희자 ≪ 여, 칠십 대 초반

수줍고 조신하고, 밝은 성격이었지만, 일 년 일 개월 전 남편이 죽고 나서 갑자기 사는 게 두려워졌다. 모두가 제 자신을 쓸모없고, 우중충하며, 불쌍한 과부 노친네로만 보는 것 같아, 주눅이 든다.

난 괜찮다, 안 두렵다, 웃으며 마인드컨트롤을 해보지만, 약발은 그때뿐 버스를 타도 주변 사람 눈치(저 노친네가 내 자릴 탐하면 어쩌지? 하는 눈빛으로 보는 것 같은)가 보이고 식당 가 혼자 밥 먹는 것도 주저돼 땀이 난다. '제발 그런 눈빛으로 보지 말아요, 나는 서서 갈 수 있어요!' '혼자 밥 먹는다고, 자식도 없고 친구도 없는 성격이상자로 보는 거야, 뭐야! 저 눈빛은!' 버럭 소릴 지르고 싶은 심정이다.

전문대를 다니다, 덜컥 임신해 결혼했다. 삼 형제(섬마을 오지의 시골 학교 선생인 큰아들(사십 대 후반, 아내와 자식 둘. 자식들은 지역에서 학교를 다닌다), 필리핀에서 회사를 운영하는 둘째 아들(사십 대 중반, 아내와 아이들 둘 모두 나가 있다), 자동차 정비소를 하는 막내아들(삼십 대 초반, 말은 거칠어도 살갑고, 정 많고, 엄마에게 애교 많다. 현재 임신 중인 아내가 있다))를 두었다. 원래는 넷이었다. 살아 있음 첫째가 될 아이, 돌 지나자마자 감기에 걸려 병원을 갔는데, 웬일인지 그길로 세상을 떴다.

죽은 자식만 빼면(그래, 빼자. 그게 아픔이다 부여잡으면 못 산다. 그녀는 아들의 죽음을 제 삶의 아픔으로 삼고 핑곗거리, 한탄으로 삼지 않으리라, 작심하고 작심했다) 그녀의 삶은 무난했다(어려서도 시골 유지였던 부모 밑에서 별 탈 없이 살았다).

남편은 공무원 퇴직 후 금은방을 하며, 혈압으로 세상을 뜨기 전까지 그녀와 아들들에게 지극정성이었다. 평생 허약한 그녀를 대신해 간간이 밥 짓고 설거지도 하고, 누가 봐도 그런 남편 없었다.

근데 남자는 참 묘하지, 그리 애지중지하면서도 그때 그 바람은 왜 피웠을까? 인물도 못났더만. 아, 그 여잔 제 엄마처럼 푸근하다 했지. 발도 씻겨주고. 그런 여자 버리고 나한테 다시 온 거 보면, 내가 참 좋았나 보네. 됐다, 그럼.

그렇게 큰 걱정 없이 산 그녀에게 일생일대 위기가 찾아온다. 남편이 죽고, 장례식 다 치르고, 집에서 아들 셋과 며느리가 모여 울며불며하는 얘길 고스란히 들었는데, 내용이 가관이다.

어머니가 아버지보다 먼저 돌아가셨어야 하는데(이건 뭔 말인지, 참..), 이제 암것도 모르는 울 어머니 혼자 어찌 살으실까가 울며불며하는 이유였다. 이후, 서로 내가 모신다는 감동적인 긴 토론이 이어졌지만, 그녀의 머릿속은 '어머니가 아버지보다 먼저 돌아가셨어야 하는데'라는 말만 맴돌 뿐이었다. 니들은 내가 짐스럽구나... 자식 죽고 평생을 애들에게 지혜로운, 친구 같은 엄마가 되고 싶다는 바람으로 살았는데, 그 바람이 산산이 찢어졌다. 그리고 제 인생을 돌아보니 정말 할 줄 아는 게 없다. 자포자기하는 심정으로, 둘째 아들 따라 필리핀으로 갔다가, 음식도 안 맞고, 말도 안 통하고, 날도 더워 미치겠어서, 편지 한 장(미안해, 걱정 마. 행복해, 나도 행복할게) 쓰고 야반도주를 했다. 애들도 그녀에게 실망했겠지만, 그녀도 자신이 실망스러웠다.

공항에 내려 짐 찾고, 집으로 가는 버스를 타며, 그녀는 다짐했다. 혼자 살리라! 그래서 가방 들어주는, 기사에게도 화를 냈다. '혼자 살 거예요! 아니, 혼자 할 거예요!'

집에 오니, 공항에서 길이 엇갈린(그녀가 일부러 그렇게 한 것) 막내가 전화로 소릴 친다. 제 집에 가잔다. 엄마는 혼자 못 산단다, 속 썩이지 말란다. 암것도 못하면서 어찌 사실 거냔다!

'배워서 살면 되지! 니 엄마 바보 아냐? 옆집 뒷집 노친네도 혼자 사는데 왜 내가 혼자 못 살어? 나 바보 아냐?! 내가 니들 속 썩일라고 쇼하는 거 같니? 나도 살아볼라고 이러는 거야!'

그리고 그녀는,

<나는 혼자 할 수 있다. 나는 혼자 살 수 있다.>

1, 절대로 남에게 자식에게 피해주지 않는 삶을 산다.

2, 아프면 징징대지 않고 병원에 알아서 간다.

3, 요양원은 제이의 고향, 가게 될 때 웃으며 간다.

4, 치매에 걸리면, 민호와 정아, 충남, 영원, 난희, 친구들의 충고를 꼭! 듣는다.

매일 세 번씩 읽어서 마음에 새길 것.

이라고, 자신의 다짐을 써서 싱크대 수납장에 붙이고 매일 읽었다.

포부는 컸다. 그런데 막상 혼자 살아보니 정말 제 자신이 할 줄 아는 게 없다. 성당에 가면, 사람들 말 많은 게 걸리고, 봉사를 가 뭐든 하려고 해도 허리가 아프고, 그림도 그려보고 음식도 만들어보고 하지만, 하는 것마다 재미가 없다. 못 하나 박지 못해, 손이 찍히고, 전등 갈다 넘어져 다리 긁히고, 영어, 일어는 배워 뭐할까 싶다.

근데, 이즘 앞에 이층집 미국 놈이 자꾸 자신을 보는 것 같다. 가만 관찰하니, 그는 저를 보고 있다. 이런, 발칙한 놈. 뭘 훔쳐갈라고? 아니, 저게 날 보네? 늙은 나를 어쩌려고? 그녀는, 정아를 불러 확인시켜본다. 근데 정아 왈, 그럴 리 없단다. 훔쳐갈 것도 없고 늙은 여자 볼 게 뭐 있냔다. 그러며 그놈 집에 가서 따져보잔다.

'총각, 이 집 봐?'

그러니, 총각 왈, '아 유 크레이지?' '저 새끼가...' 성질이 나는데, 절친 정아가 충고한다. '너 좀 이상해.'

내가 이상하다고? 그래, 그럼 내가 이상하지 않단 걸 증명해주지! 그녀는 정신과를 찾는다. 그리고 속속들이 검사를 받는다. 근데 의사 말이 망상 장애가 있지만 아주 경미하며 생활하는 데 불편 없으니, 적극적으로 사시란다. '아, 그래요, 혼자 살 수 있구나, 어머 됐네, 그럼. 하하하! ' 그녀는 웃기지도 않은데 웃으며 별일 없는 듯 집으로 돌아왔다. 그리고 자발적으로 시시티브이를 달며, 시시티브이에게 일러둔다.

이제 너는.. 남도 남이지만, 나를 감시해. 내가 뭐 하나 카메라로 꼭 봐.

그러다, 문득 드는 생각. 치매는 결국엔 진행되리라, 그럼 어쩌지? 첫째, 적극적 치료를 받는다. 둘째, 자살도 나쁘지 않지 않나? 근데, 어떻게 죽지?

그녀는 낮은 곳에선 등신만 될 것 같아 이십 층 옥상에 올라가본다. 근데, 내려다보며 든 생각, '여긴 안 되겠다... 떨어지다, 밑에 사람들하고 부딪치면.. 괜한 사람 다칠라..'

그래서 팔 차선 차로에 서 봤다. 그런데 기겁을 하고 자기 앞에 선 덤프트럭 운전수 하는 말, '죽으려면 한강 다리에나 가지! 누굴 죽일라고!' 하며, 쌍욕을 하곤 쌩하니 가버리는 게 아닌가.

'아! 한강 다리!'

그길로 희자는 한강 다리 위로 가 아름다운 달빛에 비친 한강을 보며 난간에 발을 걸치고 올라서려는데, 호각 소리와 함께 경찰에게 뒷덜미를 잡히고 만다. 참 이러지도 저러지도 못하는 인생이다. 그리고 떠난, 정아와의 뜬금없는 여행에서 사고가 나고 만다. 국도 변을 달리다 앞의 물체를 보고, 장롱면허인 그녀는 초보 운전인 정아에게 '정아야, 오른쪽 거 밟아!' 했는데, 브레이크 아닌 액셀을 알려줘 그만 물체를 치고만 것이다. 그때, 넋이 나간 정아의 팔을 잡아, 이끈다.

'도망가자!'

그녀는, 사고도 제 인생도 외면할 수 있다면 외면하고 싶었다.

"노브라에 찢어진 청바지를 입고 길 위에서"

문정아 ≪ 여, 칠십 대 초반

매사 긍정적이고 따뜻하지만, 결정적으로 돌발 행동을 하는 성격이 있다. 희자와 초등학교 동문. 고등학교 졸업. 고집불통 남편과 삼녀가 있다.

결혼 생활 칠 년이 지나도 아이가 안 생겨 첫딸을 입양했는데, 이후 줄줄이 딸을 낳았다. 좋다, 아들보다. 아들 못 낳는다, 시부모는 그녀를 구박했지만, 웬일로 남편이 '이 여자가 어머니 아버지랑 살아요, 내가 살아요!' 하며 제 편을 들며 그길로 본가를 떠나 지금까지다. 다행히 시부모도 놀랐는지, 이후는 그냥 말없이 그네들을 보시다, 얼마 전 돌아가셨다. 한집에 모시진 못했어도 근처에서 모시며 병구완 잘해 보내드리고 남편 형제들 여덟을 뒷바라지해 출가시켰으니 죄책감도 없이 가뿐하다. 애들은 다 출가해서(첫째(사십 대 초반, 입양아)는 아이가 없고, 둘째(삼십 대 중반)는 이혼했지만, 이혼해 혼자 잘 살고, 막내(삼십 대 초반)는 어린이집을 운영하며 아이 하나를 키우며 열심히 산다) 별 걱정 없다.

이즘 그녀는 인생 최대의 행복기다. 평생 짠돌이로 일중독으로 사는 남편(젊어서 철공소에서 일했고, 이후 자동차 공장을 다녔다)은 현재 퇴직한 이후 계속 아파트 수위로 일하고 있는데, 나이가 많아 잘릴 위기에 놓여 있다. 만약 수위 일에서 잘리고 더 이상 일을 하지 못하게 되면, 오십 여 년 전 신혼여행 갔을 때부터 약속했던 세계 일주 여행을 갈 수 있게 되기 때문이다.

여행 프로를 좋아하고, 괴테의 이탈리아 여행기를 좋아하고, 영화 〈바그다드 카페〉와 〈델마와 루이스〉를 좋아하는 그녀에게 세계 일주 여행은 젊은 시절부터 꿈이었다. 배낭을 짊어지고 노브라에 찢어진 청바질 입고 미국 영화의 늙었지만 멋진 주인공처럼 남편과 자동차로 사막을 달리는 꿈은, 허리가 휘청이게 고단했던 그녀 인생의 마지막 희망이다. 그녀는 반찬 값을 줄이고, 일하는 딸들 집에 가서 집안일도 해주고, 빤스도 꿰매 입으면서, 남편 돈이 아닌 제 돈 주고 운전을 배운다. 그리고 드디어 운전면허를 땄다. 연 띄웠더니 바람 분다고, 일사천리로 일이 풀릴 판이다. 근데, 이게 뭔 소리?

남편이 일자리를 잃을 수도 있다며 일자리 정보지를 들고 들어온 날 정아는 신이나 여행 책자를 보여주며 꿈에 부풀었는데, 남편 왈, 정신없는 여편네! 여행은 무슨 여행, 지랄하고 자빠졌단다! 그러며 이불이나 깔라면서, 화장실에 오줌을 싸러 가버리는 게 아닌가?

제주도 여행 한 번 못 가봤는데, 시동생 여덟을 다 건사했는데, 시부모 똥오줌도 받아냈는데, 여적 빤스도 양말도 꿰매 입고 사는데, 내 용돈은 지금도 딸들 봐주며 벌어 쓰는데, 하루 만 원 반찬 값도 아까워 오천 원으로 줄여 쓰고 있는데, 요양원에 있는 내 어머닌 안쓰런 동생들이 건사하고 나는 차비가 아까워 전화질만 하는데, 뭐, 지랄?

남편 말도 일리는 있다. 백 세 인생이 되어버린 지금, 돈을 마구마구 쓸 수는 없으리라. 그러나 그녀는 제 어머니처럼 고생만 하다 요양소에서 시체처럼 누워 지내고 싶지 않다. 죽더라도 길 위에서, 답답한 병실이 아닌 광활한 들판이나, 길 위에서 죽고 싶다.

그녀는 비굴하단 생각을 접고 남편에게 아양을 떨어본다. 그러나 남편은 단호하다. 첨부터 여행 계획은 징징대는 그녀를 달래려는 감언이설이었을 뿐, 애초에 계획에 없었단다.

그녀는 남편의 야속한 말에 요양원에 누워 있는 엄마가 생각났다. 서운하고 속상해 홧김에 그길로 남편의 차(낡은 중고차)를 몰고, 시내로 나섰다. 밤 열두 시가 다 된 시각이었다. 희자에게 전화를 걸었다. 그런데 희자가 웃으며 엄마에게 가자고 한다. 실은, 문득 엄마 생각이 났는데, 기름 값이 없었다. 아무리 긍정적으로 생각해도 제 인생이 너무 지랄 같다. 그리고 그 허무가 사고를 불렀다. 사람을 친 것이다!

근데, 희자 왈, 그냥 가잔다. 그녀는 차에 치인 사람을 뒤로하고, 휘청휘청 길 위를 걸었다. 제 인생이 휘청이는 것만 같았다.

"굿바이, 나의 딸"

장난희 ⟪ 여, 육십 대 초반

밝고 생활력 있고 매사 거침없다. 희자와 정아의 초등학교 후배. 고졸. 희자와 정아가 다니는 시장에 있는 대박 중국집의 주인이다.

남편이 십 년 전 자동차 사고로 죽으며 일만 하는 그녀에게 즐기며 살란 말을 유언처럼 남겼다. 그래서 그녀는 즐기며 산다가 모토다. 양친 모두 살아 계시고, 하나 있는 딸년이 시집을 못 가고 있지만, 이즘 노처녀가 흉 되는 세상은 아니니 괜찮다.

중국집이 끝나면, 콜라텍도 다니고, 즐겁다. 옆에선 연애도 하고 살라 하지만, 남자에겐 관심 없다(조금 관심 있는 남자는 있다). 부모에게 돈 벌어 효도하는 것도 재밌고, 빽하면 만나는 초등학교 동문회 선후배 커뮤니티도 재미있다.

근데, 뉴욕(이십오 년 전 이민 간)에 있다던 영원이가 동문회에 왔다. 그 기집애가 왔다면, 애초에 고향에서 열리는 동문회까지 딸년을 데리고 오진 않았을 것이다. 나쁜 기집애, 씹어 먹어도 시원찮을 기집애!

영원이와 그녀는 원래 절친이었다. 멋있고 시원시원한 성격의 영원이, 잘난 배우 일도 한 영원인 그녀의 우상이었고, 자랑이었다. 그녀는 영원이가 유부남을 만날 때도 이해했고, 갖은 스캔들로 힘들어할 때도 언제나 그녀 편이었다. 그런데, 어떻게 나한테 이럴 수가 있어!

사건의 전말은 삼십 년 전으로 거슬러 올라간다. 그날은 노는 날이라, 친정에 갔는데, 다들 놀러가고 없었다. 그래서 다시 집으로 왔는데, 글쎄 남편이 안방에서 제 초등학교 동창과 맨몸으로 뒹굴고 있는 게 아닌가? 하늘이 노랗다.

저년은 영원이랑 사흘돌이 만난다는 절친.. 인데...?

나중에 알고 보니, 영원인 이미 그녀와 남편 사일 알고도 저한테 숨긴 거였다. 친구여서 말 못 했다나?

에라이, 이년아, 친구면 말해줘야지! 그럼 내가 친구랑 침대에서 뒹구는 남편 꼴은 안 봤을 거 아냐?! 그게 말이냐? 주둥이를 찢어버릴 년!

남편은 보름 넘게 길바닥에서 석고대죄를 하다 쓰러져 봐줬지만(엄마는 매 맞고도 사는데, 두 번은 몰라도 한 번은 참자 싶었다), 그녀는 그길로 영원이를 버렸다. 이후, 영원이가 열 번도 더 찾아왔지만, 팔을 물어뜯고 욕을 해서 보냈다. 그리고 영원이가 미국으로 이민을 간다 했을 때, 속이 다 후련했다. 유부남 이혼시키고 기어이 결혼한 년, 지 친구랑 또래동친이었겠지!

근데, 동문회에서 만난 영원이가 지난날 일을 다 잊은 양 웃는다. 잘 살았냐, 여전히 이쁘다, 남편 죽었을 때 오고 싶었지만, 일이 생겨 못 왔단다. 왔다면 넌 그길로 바로 죽었지, 기집애야. 암튼, 영원이 그러면서 동문들에게 남자 하날 소개시켜주면서 프렌드란다.

지랄 염병하네, 두 번 이혼도 모자라, 또 남잘 꼬셨네, 저게!

근데, 오라, 이게 뭐냐? 영원이가 설쳐대는 꼴이 보기 싫어, 딸년과 희자, 정아 언니와 읍내에 나왔는데 영원의 남자가 어떤 여자랑 모텔로 들어가는 게 아닌가! 아싸!

그녀는 남의 일이니 모른 척하라는 선배들과 딸년(딸은 영원과의 일을 모른다)의 만류에도 불구하고 영원의 면상에 일러바친다.

야, 니 프렌드 어떤 젊은 애랑 모텔 들어가드라. 친구니까 말해준다.

고소했다, 그런데 이게 또 뭔 일이래? 초등학교 선배 충남 언니가 내 딸년이 소속돼 있는 출판사 대표이자 대학 때 사귄 적이 있는 유부남과 만난다며 문자를 보낸 게 아닌가. 근데, 딸년은 아니란다. 믿고 싶다. 근데 믿어지지 않는다. 그녀는 잠복한다. 모르는 게 약이라는 선인들의 말을 왜 안 들었을까? 그녀는 딸년과 유부남과의 묘한 장면을 보고야 만다! 에라이, 눈을 파고 싶다.

담 날, 그녀는 다짜고짜 출판사로 찾아가, 유부남 놈의 면상에 커피를 붓고, 머리채를 잡았다. 남들이야 보든 말든 니가 내 딸년과 헤어지기만 하면 어떤 짓도 하리라!

그 밤 딸년이 술을 진창 먹고, 눈물이 그렁해 죽어가는 목소리로, '엄마 담배 하나만 사다줘' 한다. 막장이 따로 없다, 정신이 혼미하다. 그녀는 그날 첨으로 편의점에서 담배를 샀다. 딸년에게 담배를 사다주고, 불까지 찾아주고, 베란다에서 주저앉아 담배 피우는 딸년을 기다렸다가, 머리채를 잡아 흔들고, 죽게 팬 후, 휘적휘적 갈 곳을 몰라 걸었다.

그날 밤, 찾아온 영원에게 나한테 유부남 만나는 년은 다 *년인데, 내가 내 딸은 *년이라 할 수가 없어, 그러는데, 내 딸년이 어떡하면 내 말을 듣겠니?! 엉엉!

얼마나 울었을까. 간신히 정신이 차려지는데, 영원의 꼴상을 보아하니 이미 딸년의 상의를 받았나 보다.

그런데, 며칠 후 딸년이 커피를 마시며 제 눈을 빤히 보고 담담하지만 차갑게 묻는다.

엄마.. 그때, 왜 날 죽이려고 했어?

이게 뭔 소리야? 아, 엿 같은 세상, 얘가 그 일을 기억하나?

"디어 마이 프렌즈, 미안하지만, 당신은 늙었어요."

오충남 여, 육십 대 중반

중졸. 말 많고, 유쾌하고, 대차고, 화끈하다. 난희, 영원의 선배이며 희자, 정아, 석균, 성재의 후배.

연애는 무지기 했으나 모두 제 맘에 안 들어 현재까지 싱글이다. 고향 근처에서 야외 카페를 하며 누가 봐도 신나게 산다. 진보적인 연애관과 타고난 입담으로 주위엔 언제나 각계각층 지성인과 문화인들이 들끓는다. 가난한 집안의 막내로 태어났는데, 무능력하고 도박하는 부모 밑에서 저만 간신히 중졸 학력을 갖고, 열두 형제 중 몇은 죽고 몇몇은 병상에, 몇몇은 아직도 근근이 농사를 짓거나 무직으로 생계에 허덕이며 그녀에게서 돈을 뜯어간다.

젊은 조카 새끼 둘만 일터에서 거두고, 나머지 가족들에게는 돈 달랄 때 돈만 주고 거의 안 본다. 보면 아프니 외면이다. 어머니가 치매로 고생하다 길에서 세상을 떴지만 부모님이 그나마 큰 고생 안 시키고 일찍이 세상 뜬 게 고마울 지경이다.

하루하루 즐겁고 재미나게 살다 죽고 싶다. 그리고 그렇게 산다 믿는다. 운동도 하고, 매일매일 젊은 애들 틈바구니에서 양기를 마시고 사니, 건강도 자신 있다. 죽는 건 안 무서운데 늙는 게 싫다. 동문들보다 젊은 애들이 재밌다. 꼰대이고 싶지 않고, 냄새나는 것 같고 재미없고 지루한 꼰대랑은 놀기도 싫다. 그래서 주변 꼰대들은 다 끊었는데 그누무 정 때문에 오지랖 때문에 동문들만 못 끊는다. 말로는 싫다 싫다 해도 정 많은 그녀는 결국엔 늘 그들을 외면 못하고, 정아에겐 젊은 애들 보내 이사를 돕게 하고, 석균에겐 된장 끓이는 법 대신, 인스턴트 식으로 만든 된장국을, 희자에겐 온갖 혼자 사는 노하우를 전수한다. 가만 보면 챙기는 것도 팔자다. 암튼 그런 그녀를 두고 완이 왈, 이모도 늙었단다. 꼰대란다.

야, 기집애야, 이쁘다 이쁘다 했더니 별말을 다 하네. 내가 무슨 꼰대야! 너 그게 나한테 얼마나 큰 욕인 줄 알어?! 하니, 받아치는 완이 말이 가관이다. 이모가 늙은이들과 놀기 싫은 것처럼 젊은 애들도 이모와 노는 게 어쩌다만 재밌지 재미없단다, 자기만 해도 일 년에 두어 번은 모를까, 매달 이모를 보자고 치면 머리가 아프단다. 이모는 늘 쿨한 거 같지만, 은근히 내가 몇 살인데, 내가 누군데, 니들이 감히, 어디서 이것들이 하며 꼰대들의 육하원칙을 난무하고 있다나. 그러면서 후배들이 귀찮아하니, 부르지 말란다. 음식도 해주지 말고, 술도 공짜로 주지 말란다. 이모만 손해 본단다. 그러며 노후를 준비하란다. 차라리 미워도 가족들한테 잘하란다.

충남　노후는 무슨 노후를 준비해! 난 아프면 바로 죽어 화장돼서 바다에 꽃가루와 함께 뿌려질 건데! 노후는 무슨 노후! 기집애야!

완　(어이없고, 답답한) 아프면 바로 죽겠다는 건, 모두의 소원이야! 내 소원도 그래, 이모만의 소원이 아니라! 멋진 척하지 마! 근데 아프면 바로 죽어지나? 바란다고 그게 돼! 아니지? 그럼 노후 대책이 필요하지! 그리고, 바다에 꽃가루처럼 뿌려지면 그뿐이라고? 이모, 정신 차려! 이모 죽음 시신 처리, 화장 절차는 해야 꽃가루랑 같이 뿌리든지 말든지 할 거 아냐.. 내 말은 그거 누가 하냐고! 이모 카페에서 술 얻어 처먹는 저 지성인과 문화인이? 아우, 관두라 그래! 지 부모나 챙기라 그래! 여기서 술 처먹을 시간에! 그리고 나 뭐 주지 마, 입맛에 안 맞고, 부담스러!

사실 완이는 제 엄마 동문회를 따라 카페에 왔을 때, 충남 주변의 무리들이 충남을 뒷담화 하는 걸 들은 것이다.

고만 좀 부르시지. 아, 귀찮아, 죽겠네, 난 고들빼기김치 먹지도 않는데, 왜 그걸 보내고 고맙단 말 안 하냐고, 새벽에 전화해 소릴 지르고, 늙은이 진짜! 귀찮아, 죽겠네! 시집을 가든가! 낄낄낄!

후배들이 그랬단다. 나중에 들었다. 암튼 그때까지 그 진실을 알지 못한 그녀는 완이를 제 엄마 닮은 년, 싸가지 없는 년으로 치부하고 말았다.

근데, 한 날 복통이 났다. 일 끝나 조카들도 놀러 나가고 혼자 있는데, 식은땀이 나고, 구토가 나고, 어지럼증이 나고, 정신이 없었다. 그래서 가까운 후배에게 전화를 하니, 유학간 자식이 서울에 와 만나러 가는 중이란다. 다른 후배에게 전화를 하니, 받지도 않는다. 조카들은 어디서 뭘 하는지 전화도 받지 않는다. 그런데 배가 진정되지 않고 신물이 나고 난리다. 어쩔 수 없이 혼자 알아서 병원에 가려고 하는데 옷을 챙겨 입다 기절을 해버렸다. 그리고 눈을 뜨니 병원이다.

복막염이었단다. 병실엔 늙은 동문들만 우르르 있다. 아, 꼴 보기 싫어. 그리고 카톡을 확인했는데, 후배가 사진을 보냈다. 자식 만나러 간다던 후배와 전화도 받지 않던 후배가 술 마시고 찍은 사진을 다른 후배에게 보낸다는 게 잘못 보내 자기한테 보낸 것이다. 젊은 것들이 지들끼리 모여 신이 난 듯 해맑다. 내가 고독사를 할 수도 있겠구나.

그녀는 그날 처음으로 자신이 늙었음을, 늙어가고 있음을, 확인하는데... 그건 그거고, 이 젊은 것들에게 어찌 복수하지? 그리고 고독사를 피할 방법은 뭐지? 침대에 퉁퉁 부은 얼굴로 링거 꼽고 누워 생각이 많다.

"그녀를 다 안다 하지 마세요."

이영원 « 여, 육십 대 초반

난희와 동문, 대졸. 시원시원하고 유머 있고 속 깊고 정 많다.

열아홉에 길거리에서 캐스팅돼 배우로 광고 모델로 승승장구하다, 배우 유부남 선배를 사랑하게 됐다. 그녀는 독실한 믿음을 가져 첨엔 마다했다. 잠자리도 없었다. 이혼하고 와라. 그 말은 끝이라는 뜻이었다. 어른들 말처럼 남자들 바람은 시간 가면 잦아드는 것, 애들도 둘이나 있는데 안 오겠지 싶었다.

그런데, 한 날 선배가 부인과의 이혼 서류 보냈다. 그러며 자신과 미국으로 떠나자 했다. 시골 마을에서 조용히 살잔다. 니가 안 가면 혼자라도 떠나겠단다. 거부할 수 없었다. 그래서 아무에게도 말하지 않고 야반도주하듯 선배와 미국행 비행기에 오르고, 들판의 작은 교회당에서 동화 같은 식을 올렸는데, 한 달도 안 돼서 선배가 떠나겠다 했다. 이유인즉, 전 아내가 약을 먹었다고 애들이 전화를 했단다.

아, 그래?... 가봐야지...

뭔 말을 더 하랴. 그녀는 그를 보냈다. 안 가져도 사랑이지. 이후, 미국에서 큐레이터 사업은 성공을 거뒀지만 난소암으로 난소와 자궁 제거, 유방암으로 한쪽 유방 제거, 오 년의 항암 (가끔 서울 와 광고를 찍는데 건강한 이미지가 다칠까 봐, 쉬쉬했다.

충남이만 안다) 등등으로 죽음의 문턱을 넘는 경험을 수없이 했다. 인생 한 방에도 가고, 가벼운 잽도 아프더라는 지혜도 얻었다. 첫 남자와 한 달 못 살고 이혼하고 십오 년이 지나서야 남자를 만났는데, 열 살 어린 연하남이다. 오 년 잘 살았다. 근데 연하남이 사업에 실패해 부도를 맞았다. 그러며 이혼하잔다. 그녀의 재산도 이미 거덜이 났다. 그는 이혼 서류를 침대맡에 놓고 경제사범으로 감방을 다녀와, 지금은 마카오에서 젊은 여잘 만나 결혼해 사업한다 소릴 들은 게 전부다. 참, 버라이어티한 인생이다 싶다.

그런데, 전직 배우의 삶이 이런 건가? 아픔과 슬픔, 역경은 온데간데없고, 그녀는 사람들에게 유부남을 꼬셔 만나다, 연하남에게 재산 털린 정신 나간 년이 되어버린 것이다. 그럼 어떠랴, 나도 모르긴 몰라도 남 일에 그러고 살 건데, 누가 누구의 아픔을 이해할 거냐 싶다. 최근 다시 그녀는 갑상선암 수술을 받고, 미국 땅이 정떨어져 한국으로 돌아왔다. 그리고 난희를 만났다. 난희에겐 뭐라 할 말이 없다. 제 친구랑 남편이 침대에서 뒹구는 걸 봤으니, 뼈에 사무칠 일이다. 근데, 정말 그때 그녀는 제 친구를 죽어라 말렸었다. 헤어져라 무릎도 꿇었고, 울며 애원도 해봤다. 근데 사랑이 그런 거다, 소용없었다. 난희에겐 정말 말할 수가 없었다. 가족 땜에 놀 것도 못 놀고 똑똑한 애가 이대 입학장을 받아놓고도 못 갔는데, 거기다 '니 남편 바람펴' 소릴 어찌 하랴. 그녀는 그저 불장난 같은 사랑이 어서 끝나길 바랐다. 미련했다. 인정한다. 그녀는 때마다 난희의 딸 완이의 선물을 챙기는 걸로 사죄하고 있다. 다시 만나, 그녀는 정말 난희랑 싸우고 싶지 않은데, 난희가 시비를 걸어온다.

난 희 야, 니 프렌드 어떤 젊은 애랑 모텔 들어가드라. 친구니까 말해준다.

영 원 (그 자리에서 전화를 걸어, 프렌드에게) 야, 프렌드.. 부인 만났니? 내 친구가 너 모텔 들어가는 거 봤대서. 부인이랑 그만 싸우고 못 이기는 척 그냥 돌아가, 얘. (전화 탁)

난희가 '쌩' 하고 돌아선다. 귀여운 기집애. 이렇게 아웅다웅 사는 게 인생이지 싶은데, 난희가 완이 일로 통곡을 한다. 무슨 말을 하냐 싶다. 그즈음, 선배(첫 남자)가 메모도 없는 꽃다발을 보내왔다.

염병, 못 잊었나 보네. 그녀는 그를 그리워하는 자신이 어이없었다. 그리고 소식이

들려온다. 난희가 아프단다. 말기 암이란다. 영원은 그날 난희에게 갔다. 선배가 미국으로 떠나기 전, 공항에서 보자고 약속한 날이었다. 그날 알았다, 이제 육십의 그녀는 남자보다 친구였다. 사랑이 가도, 친구는 잡고 싶은 날이다.

"내가 아는 나의 죄 백 가지 내가 모르는 나의 죄 천 가지 만 가지"

김석균 남, 칠십 대 후반

중졸. 짠돌이에 잔소리 많고 성질도 버럭버럭이다. 정아의 남편.

무능한 부모 밑에서 팔 남매 중 장남으로 태어나 평생 철공소에서 일하다, 현재 아파트 수위로 있다. 일평생 살며 쉬었다 하는 날이 정아랑 간 신혼여행(친구 시골집) 일박 이 일이 전부다. 초등학교 후배인 아낼 보고 첫눈에 반해(예뻤다) 쫓아다니다(정아가 서울에 있는 고등학교로 가자, 매주 집으로 찾아가서 만났다, 싫다 해도 쫓아다녔다) 기어이는 동네방네 '내 꺼다' 소문을 내 차지했다. 한다면 하는 성격이다. 부모님 건사에 동생들 건사까지, 그리고 애들도 대학 공부 다 시키고 누가 뭐래도 열심히 살았다 자부하는 인생이다.

근데, 젊은 아파트 주민 여자의 유세에 속 뒤집히던 어느 날 아파트에 나이 많은 수위를 자를 거란 소문이 돈다. 설상가상 그날 저녁 오랜만에 만난 초등학교 후배 성재의 잘난 척이 가관이다. 술을 거나하게 마시고 잘리기 전에 자기가 먼저 새 직장 구해 옮기겠단 생각으로 일자리 정보지를 들고 집에 갔는데 그 밤 정아가 세계 일주를 하자며 지랄하다, 집을 나갔다.

그리고 얼마 뒤 그 일이 터졌다. 자랑스런 큰사위(교수)에게 기분 좋게 새 옷을 얻어 입고 돌아온 날, 큰딸년이 맞고 산다는 걸 정아에게서 전해 들었다. 마누라가 울며불며 자신의 빰을 치고 얼굴에 뿌리고 나간 큰딸년의 상처 난 몸이 찍힌 사진을 보고 그는 막막했다.

그리고 그때 처음 알았다. 큰딸이 자신이 젊은 시절 다녔던 철공소의 사장 아들에게 성추행을 당했던 상처로 자신을 용서하지 않고 있었다는 것을.

그는 씹어 먹어도 시원찮을 큰사위놈을 응징할 방법을 찾아 응징한다.

그리고 새 삶을 찾아 떠난 큰딸에게 큰사위에게서 받아낸 엄청난 액수의 위자료를 보내고 정아에게 의기양양하게 다가선다. 내가 이렇게 큰일을 했으니 니가 날 더 이상 괄시하진 못하겠지. 근데 거하게 제사를 치룬 다음 날 정아가 사라졌다.

이게 도대체 무슨 일인지. 그는 정아가 집을 나간 그날부터 악몽에 시달리기 시작한다.

그 무렵, 발견한 사진 한 장, 정아와 신혼여행이랍시고 간 시골에서 찍은 사진이다. 그때, 정아와 그는 신혼여행이라고 간 시골에서 하룻밤 겨우 친구에게서 빌린 시골집을 쓸고 닦으며 나중에 내 부모 잘 모시고, 동생들 시집 장가 다 보내고 나서 세계 일주 가자고 약속했었다. 그는, 그 집을 찾아가본다. 폐허다. 제 인생처럼 아슬아슬하다. 그는, 그 집에서 낮잠을 자다 꿈을 꾼다.

잘 살았다 생각한 인생이 폐가처럼 무너져 내리는 것만 같았다.

"디어 마이 프렌즈, 인생 즐겁지 아니한가?"

이성재 남, 칠십 대 중반

대졸. 전직 변호사. 현재도 변호사 사무실을 경영(아내가 쓰러지고 나서부턴 일선에서 물러나 자문만 하는)만 하며, 경제적으로 부담 없다. 가정일에 능숙하다. 희자, 정아와 동창.

매사 긍정적이고 유머 있고, 남자답다.

아내가 쓰러지고 일도 접고, 삼 년 동안 아내의 간병에 최선을 다하며 살았다. 시골로 이사를 해서, 매일 차에 아내를 태워 둘이 여행을 다니며 즐거웠다.

아내는 다시 태어나도 또 만나자라는 말을 남기고 그의 품 안에서 눈을 감았다. 그는 참 많이 엉엉 울었다.

지난날 더 못 한 게 후회되지만, 그는 후회가 소용없는 줄 알기에 하루라도 더 재밌게 살려 한다. 아내가 죽고 아내와 살던 서울로 다시 이사해서 아내가 쓰러지기 전까지 다니던 성당을 나간 지 서너 달이 좀 지났다. 문득, 아내가 성당을 가란 말이 생각나서였다.

그리고, 거기서 코흘리개 첫사랑 희자를 만났다. 근데, 이 여자 자길 못 알아본다.

이리 봐도 저리 봐도 희잔데, 내가 살이 쪄서 그러나, 못 알아본다. 그는 그게 재밌다. 그냥 '야, 너 나 알어?' 말을 해볼까 싶지만, 장난이 치고 싶어, 희자가 성당 오면, 옆자리에 앉고, 걸어가면 뒤에서 가다 멈추고 해본다. 늙어 좋은 건 작은 일도 재밌다는 거다.

근데 한 날 희자가 저보고 뭐 하는 짓이냔다. 찝쩍대지 말란다. 여전히 톡톡거리네. 그는 그녀에게 그제야 '나, 성재야' 한다. 알아보는 건지 못 알아보는 건지 다시 만나선, 경계를 안 풀고 성당 사람들 말을 옮긴다. 성당 신도들이 성재를 사탄이라고 한다나.

어찌 됐든, 희자 덕분에 정아와도 다른 동문들과도 연락이 되어 그는 한껏 사는 게 더 재밌다. 그리고 정말 그는 희자가 좋다.

니 나이, 우리 나이에 뭔 연애? 입 맞추다 틀니 뽑히고, 가슴 설레다 심장마비로 죽으면 어쩌려고?!

야, 좋아하는 여자랑 그러다 심장마비로 죽음 성공한 인생이지! 어차피 한 번 죽고 마는 거! 근데 야야, 너는 걱정 마, 내가 목숨 걸 만큼은 아니니까. 늙으니, 자동적으로 모든 사랑이 목숨 건 사랑이네, 히히.

둘은 그렇게 아웅다웅 새롭게 친구가 되었다. 결혼이니, 살 부비는 연애는 사실 그도 멋쩍다. 재산 문제 얽히고, 애들(아들딸 모두 외국 생활을 한다) 찬성이네 반대네 하는 것도 귀찮다. 이렇게 가끔 집도 오가고, 저녁 먹고 투닥이고 희자가 딴 놈만 안 만나면 괜찮다 싶은 것이다. 그런데, 희자가 이상하다. 그는 희자를 관찰하는데, 희자의 정신이 슬몃슬몃 흐려진다.

아, 이 여자 치매가 오나 보다!

희자의 병원 결과가 나온 날, 희자를 보며, 우리네 뚜렷하던 인생이 이렇게 흐려져 끝나는 건가 싶어, 잠이 오지 않았다.

"딸아, 인생 별거 아니드라."

오쌍분 — 여. 팔십 대 후반

자랑스런 초졸. 욕 잘하고, 입은 걸어도 매사가 긍정적이고 밝다.

난희의 엄마. 난희의 초등학교 후배. 일자무식으로 평생 살다가 십 년 전 초등학교에서 늙은이들을 받아준다기에, 입학해 죽어라 졸업을 했다. 열다섯에 호랑이 같은 홀시어머니와 코흘리개 형제들이 육 형제(그녀는 시동생한테 질려 애를 한사코 적게 낳았다)나 있는 집의 장남에게 시집와 기구절창하게 살았다. 남편은 사흘돌이로 패, 늘그막에 난 아들놈(삼십 대 후반)은 공고를 나와, 가라는 대학 안 가고 전깃줄 고치다 떨어져 하반신 불구 돼(목발은 짚고, 간신히 거동은 하는), 딸년은 과부 돼, 몸은 당뇨에 가짜 관절에, 철심 박은 허리에, 진짜 사는 게 난리 북새통이었다.

잘 견뎠다, 쌍분아! 그녀는 자신이 대견하다. 그리고 사는 게 요즘처럼 재밌을 때도 없다. 다리 저는 아들이래도 웃음 많고 밝으니 다행이고, 과부 된 딸년도 살아 있는 것으로 기특하고, 키울 땐 힘들었던 시동생들도 키워놓으니 부모 섬기듯 절 섬기고 용돈 주고, 평생 술주정뱅이에 주먹질 주사를 하는 남편은 귀 멀고 입까지 닫아, 맨날 웃음만 띠고 앉아 조용하니, 구박하는 맛도 나고, 화투도 재미나고, 스마트폰 애니*도 재밌고, 딸년 손주 년 앞세워 동문들과 만나 남자랑도 '야, 재' 하는 것도 재밌다.

근데, 손주 년 완이가 한 날 찾아와, 제 엄마한테 사과하란다. 뭔 소리야, 이게! 자초지종 들어보니, 저 자신이 살며 가장 후회되는 일을 말하는 거 같다.

그날은 난희가 제 남편 바람핀 걸 봤다고, 한밤 완이를 데리고 제집으로 온 날이었다. 술을 처먹고, 비틀비틀, 애는 코 흘리고. 그러고는 부뚜막에 주저앉아 있는 꼴이라니. 그녀는 대뜸 물 한 바가지를 떠, 난희에게 뿌리며 '지랄하네, 미친년! 집에 가! 니 에미 어제도 맞아서 눈두덩 시퍼런 거 안 보여? 니 동생 맞아서 다리 분질러진 거 안 보여!' 했다.

난희가 그제야 저를 보곤 '이런, 그러네' 하며 완이를 끌고 나갔다. 그리고 그렇게 파도 하나가 지나가는 줄 알았다.

그런데, 야밤, 동네사람이 뛰어 들어왔다. 난희가 깜깜한 밭에서, 완이와 농약을 먹은 것이다. 그 밤 그 밭에서 그녀는 딸년과 손주 년을 정신 차려라 뒤흔들며 통곡을 했었다.

그걸 기억한다면, 완이 년이 상처가 되었겠다 싶었다. 그리고 난희는... 그녀는 난희를 찾아가 '미안했다 그날' 짧게 사과했다. 근데 난희 년, 눈가 그렁해 소리치며 '엄마가 뭘!' 하며 괜찮단다. 참 딸년이라도 이런 애 없다 싶다. 늘 밝고, 용돈 풍족히 주고, 사흘돌이 전화질 해주고. 그런데, 그런 딸년이 중병이란다.

사랑하는 나의 딸아, 가지 마라, 가지 마라!
아무리 사랑해도, 대신 해줄 수 없는 고통이, 말년의 그녀를 뒤흔든다.

"디어 마이 올드 프렌즈, 미안하지만, 난 당신들의 인생이 궁금하지 않아요."

박 완 ≪ 여, 삼십 대 후반

대졸. 난희의 외동딸. 프리랜서로 영어 번역 작가 일을 하면서, 난희의 집 근처 오피스텔에서 살고 있다. 털털하고 직선적이다 못해 독설적이고 쿨하다 자신하지만, 쿨하고 싶은 거고, 강하고 싶은 것일 뿐 마냥 그렇진 않다. 고등학교 때 첫 키스를 한 첫사랑하고 헤어져, 울고불고하다 미국으로 유학 가서, 다섯 살 연하남 만화가 연하(나이도 연한데, 이름도 연하다. 한국인이지만, 슬로베니아 거주)를 짝사랑했다. 더 많이 사랑한다는 게 쪽팔린 나이였다. 고백하려 했는데, 그 사고(?)가 있었다. 그리고 헤어져 칠 년 전 서울로 왔다. 연하랑은 현재 매주 동영상 채팅을 하는 친구(?)로 남았다.

엄마 난희는 저를 굳이 친구로 보고 싶어 하지만, '노! 엄마는 엄마일 뿐, 어디서 감히 친구를 바래' 농으로 일갈한다. 엄마의 저의는 분명하다. 친구를 핑계 삼아 제 일거수일투족을 알고 싶어 하는 것이다. 과부로 산 세월을 이해하는지라 심하게 뭐라곤 안 하지만, 피곤하다. 그녀 없음 못 살 거 같으면서도 엄마라면 답답한 대개의 모녀 사이 같다. 그리고 엄마는 떼쟁이다. 엄마의 그 떼가 또 발동했다.

엄마의 동문회에 가자는 것이다. 음주운전으로 면허를 잃은 자신을 대신해 운전을 하라는 것이다. '버스 타셔, 내가 거길, 왜?' 그녀는 어이없는데, 엄마는 막무가내다. '필리핀으로 이민 갔던 희자 이모가 아주 돌아왔대! 니가 좋아하는 현모양처 정아 이모가 글쎄 이혼한다고 난리고, 할머니 댁에 간 지도 오래됐잖어. 니 차 몰고 가자. 너 이뻐하는 충남 이모네서 동문회 연대잖어! 어릴 때(완은 어려서 엄마가 없으면 돌봐줄 사람이 없어 엄마 손에 이끌려, 중학교 때까지 늘 그 동문회에 참석했다. 자신은 공부 잘하고 예쁘고 예쁜 딸, 엄마의 자랑이었다) 이모들 아저씨들이 너한테 얼마나 잘했니, 사달라는 거 다 사주고, 너 없을 땐 엄마한테 또 다들 얼마나 잘했는데!'

완은 분명히 말해준다. 난, 희자 이모가 왔든 말든이고, 정아 이모 이혼하는 것도 주책이다 싶고, 할머니 댁은 담에 가면 되고, 충남 이모는 엄마가 몰라서 그러는데, 별로라고. 그리고 더더 강조한다. 어려서는 엄마가 가자니까 마지못해 거길 따라간 거고, 나한테 잘해준 게 생색들이 나시면 얼마라고 청구하시라고, 갚아드린다고, 그리고, 나는 괜히 술 먹고 소리치는 **아저씨, 짜증만 내며 분위기 흐리는 **아줌마도 정말정말 다시 보기 싫다고! 어?! 이젠 됐겠지 했는데, 난희 왈,

난 희 (설거지하다, 웃으며) 야, 그 아저씨랑 그 아줌마 죽었어.

완 (어이없어 보는데)

난 희 정말이야! 우리 나이가 그래, 밤새 안녕? 이제 됐지? 히히, 가자? 가는 거다?

이런, 엄마의 나이가 벌써 그리됐나? 친구들이 죽어가는 나이. 어이없게 보다, 짠한 맘이 드는 건 어쩔 수 없었다. 그래도 가기 싫은데, 엄마는 막무가내다. 영어 번역만 하지 말고, 이즘 시니어 얘기가 대세니, 한번 써보는 게 어떠냔다. 작가가 되지 못한 걸 갈구는 것도 아니고 정말. 완은 다시 일갈한다.

완 엄마 말 되는 소릴 해! 늙은이들 얘길 누가 읽어? 솔직히 요즘 애들 부모한테도 관심 없어. 안궁이라고!

난 희 너처럼?

완 어, 나처럼!

언제나처럼 사납게 우리의 대화는 끝이 났다. 근데, 영원 이모한테 전화가 왔다. 한국으로 돌아왔단다. 서프라이즈 하게 너만 알란다(엄마와 영원 사이의 일을 그녀는 잘 모른다. 그냥 어느 순간 소원해진 걸로만 안다. 둘에게 물어봤으나, 말을 피할 뿐이다). 어려서부터 받아온 작은 선물은 물론 해외에 있던 저를 보러 다녀가길 두어 번이나 해준 영원 이모의 연락이 아니었다면, 그녀는 엄마의 동문회에 절대 가지 않았으리라.

예상처럼 늙은이들 동문회는 두서없고, 정신없었다. 석균 아저씨가 정아 이모에게 말끝마다 시빌 걸고, 엄마가 영원 이모에게 시빌 걸고, 희자 이모가 시집 안 가냐 깐

죽대고, 할머니가 술에 취해 비틀대고, 하다하다 급기야는, 영원 이모가 프렌드라고 선을 그은 남자를 굳이굳이 애인 사이로 알아듣는 엄마 때문에, 동문회장이 깽판이 났다. 엄마가 '쌩! 아우, 유부남 이혼시키고, 젊은 놈한테 돈 뜯기고, 여편네랑 안방 아닌 여관방에서 자는 요상한 프렌드까지 두고, 야, 넌 참 인생 재미나게 산다, 막장처럼!' 막말을 한 것이다. 민망한 영원 이모가 '그지, 내 인생이 좀 재미가 나지...' 하고 웃어넘기고 자릴 뜨고, 참다못해 엄마 '미쳤어!' 하고 그녀가 소릴 질렀는데, 이후 엄마 말이 더 가관이다.

난 희 니 아버지, 전에 바람핀 거 말한 적 있지, 내가! 그 바람난 년이, 영원이 년 절친이었어. 아마, 지금도 저년은 그년이랑 만날걸. 날 속이고, 등신 만들고!

완 (속상한) 친구니까, 말 못 했겠지!

난 희 친구면 말해야지, 그럼 내가 니 아버지랑 그년이랑 내 침대에서 뒹구는 꼴은 안 봤을 거 아냐!

첨 들었다. 남편이 제 침대에서 친구랑 뒹구는 모습을 본 심경은 어땠을까. 동문회 깽판 뒤치다꺼릴 하고, 희자 이모, 정아 이모, 엄마와 동문회장을 도망치듯 나와 서울로 상경하며, 그녀는 생각이 많았다. 한 국장의 부인이 나를 본다면? 앞이 깜깜한 노릇이다. 절대 들키지 말아야 한다. 들키기 전에 멈춰야 한다. 연하의 조언처럼 완전범죄는 이뤄질 수 없다. 젊은 날, 때아닌 풍랑을 맞은 걸로 끝내야 한다.

근데 엄마가 알았다. 그리고 한 국장을 찾아가 깽판을 쳐버렸다. 그날, 알았다. 완이는 제 방황의 시초가 순전히 엄마였단걸. 붙으리라! 더는 엄마를 피하지 않으리라. 그래서 대놓고 싸가지 없이 담배를 피웠다. '엄마 딸은 엄마가 생각하듯 멋지고 괜찮은 애가 아니에요' 보여주고 알려주고 싶었다. 그 일로 머리가 뜯겼다. 각오한 일이다.

그녀는 엄마를 찾아갔다. '보고 싶지 않아. 너 알아서, 살어! 드럽게 살든, 깨끗하게 살든, 니 몸 갖고 너 알아서!' 그녀는 지지 않고 말했다.

'왜 그때, 날 죽이려고 했어?'

'뭔 소리야, 그게..?'

엄마의 흔들리는 동공. 엄마는 분명 알고 있다. 그녀는, 피하는 엄마를 그 담 날도

그 담 날도 찾아갔다. 그리고 말했다. 엄마가 기억 안 날 리 없다. 양우리 이백오십이 번지 소 외양간 옆 들판, 엄마는 안 먹겠다는 저에게 굳이굳이 입을 벌려 약 탄 요구르트를 먹였다. 정말 안 먹고 싶었는데, 엄마가 '착한 딸, 엄마 말 들어야지? 해서 내가 먹었잖냐? 진짜 기억 안 나?' 엄마가 파랗게 질렸다. 그래도 그녀는 말을 멈추지 않았다.

나는 그때 엄마밖에 없었는데, 왜 나를 버리려 했냐? 나는 내 인생을 내 목숨을 선택할 수도 없었던 나이였다. 내가 엄마 꺼라 맘대로 해도 된다고 생각했냐? 엄마가 버리려고 했던 자식이, 죽이려고 했던 자식이 무슨 자존감이 있겠냐? 그래도, 엄마한테 잘 보이고 싶어서, 공부도 했고, 연하도 버렸다! 미치게 사랑한 남자 버리고 나니, 내 안의 내가 그러드라. '나쁜 년, 막살아버려, 그냥! 양심도 버리고 막살아. 그냥!' 그래서 막살았다, '다 엄마 탓이야! 사과해, 나한테! 여섯 살 나한테 사과해!'

넋 놓고 앉아 있는, 엄마를 그 자리에 놔두고, 그녀는 할머니에게 갔다. '왜 그날 엄마를 내쫓았냐, 엄마한테는 할머니밖에 없었는데, 똑똑히 기억한다, 만신창이 된 울 엄마한테 미친년, 지랄하네, 라고 그런 거, 사과해, 할머니! 불쌍한 울 엄마한테 사과해! 잘못했다고 사과해!'

다, 미친 짓이다. 나도 안다. 그때, 엄마의 이유는 너무나 분명하다. 소란이 있었던 담 날 '혼자 가긴 너무 외로웠다, 쌍!' 사과 대신 한 한마디 그 말로 다 알 수 있다. 사람이 그럴 수 있다. 그런데 그렇게 다 이해하면서도 그렇게 지랄하지 않고는 그녀도 살 수 없었다. 연하가 그 밤 동영상 속에서 자신을 위로했다. 잘했어. 그 말은 제 행동에 대한 동의가 아니라, 단순한 위로이리라. 이미 저질러진 일... 뭐라 말할까.

그녀는 한 국장과 헤어지기로 한다. 그녀는 엄마에게 그를 만난 건 엄마에 대한 상처로 자포자기였다고 했지만, 거짓말이다. 외로움 때문에 그를 이용했다. 그도 알고, 그녀도 안다. 부인이 온 날, 이별을 했다. 숨어서 만난 것만큼, 초라한 이별이었다.

연하는 그런 그녀를 또 위로한다. '바람이 지나갔네, 나한테 와.' 나쁜 놈, 내가 못 갈 줄 알면서. 제 옆에서 절대 못 떠나게 하는구나.

시니어 이야기를 본격적으로 쓰겠다고 맘먹은 건 그때부터였다. 엄마를 이해하고 싶었다. 완벽하게. 그래야만 자신이 바로 설 거 같았다. 그래서 그녀는 이모들, 아저씨들(엄마의 동문들) 삶에 깊숙이 개입하게 되는데....... 이런, 시작부터 만만찮다.

취재에 도움이 될까 싶어, 자신이 필요할 때면 언제든 연락하세요, 했더니, 시도 때도 없이, 이게 뭐니 저게 뭐니 연락을 하고, 오라 가라 종 부리듯이 부려먹고, 시종일관 질문과 상관없이 자기들 신세 한탄만 하려 하고, 삐지고, 성내고, 아주 매너가 없다 못해, 버르장머리(?)가 없으시다. 젊은 애들 이기는 애교다, 어른들의 이기란 당해보지 않으면 모른다. 낼모레 끝날 인생이라 그러신지들 아주 막 가신다. 올드 프렌드들은 빽하면 친구처럼 얘기하자 하지만, '흥, 진짜 내가 그리 대해봐! 정말들 깜짝 놀라실걸?', 그녀는 내심 비아냥만 인다. 그러다, 더는 못 참고 폭발을 하는데,

'그만, 그만, 그만! 이래서 젊은 애들이 늙은일 싫어하는 거예요! 이 프로젝트 난 안 해도 그만이야, 근데, 이모, 아저씨들 이렇게는 살지 말어! 완전 처답답이야, 이건! 왜 이렇게 경우가 없어!'

그 폭발로 그녀는 그들이 다 떠날 줄 알았는데, 어머 안 떠난다. 그녀는 이후, 그들과 본격 맞짱을 뜨며, 사흘돌이 만나게 되는데 싸우다 정든다고, 이것 봐라, 은근 재밌고, 신나고, 스펙터클 하고, 때때로 그들의 지혜는 바람처럼 상쾌하고 유쾌하며 빛처럼 찬란하지 않은가!

늙은 딸이(정아 이모), 더 늙은 노모를 친구들과 같이 노을 진 바닷가에서 보내는 날, 그녀는 자기도 모르게 그들과 같이 울었다. 그리고 첨으로 제 엄마도 언젠간 가겠지 하는 무서운 맘도 들었다.

그런데, 엄마가 아프다. 외로운데, 돌아보니, 연하는 옆에 없고, 늙은 친구들만 가득하다. 그들에게 기대서, 이 고통을 헤쳐나가고 싶은데,

친애하는 나의 늙은 친구들, 제발 어린 나를 도와줘요.

매달리고 싶어지는 청춘이다.

그 외

서연하 ⟪ 남, 삼십 대 중반

완이의 친구. 슬로베니아 거주. 담백하고 유머 있고, 까칠하고, 직선적이다. 유명 만화가로 나이는 어려도 완이의 정신적 지주 같은 존재다. 완이를 알고부터 단 한 번도 완이를 사랑하지 않은 적이 없다. 완이가 저한테 오길 바라지만, 절대 말하지 않는다.

감당할 수 없다면, 피하는 게 상책이다. 인생은 가끔 그렇게 사는 것도 나쁘지 않다 생각한다.

한동진 ⸙ 남, 사십 대 중반

출판사 대표이면서 편집국장. 따듯하고, 부드럽다. 기러기 아빠로 산 지, 십 년이 넘었다. 완이가 유학 갔다 돌아와 연하 일로 힘들 때 옆에서 위로하다, 친구가 되고, 연인이 되었다. 완이와 잠자릴 하진 않는다.

유민호 ⸙ 남, 삼십 대 초반

희자의 막내아들. 전문대졸. 욱욱하지만 깊은 정이 많다. 자동차 정비업을 하며, 엄마를 살뜰히 챙기는 효자다. 육체 노동하는 일이 힘들어도, 젊으니 헤쳐나갈 수 있다 싶고, 엄마만 행복하다면 더없이 좋겠다 싶다. 아내가 제 엄마를 선뜻 모시자 안 하는 게 싫지만 이해도 간다. 그래, 몸져누우시면, 그때 모시자 하며 맘을 달래본다. 사실 그도 엄마랑은 그닥 성질이 맞는 편이 아니잖나. 성실하고 살가워 희자가 가장 믿고 사랑하는 아들이다.

장호진 ⸙ 남, 팔십 대 후반

쌍분 남편. 난희 부, 말 못 하고 귀 멀고 폐기종으로 늘 휴대용 산소마스크를 유모차에 끌고 다닌다. 젊은 날 이 죄 저 죄 다 저지르고, 지금은 그저 사는 게 고마울 뿐이다. 살아 있으니 듣는, 쌍분의 구박도 즐겁다.

장인봉 ⸙ 남, 삼십 대 중반

쌍분 아들. 완이의 삼촌. 전기공사에 다니다 전봇대에서 떨어져 하반신 불구다. 그래도 상체 운동을 늘 하고, 손으로 하는 엄마 일을 도우며 늘 밝다. 가끔 우울한 날은 술 한잔 먹고 자면 그뿐이다.

종식 ≪ 남, 이십 대 중반

충남의 친조카. 까칠하고 직설적이고 경우 바르고 고모를 사랑한다.

주영 ≪ 남, 이십 대 초반

충남의 친조카. 까불이지만, 정 많고, 고모를 사랑한다.

유민준 ≪ 남, 사십 대 후반

희자의 큰아들. 아내와 자식 둘이 있다. 섬마을 오지의 시골 학교 교사로 일하고 있다. 자식들은 섬마을에서 학교를 다닌다.

유민식 ≪ 남, 사십 대 중반

희자의 둘째아들. 필리핀에서 회사를 운영하고 있다. 아내와 아이들 둘 모두 필리핀에 나가 있다.

용어정리

씬 장면(Scene)이라는 의미. 같은 장소, 같은 시간 내에서 이루어지는 일련의 행동이나 대사가 한 씬을 구성한다.

(O. L) 오버랩(Overlap). 현재의 화면이 사라지면서 뒤의 화면으로 바뀌는 기법이다. 대사에서 O. L은 앞사람의 말을 끊고 틈 없이 말을 할 때 쓰인다.

(E) 대사와 음악을 제외한 효과음(Effect)을 뜻하며, 보통 등장인물은 보이지 않고 소리만 나는 경우에 사용한다.

점프컷 연속성이 없는 두 장면을 붙이는 편집 방식이다.

플래시컷 화면과 화면 사이에 들어가는 순간적인 장면. 극적인 인상이나 충격 효과를 주기 위해 삽입되는 매우 짧은 화면을 지칭한다.

플래시백 회상을 나타내는 장면. 지금 일어나고 있는 사건의 인과를 설명할 때 쓰이기도 하고, 인물의 성격을 설명하기 위해 쓰이기도 한다.

DIS. 디졸브(Dissolve). 앞의 장면이 사라지는 동안 새 장면이 페이드인 되는 것으로 기능은 오버랩과 거의 같다. 차이가 있다면 두 화면을 깊게 겹친 것이 오버랩이고 얕게 겹친 것이 디졸브이다. 디졸브는 보다 짧은 시간의 경과나 보다 가까운 장소의 이동을 나타낼 경우에 많이 쓰인다.

풀 샷 원근에 구애받지 않고 목표 피사체 전체를, 사람의 경우 전신을 카메라 앵글에 담는 촬영 방법이다.

인서트 화면의 특정 동작이나 상황을 강조하기 위해 삽입한 화면. 인서트 화면이 없어도 장면을 이해하는 데에는 별다른 지장이 없으나 인서트를 삽입함으로써 상황이 명확해지는 한편 스토리가 강조된다. 인서트 화면으로는 대개 클로즈업을 사용한다.

클로즈업 배경이나 인물의 일부를 화면에 크게 나타내는 것을 말한다.

몽타주 따로따로 편집된 장면들을 짧게 끊어서 붙인 화면을 말한다.

F. I. 페이드인(Fade-In)을 의미한다. 어두웠던 화면이 점차 밝아지는 상태를 말한다.

F. O. 페이드아웃(Fade-Out)을 의미한다. 화면이 점차 어두워지면서 장면이 바뀌는 것을 말한다.

(N) 내레이션을 지칭하는 용어로, 장면 밖에서 들려오는 목소리를 나타낸다.

부감 높은 곳에서 피사체를 내려다보며 촬영하는 것을 말한다.

dear my friends

1 부

~

디어 마이 프렌즈,
미안하지만,
난 당신들이 궁금하지 않아요

씬 1. 프롤로그.

1, 고층 아파트 단지, 수위실 앞길, 낮.

희자, 양산을 들고, 수위들이 모여 장기 두는 앞을 아무렇지 않게 지나쳐 가는, 수위 보면, 희자, 편하게 인사하고, 지나가는, 수위, 얼결에 인사하며 누군가 싶은, 장기나 두는,

2, 출입구(카드나 비번으로 여는) + 엘리베이터 앞, 낮.

여자(사십 대로 보이는, 마트에 다녀온 듯, 슬리퍼를 신은), 비번을 누르고, 문이 열리면, 들어서는, 희자, 어느새 아무렇지 않게, 따라 들어서며, 양산을 접는, 여자, 무심히 엘리베이터 버튼을 누르고 타면, 희자, 엘리베이터에 오르는,

3, 엘리베이터 안, 낮.

여자, 희자에게 예의로 눈인사하면, 희자, 같이 눈인사하고, 여자, 눈짓과 손짓으로 먼저 버튼을 누르라 하면, 희자, 손짓하며, '먼저..' 하고, 양보하면, 여자, 십칠 층을 누르고, 앞 보면, 희자, 최고 층을 누르는,

여 자 (웃으며, 편하게) 상민이네, 오셨어요?

희 자 (작게 웃음 띤 채, 고개 젓는) ... 정아네, 왔어요.

여 자 (이상한, 호의, 걱정) 이십 층엔 상민이네랑 우주넨데? 혹시 동이? 백오 동 맞으세요?

희 자 아.. (작게 웃고, 일 층을 누르고) 이런.. 백사 동인데.

***점프컷 》**

여자, 내리며, 눈인사하고 무심히 제집 버튼키 눌러 들어가면, 희자, 그 모습을 안 보는 듯 보다가, 여자가 집으로 들어가 안 보이면, 다시 일 층 눌러 취소하고, 이십 층으로 올라가는,

4, 이십 층, 옥상으로 가는 비상구 계단, 낮.

희자, 계단 오르는, 다 올라, 비상구 문을 보면, 문에 높게 걸림쇠가 걸려 있는, 담담히 양산으로 그 걸림쇠를 푸는, 두세 번 시도 후, 성공하는, 그닥 힘들어하는 모습은 아니다,

5, 옥상, 낮.

희자, 비상구 문 쪽에서 옥상의 난간 쪽으로 가는, 그리고, 난간 위로 올라가, 밑을 내려다보는,

희 자 (담담히) .. 죽기.. 딱 좋다.

씬 2. 난희의 가게 홀 안 + 주방 안, 낮.

아주 분주히 장사가 잘되는 풍경이다, 남자 직원 팔달이(남, 삼십 대 초반), 분주하게 '어서 오세요!' 하는, 들어오는 손님들, '짬뽕' 하며, 손가락으로 셋을 표시하면, 팔달, 주방에 대고, '짬뽕, 셋!' 하며 땀을 흘리며 서빙을 하고, 탁자를 닦고, 상숙(여, 삼십 대), 팔을 다쳐, 계산대에 있는, 팔달과 똑같은 말을 복창하며 일하고, 경북 엄마, 현란하게 파를 채 썰고, 경북 아빠, 짬뽕을 만들며 요리를 하고, 난희(땀이 송글송글한), 고기 볶다, 술을 부으면, 프라이팬에서 불이 치솟는, 완, 열심히 땀을 흘리며 설거지를 하고 있는, 모두 능숙한, 그 모습 위로,

난희 (일에만 집중하며, 완 안 보고, 편하게) 왜, 싫어, 뭐가 싫어?

완 (일을 분주히 하며, 대수롭지 않게, 난희 안 보고) 그냥 싫어. 내가 내 동문회도 안 가는데, 엄마 동문흴 뭐하러..

난희 (접시에 음식 담으며) 말하는 싸가지 봐라, 엄마 동문회 가면 뭐 팔다리가 부러지냐? 희자 이모랑, 정아 이모 모시고 가야 되는데, 그 먼 델 차 없이 걸어 가리?! (벨 누르며) 탕수육 두 개!

팔달 (음식 받아 가고)

완 (어이없는) 그러게 음주운전을 왜 해갖고 면헐 잃어! (설거지만 하며) 미쳤어, 진짜! 내가 낮술 먹고 차 몰고 다녔어봐, 아주 날,

난희 (어느새, 옆에 와, 같이 설거지하며, 말꼬리 자르며, 담담히, 웃음 띠고) 처잡아 죽였지?

완 (어이없는, 보자마자, 고개 젓고, 다시 일하는) ?!

경북 엄마 (일을 하며) 아이고, 언니 주제에 뭔 할 말이 있어!

난희 (굳은) 낄 때 껴, 넌! (설거지하며, 완에게, 편하게, 웃으며) 글 써! 할머니도 오신다는데 보고.. 겸사겸사 좀 좋아!

완 (설거지만 하며, 난희 안 보며, 편하게) 할머니 핑계는.. (손은 일하며, 고개만 돌려 난희 보며) 그리고 내가 글 안 쓰는 게 엄마가 갈굴 거리야? 답답해도,

난희 (말꼬리 끊으며, 편하게) 니가 더 답답하지, 그러니까, 글 써. 너 데뷔할 때 할머니 얘기 얼마나 좋았어, 이번엔 장편으로 엄마 친구들 얘기 써. (웃으며) 집집마다 아주 기구절창,

완 (말꼬리 끊으며, 담담히) 막장이지. 개막장!

난희 언제까지 번역만 할 거야?

상숙 (말꼬리 끊으며, 주방 창으로 와서, 난희에게) 짜장 세 개 왜 안 나와?!

난희 (설거지하며, 버럭) 안 나가냐, 못 나가지! 팔은 왜 다쳐갖고...

완 (일하며, 상숙에게, 버럭) 내가 너 때문에 원고 쓰다 말고 와서, 이게 무슨 짓이야, 지금?!

상숙 (히 웃고, 아무렇지 않게, 홀 쪽 보고, 다시 완이에게) 짜장 곱빼기 세 개 추가! (하고, 가는)

완 (일하며, 상숙 밉게 보는데)

난희 (웃음 띤 얼굴로 완이에게 얼굴 디밀며) 완아, 너..

완 부담스러.

난 희 (얼굴 디밀며, 재밌는 얘길 한다는 듯) 희자 이모 남편.. 돌아가신 거 알지?

완 (설거지하며, 관심 없는) 어제 돌아가셨어? 일 년도 더 된 일을 새삼스럽게?

난 희 (완의 얼굴에 바짝 얼굴 들이밀며, 재밌단 듯) 근데 너 그건 모를걸? 희자 이모 남편 벽장 속에서 죽었다?

완 (일하다, 뭔 소리야 싶게 보는) ?

씬 3. 희자의 집 안, 안방 + 벽장 안, 아침, 과거.

희자, 안방 쪽에 서서 벽장문을 연 채, 무심한(사태 파악 못 한) 얼굴로, 누워 있는(죽은) 남편을 보며,

희 자 여보.. 인나? 여보? (흔들어보는, 무심한, 상황 파악 안 되는, 깨우기 위해, 얼굴 만지며, 무심한 듯 따뜻하게) 고.. 만 자, 요? 어? 깨..! 해 떴어.. 어?

씬 4. 난희의 가게 주방, 낮.

완 (일만 하며, 무심한) 안 물! 안 궁!

난 희 (밥 푸며) ?

완 안 물어봤고, 안 궁금하다고! (설거지 다 하고, 앞치마 풀고, 개수대 행주로 닦으며) 난 절대 엄마 동문회 안 가. 재작년 엄마 집에서 다들 모였을 때, 완전완전 질렸어. 그 말 많고 술만 먹음 아무나 개새끼 소새끼 하는 준이 아저씨 꼴도 보기 싫고, 그 아줌마 누구야? 그 머리숱 없고, 눈 찢어진, 입만 열면, 자기 자식들 욕만 하는...

난 희 (밥 푸며, 대수롭지 않게, 보며) 미리 이모?

완 (가방에서 립스틱 꺼내 바르며) 그래, 그 미리 이모도 완전 싫어.

난 희 (일하며, 낄낄 웃으며, 안 보고) 잘됐네, 둘 다 돌아가셨는데...

완 (어이없게, 난희 보면) ?

난 희 (안 처지게) 정말! 준이 오빤 지난겨울 지집 계단에서 낙상해서, 미리 언닌

이번 겨울 심장마비로... (맘 짠해도, 편하게) 꼰대들이 그래, 밤새 안녕, 그 말이 괜히 있는 말인 줄 아니? 동문회 한 번 열 때마다 초상난 사람들이 줄줄이야, 지금 못 만나면 또 누가 언제 죽을지 몰라?!

완 (답답한) 협박해? 그리고 늙은 꼰대들 얘길 누가 돈 내고 읽어? 요즘 애들 지들 부모한테도 관심 없어.

난희 (비아냥) 너처럼?

완 (어이없는, 보다, 담담히) 그래, 나처럼! (일하며, 작게 구시렁) 말을 해도, 꼭..

난희 야 년아, 그러지 말어, 그 이모, 아저씨들이 너 어릴 때 얼마나 잘했는데, 엄마 젊어 일할 때 빽하면, 너 데려다 옷 사줘, 밥해줘, 재워줘, 얼마나들 잘했니? 이제 다 컸다고, 어른들 구박하고, 그럼 못써, 년아.

완 (화나는) 내가 언제 어른들을 구박해?!

그때, 희자, 주방 창에 고개 디밀며,

희자 (웃으며) 어머.. 우리.. 완이네!

완 (순간, 희자 보고, 반가운 척(?), 크게) 어머머머머, 이모!

희자 (주방으로 들어서는, 그 사이에)

난희 (희자 보고 웃으며, 완이에게) 야, 진짜 가증스럽다, 너. 싫다며?

완 (웃음기 가신) 내 성질대로 해봐? 엄마 당황하게 본색 한번 제대로 드러내? (하다, 주방으로 들어오는 희자 보고, 안고 흔들며, 애기처럼 울상 짓고) 이모, 보고 싶었어. 필리핀에서 언제 왔어요?

희자 (웃으며, 완이 떼어내고, 완이 이쁜, 얼굴 만지며) 한 달. 언제 봐도, 너무 이쁘다... 우리 완이.

완 (N, 담담한) 이유는 알 수 없지만, 희자 이모의 남편은 벽장에서 돌아가셨다.

씬 5. 희자의 불 꺼진 안방, 밤, 과거.

희자(상복 입은) 넋이 나가 한쪽에 이불을 깔고 누운 채, 열린 벽장 안의 요강을 보고, 이불을 보며 있는, 열린 방문 틈 사이로 불빛이 보이고, 거실에선 자식들이 술상을 벌여놓고, 얘기하는,

완 (N) 그리고, 발인이 끝나 집으로 돌아왔는데, 희자 이모는 그날 안 들어도 될 말을 들었다고 한다.

며느리 1 (E, 화난) 삼촌은 무슨 말을 그렇게... 내가 언제,

씬 6. 희자의 집 거실, 밤, 과거.

민준(큰아들), 민식(작은아들), 민호(막내아들) 내외가 바닥에 초라한 술상을 차려놓고 술을 마시고 있는, 발인 직후라 모두 지치고, 힘들어, 술을 마시는, 며느리들은 서로 술을 부어라 마셔라 하는, 모두 속상하고 예민한 상태다,

며느리 1 어머니가 돌아가셨음 좋겠다 그랬어요?

민 호 (화난, 길길이 뛰며, 버럭) 언제긴, 형수가 좀 전에 그러셨잖아요! 아버지보다 울 엄마가 먼저 돌아가셨어야 한다고!

민 준 (화난, 넥타이를 풀며) 니 형수 말이 틀렸냐?! 전에 너도 그랬잖아! 빽하면, 아버지보다 엄마가 먼저 돌아가셔야 한다고!

며느리들, 각자 남편들에게 '고만들 해요, 왜 그래?', 며느리 1, '그래, 내가 죽일 년이다, 내가 죽일 년!', 며느리 2, 하늘(민호 부인) '형님은 또 왜 그래? 고만해!' 하고 말리는,

민 호 그 말이 농담이지, 그게 진담이냐!

민 식 얌마, 입은 삐뚤어졌어도 말은 바로 하라고! 솔직히 엄마가 할 줄 아시는 게 뭐 있냐? 평생 공주신데,

민 호 (술상 엎으며, 일어나, 민식 가슴을 치며, 붙으려 하는) 다 필요 없어! 엄마 내가 모셔! 형들한테 안 맡겨!

민식, '어, 나 쳤냐?' 하며 붙으려 하고, 며느리들, '어머니 깨, 왜들 이래!' 하고,

민 준 (일어나, 민호 멱살 잡고) 니가 왜 엄말 모셔? 내가 장남인데, 니가 왜?.. 내가

섬마을 학교 선생질 한다고, 엄마도 못 모실 거 같애!

며느리 1 (민준 등짝 패며) 소리 낮춰! 어머니 깨! 아우, 진짜! (하며, 뒤통수를 치는)

민 식 건넌방 가자, 건넌방 가! 여기서 이러지 말고,

민 호 (밀려가며, 울며) 울 엄마는 내가 모셔, 아무도 못 데꼬 가! 내가 모실 거야!

민 식 돈도 없는 게. (건넌방으로 몰며) 일단, 들어가, 들어가!

완 (N) 그날 아들들은 서로 내가 엄마를 모신다며 동네가 시끄럽게 싸움질을 했지만,

씬 7. 희자의 안방 안, 밤, 과거.

희자, 누운 채 눈뜬, 그 얼굴 위로,

완 (N) 희자 이모의 귀에선, 오직 그 말만 맴돌았단다.

민 호 (화난, 길길이 뛰며, 버럭, E) 언제긴, 형수가 좀 전에 그러셨잖아요! 아버지보다 울 엄마가 먼저 돌아가셨어야 한다고!

민 준 (E) 니 형수 말이 틀렸냐?! 전에 너도 그랬잖아! 빽하면, 아버지보다 엄마가 먼저 돌아가셔야 한다고! (반복되어 들리는) 너도 그랬잖아! 빽하면, 아버지보다 엄마가 먼저 돌아가셔야 한다고! 너도 그랬잖아! 빽하면, 아버지보다 엄마가 먼저 돌아가셔야 한다고!

희 자 (넋 나간 듯, 힘없는, 구시렁) 뭔 소리야, 그게. 나더러 죽으라 소리야, 살라 소리야.

씬 8. 나는 비행기 안, 낮.

완 (N) 한 달 후, 이모는, 작은아들이 있는 필리핀으로 떠났다. 남편 죽은 집도 싫었고, 맞벌이하는 아들 내외를 거들 수도 있으니, 눈칫밥은 안 먹겠다 싶었단다.

씬 9. 몽타주.

1, 필리핀 저택 안, 낮.
희자, 이 층에서 내려와, 냉장고에서 물을 따라 마시려 하면, 어린 메이드, 물병을 뺏으며, "쏘리 맘" 하며 물 잔에 물을 따라 공손히 주는, 희자, 어색하게 구시렁 "혼자 해도 되는데.. 땡큐" 하며, 물을 마시며, 앞을 보면, 메이드, 그냥 서 있는, 희자, 눈을 피하지 않고, 물을 다 마시고, 물 잔을 주며, '웨얼 이즈, 마이 썬 앤.. 진.. 앤... 영?' 메이드, 손가락으로 밖을 가리키며 '웬트 아웃!' 하고 설거지하는, 희자, 서운한, 구시렁 "오늘도 인사도 없이 나갔네, 들" 하고, 나가려다 바닥에 떨어진 물기를 보고, 얼른 옆의 걸레를 들어, 닦으려 하면, 어느새 메이드 와서, "쏘리 맘" 하며, 걸레 뺏는,

2, 마당, 낮.
희자, 마당으로 나와, 물 조리개를 들면, 다른 메이드 "쏘리 맘" 하며 와서, 물 조리개 뺏어, 멀리 가 물을 주는, 희자, 기운 빠져, 옆을 보면, 현지 아기가 코를 흘리며 한쪽에 앉아 있는, 너무 귀여워서 웃으며 옆에 가 앉아, 자기의 옷섶으로 코를 닦아주는데, 메이드, "쏘리 맘!" 하며 뛰어와, 아길 안고 뛰어가 버리는, 희자, 서운하고, 참담한, 구시렁.. '사람 움직이는 꼴을 못 보네..'

완 (N) 하지만, 희자 이모는 그곳에서 자신의 모든 호의가, 어린 메이드들의 일자릴 위협하고, 다만 미안하게 만드는 행동일 뿐이라는 것에, 크게 죄책감을 느끼셨단다. 아들 내외에게도 메이드들에게도 도움이 되지 않는다면, 이모는 그곳에 있을 필요가 없으셨단다. 그래서, 결심하셨단다.

3, 저택 거실, 밤.
희자, 쪽지를 놓고, 가방 들고, 몰래, 집을 나가는,

***인서트 - 쪽지 내용 》**

희 자 (E) 아들아, 며늘아, 엄마 서울 가. 걱정 마, 니 엄마, 혼자 살 수 있어. 행복하렴, 엄마도 행복할게.

4, 인천공항 출구 앞 + 버스 정류장, 낮.

희자(주머니에서 전화벨이 계속 울리는), 큰 트렁크를 질질 끌고 가는,

5, 트럭 안, 낮.

민호, 차를 운전해 가며, 스피커폰으로 희자에게 전화하는, 핸드폰에서 '고객이 전화를..' 하며 안내 메시지 나오면, 끊고, 화나고 걱정돼 '아우!' 하며, 공항으로 운전해 가는,

6, 공항 버스 정류장, 낮.

희자, 세워져 있는 버스 앞으로 가는, 공항버스 기사 내려와, 희자의 가방을 들려 하면,

희 자 (가방 뺏으며, 힘든, 단호하게) 혼자 살 수 있어요!

기 사 ?

희 자 (스스로 진정하는, 아차 싶은) 아, 아니, 호, 호... 혼자 할 수.. 있어요. (하고, 굳이 스스로 가방을 짐칸에 넣고, 힘들게 버스에 오르는)

기 사 (답답스레 보다, 다른 사람들 오면, 짐 받아서 짐칸에 넣고, 짐칸 닫고 차에 오르는)

7, 버스 안, 낮.

기사, 자리에 착석해 룸미러 보면, 희자, 자리에 안 앉고, 서서, 숨을 고르는,

기 사 할머니, 출발합니다, 앉으세요.

희 자 (창밖만 보며, 숨을 고르며, 지쳤지만, 담담히, 그러나 혼자 할 수 있다는 의지로) 다리 튼튼해요, 서서 가고.. 싶고, 서서 갈 수.. 있어요.

승객들 (희자를 구경난 듯 보는)

기 사 편하게.. 앉으세요.

희 자 (그냥 서 있는)

기 사 (답답한, 버럭) 할머니! 고속도로는 서서 못 가요! 앉아요!

희 자 (그제야, 기사를 보고, 자리에 앉는, 기운이 다 빠지는, 차가 달리는, 전화벨

소리 울리지만, 못 듣는)

옆 승객 (피곤한, 짜증스레 희자에게) 할머니, 전화 좀 받으세요!

희 자 (아차 싶어, 전화를 받는) 민호야, 왜?

8, 달리는 트럭 안 + 공항버스 안 교차, 낮.

민 호 (속상하고, 화난, 버럭대는) 엄마, 뭐야, 말도 없이, 필리핀에서.. 작은형 난리 났어! 어디야? 나, 공항 가는 길인데, 엄마, (버럭) 어디 있냐고!

희 자 (창가 보며, 기운 없는) 집 가는 버스...

민 호 (애타고, 속상한) 집? 어디 집? 우리 집?

희 자 내.. 집.

민 호 (버럭) 자식 괴롭히는 것도 아니고 뭐 하는 거야, 지금?! 아빠랑 살던 집, 청소도 안 해, 귀신 집구석 됐는데 거길 왜 가! 귀신 놀이 하러 가?! (달래는) 어디야.. 거기! 내가 모시러 갈게, 엄마 혼자 그 집구석 가서 뭘 어쩐다고, 암것도 못하면서!

희 자 (속상해, 버럭) 니 엄마가 왜 암것도 못해?! 내가 내 집 가는 게 왜 널 괴롭히는 거야?! 나도 할 수 있어, 혼자 살 수 있어, 나도! (하고, 전화 끊고, 속상해, 눈가 붉어, 창가 보며, 서럽지만 의지를 다지는 듯한, 그러나 처지지 않는)

씬 10. 난희의 가게, 낮(시간 경과한 느낌).

상숙, 손님들에게 '앞쪽 분 삼만 오천 원, 뒤쪽 분, 만 사천 원입니다' 하며 계산을 해주고,

＊점프컷, 주방 안, 낮 》

경북 엄마, 팔달 설거지를 하는,

난희, 서서 밥을 짬뽕 국물에 말아 후루룩 먹고 있는,

희자, 한쪽에 의자 두고, 앉아서, 난희를 이쁘게 보는,

희 자 천천히 먹어.

난희 상숙아, 영업 끝내!

상숙 팻말 걸었어요!

희자 (이상한) 벌써?

난희 (웃으며) 장사가 잘돼. 재료 떨어졌어.. 전엔 장 봐다 다시 했는데, 이젠 나도 좀 편히 살라고.

희자 (난희, 이쁘게 보고, 웃으며) 꼭꼭 씹어서 삼켜.

난희 (웃으며) 배고파 디질 지경이야. (하고, 희자 보며 턱으로 홀에서 짬뽕 먹는 일우를 보라고 가리키는)

희자 (일어나, 홀에 있는 세 남자를 보면)

난희 (입안 가득 밥 넣고, 손으로 희자의 턱을 잡아, 돌려서, 일우(기타 케이스를 옆에 둔)를 보게 하고, 다시 밥 먹으며, 희자 귀에 대고, 웃음 띤) 맬 와. 기타 치나 봐. 홀애비 같지? (하고, 웃으며, 밥 먹는)

희자 (일우 보고, 난희 귀에 대고, 작게) 맘에 들어?

난희 (손바닥으로 제 얼굴 훑으며, 재밌단 듯, 웃으며) 반반하잖아.

희자 돈은?

난희 생긴 거 봐라, 돈 있게 생겼나. 보는 맛이지. (하고, 히히 웃으며, 밥 먹는)

그때, 정아, 어느새 와선, 주방 창에 고개 디밀고,

정아 (크게, 밝게) 뭐 해?!

난희, 놀라, 입안의 밥 뿜어버리고,

난희 아씨, 뭐야?!

정아 (손에 시장바구니며, 이불 보따리까지 들고(화면엔, 아직 안 보여주는, 상반신 멋진 모습만 보여주는), 웃으며, 희자 보고) 희자, 왔네?

희자 (정아에게 얼른 물 한 잔 떠주며) 천천히..

정아 (희자에게서 물을 받아, 시원하게 한 잔 다 마시는) 캬!

난희 (둘을 보며, 웃고, 밥 먹으며, 핸드폰 누르고, 완이와 연결되면) 넌 니 몸을 씻어 조지냐! 내려와, 정아 이모 왔어!

씬 11. 편의점, 안, 낮.

완(일하고 나서 샤워하고, 머릴 수건으로 감싼 채), 냉장고에서 흑맥주를 꺼내, 볼에 대보고, 맘에 드는지, 세 병 꺼내, 계산대로 가는, 지갑에서 카드 꺼내 주며, '여기요!' 하는,

씬 12. 난희의 가게 안(손님, 직원 모두 나간), 낮.

완이, 웃으며 흑맥주 하날 흔들면, '하지 말어, 돈 아깝게, 하지 마' 하며 소리치는 정아, 희자와 난희를 겁주는, '하면? 하면 어쩔 건데? 이 술, 내 돈 주고 샀어. 내 맘이야, 할마씨들이, 말이야, 얌전히 노시지, 대낮부터 술이나 먹고! 놀자며? 놀고 싶나! 놀아줘볼까?' 하면, 희자, 정아, 난희, 테이블 밑에 숨거나, 돌아다니거나, 앉아서 몸을 움츠리며, 자기들에게 뿌릴까, 겁먹으면서도 재밌는, 희자, '야야야, 하지 마, 너 깡패처럼 왜 그래?', 정아, '야, 야, 니 엄마한테 해!', 난희, '너, 너 엄마한테 하기만 해, 오늘 니 초상날인 줄 알어?' 등등 하며, 가게 안을 뛰어다니는,
완이, '딸년 죽인다 소리가 왜 그렇게 쉬워, 엄만?! 이거나 먹어!' 맥주를 계속 흔들어서, 수저로 펑 소리 나게 따선, 난희에게 막 붓는, 희자, 정아, 웃겨 죽는, 난희, 완이를 패는, '아우, 아우, 아우!', 완이, 웃으며, '앗 따거! 등 따거!' 하고, 난희 팔목을 잡고, 힘겨루기를 하는,

완 아우, 힘도 없으면서, 성질만, 아우.. 내가 어릴 때나 맞지, 지금도 맞을까, 장난희 씨, 딸내미가 봐주는 줄이나, 아셔요, 진짜, 아오!
난희 어쭈, 안 놔?
완 못 놔!
난희 너 죽었어, 오늘! (순간적으로, 힘을 써, 완이 머리챌 잡는)
완 악!

둘이 그렇게 장난치는 그림 위로,

정아, 희자 (술 마시며, 웃겨 죽는)

난 희 내가 이겼지? (하고, 머리채 놓고, 자리로 가 앉는)

완 (머리 아파하는) 아..

희 자 (맥주 마시며, 정아의 옷 보며) 내가 사준 옷 입었네.

정 아 (귀엽게 보고, 웃으며) 입었지! (하고, 맥주 마시는)

난 희 (보따리 보며(화면엔 안 보여주는)) 또 자식들 집에서 먹다 남은 음식 챙겼지? 이불은 버려도 되겠네.. (하고, 자리에 앉는)

완 (의자에 앉아, 난희의 맥주 한 모금 마시는)

난 희 (맥주 뺏고, 팰 듯) 콱! 운전한다며?

정 아 (완이의 가슴을 덥석 만지며, 웃으며) 아따, 우리 완이 젖 봐라!

완 (정아의 손 탁 치고, 어이없는) 어머, 이모!

정 아 (깔깔대고, 웃으며, 맥주 마시며) 우리 완이, 다 컸네.. 아주, 등실등실하다야!

희 자 (웃으며) 다 크긴.. 늙는구만.

난 희 늙긴 뭘 늙어, 아직 노량진 활어지! (하고, 완이 가슴을 주물럭대는)

완 (화들짝) 엄마! (하고, 난희의 가슴을 만지려 하며) 엄마 거 대, 이리 대!

난 희 (웃으며) 하지 마! 간지러! 야야야야!

둘이 그렇게 실랑이하는,
카메라, 깔깔대고, 웃으며 '야, 니 엄마 거 만질 게 뭐 있니? 바람 빠진 고무풍선같이 질긴 거!' 하며 웃으며, 맥주 마시며 '크' 하는 정아의 모습으로 이동하고, 정아의 낡은 신발과 추레한 바지와, 이불 보따리, 반찬 보따리가 보이는,

완 (N) 내가 좋아하는 정아 이모의 유일한 사치는, 희자 이모가 사준 트렌치코트와 번번이 다른 사람이 사주는 소녀 시절 이모의 우상 전혜린이 좋아했단 흑맥주 한 병이 전부다.

씬 13. 몽타주.

1, 재래시장, 낮.

정아, 트렌치코트에 안에 청바지를 입고, 싸구려 흰 운동화를 신고, 이것저것 사는, 김칫거리, 나물, 생선 등, 다양한 걸 사는 모습이 컷 컷 보이는, 어느새, 캐리어에 한가득 물건을 산, 손에도 물건을 든, 땀 흘리며, 캐리어를 끌고 가다, 캐리어 넘어지면, 안에 있는 게 터져서 길거리가 난리가 나는, 정아, 주변에 '미안합니다' 하며, 서둘러 물건들을 주워 담는데, 전화가 오면, 한 손은 서둘러 물건 줍고, 다른 한 손으로 전화 받는, 말은 편하게 하는,

정 아 어, 수영아! (사이) 엄마, 마트 왔지. (사이) 아냐, 힘들게 재래시장을 왜 가. 마트야. 시끄러? (하고, 주변 보다, 시끄러운 광경 보고, 물건 주워 담으며, 트렌치코트가 길바닥에 닿으면, 먼지 털고, 안 닿게 조심하며, 물건 담는) 길이야. 점심? 먹었지, 시간이 몇 신데.. 아, 끊어. (하고, 물건을 담고, 웃으며) 미쳤냐, 내가 마틀 가게, 돈이 십만 원당 만 원은 굳는데.. (하고, 캐리어 끌고 가다, 길거리 포장마차 도넛집 보고, 그냥 가려다, 다시 가서, 도넛 하나 집어 먹으며) 천 원에 몇 개예요? 먹으면서 배고프네.

2, 순영(첫째 딸)의 집(잘사는), 낮.
순영의 결혼사진과, 정아, 석균, 딸 셋의 가족사진이 보이는,
정아, 허름한 옷차림으로 청소기를 돌리며, 노랠 흥얼거리는,
그때, 지치고 힘든 순영 목소리 들리는, '엄마, 엄마', 정아, 일하다, 청소기 끄고, '엄마' 하고, 부르는 소리 나면 방으로 달려가면,

＊점프컷, 방 안 》
순영, 침대에 문 쪽으로 등을 향한 채 누워 있는(정아와 등진),

정 아 (밝은) 순영아, 엄마, 여기! 왜? 밥 줘?
순 영 (지친, 눈에 멍든, 시청자만 보는) 시끄러.. 조용히.
정 아 (눈치 보며) 깨지.. 인나서 엄마 얼굴 함 보지, 지난주도 너 자느라 엄마 못 봤잖어?
순 영 .. 잘래.
정 아 (서운하지만, 밝게) 으이고, 잠에 묘를 썼나, 그래, 자라, 자! (하고, 나가면서, 무심히 문을 쾅 닫는)

순 영　(싫은, 힘들게 눈 감는데, 짜증 나는, 세탁기 소리 나는) 엄마!

＊점프컷, 세탁실 》

정 아　(순영의 부르는 소리에 놀라) 아이고, 이런! (하고, 버튼 하나를 누르지만, 더욱 소리가 나는)

순 영　(E) 엄마! 뭐 해?!

정 아　어, 어, 꺼, 꺼! (하고는, 당황해, 코드를 뽑다, 넘어지는) 아야.. (부딪친 팔을 호호 불고, 더러운 바닥에 앉아서, 방 쪽 보고) 아이그, 예민 덩어리. 맨날 어디가 저리 아퍼. (하고, 거실 시계 보고) 둘째네도 가야 하는구만. 청소도 내 맘대로 못 하네. 밥이나 먹고 자지. (방 쪽에 대고) 으이그.. 미워. (하고, 걸레로 바닥을 닦는)

완　(N) 이모는, 의사 남편 둔 첫째 딸, 이혼한 둘째 딸, 어린이집을 하는 셋째 딸, 그렇게 딸만 셋인데, 매주 서너 번씩 딸 집을 돌아다니며, 시간당 만 원짜리 알바를 하신다.

3, 호영(둘째 딸)의 집 안, 오피스텔, 낮.
호영, 속옷 차림으로 서서, 드라이기로 머릴 말리고, 정아, 쪼그려 앉아서, 걸레질을 하는, 땀이 나는, 호영의 발을 툭 치면, 호영, 머리만 말리며, 발만 들고, 정아, 호영의 발밑을 닦는,

4, 수영(셋째 딸)의 집 안, 낮.
정아, 애기를 업고, 김치를 버무리며, 턱과 어깨에 전화기를 끼고, 전화를 받는,

정 아　내가 김칠 왜 애한테 멕여? 안 멕여.

5, 수영의 어린이집, 낮.
수영, 전화하는,

수 영　지난번에 똘레, 엄마가 준 김치 먹고 사흘이나 설사해서, 응급실 갔어. 절대

안 돼, 알았지?

선 생 (수영에게 달려와) 원장님, 창민이, 책상 위에서 넘어졌어요.

수 영 엄마 끊어. (하고, 달려가는)

6, 수영의 집 안, 낮.

정 아 (김치를 하나 먹고, 김치 하나를 찢어서, 혀로 핥아, 등 뒤의 애기를 주며, 웃으며) 얘가 김치 먹고 탈 났냐, 냉장고 이유식 먹고 탈 났지, 암것도 모르면서, 그지? (애기의 얼굴에 얼굴 부비며, 웃으며) 니 엄마 바보지, 똘레야. (전화 오면, 받는) 어, 희자야. (하고, 화상 통화 누르고, 밝게) 엄마?

***인서트 - 화상 통화 》**

화면에 희자와 정아 모가 보이는, 정아와 희자, 정아 모, 교차.

7, 요양원, 낮.

정아 모(구십오 세, 코에 호스 낀), 침대에 누워 있는, 그 옆에 희자, 옷 입은 채 누워, 화상 통화를 하는,

정 아 (밝은) 엄마, 나 누구?

정아 모 (정신없는, 희자 보면)

희 자 (친구처럼) 난 정아 친구, 필리핀 다녀온 희자! 울 엄만 죽고.. 엄만 정아 엄마. 정아는 일하느라 못 오고. (핸드폰을 손가락으로 치며) 얘가 정아지. 정아는 꼈지. 뚱뚱하고..

정 아 (깔깔대고, 웃으며) 기집애.. 울 엄마, 얼굴 좋네. 시집가도 되겠네.

희 자 엄마가, 자꾸 나보고, 입을 붕어처럼 빼끔대. 아무래도 니 노래 듣고 싶어 하는 거 같아서... 노래해. (하고, 정아 모만 나오게 화면에서 빠지는)

정 아 (신나게, 춤까지 추며, 노래하는) 보슬비가 소리도 없이...

정아 모 (정신없는 와중에도, 핸드폰만 빤히 보는)

정아, 애기 업고, 화상 통화하며 노래하는 그림 위로,

완 (N) 세 딸 집을 돌아다니며 일해서 이모가 버는 돈은 주당 삼십만 원, 그 돈은 고스란히 요양원의 모친에게로 들어간다. 하지만, 정아 이모는 불평불만 한 번 없고, 늘 행복하다신다.

8, 석균 정아의 아파트 안(소박하고 정갈한), 밤.
정아, 노브라에, 헤진 러닝에 찢어진 청바지를 입고, 소파에 누워, 오이랑 누룽지를 먹으며, 이탈리아 여행 프로를 보고 있는, 재밌는,

완 (N) 이유는 이모의 고단한 인생을 한 방에 날려줄 남편 석균 아저씨의 꿈 같은 약속이 있기 때문이다. 이탈리아 로마를 출발해, 전 세계를 돌고 다시 이탈리아 시칠리아로 돌아오는, 둘만의 세계 일주.

정아, 티브이 보며, 좋은, 혼잣말, '기다려라, 시칠리아, 곧 내가 간다... 히히히' 하고, 오이를 먹는, 티브이 삼매경이다, 그 바람에, 석균이 집 문 열고 들어오는 걸 못 보는,

석균 (인상 쓰고, 거실 큰 불 끄고, 작은 불 켜는)
정아 (벌떡 일어나, 석균 보면)
석균 너, 나 없을 때 노상 이러고 있냐? 불 켜고, 티브이 보고.
정아 (오이 먹으며, 눈치 보지만, 웃으며) 일찍 왔네?
석균 (티브이 끄고) 오이는 뭐야?
정아 시든 거 버리기 그렇잖아.
석균 왜 그걸 돈 주고 사서, 시들게 해! 정신머리가 빠져도 천 년은 빠진 여편네. (소파 위의 누룽지 바구니 보고) 밥을 왜 맨날 눌려!
정아 (식탁으로 가 식탁 위에 차려놓은 밥보자기 들추며) 늙어서, 눌려. 젊을 땐 내가 쌀 한 톨 눌리는 거 봤어?
석균 뭐든 먹어 조지지, 먹어 조져. (정아의 옷 보고) 찢어진 청바지는.. 뭐야.. 맨날.
정아 순영이가 패션이라고 사준 건데 버려? 아깝게.
석균 (식탁에 앉아 밥 먹으며) 반찬이 왜 세 가지냐?
정아 (하나 들어, 냉장고에 넣으며) 돈이 썩어나서 세 가지 했네, 낼 자셔, 낼. 줘도 (작게) 지랄이네. (하고, 서서, 석균 밥 먹는 거 보며, 애교) 혼자 먹을 수 있

지?

석균 (밥만 먹으며) 앉아.

정아 (티브이 쪽 보며) 시칠리아 여행 프로 하는데...

석균 (눈 부릅뜨면)

정아 (앉아서) 재방송 볼게. (애교 피고 웃으며) 근데, 당신 일 언제 그만두고, 우리 세계 여행 가?

석균 (밥 뜬 숟가락 들면)

정아 (젓가락으로 반찬 놔주고, 눈치 보며, 애교 피우는) 십 년 전 공장장 그만둘 때도, 이 년 전, 공장 수위 그만둘 때도 간대놓고 안 갔잖아? (눈치 보며) 이번 아파트 수위 그만두면, 그땐 진짜 가는 거다?

석균 니 그 담 말은 내가 대신 해줄게? (정아의 말을 대신하는) 당신이 일 더 한다고 해서 내가 양보한 거 알지? 나, 진짜 많이 참은 거, 알지? 당신 부모님 똥 기저귀 찰 때까지, 봉양해, 당신 팔 형제들 빨래해가며 밥해주고, 시집 장가 다 보내주고, 다 건사해. 근데도 나 세계 일주 안 데꼬 가면, 진짜 당신 사람도 아니다, 알지?

정아 (석균이 제 말 흉내 내는 거 땜에 깔깔대고 웃는)

석균 웃기는.. (하고, 눈 부릅뜨고)

정아 (애교 피우듯, 석균을 빤히 보며, 웃음 띤) 근데 당신 돈 얼마 있어, 오억, 십억? 공장장 퇴직금 탄 거, 이래저래 번 거.. 다 하면.. 많지? 난, 울 엄마 요양원비 내고, 육백 있는데. 당신 십억 더 있지? 말해봐, 내가 안 달랠게, 십억 있어? 구억.. 팔억?

석균 (밥알 튀기며) 고만 안 하냐!

정아 (웃고, 자기 얼굴에 묻은 밥알 떼서 석균 주고, 석균 볼의 밥알도 떼서 석균 주며) 동문회, 자긴 봉이 씨, 장민 씨랑 와? 차는 당신이 몰아?

석균 당연히 내가 몰지! 대학 나옴 뭐해, 운전도 못하는 것들이...

정아 나 이번 주 도로 연수 끝난다? 우리 세계 일주, 차로 하자? 둘이 번갈아서. 붕!

석균 그러다, 디져.

정아 (웃으며, 밥 먹는 석균의 입술을 닦아주며, 농담) 안 디져.

완 (N) 엄마와 희자 이모는 석균 아저씨가 빈말하는 사람은 아니라며 정아 이모처럼 둘만의 꿈의 세계 일주를 철석같이 믿고 있지만, 과연 짠돌이 구두

쇠 석균 아저씨가 행여나 그래줄까? 나는 글쎄, 라고 본다.

씬 14. 희자의 집 안, 밤.

티브이에 〈델마와 루이스〉 영화가 켜져 있고, 희자, 앉아서 한 손으론 걸레질, 한 손으론 테이프로 먼지를 찍어내고를 반복하는데, 전화 오면 받으며,

희 자 어, 민호야... 엄마.. 이제 방 청소하고, 저녁 먹을라고.. 무말랭이도 있고, 갈치도 있고... 밥 먹고? 설거지해야지! 테레비도 보고... 안 심심해... 알았어, 운동할게.. 알았어, 성당 가서 봉사도 알아보고, 알았어, 안 심심하게 놀게... 안 아퍼.. (자신을 걱정하는데, 답답한) 왜 그래? 엄마 혼자서도 잘 있는데... (웃고) 그래, 잘 자. 어. (전화 끊으며, 걸레질하며) 괜히 시키지도 않은 내 걱정을 사서 하면서, 나 때문에 피곤하다 그래. 내 아들이래도 참 이상한 애야.

하다가, 희자, 일어나, 냉장고에서 빨아먹는 하드를 꺼내 먹다가, 순간 움찔해, 시계 보면, 여덟 시다, 서둘러, 창가 쪽으로 가서, 건너편 윗집을 올려다보면, 마크(외국인), 웃통 벗고, 근육질의 몸을 자랑하며, 베란다에서 아령을 드는, 마크, 그러다, 순간, 고갤 희자 쪽(?)으로 돌리고 씩 웃는(여자 보듯 보는), 그때, 순간적으로 거실 등이 팍 하고 나가는, 희자, 하드를 먹다, 놀라 창가에서 떨어져, 벽에 기대는, 그러곤 맘 추스르고 다시 고개 빼꼼히 내밀어보면, 마크, 창가로 와, 팔로 창틀을 잡고, 여자를 보듯 낄낄대고 웃는, 희자, 내민 고개 집어넣고, 구시렁,

희 자 (시계 보며) 하루 네 번씩 꼭 저 지랄로 날 보고 웃네, 미친놈.. 늙은이 혼자 산다고... 무시하는 거지, 저게.. (하고, 바닥을 보면, 하드가 떨어진, 손으로 집어 먹고, 손가락 핥으며) 아까워라... (하다, 문자 오는 소리에 핸드폰 보고, 돋보기 끼고, 문자를 보는)

정 아 (E, 웃음 띤) 희자야, 완이한테 우리 덱고 동문회 가는 거 고맙다고 문자해. 하트도 넣고. (장난) 내 꿍꼬. 크크!

희 자 히히. (웃고, 문자를 넣고, 하트를 넣고, 문득 티브이 보면, 브래드 피트 나오

는, 얼른 그리로 가며, 좋은) 브래드네, 이뻐..

씬 15. 완이의 집 안, 밤.

완(평상복 차림으로), 침대에 화난 얼굴로 앉아 있는, 앞의 노트북(동영상 떠 있는, 연하가 어깨와 귀 정도만 보이게 나온, 연하의 등 뒤로는, 예쁜 정원이 조명을 받아 더욱 예쁘게 보이는) 켜져 있는, 연하와 화상 통화 중인, 완, 핸드폰의 희자 문자를 심각하게 보고, 화를 삭이며 한숨 쉬고, 다른 문자 보면 정아도 고맙다며, 하트를 백 개는 보낸,

연 하 (편하게) 뭐야?

완 (어이없고, 화가 나는, 작게 구시렁) 아, 혈압 올라, 진짜.. (하고, 난희에게 전화를 하는, 답답한, 너무 큰 소리 아닌) 엄마 뭐야, 내가 언제 엄마 동문회에 이모들 모시고 간댔어?! 내가 언제?! 원고 마감이라고 몇 번을 말해! (사이, 버럭) 잡지 글은 글이 아냐?! 엄마, 엄마?

씬 16. 콜라텍, 계단 + 앞, 밤.

난희와 친구 서넛이 함께 있는, 난희, 전화기를 귀에 대고 듣고, 부리나케 라커 쪽으로 가서, 돈을 내고,

난 희 (달려가며, 돈 내려는 친구들에게) 야야야, 내가 내, 내가! 라카비부터 텍 값까지, 풀로 쏜다! (직원에게) 아무한테도 돈 받지 말어. (친구들에게) 가방 맡기고 먼저들 들어가.

완 (E) 엄마, 엄마?!

난 희 아, 좀 그만 불러!

씬 17. 완이의 집 안, 밤.

완 (어이없는) 엄마, 또 콜라텍 갔니?

씬 18. 콜라텍, 계단, 밤.

난 희 (바쁜, 담담히) 알면 끊어. (하고, 전화 끊고, 텍으로 들어서는)

씬 19. 콜라텍 안, 밤.

난희, 콜라를 받아서 마시며, 주변을 보며, 벽에 죽 늘어선 친구들을 보며, '야, 오늘따라 물 왜 이렇게 탁하니?' 하는데, 다시, 완이, 전화 오면, 꺼버리는, 콜라만 마시는, 남자 오면, 친구 하나 밀며 '너 가!' 하고, 보내고, 다시 전화 오고, 핸드폰 보면, 충남이다, 모든 남자들이 난희를 보는 듯한, 기자(보도) 와서, 난희 껄떡대는 남자들 데리고 가며, '저쪽, 저쪽' 하고, 난희 보고, 윙크 하고, 난희, 무관심한 듯, 전화하는,

난 희 (웃으며) 낼 볼 건데, 웬 전화?
충 남 (E) 뻥짝거리는 거 보니까,

씬 20. 충남의 야외 카페, 밤.

북적북적한 카페,
충남, 담배를 입에 물고, 양손에 와인 두 병을 들고, 친구들(교수들이며, 예술가들)에게로 가며, 목과 볼에 핸드폰을 끼고, 통화하는,

충 남 너, 또 천오백 원짜리 동네 콜라텍 갔니?
난 희 (E) 언니, 용건만 간단히!
충 남 진짜 빡친다, 너도... 웃기는. 낼 늦지 말고. 일 없는 꼰대들 새벽부터 올 건데,

나 혼자 수발들게 하기만 해.. 암튼.... 야, 그럼 꼰대를 꼰대라 부르지, 청춘이라 부르랴? (사이) 너나 잘 살어, 남이야, 말을 우찌 하든, 콱. 끊어. (하고, 지나가던 종식이 툭 치며, 전화기 빼란 눈짓하는)

종식 (친구처럼 편하게) 고모, 비싸고 좋은 건 혼자 마셔. (친구들 보며, 구시렁) 그지같이 맨날 공짜로... (하고, 충남의 볼에 낀 핸드폰을 가지고, 가는)

충남 (종식에게 눈 흘기고, 친구들 좌석에 앉으며, 와인을 따는)

박 교수, 양 교수, 다른 친구들, 충남의 와인을 보며, '와우, 들어나 봤나, 보르도, 역시 충남 누님이시다!' 하며 좋아하는,

충남 나 없는 새, 양 교수 토킹 어디까지 나갔어? 설마 내가 좋아하는 신라 시대 선덕여왕 얘기 넘어간 건 아니지?

씬 21. 완의 집 안, 밤.

완, 동영상을 보며, 어이없는, 웃으며,

완 뭘 배워? 배울 게 있어야 배우지! 만나기만 하면 쌈박질하시지, 사람만 없음 뒷담화 작렬이시지, 삐지시지, 우시지, 땡깡 지기시지, 나이만 드심 어른이니? 노인과 어른은 분명히 엄연히 달라!

연하 (웃는지, 동영상의 어깨가 흔들리는, 완이가 귀여운) 설마 어른들 앞에서도 그렇게 버릇없이 말하진 않지?

완 (담담히) 물론, 참지. (편하게, 작게 웃고) 카메라 좀 바로 해봐봐... 얼굴 좀 보자.

연하 싫어.

완 왜?

연하 (얼굴이 반만 보이게 살짝 내밀며, 작게 따듯한 웃음 띠고) 너.. 애타.. 라고. (하고, 다시 동영상에서 얼굴 사라지는)

완 (어이없는, 화나는, 숨 고르며, 머리를 뒤로 넘기며) ... 셋 센다. 그때도 니 얼굴 안 보여줌 화상 끊는다. 하나..

연하 ..

완 둘, 셋... (하는데, 전화 오는, 받으며, 반갑게) 어, 선배.

연하 ...

완 (전화에 집중하는, 웃으며) 뭐야, 자기들끼리, 책거릴 하고?

씬 22. 당구장, 밤.

회사 직원들과 게임을 편먹고 하는지, 맥주를 병째 마시며, 당구를 치는, 한 직원, 당구를 기가 막히게 치는, 쓰리 쿠션에 공 굴러가는 게 예술이다, '아싸, 죽이게 굴러간다, 고고고!' 하며 신이 난,

동진 (주변을 피해, 다른 장소로 가며, 맥주를 병째 마시며) 올래? 아무래도 애들 흥분해 밤 샐 거 같은데?

씬 23. 완이의 집 안, 밤.

완, 전화하는, 연하 신경 안 쓰는, 제 하는 일에만 집중하는,

완 (담백하지만, 연인의 느낌이다, 괜히 제 발가락을 만지며) 싫어, 안 가.

연하 (화면에 고개 내밀어, 완이를 건너다보듯, 완이 그리운 듯, 따뜻하게 보는) ...

완 둘만이면 좋은데, 떼거진 싫어.

연하 ....

씬 24. 당구장 일각, 밤.

동진 (잠시 고민하는, 편하지만, 장난기 없는)

씬 25. 완이의 집 안, 밤.

완　　(담담히) 왜 대답이 없으실까?
연하　헤이.
완　　(동영상 보면)
연하　나 좀 사라지게 해줘.
완　　(편하게) 니가 나가.
연하　난 니 아바타잖아. 의지가 없지.
완　　그럼 기다려, 통화하고.
연하　(담담히) 딴 남자랑 통화하는 거 듣기 싫어. 당장 꺼.
완　　(말없이, 꺼버리고, 전화에만 집중하는) 어떡해, 나?

씬 26. 당구장 일각, 밤.

동진　(잠시 생각하다, 담백하게) 오지 마. (하고, 전화 끊고, 당구대 쪽으로 가며, 큐대 잡고, 큐대에 초크 바르며) 내 차례지? (하고, 치는데, 잘 굴러가는, 환호) 아자!

씬 27. 완의 집 안, 밤.

완, 전화기 보며, 재밌다는 듯, 살짝 웃고, 맘 접고, 이내 노트북 켜고, 핸드폰의 문자 보고, 어이없는 웃음 짓고, 편하게,

완　　이래 봤잡니다. 죄송합니다. 가나 봐라. 어림없지. (하고, 안경 쓰는데, 전화 오면 번호 보고 반색하며) 영원 이모? (사이) 정말, 정말? 이모가 한국 온다고? 언제? 아주 와? 언제?

씬 28. 도로 + 성당 앞, 낮.

완의 차, 정차해서 서는,
난희, 내려서 완이에게 '쫌만 기다려' 하며 성당으로 뛰어가는,

＊점프컷, 완의 차 안 》
완, 가는 난희 보며, 한숨 쉬고, 등받이에 기대, 화를 삭이며, 물 먹는, 담담한, 작게 구시렁,

완 가지가지시다, 진짜.

씬 29. 성당 안, 낮.

성가 나오고, 신도들, 영성체를 줄지어 받아먹는, 희자, 신부님 앞에서 영성체 받아먹고, 자리로 가는, 성재, 희자와 두어 사람 떨어진 곳에 서서 영성체 받아먹으려고 기다리는, 난희, 희자의 팔 잡으며,

난 희 (어이없는, 조용히) 나와 있으랬지, 콱? 언니만 아님 진짜.. 치매야? 동문회 갈 사람이 여기 왜 있어?
희 자 미사는 봐야지.
난 희 (말꼬리 자르며) 영성체 받아먹음 끝난 거지. (밀며) 가, 가.
희 자 (밀려서, 자리에서 큰 가방 들어 끌어안고) 고해성사 해야 되는데..
난 희 죄를 짓질 말어, 난 평생 고해성사 할 게 없네. 가방은 또 뭐니, 피난 가? (하고, 희자의 가방 들고, 손 끌고 나가는)
성 재 (영성체 받아먹고, 가는 희자 보고, 난희 보고, 내가 아는 사람이 맞구나 싶어, 웃음 띤 얼굴로, 자리에 가 앉는)

씬 30. 도로, 낮.

정아, 도로 연수 차로 도로 연수를 하는, 차가 오면, 깜빡이 켜고, 신호등에

서는, 긴장했지만, 잘하는,

씬 31. 운전 학원 연습장 + 연수용 차 안, 낮.

정아, 차를 몰아, 한쪽에 세우는,

＊점프컷, 연수용 차 안 》

감독관 잘하시네, 할머니, (엄지 올리며) 완전! (차에서 내려, 가고)
정 아 (감독관에게) 수고하셨어요, 선생님. (하고, 차에서 내리고)

완, 멀리서 정아 보고 손 흔들며, 큰 소리로,

완 이모, 여기, 이모!
정 아 (완 보고, 손 흔들며, 좋은) 완아!

씬 32. 달리는 국도, 낮.

뒷좌석에, 희자, 정아(희자의 가방에서, 귤이며 사탕이며, 연신 꺼내, 희자의 입에 싫다 해도 많이 넣어주고, 자기도 먹고, 완이에게 주면, 완이, 하나만 먹고 고개 젓고, 싫다 하고, 운전만 집중하는) 있는, 희자(돋보기 낀), 핸드폰으로 이 노랠 틀었다, 저 노랠 틀었다 하고, 정아, '뭘 찾는데 그래?', 희자, '좋은 노래 있어, 좀만 기다려. 이건가?' 하고, 그 바람에 온갖 노래 소리 때문에 완이는, 정신이 사납고, 화가 나는, 참는데,

희 자 (신나는 노랠 틀고) 찾았다, (완에게) 완아, 이 노래 좋지?
완 (주변의 거친 운전자가 차를 가로질러 오고, 지그재그로 운전하는 게 신경이 쓰이고, 이 상황이 싫지만, 운전에 집중해, 건성으로) 네, 좋아요.
정 아 아이고, 좋다, (창가 열고, 신나게) 바람 좋고!

그 그림 위로, 난희, 쌍분과 전화하고 있고, 시끄런,

난희 (답답한) 엄마가 거길 혼자 사발이 타고 어떻게 와? 내가 가는 길에 모셔 간다니까. 삼십 분이 아니라 십 분이라도 그렇지, 인봉인 왜 찾아, 나랑 통화하는데? 엄마, 엄마?

완 (운전만 하는, 거친 운전자가 밀착 운전을 해 성질나는 걸 참는)

씬 33. 쌍분의 집 안, 낮.

호진, 휴대용 산소호흡기 끼고 웃으며, 툇마루에 앉아, 하늘 보고, 인봉, 목발 짚고, 멀리 산책 가는, 쌍분(외출복 입은), 난희 전화 받으며, 인봉에게 말하는,

쌍분 (인봉만 보며) 인봉아, 들로 가지 말고, 산으로 가! 그래야, 운동 돼!

인봉 (안 보고, 가며) 어! 산으로 갈 거야.

쌍분 (화나는) 들로 간다고?!

인봉 (안 보고, 답답한, 버럭) 아, 산으로 간다니까!

쌍분 (말귀 못 알아들어, 열불 나는, 구시렁, 버럭) 저, 저저저, 개누무새끼! 저게, 꼭 들로 간다네! 야, 이, 미친놈아! 산으로 가!

난희 (E, 답답한) 엄마, 나랑 통화해! 엄마, 나.. 삼십 분이면 그리 가요. 그러니까, 엄마, 집에 계셔. 혼자 거기 오실 생각 말고, 어?

쌍분 (난희가 시끄럽다) 뭐래, 얘는.. (하고, 전화 끄고, 귀먹은 호진에게, 큰 소리로) 밥 잘 먹고.. 낮잠 처자지 말고.. 나한테 전화질 말고.. 알았으면 고개 끄덕이고.

호진 (쌍분 보고, 웃으며, 고개 끄덕이는)

쌍분 (투박하게, 옆의 걸레로 호진 얼굴 닦아주고, 볼에 쪽 하고 입 맞추고, 걸레로 입 닦고) 이번엔 또 언 놈이 죽었나.. (하며, 사발이 타고, 가는)

씬 34. 완이 차 안 + 도로, 낮.

난희, '이 노친네 진짜 고집도..' 하면서, 전화 다시 거는, 그때, 거친 운전자, 완이의 차 앞으로 새치기를 하고, 완이, 핸들을 확 꺾으며, 차 세우고, 그 바람에 희자, 정아, 난희, 휘청하고, 완이, 성질나, 차 밖으로 나가, 가는 차에 소리치는,

완 (버럭, 화나 소리치는) 야, 이 새끼야! 이 미친.. 뭐 저런, 미친.. 개... 그지가.. 걸레, 쪼다! 야, 너 죽을래!

난희 (놀라, 창문으로 고개 디밀며) 야, 넌 무슨 걸레 물었어? 어디서 욕지랄이야!

완 (난희 보며, 화난) 엄마는 무슨 전활 그렇게 해?! 할머니 가는귀 먹어서 말귀 못 알아듣는 거 몰라? 할머니가 알아서 오신다 그럼 네 하면 될걸. 굳이굳이... 내가 정신 시끄러 운전을 어떻게 해?! 사고 남 엄마가 책임질 거야!

정아 (완이가 화난 걸 보고, 희자에게, 작게) 꺼.

희자 (아차 싶어, 음악 끄고, 완이에게) 완아, 차 타.

완 (이모들 생각해, 참으려, 숨을 고르고, 머릴 쓸어 올리며 화를 참는)

난희 (할 말 없지만, 완의 버릇없음이 화가 나는, 화를 참고, 가라앉은, 으름장) 듣기 좋은 콧노래도 일 절이면 됐어?!

완 (큰숨 쉬고, 차를 타고, 자리에 앉아, 희자, 정아에게) 죄송해요, 이모들. 아까 그 개 그지가 난폭 운전,

정아 (말꼬리 끊으며) 나도 봤어, 쌍누무 새끼.

희자 개 그지, 쌍 새끼! (하는데, 배 아픈)

난희 (희자 못 보고, 완이 맘에 안 드는, 혼내는) 운전이나 해, 꼴통 그만 지기고?

완 (흘겨보고)

난희 (보면 어쩔래, 하는 뜻으로 보는)

완 (내가 참자 싶은, 화 참고, 숨 내쉬고, 시동 걸려는데)

희자 (배 만지고, 정아 보며) 정아야, 나 배 아퍼.

정아 많이? 어째?

완 (편하게) 이모, 여기서 십 분만 가면 휴게소야, 좀만 참아요.

난희 (주변 보고, 희자 보며) 언니 나가.

완 (어이없는) 어딜 나가? (룸미러로 희자 보며) 이모, 좀만 참아.

정아 (배 아파하는 희자 데리고 나가며) 나가자, 나가자.

완 (정아 잡으며) 나가면 어쩌게, 이 난장에서? 이모, 여기서 십 분만 가면,

난희 (완이 팔 치며) 너도 이모들 나이 돼봐, 밑이 헐거워, 대소변이 참아지나, 암것도 모르면서. 나가, 나가! (하고, 자기도 나가고)

완 엄마! (하다, 지치는, 운전석에 몸을 기대버리고, 눈을 감는)

***점프컷, 도로 위 》**

희자, 서둘러 나와 배를 잡고, 이리 갈까 저리 갈까 당황하고,
난희, '언니, 언니, 풀밭 가지 마, 뱀 물려, 나무 밑! 나무 밑!' 하고, 가리키면,
희자, 서둘러 가서, 볼일 보고, 뿌지직 똥 소리가 나면, 마른번개 치는, 정아, 웃으며, '장단 죽인다!' 하며 난희와 서로를 툭툭 치며 웃겨 죽는, 희자, 반응 않고, 제 볼일만 보는,

***점프컷, 차 안 》**

완, 좌석에 기대 지치는, 그러다, 백미러 보면,

***점프컷, 도로 위 》**

희자, 용변 후, 꽃을 하나 꺾어(용변 자리 옆에 있던 꽃), 귀에 꽂고 나오고, 난희, 정아, 그 모습이 웃기고, 희자, 꺾어 온 꽃을 정아, 난희에게 꽂아주고, 난희, 웃으며 '똥내 나', 정아, '미친년같이 뭐야?' 하면서도, 다른 꽃을 보고, 꽃을 꺾어, 희자 귀에 대며, '이게 낫다' 하며, 장난치는,
완, 어이없어, 차 창문으로 고개 내밀고,

완 안 가요?!

***점프컷, 차 안 》**

완, 굳은 얼굴로 시동 거는데, 안 걸리는, 난희, 희자, 정아, 왜 그런가 싶은,
완, 시동을 다시 걸지만, 소리만 나다, 꺼지는,

난희 (무심히) 왜 이래, 밧데리가 없나?

완 (화나, 버럭) 엄마는 내가 밧데리 충전하라고 몇 번을 말했어!

난 희　(어이없는, 버럭) 이게 내 차냐, 니 차지!

완　(차 운전대 보고, 순간, 울상) 내 차네. 아, 진짜.. (하고, 나가서, 숨 크게 쉬고, 다시, 차 문 열며) 오늘 동문회 못 가요. 서비스 부르고, 고치면, 오밤중이야.

정아, 희자　어떡해?

완　죄송해요, 이모들.

난 희　(완이 빤히 보며, 아무렇지 않게) 차 세워.

완　(서비스 센터에 전화하다) 뭔 소리야, 차 섰잖아.

난 희　(턱으로 지나가는 차 가리키며) 가는 차 세워.

완　(빤히 보다, 난희 성질 아는, 어이없는, 핸드폰 내리고, 길가로 가서, 화를 참고, 허리에 손을 올리고, 숨을 몰아쉬는)

***점프컷, 차 안》**

정 아　그냥 가자.

희 자　(완이 보며) 완이, 성질나니까, 무섭네, 저래 시집을 못 가는구나, 재가.

난 희　(완이만 보는) 지가 성질내봤자지, 내가 지 엄만데. (하고, 밖 보며, 좋은) 섰다!

모두, 창가 보면, 남자 운전자, 차 세우고 내리고, 완이, 뭐라 뭐라 말하고, 남자는, 제 차 트렁크에서 연결선 찾는, 완이, 제 차로 오는,

난희, 희자, 정아　(완이 보며) 뭐야?

완　뭐긴, 못 봤어? (머리 쓸어 넘기며, 남방 단추 하나만 푸는 시늉하며) 이거 한 방에 바로 차 서는 거, (어른들에게, 손 내밀고) 히히히히히.

모두들, 웃고, 완이와 즐겁게 하이파이브 하는,

씬 35. 달리는 국도 변, 낮.

신나는 음악 흐르는, 씽 하고, 달려가는 완이의 차, 달리는 차 창문으로 희자

와 정아, 난희, 웃으며, 내다보면, 귀에 꽂은 꽃이 날아가는,

씬 36. 충남의 카페, 근처 동네 주차장, 낮.

완의 차 서고, 완이, 눈이 휘둥그레지는, 기자 외 노인들이 더러는 지팡일 짚고, 더러는 다릴 절며, 안부를 물으며, 우르르 가는, 희자, 난희, 정아, 내리며, '언니, 오빠' 하며 반갑게 그들에게 달려가는데, 쌍분, 사발이 타고 오고, 난희 외, 모두 쌍분에게 달려가며, '엄마!' 하는, 쌍분, 그들을 그냥 지나쳐 가는, 난희, 어이없어 웃으며 '진짜.. 저걸 타고 여길.. 엄마, 인사 좀 받어!' 하는, 쌍분, 아랑곳없이 가는, 완이는, 각각인 노인들 모습에 한숨이 나는, 잠시, 숨 고르는데, 차 창문 노크하는 소리에 고개 돌려 보면,

석균　넌, 왜 어른 보고 인살 안 해?
완　(어색하게 웃으며, 차 창문 내리고) 아.. 안녕하세요, 아저씨?
석균　(말꼬리 자르며) 시집갔냐?
완　(싫지만, 어색한 웃음) 아뇨.. 아직.
석균　작가라며 책은 썼냐?
완　(화 참으며, 어색한 웃음) 아뇨..
석균　그럼 넌 대체 뭘 하는 거야?! 너 대학 나왔지?
완　네.
석균　니 엄마 돈으로 나왔지?
완　(어색하게 웃으며) 알바하고 장학금도 받고,
석균　그래서 엄마 돈은 일절 안 받았다고?
완　(화 참으며, 어색한 웃음) 아.. 뇨.
석균　지 엄마 골 파서 장사하는 줄도 모르고....
난희　(어느새 와, 석균을 안으며) 오빠!
석균　(난희 떼내려, 몸서리치며) 얘는 왜 매번 끌고 다녀, 어려서도 커서도!
난희　(웃으며) 누가 끌고 다녀, 지가 지 발로 왔지, 여기 노인네들 취재한다고, 곧 책 낼 거거든. (하고, 완이 보고, 윙크하는)
완　(어이없는) ?

난희 빨리 오셔. (하고, 쌍분에게 '엄마!' 하고 가고)

석균 (완 보고) 불알도 안 달린 게 차는 몰고, 꼴값을 떨어. (하고, 가는)

완 (질렸단 듯, 고개 저으며) 와, 진짜... 야, 진짜.. 우.. 진짜.. (하고, 남자들과 가는, 석균 보며, N) 난 어른들 대부분이 싹 다 싫지만, 특히 석균 아저씨가 젤로 꼴 보기 싫다. (하고, 나가, 성질나, 차 문 쾅 닫는)

씬 37. 충남의 야외 카페, 낮.

총 네 그룹이 있다, 1, 충남의 교수 친구들 무리가 한쪽에 있고, 새로운 영화나 연극에 대해 얘기하는, 2, 남자 무리(석균(혼자서, 악을 쓰며, 말하는)과 남자들(양복 입은 남자, 농군인 남자(순하디 순한)) 다양하게 있고, 쌍분은 한쪽에서 남자들 무리만 유심히 보며, 안주를 우적우적 먹는, 무뚝뚝한 표정으로 예리하게 관찰하는)와 3, 여자 무리(기자와 서로 악을 쓰며, 얘기하는), 4, 정아와 희자, 말없이 수줍은 할머니 1, 2들과 농사 잘 되냐 등등 순한 얘길 하며 그 뒤에서 웃으며 재밌단 듯 얘기 듣는,
저잣거리도 그런 저잣거리가 없다, 남자들, 기자, '야, 술 가져와, 안주 떨어졌다, 야!' 하고, 악을 쓰고, 종식, 주영, 완, 열심히 일하는데, 난희, '가요, 가!' 하며, 음식들 배달하느라, 난리가 나고, 충남, 제 친구들과 뭐가 재밌는지 깔깔대고 웃는, 그 그림 컷 컷으로 보여지는, 그때, 기자가 와서, 완이의 손을 잡고, 끌고 가, 한쪽에 앉으며,

기자 너, 나 알지?

완 (어색한 웃음) 네?

기자 니가 작가라고 들었다.

완 ?

기자 너 내 얘기 써라, 내가, 너도 알다시피, 이혼한 아들에 뇌성마비 딸 있던 거 잃고, 이 날 이때껏, 맘 편한 날이 없었다. 내가 첨에 시집을 속아서 왔다, 동네 언니 하는 말만 듣고 선을 본 게 잘못이었지, 총각인 줄 알았는데, 결혼을 세 번이나 한 사람인 거야, 시집살이 개집살이라고, 시집 안 간 시누이 둘, 장가 안 간 시동생 둘, 이혼해서 돌아온 시손, 시어머니, 시아버지, 우리 식구까

지.. 열 식구 다 내가 밥해 먹였다.

완 (듣긴 듣지만, 답답한데)

그때, 여친 1, 와서, 옆에 앉으며, 거두절미 말하는,

여친 1 나는, 죽어라 여적 일만 하며 살았다. 결혼해 남편이 양복점에서 일했는데, 일하는 기술자가 스무 명이 넘었어, 내가 그 기술자들 도시락을,

기 자 (버럭) 넌, 왜 남 얘기하는데 껴!

여친 1 니 얘기 뭔 재미가 있어?

기 자 왜, 내 얘기가 왜 재미없어?! (완이(누구 편을 들어야 할지, 몰라, 어색하고 당황스런 표정이다)에게) 우리 시댁 식구들이, 돼지머릴 좋아했어! 내가 그래서 마장동 도살장에서 사흘돌이 드런 돼지머릴 사다 삶는데, 어떤 날은 돼지 눈알이 툭(시늉하며)! 어떤 돼진 사 오면, 혀가 쑥 빠지고(혀 내밀고), 돼지 이빨엔 고춧가루가 덕지덕지, (완에게) 너 돼지 고환 먹어봤냐?

완 (비위 상하고, 정신없는, 어색한 웃음) 고환은.. (고개 저으며) 아뇨..

희 자 (와선) 기자야, 왜, 드럽게 돼지머리 삶는 걸 말을 해, 완이 서울 애라 비위 상하누만.

기 자 (화나, 완 보며) 너, 비위 상하냐? 이모가, 너한테, 돼지머리 고환 얘기해서?

완 (어색하게 웃으며) 아녜요, 이모.

희 자 너, 술 많이 취했다, 기자야, 우리 가자, 가!

기 자 (버럭) 그래, 나 술 취했다, 어쩔래! 너 내 남편 초상 때 왜 안 왔냐? 왜 안 왔어? 나, 못살아 안 왔냐?

희 자 얘 또 또 자격지심 발동하네, 그땐 내가 일이 있었잖어, (하며, 완이에게 가라 눈짓하고)

기 자 (술 취해, 희자만 잡는) 뭐, 자격지심? 내가 무슨 자격지심이 있냐, 내가 무슨 자격지심이 있어?!

완 (기자 말하는 사이 빠져나와, 가며, 지치는)

＊점프컷, 시간 경과, 남자 무리 》

석균(콜라 잔 든)의 정치 얘기가 한창인,

석균　(봉이에게) 넌 무슨 말을 그렇게 해! 정치하는 놈이, 이놈 저놈 다 도둑놈이지 괜찮은 놈이 어딨어? (생각난 듯) 아, 내가 정치하는 놈 중에 도둑놈 아닌 놈, 딱 한 놈 봤다. 육이오 때 맥아더 장군 버금가는 아군 장군이셨다는데, 김 자 정 자.. 오 자 되시는 분으로서, 내가 1965년 군대 갔을 때, 운이 좋아, 그분 운전병을 했다, 아무튼 그분이 정치에 입문을 하셨는데,

완이, 남자 무리 쪽에 새 음식을 날라다 주고, 빈 그릇을 치우는, 모습 위로, 어른들의 말이 쏟아지는,

봉이　(말꼬리 자르며) 야, 그 말 말고, 너 세계 일주 하는 얘기나 듣자.
완　(무심히, 일만 하는)
석균　(첨 듣는 얘기인 양) 세계 일주?
봉이　정아가 너랑 세계 일주 간다며, 자랑질하던데,
석균　미쳤냐, 내가 돈지랄로 세계 일줄 가게.. (웃는 정아 보며) 돌아도 유분수지. 내가 번 돈 다 먹어 조지며.
완　(석균 말에 화가 나고, 열이 나는, 크게 한숨 쉬고, 피하자 싶어, 그냥 갈 길 가며, 고개를 저으며, 작게 구시렁) 질린다, 토 나와, 진짜.

난희, 다른 곳에서 빈 쟁반 들고 오다가, 힘들게 가는 완이 보며,

난희　완이야, (턱으로 여자 무리(여자들 악을 쓰며 말하는) 가리키며) 저기 가 좀 앉아 먹고 쉬어?
완　내가 일하는 게 편할 거 같애, (턱으로, 여자 무리 가리키며) 저깄는 게 편할 거 같애?
난희　(웃으며, 이해하는) 일해. (하고, 가는)
완　(담담히, 가는)

***점프컷 》**

석균　김정오 장군 얘길 마저 하면,
봉이　야, 그 얘기 그만하고 술이나 마셔!

석균　왜 중졸인 놈은 뭐 대학 나온 놈한테 연설 좀 하면 안 되냐?

남친들　(말리는) 석균아, 자식아. 왜 그러냐, 또?

석균　내가 초등학교 때 전교 회장이었어! 내가 왜 중학교밖에 못 갔냐, 울 아버지가 군수 사업한다고, 전답 팔아서, 여수에 내려가, (이어지는 느낌)

그때, 정아, 석균 자리에 술병을 가져다주며,

정아　고만해요! 동문회 와서 연설은.

석균　뭐냐, 남편 말하는데!

남친들　에헤, 고만해.

정아　(남친들에게, 웃으며) 괜찮아요. (하고, 희자에게로 가면)

희자　(석균 보며, 안된) 석균 씨 콤플렉스 여전하다? (정아 보며) 나한테 말 안 시키는 것도 내가 전문대졸이라 그렇지?

정아　(웃으며) 아니 다행이다. 내가 저 사람하고 살면서 고등학교 졸업장 있는 게 얼마나 죄가 되든지..... (희자에게) 안됐다, 생각해.

희자　그렇게 생각하니 산다. (하고, 정아, 입가에 묻은 음식을 털어주다) 참, 소자는 왜 안 왔대, 한식이 오빠랑?

정아　안 보임 죽은 거지, 뭘 물어?

희자　(담담한) 아... (정아 보며) 우린 담에 여기 다시 올까?

정아　나는 올라고, 왜 넌 안 오게?

희자　히히. (웃고) 근데 영원인 온대?

정아　(오는 난희 보고, 희자를 툭 치는, 말하지 말란 뜻이다)

난희　(와서, 희자 옆에 앉으며, 멀리 쌍분을 보는, 좋은) 진짜, 재밌어, 울 엄마.

정아　엄마 오라시지, 이리.

난희　안 했겠어, 싫다시니 놔두는 거지.

희자　니가 가지?

난희　남자들이 내 얼굴 보는 게 싫대, 낯짝 닳는대, 오지 말래.

정아　(웃으며, 쌍분 보며) 엄마 대단하다, 칠십 넘어 초등학교 들어가 한글을 배워 딸년 후배가 되고... (웃으며) 근데, 뭘 저리 남자 면상을 골똘히 보냐? 왜 그런대? 물어봤어?

난희　(쌍분이 귀엽고, 농담조) 물어봤지.

희자, 정아 뭐래?

난 희 기집년은 꼴도 보기 싫대. 울 아버지가 젊어 수십 첩을 거느렸잖아, 그래서, 그래.

희 자 어쩐지 내 눈도 안 보시드라.

정 아 (웃고)

난 희 언닌 특히 싫어라 하시지, 울 아버지 마지막 첩년이 언니랑 똑같이 생겼거든.

희자, 정아(먹다 뿜는), 난희, 깔깔대고 웃는,

＊점프컷 》

쌍분, 옆의 음식을 먹으며, 남자들을 빤히 보는, 그때, 충남, 와서, 쌍분 보다, 쌍분의 눈을 따라가면, 쌍분이 이리저리 남자들 눈만 보는 게 보이는,

충 남 엄마, 뭘 그리 남자들을 빤히 봐?

쌍 분 (못 듣고, 여전히 보는)

충 남 (귀에 대고, 큰 소리) 엄마, 왜 남자들만 보시냐고?

쌍 분 (충남 안 보며) 뭔 말 하나 보지.

충 남 그래, 들어보니 뭐래?

쌍 분 다 개소리야. 천벌 받을 놈들. 여편네 속만 썩이는 놈들, 지 애미 등골 파먹고, 여편네 골 파먹다, 늙어선 주둥이만 살아 움직이는, 개 후레자식 놈들.

충 남 (웃고) 엄마, 사과 자실래? 맛난 거 있는데?

쌍 분 뭐?

충 남 사과.

쌍 분 (이상한) 오이?

충 남 사, 과!

쌍 분 (같은 말을 왜 하나 싶은) 그래, 오이?

충 남 (포기, 구시렁) 귀가 다 자셨네. 그래, 오이?

쌍 분 (담담히) 아.... 사, 과, 줘. (하고, 다시 남자들을 보는)

충 남 (웃긴, 고개 젓는, 가게 안으로 가며, 제 친구 무리에서 서빙 하는 완에게) 완아, 거긴 내가 할게. (하고, 가게 안으로 들어가는)

완 (충남에게) 어, 이모!

충남 친구들, 조금 놀라고,

양 교수　(아차 싶은, 의심스런) 조, 조카예요?

완　(어이없고, 싫은) 네. (하고, 가는)

양 교수　친조카예요?

완　(그냥 무시하고, 가며) 내가 친조카면 니들은 죽었어, 저것들도 교수고 예술가라고... (하고, 가는, 그 그림 위로)

양 교수　아, 우리가 충남 누님 씹는 거 다 들었겠네.

박 교수　들음 대수냐, 아, 꼰지르라 그래, 우리 싫어 안 부름 신간 편하지.

양 교수　야,

박 교수　너는 때마다 사진이나 사주지, 내 도자긴 딱 세 점 샀다. 지가 무슨 르네상스를 이끈 이탈리아 메디치 가문 흉낼 낸다고, 내 건 사주지도 않으면서.

이 교수　꽁짜 술 주잖아.

박 교수　돈 많은 무식한 여편네, 전번 날은 나한테 신라 서산 마애삼존불상이 최고라드라. 서산이, 신라냐? 백제지? 무식이 판을 친다니까 아주?!

씬 38. 충남의 집, 거실 안, 낮.

충남, 사과를 깎다가, 창가(거실 뒷쪽)로 연기가 보이면, 고개 내밀고 보면, 완이(충남 시선 못 느끼는), 바닥에 담배를 끄고, 주머니의 구강 탈취제를 꺼내 입에 뿌리고, 향수 꺼내, 몸에 빠르게 뿌리고, 돌아서서, 충남의 가게 안으로 들어오는, 충남, 모르는 척하고, 와서, 물 마시는, 완일 툭 치며, 한쪽의 도자기 가리키며,

충 남　저거 멋지지, 천짜린데 박 교수가 난 특별히 칠백에 줬어.

완　(어이없게, 충남 보고, 다시 그림 보다, 옆을 보면, 온갖 도자기에 사진에 그림에 난리가 난, 심호흡하고, 충남 보며) 저거, 다 저 밖에 있는 인간들한테 돈 주고 샀어?

충 남　(사과 깎으며) 당연하지, 가난한 예술가며 지식인들 거, 공짜로 받는 게 말이

돼?

완　　이모 돈 있음 집에 티브이랑 소파나 바꿔! (바깥쪽 보며) 지식인은 무슨.. 양아치지.... 이모, 저 인간들하고 놀지 마, 그냥 울 엄마랑 희자, 정아 이모랑,

충남　난 꼰대랑 놀기 싫어.

완　　(어이없는) 이몬 꼰대 아니시고?

충남　내가 왜 꼰대니?! 난, 처년데!

완　　(한숨 깊게 쉬며, 말하기 귀찮은) 영원 이몬 언제 와요? 나, 이모 볼라고 온 건데?

충남　너, 영원이 오는 거 어떻게 알어?

완　　이모가 전화했지, 자기 온다고 오라고. 참, 이몬 어떻게 알아요? 서프라이즈 라던데?

충남　난 걔 절친이잖니?

완　　(어이없는)

그때, 밖에서 '오빠들, 언니들!' 하는 소리 들리고, 충남, 완이, 창가로 가면,

＊점프컷 》

영원(목에 스카프 한), 남친과 선물 꾸러미를 들고, 사람들과 인사하고, 포옹하고, 난리가 난, 영원, 사람들에게 남친을 소개하며, '마이 보이 프렌드' 하며 소개하고, 사람들, '우아, 우리 배우님이 오셨네, 저번에 씨에프 새로 찍은 거 봤다' 하며 반가워들 하는,

＊점프컷 》

완　　(웃으며, 좋은) 역시, 멋있어, 영원 이모.

충남　(영원 보다, 멀리 난희 보면)

＊점프컷, 바깥 》

난희　(맥주 한 모금 마시다, 영원 보고) 저건 또 왜 여길 기어 와. (하고, 맥주 내려놓고, 바닥에 침 뱉고, 짜증 나고, 화난, 일어나 가며) 술맛 떨어져.

＊점프컷 》

희자와 정아, 난희 보고, 여전히 노인들과 인사하는 영원 보는,

희 자 (정아에게 걱정스레) 어머, 어쩌니? 난희 아직도 영원이 싫은가 봐?

정 아 (웃으며) 싫음 뭐 어째, 쟤도 동문인데? (답답한) 삼십 년이 다 된 일인데, 난희도 어지간하다, 진짜.

그때, 영원, 달려오며, 희자, 정아에게 울먹이며 반가워하는,

영 원 언니.. 희자 언니, 정아 언니, (하며, 오는데)

정 아 (웃고) 저기, 엄마한테 먼저 인사드려.

영원, 돌아보면, 쌍분이가 멀뚱히 앉아 있는,
영원, '엄마!' 하며 울며, 가서 쌍분 안는,

쌍 분 (멀뚱히, 눈가 붉어, 영원의 얼굴 만지는)

영 원 (눈가 붉어, 안고, 귀에 대고) 엄마, 내가 지난달에 미국서 녹용 보냈는데, 받았어? 내 편지도 받았고?

쌍 분 (끄덕이고, 두 손으로 영원의 얼굴 잡고, 볼에 입 맞추고, 그냥 안고, 가만있는, 자식 본 듯 좋다)

영 원 아우, 엄마 냄새 좋다..

희 자 (둘을 보며) 엄마도 여적 모르나?

정 아 (둘을 보며) 그러게. 알면 저리 반가워 안 하실 건데.. (남친 보며) 뭐야, 근데 남자가 전에 그 젊은 연하남이 아니네.

희 자 어머, 남자 또 바꼈네?

씬 39. 충남의 카페 근처 동네 주차장, 밤.

영원, 사람들을 일일이 배웅하고 있는, '잘 가, 언니, 살아서 또 봐, 잘 가, 오

빠, 죽으면 저승에서 보자' 하고 웃고,

씬 40. 충남의 카페 밖, 밤.

완이, 주영, 종식은 바깥에서 청소하는,

씬 41. 충남의 집 안, 거실, 밤.

난희, 굳은 얼굴로 설거지하고, 충남, 난희의 눈치 보며, 설거지하고,
희자, 정아, 주변 정리며, 바닥 닦고,
쌍분(구석에서, 핸드폰으로 게임하는), 석균(술 안 마시는, 콜라 마시는), 기자, 봉이, 술 마시며 얘기하는,

기 자 (술 취한) 너두 알다시피 내가 남편한테 오죽 맞았냐? 그래도 나 참고 살았다, 내 남편 뇌경색으로 쓰러진 걸 십 년 수발 다 들었고.. 그제야 순해져서 이젠 잘 살아야지 했는데, 석균아... 어떻게 그 인간이 그렇게 허무하게 술 처먹고 도랑에 빠져 죽냐? 어떻게 그렇게 허무하게.. (하고, 누워, 우는)

석 균 기자야.. 일어나, 여기서 누움 어째?

봉 이 (빈 병 흔들며) 술 없냐?!

난 희 (영원 땜에 화나지만, 참고) 사 올게요. (하고, 나가는)

석 균 (정아에게) 따라가.

희 자 정아는 냅둬, 석균 씨?

석 균 (희자에게) 내가 내 여편네 두고 왜 남을 시켜?! (정아에게) 따라가!

충 남 (석균에게) 오빠, 언니도 늙어.

석 균 조용히 안 하냐!

정 아 (웃으며, 희자 귀에 대고) 세계 일주 가기 전까진 개처럼 살기로 작정해서 괜찮아. (하고, 석균에게, 웃으며) 갈게요. (하고, 가는)

희 자 같이 가. (하고, 정아 따라가는)

충 남 오빠, 여튼 언니 세계 일주 안 데리고만 가봐, 가만 안 둘 테니까.

석균 이게 어디서?

충남 그 눈 부라리는 거 정아 언니나 통하지, 나한테도 통할까, 혈압 올라가, 눈꼬리 내려. (하고, 설거지하는)

석균 (충남 밉게 보고, 기자 치마 내려주며) 막간다, 여자 주제에.

씬 42. 주차장 가는 길, 밤.

난희, 정아, 희자 내려가고,

완 (뒤에서, 투덜대는) 술 떨어졌음 그냥 끝내지. 엄마, 우리 그냥 가자, 어?

난희 내가 왜 그냥 가, 영원이 년이 가면 모를까?

그때, 영원, 올라오며, 웃음 띤,

영원 어떻게 하냐, 영원이 년은 안 갈 건데?

희자, 딸꾹질하고, 정아, 난감하고, 완, 난감한데,

완 (편하게) 이모, 울 엄마 입 건 거 알지, 이해해?

난희 (침을 퀙 하고, 영원의 발 쪽에 뱉고) 낯짝 두껍다, 니가 내 앞에서 어떻게 웃냐? 나 올 때까지 꺼져. (하고, 가는)

완 (황당한) 엄마..

영원 (가는 난희에게) 술 많이 사 와, 너랑 나랑 부어라 마셔라, 날이 새도록 해보자!

희자, 정아 (영원의 팔 잡아주고) 이해해, 니가. (하고, 난희 따라가는)

완 (난희 보며, 황당하고, 화나는)

영원 내가 죽을죄 진 게 있어, 니 엄마한테 암 말 말어. (하고, 완이 엉덩이 치며) 방둥이 실하다.

완 (난희만 보며, 영원에게) 다녀올게. (하고, 가는)

씬 43. 읍내로 가는 달리는 국도 변, 차 밖 + 차 안, 밤.

완, 운전하고, 난희, 조수석, 희자, 정아 뒷좌석에 탄,

완　(답답한) 돌아버려, 엄마, 진짜 왜 그래, 영원 이모한테,

난희　(창가만 보며) 입 닫어.

완　내가 엄마가 영원 이모 싫어해서 그동안 말 안 했는데,

희자　(달래는) 완이야, 그동안 말 안 한 건, 계속 안 하는 게 맞아, 하지 마.

정아　입 닫어.

완　해야겠어요. 대체 영원 이모가 엄마한테 뭘 그렇게 잘못했는지 모르겠지만, 영원 이모가 나 유학할 때도, 해마다 찾아와서 용돈 주고, 고민 상담해주고, 바쁜 엄마보다 더 엄마같이, 살갑게, 정스럽게, 얼마나 잘해줬다고. 내가 팔 다쳐서 병원 갔을 때도,

난희, 화난 얼굴 위로, 완이, 말하고,

난희　(화나, 보는)

희자　(창문 열며) 덥다.

정아　(창문 열며) 나도.

완　(계속 말하는) 엄마는 안 왔지? 영원 이몬 왔어. 지금도 우리 할머니한테 무척 잘할걸? 모르긴 몰라도, 할머니 저렇게 건강하신 거, 다 영원 이모가 사다 바친 영양제 덕분일걸? 엄마 이유나 듣자, 대체 왜 그래? 전엔 둘이 죽고 못 살았다며? 근데... 왜, 삼십 년 가까이 찬바람이 부냐고? 이모도 나한테만 연락하고? 이유가 뭐야? 나도 좀 알자, 어? (하고, 브레이크 밟는, 보면)

난희　(문 열고, 나가는)

씬 44. 읍내, 밤.

난희, 차에 기댄, 희자, 정아, 내리는,

완, 차에서 내려,

완　(한숨 쉬고) 술 사 올게. 우리 그거 주고 가자. 어? 엄마가 영원 이모 싫은 거 알겠으니까, 그냥 가자고요, 네? (하고, 길 건너 멀리, 가게로 들어가는)
희자　(난희 팔 잡으며) 완이 말대로 하자. 난희야?
정아　말 들어, 그냥 가.
난희　(한숨 쉬고, 고개 들다, 뭔가 이상해, 한쪽을 보면)

*점프컷 》
영원의 남친, 차에서 내려 모텔로 들어가고,
희자, 정아, 난희의 고정된 시선을 쫓다, 영원의 남친 보는,

희자　영원이.. 남자 아냐?
정아　아까... 근처에 일 볼 게 있다며 나가드니... 모텔은 왜?

난희, 흥미롭고, 진지하게, 모텔을 올려다보면, 어떤 여자가 방에 불을 켠 채 서성이고, 영원 남친이 오면, 안고, 둘이 격렬히 입을 맞추는 게 보이는,

완　(술 사가지고 와서) 가요. (하다, 난희가 보는 쪽 보다, 놀라, 난희에게) 영원이 이모 보이 프렌드?
희자　(기운 빠지는) 이런 거 정말 싫어... (하며, 놀란 듯, 나무에 기대서는)
정아　(희자 옆에 기대, 모텔 안 보고, 딴 데 보며) 드럽게 뭐 하는 짓이야? (희자에게) 주둥이 맞췄지?
희자　(땅만 보고) 진하게.
난희　(기회다 싶은, 핸드폰을 꺼내, 그 모습 찍는)
완　(말리며) 엄마!
난희　(핸드폰 안 뺏기며) 왜 이래, (하고, 핸드폰 흔들며, 희자 보고) 언니, 나 말리지 마. (정아 보며) 언니도! 오늘 영원이 기집애, 내 손에 죽었어, (완 보며) 완아, 너 차 몰아!
완　(화나는, 가라앉은, 손 내밀며) 핸드폰 이리 내.
희자　난희야, 완이 핸드폰 줘, 니가 그러니까, 나 당 떨어지잖아.

난 희 (순간, 택시 지나가는 걸 보고, 달려가며) 택시!

희자, 정아 어머머머, 재 봐, 재!

완 (놀라) 엄마!

희 자 못됐네, 저게 진짜!

정 아 난희야, 에지간히 해, 좀!

씬 45. 충남의 집, 거실 안, 밤.

봉이, 기자(팔자타령이 늘어지는), 취했고, 석균, 둘을 짜증스레 보고, 쌍분은 구석에 앉아, 핸드폰으로 오락만 하는, 영원, 걸레로 주변 닦는데,

기 자 (술 취한, 석균과 봉이에게) 왜 나 왕따 하니? 왜 왕따 해?! 왜 내가 니들 차 놔두고, 왜 혼자 청승맞게 버슬 타고 와야 하는데, (속상해, 버럭) 남편 없다 무시해?!

봉 이 넌 늘 장숙이랑 호식이 차 타고 왔잖아!

기 자 장숙이 풍 맞은 거 몰라? 그리고 호식이 죽은 지가 언젠데? (신세 한탄, 울상) 내가 아는 놈들은 싹 다 죽고..

석 균 (같잖은) 니가 아는 놈이 왜 싹 다 죽어. (가슴 치며) 여깄는 나는 송장이냐?

봉 이 에우.. 지겨워.. (하고, 눕는)

기 자 (영원에게) 너 나 깔보지?

영 원 (답답한) 내가 죽을라고 언닐 깔봐. 나 언니한테 맨날 기잖어. 알면서, 그래? 지난달에도 미국에서 전화했잖아?

기 자 (드러누워 자며) 나 곧 죽는다, 나 죽음 울지 말고 잘해!

영 원 걱정 마셔, 우리 중에 언니가 젤 오래 살 테니. (석균에게 눈치 주며) 오빠, 덱고 가.

석 균 (버럭) 순영 엄마가 와야 가지!

충남, 욕실에서 세수하고, 머리를 감고 머리에 수건 쓰고 나오며,

충 남 아이고, 그렇게 순영 엄마가 좋아? 근데 그렇게, 개 잡듯 잡어? (석균 옆에 앉

아, 눈 빤히 보며) 오빤, 좋아하는 사람 괴롭히고, 변태지?

석 균 (화나 보며) 시집도 못 간 게 어디서 나불나불.

충 남 (담담히, 비웃으며) 내가 결혼 안 하는 이유 딱 한 가지잖어, 오빠 같은 남자 만날까 봐. 오빠, 인생 그리 살지 말어,

영 원 (말꼬리 받아, 바로 말하는, 웃으며) 그러다 다음 생에 우리 같은 애들 만나 산다?

석 균 에으.. (하고, 힘들게 일어나 화장실로 가는)

영원, 충남 (깔깔깔 웃고)

충 남 (석균 보고, 웃으며) 천하의 석균 오빠도 무릎이 닳는구나, 성질도 같이 닳음 금상첨환데...

영 원 (웃고) 크크크.. 여전히 귀여. (하고, 설거지하는)

충 남 (전화 벨소리 듣고, 쌍분 옆에 가서 앉아) 엄마, 전화.

쌍 분 (남편 호진 전화 확 끄고, 오락만 하는)

충 남 아, 멋져. (오락 훈수 두는) 엄마, 여깄는 거 터트려야지.

쌍 분 (오락만 하며) 너 가. 영원이 오고.

충 남 (귀여운, 영원 보고) 야, 와!

영 원 (설거지하는, 좋은) 쫌만 기다려, 엄마, 곧 갈게.

그때, 난희, 들어와, 설거지하는 영원에게 말 거는,

난 희 나는 아직도 너한테 남은 의리가 있드라?

영 원 (설거지만 하며, 편한) 쉽게 말해?

난 희 너는 내 남편이 니 친구 숙희 년이랑 바람 필 때 나 따돌리고 뒤에서 구경했지만, 나는 그럴 수가 없어서.. 봐라, 내 의리. (핸드폰 켜, 연속으로 찍은 사진 보여주면)

영 원 (그걸 가만 보는)

충 남 뭐야? (하고, 핸드폰 뺏어서, 보다, 아이쿠 싶어, 영원 보면)

영 원 (담담히, 충남에게서 핸드폰을 뺏어 다시 보는, 여자의 얼굴을 유심히 보는)

그때, 희자, 정아, 완이 들어오는,
완, 난희 보면, 난희, 영원을 고소하고 재밌단 듯 빤히 보고 웃는,

난희 (영원 보며) 그러게, 이번엔 좋은 놈 좀 만나지, (강조) 유부남에 연하남에 이젠 바람 피는 놈까지.

충남 (난희에게) 고만해.

완 (영원이 들고 있는 난희의 핸드폰을 뺏는) 미안, 이모.

영원 (담담히, 옆에 둔, 제 핸드폰 찾아서 전화 거는)

그때, 희자, 정아 기운 빠지는지, 소파에 앉는,

희자 (힘없이, 정아에게) 나갈래, 정아야?

정아 (누워 자는 봉이, 기자 보며) 기운 없어 쉬었다, 가.

난희 (못 듣고, 영원 눈 빤히 보며, 담담히) 일 보러 간다며, 모텔은 왜 가? 그지?

완 (영원의 전화기 뺏으려는) 이모, 전화는 나중에..

영원 (못 잡게, 손사래 치고, 통화되면 바로 웃으며) 어, 친구, 축하한다, 와이프랑 화해했네?

모두 (뭔가 싫은데, 귀먹은 쌍분만 오락하는) ?!

영원 어떻게 알긴, 평생 의리 있는 내 친구 제보로 알았지. (웃고) 긴말 말고, 와이프랑 서울 올라가. 너 따라 지방까지 와서 비는데.. (웃고) 어, 그래 그래, 뜨거운 밤, 굿 잠! (하고, 핸드폰을 충남 쪽에 획 던져두는, 난희 보며, 강조) 말귀 못 알아들었구나, 애인 아니고 보이 프렌드. 친구.

희자, 정아 (난희 보는, 어쩌나 싶은, 싫고 황당한) ?!

완 (화나, 난희 보고)

난희 (참담한, 참고, 쌍분에게) 엄마, 가자, 모셔다드릴게. (하고, 가려는데)

영원 (난희 팔 잡고) 나랑 술 한잔하고 풀고 가.

난희 (거칠게 팔 뿌리치며, 화난, 눈가 붉어, 속상하고 악에 받쳐, 큰소리로) 뭘 풀어?! 코 푸냐?! 니가 년아, 사람이야?! 내가 물었지? 숙희 년이랑 내 남편이 아무래도 이상하다고? 근데 니가 뭐랬어? 절대 그럴 일 없다 그랬지, 다 알면서! 니가 그 거짓말만 안 했어도, 내가 내 집 안방에서 내 남편이랑 숙희 년이랑 나뒹구는 꼴은 내 눈깔로 안 봤을 거 아냐?!

쌍분 (그때야 보는) ?!

석균 (화장실에서 나오는)

난희　내가 널 얼마나 믿었는데! 니가 어떻게 날 따돌려?!

완　(난희를 안다시피 하고, 밖으로 끌며) 엄마, 가자..

그때, 영원의 전화가 울리고,

충남　가긴 어딜 가, 붙어! 오늘 이 집에서 누구 하나 죽어 나가든, 화햅 해서 손잡고 나가든, 양단간에 판을 내, 아주! 드럽게 몇십 년을 개지랄로.. (하다, 영원 핸드폰 보고, 생각 없이, 영원 주며) 야, 숙희 전화!

난희, 숙희란 말에 확 돌겠는, 희자(구시렁, '숙희' 하며 정아 보는), 정아(황당해, 고개 젓고), 석균(뭔 말인가 싶은), 완, '숙희'란 말에 놀라는데, 영원, 참담하고, 고개 돌려 한숨 쉬는,

충남, 아차 싶어, 핸드폰 끄고, 등 뒤로 핸드폰 숨기는,

난희, 영원을 원망스레 보는, 그때, 완, '엄마, 가자' 하면, 난희, 거칠게 뿌리치며, '진짜, 이게! 너, 아직도 내 남편이랑 놀아났던 숙희랑 노냐! 나한텐 개랑 끝냈다며! 너, 거짓말이 특기냐?!' 하며, 영원의 머리채 잡고, 영원(본능적으로 머릴 부여잡는), '악!' 하고, 석균, '야야야!' 하고, 완이, '엄마!' 하며 난희('이년, 이년!' 하는)를 잡아, 영원에게서 떼내는데, 정아, 속상해, 일어나려 하면, 희자, 정아 팔 잡아 앉히며, '앉아, 그냥! 어지러', 영원, 뜯긴 머릴 만지며, 참담해서 난희 보는 순간, 어느새, 쌍분, 영원의 머리채 휘어잡는, 영원, '악!' 하는, 모두 달려들어, 말리는, 그 모습에서 엔딩.

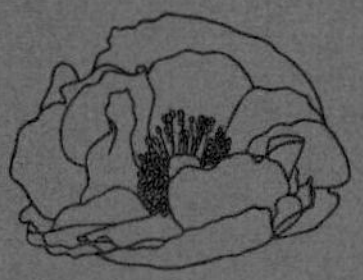

dear my friends

2 부

혼자 할 수 있어요,
혼자 살 수 있어요

씬 1. 프롤로그, 밤.

1, 국도 변 + 달리는 석균(정아가 모는)의 차 안 + 차 밖, 밤.
신나는 음악이 울리는, 정아, 운전하고, 희자, 조수석에 앉아, 노랠 따라 부르며, 춤추듯, 신나게 가는, 희자의 핸드폰엔 정아 모가 누워 핸드폰을 보고 있는 모습이 보이는, 간병인의 도움을 받아 화상 통화 중이다,

희 자 (노래 부르며, 운전하는 정아에게 핸드폰 보여주면)
정 아 (신난, 자문자답) 엄마, 나 어디까지 왔게? 현촌 사거리 왔다?! 딸내미 운전 잘하지, 히히. 이제 북미산 넘으면 엄마한테 가지롱.. 히히. 좀만 기다리셔!
간병인 (정아 모의 화면에 나타나) 조심히 오세요.
정 아 네! (하고, 끊고, 차 스피커 볼륨을 더 키우는, 노래 부르며, 신난)

2, 시골 동네, 슈퍼 앞, 밤.
촌부, 술이 만취해, 가게에서 나와, 길거리에 오줌을 누고,
주인 할머니, 그릇에 물 담아 밖에 버리며, 촌부에게,

할머니 상득아, 아들 마중 나오라 그래! 상득아!
촌 부 (오줌 누고, 그냥 밤길을 가는)

3, 국도 변, 밤.

촌부, 갈지자로 국도 변 중앙을 걸어가며, 길바닥에 침을 칵 뱉는,

4, 차 안, 밤.

희자, 정아, 노래를 틀고, 여전히 신나서 가는,

희 자 (그러다, 앞의 뭔가를 보고, 이상한) 뭐야, 저게?

정 아 (무심히, 희자 보며) 뭐가?

희 자 (당황, 놀라) 저, 정아야, 브, 브 브레이크.. 브레이크..

정 아 왜? (하다, 앞 보면, 뭐가 보이고) 뭐야, 저게?

희 자 정아야, 오른쪽 밟아, 아니, 왼쪽, 아니 아니, 오른쪽인가? 어머, 어떡해!

정 아 어머머머! (하고, 놀라, 당황해, 액셀을 밟는)

뭔가, 쾅 하는, 정아의 차, 멀리 가서, 끽 하고 브레이크 밟는,

5, 차 안, 밤.

정아, 희자, 땀 난, 서로 놀라고 황망해 뒤를 보고, 서로의 얼굴을 보는, 넋이 나간,

씬 2. 읍내, 밤(1부 엔딩 씬 연결).

난 희 (기회다 싶은, 핸드폰을 꺼내, 그 사진 찍는)

완 (말리며) 엄마!

난 희 (핸드폰 안 뺏기며) 왜 이래, (하고, 핸드폰 흔들며, 희자 보고) 언니, 나 말리지 마. (정아 보며) 언니도! 오늘 영원이 기집애, 내 손에 죽었어, (완 보며) 완아, 너 차 몰아!

완 (화나는, 가라앉은, 손 내밀며) 핸드폰 이리 내.

희 자 난희야, 완이 핸드폰 줘, 니가 그러니까, 나 당 떨어지잖아.

난 희 (순간, 택시 지나가는 걸 보고, 달려가며) 택시!

희자, 정아　어머머머, 재 봐, 재!
완　(놀라) 엄마!
희 자　못됐네, 저게 진짜!

씬 3. 충남의 카페 안, 밤.

영 원　(난희의 핸드폰의 사진을, 가만 보는)
충 남　뭐야? (하고, 핸드폰 뺏어서, 보다, 아이쿠 싶어, 영원 보면)
영 원　(담담히, 충남에게서 핸드폰을 뺏어 다시 보는, 여자의 얼굴을 유심히 보는)

그때, 희자, 정아, 완이 들어오는,
완, 난희 보면, 난희, 영원을 고소하고 재밌단 듯 빤히 보고 웃는,

난 희　(영원 보며) 그러게, 이번엔 좋은 놈 좀 만나지, (강조) 유부남에 연하남에 이젠 바람 피는 놈까지.
충 남　(난희에게) 고만해.
완　(영원이 들고 있는 난희의 핸드폰을 뺏는) 미안, 이모.
영 원　(담담히, 옆에 둔 제 핸드폰 찾아서 전화 거는)

그때, 희자, 정아 기운 빠지는지, 소파에 앉는,

희 자　(힘없이, 정아에게) 나갈래, 정아야?
정 아　(누워 자는 봉이, 기자 보며) 기운 없어 쉬었다, 가.
난 희　(못 듣고, 영원 눈 빤히 보며, 담담히) 일 보러 간다며, 모텔은 왜 가? 그지?
완　(영원의 전화기 뺏으려는) 이모, 전화는 나중에..
영 원　(못 잡게, 손사래 치고, 통화되면 바로 웃으며) 어, 친구, 축하한다, 와이프랑 화해했네?
모 두　(뭔가 싶은데, 귀먹은 쌍분만 오락하는) ?!
영 원　어떻게 알긴, 평생 의리 있는 내 친구 제보로 알았지. (웃고) 긴말 말고, 와이프랑 서울 올라가. 너 따라 지방까지 와서 비는데.. (웃고) 어, 그래 그래, 뜨거

운 밤, 굿 잠! (하고, 핸드폰을 충남 쪽에 휙 던져두는, 난희 보며, 강조) 말귀 못 알아들었구나, 애인 아니고 보이 프렌드. 친구.

희자, 정아 (난희 보는, 어쩌나 싶은, 싫고 황당한) ?!

완 (화나, 난희 보고)

난희 (참담한, 참고, 쌍분에게) 엄마, 가자, 모셔다드릴게. (하고, 가려는데)

영원 (난희 팔 잡고) 나랑 술 한잔하고 풀고 가.

난희 (거칠게 팔 뿌리치며, 화난, 눈가 붉어, 속상하고 악에 받쳐, 큰소리로) 뭘 풀어?! 코 푸냐?! 니가 년아, 사람이야?! 내가 물었지? 숙희 년이랑 내 남편이 아무래도 이상하다고? 근데 니가 뭐랬어? 절대 그럴 일 없다 그랬지, 다 알면서! 니가 그 거짓말만 안 했어도, 내가 내 집 안방에서 내 남편이랑 숙희 년이랑 나뒹구는 꼴은 내 눈깔로 안 봤을 거 아냐?!

쌍분 (그때야 보는) ?!

석균 (화장실에서 나오는)

난희 내가 널 얼마나 믿었는데! 니가 어떻게 날 따돌려?!

완 (난희를 안다시피 하고, 밖으로 끌며) 엄마, 가자..

그때, 영원의 전화가 울리고,

충남 가긴 어딜 가, 붙어! 오늘 이 집에서 누구 하나 죽어 나가든, 화해 해서 손잡고 나가든, 양단간에 판을 내, 아주! 드럽게 몇십 년을 개지랄로.. (하다, 영원 핸드폰 보고, 생각 없이, 영원 주며) 야, 숙희 전화!

난희, 숙희란 말에 확 돌겠는, 희자(구시렁, '숙희' 하며 정아 보는), 정아(황당해, 고개 젓고), 석균(뭔 말인가 싶은), 완, '숙희'란 말에 놀라는데, 영원, 참담하고, 고개 돌려 한숨 쉬는,
충남, 아차 싶어, 핸드폰 끄고, 등 뒤로 핸드폰 숨기는,
난희, 영원을 원망스레 보는, 그때, 완, '엄마, 가자' 하면, 난희, 거칠게 뿌리치며, '진짜, 이게! 너, 아직도 내 남편이랑 놀아났던 숙희랑 노냐! 나한텐 개랑 끝냈다며! 너, 거짓말이 특기냐?!' 하며, 영원의 머리챌 잡고, 영원(본능적으로 머릴 부여잡는), '악!' 하고, 석균, '야야야!' 하고, 완이, '엄마!' 하며 난희('이년, 이년!' 하는)를 잡아, 영원에게서 떼내는데, 정아, 속상해, 일어나려 하면,

희자, 정아 팔 잡아 앉히며, '앉아, 그냥! 어지러', 영원, 뜯긴 머릴 만지며, 참담해서 난희 보는 순간, 어느새, 쌍분, 영원의 머리챌 휘어잡는, 영원, '악!' 하는, 모두 달려들어, 말리는,

씬 4. 달리는 석균의 차 밖 전경 + 차 안, 밤.

석균, 운전하고, 옆 좌석에 기자(자는), 뒷좌석에 정아와 희자가 탄,

석균　(화난, 버럭) 난희가 못됐지! 영원이가 뭘 잘못해!
정아　(답답한) 또 또 말 공장 돌리네, 말 공장!
희자　(석균 싫은) 여자들 일에 왜 껴들어, 남자가!
석균　언제부터 내가 니들한테 남자냐? 영원이가 지 남편이랑 잔 것도 아니고, 영원이 친구가 잔 거잖아! 지 남편이 바람 핀 게 삼십 년 전 일이고, 지 남편 죽은 게 벌써 십 년이 다 된 일이면.. 고만해야지! 그걸 마치 어제 일처럼,
희자　(좀 큰 소리) 삼십 년이 뭐가 길어? 석균 씨, 중졸 콤플렉스 육십 년짜린데?
석균　내가 왜 석균 씨냐, 오빠지! 내가 너보다 이 년 육 개월하고도 십사 일을 더 살았어?
정아　(어이없는) 내 생일이나 외우지.. 남 생일은 뭐한다고..
희자　(어이없어, 창가로 고개 트는)
석균　그리고, 그런 넌, 남편 의부증으로 벽장에서,
정아　(놀라, 뒤에서 석균 등을 탁 치는)
희자　(기운 빠지고, 화나는) 뭐랬어, 석균 씨, 지금?
기자　(자다 말고, 일어나, 졸린) 그 말이 사실이구나, 희자가 남편을 벽장에 가둬 굶겨 죽였단 말이,
정아　(기자의 입을 틀어막는) 자, 자, 그냥.
희자　(어이없어, 기자(입이 막히자, 발버둥치는) 보고, 정아(난감한) 보고, 석균 보면)
석균　(앞 보며, 눈 부비며, 괜한 말 하는) 왜 이렇게 눈이 침침해.
정아　(속상한, 버럭) 왜긴! 늙어 그러지!
희자　(서럽고, 화나고, 속상해, 창문 열고, 밖 보는)

씬 5. 영원의 달리는 차 밖 + 차 안, 밤.

기사, 대리운전 해서 가는,
충남, 영원 뒷좌석에 앉아 가는,

영 원 (화난, 충남 보며) 나는 언니 땜에 뭐가 되다가도 안 돼. 거기서 숙희 전화 받아라가 왜 나와? 똥물 끼얹어?

충 남 (큰 소리로, 하나도 안 미안한) 미안하다잖아, 대리까지 불러 머리 감고 수건 뒤집어쓴 채 너 따라나서는 거 보면 몰라? 무지, 미안해!

영 원 전에도 나이아가라폭포에서 숙희랑 나랑 언니랑 찍은 사진을 난희한테 왜 보여줘? 설마 일부러?

충 남 (어이없이 보며) 내가 모잘라 그러지, 일부러 그러니? 내 최대 단점이, 무식한 거랑, 생각 없는 거잖니? 난 생각이 진짜 없어, 얼굴 봐봐, 생각 있어 보이나. 욕하고 말어, 그냥. 그리고, 너도 난희한테 그만 질질대. 누가 보면 니가 난희 남편하고 붙어먹은 년인 줄 알겠어!

영 원 (순간 손가락 뻗어, 충남의 얼굴을 가로질러 창을 가리키는)

충 남 (영원 어이없이 보다, 창가로 고개 돌리고, 다시 무슨 말을 하려다, 영원 참담한 얼굴 보고, 말자 싶어, 창가 보는)

영 원 (창가 보며, 심란한) ...

씬 6. 완의 달리는 차 안 + 차 밖. 밤.

난희, 창가에 머릴 기대고, 기운 빠져, 생각 많게 가는,

***인서트, 플래시백 - 난희의 집 안, 낮(이십구 년 전) 》**
열쇠로 문 여는 소리 나고, 젊은 난희, 작게 노랠 흥얼거리며, 시장바구닐 들고 들어와, 식탁에 놓는데, 안방에서, 분위기 좋은 음악 소리가 나는,

젊은 난희 (무심히) 뭐야?

하다가, 이상해, 현관을 나가 보면, 여자 구두와 남편 구두가 보이는, 이상한, 그래도 설마 싶어, 담담히, 안방 문을 열면, 순간 이게 뭐지? 싶은, 가슴이 떨리는, 남편과 숙희, 방 안에서 옷 벗고, 격렬한 잠자릴 하는 (젊은 난희의 시선에서 정면 아닌, 조금만 보여주는), 젊은 난희, 멍한, 다리가 풀리는지, 벽에 기대 주저앉는, 남편, 젊은 난희의 존재를 모르고, 격정 후에 숙희 옆에 누우며 슬픈 표정으로 '여보.. 사랑해' 하는,

젊은 난희 (멍한 채, 벽에 고개 기대고, 기운 빠져, 힘없이) 니 여보 여깄는데.. 어디다 대고 여보야?

남편, 그 소리에 젊은 난희 보고, '완이 엄마' 하며, 놀라고, 숙희, 놀라, 이불로 몸을 가리고,
젊은 난희, 망연자실 보는,

완 (E, 화나는 것 참고, 단호한) 분명히 말해,

씬 7. 완이의 차 안, 밤.

완, 운전석, 난희, 조수석, 쌍분, 뒷좌석에 앉아 있는,

난 희 (맘 불편한, 완이 보면)
완 난 오늘로 엄마 동문회 오는 거 마지막이야. 다신, 안 와. 한 번만 더 오자 그러기만 해봐, 아주.
쌍 분 (둘 사이에서, 제 생각에 빠져) 내 사발인?
난 희 (쌍분 말 무시하고, 완 보며, 기운 없는) 오자 그럼 어쩔 건데, 니가?
쌍 분 (난희 등을 툭툭 치는) 사발이..
난 희 (쌍분 보고, 답답하지만, 참고) 사발인 종식이가.. 말했잖아, 엄마. (완 보며) 말해봐, 내가 동문회 또 오자 그럼 어쩔 건데, 니가?

완　　(째려보면)

쌍분　(난희 등을 툭툭 치는)

난희　(쌍분이 행동 아랑곳없이, 격앙돼 완에게) 보면?!.. 보면?!

완　　(버럭) 할머니나 돌아보셔요, 엄마 자꾸 치잖아!

난희　니가 내 딸이야, 영원이 딸이야?

완　　(어이없는, 답답한, 보면)

난희　(피하지 않고, 보면)

완　　(난희 보다, 운전이나 하자 싶어, 앞 보며, 답답한) 엄마는 엄마 아빠도 있고, 나도 있고, 영원이 이몬 혼자잖아!

난희　(버럭) 내가 딸이 있음 뭐해, 니년이 내 편이 아닌데!

완　　(어이없는) ?!

쌍분　(난희를 다시 툭툭 치는)

난희　(짜증) 왜요, 왜?!

쌍분　(말없이, 주먹을 내밀어, 영원의 머리 뜯은 걸 보여주는)

난희　(보는) ?

완　　(힐끗 보며) 좋겠다, 할머니가 딸처럼 생각하는 영원이 이모 머리 뜯어줘서? 신나?

난희　(제편든 쌍분이 짠한, 쌍분 손에 든 머리카락 속상하게 잡아서, 창밖에 버리고, 창가 보며, 한숨 푹 쉬는, 속상한)

쌍분　(완에게) 내.. 사발인?

완　　(답답한, 차분히 말하려다, 격앙되는) 할머니가 집에 가 계심.. 낼 충남 이모 조카 종식이가, 갖다줄 거야, 할머니 집에. 아까 말했잖아요?! 열 번도 더!

쌍분　(아랑곳없이, 제 생각에 빠져, 말하는) 그래서 내 사발인?

완　　(말하려다 말자 싶은, 속상한, 큰숨 쉬며) ... 그누무 사발이.. 소리...

씬 8. 희자의 방 안, 밤.

불이 온통 켜져 있는, 안방, 거실, 텔레비전도 작게 켜져 있는, 거실 등은 1부에서 나간 채 그대로인, 파편은 치운,

희자, 이부자리에서 자다(?), 눈 번쩍 뜨고, 시계 보면, 새벽 세 시가 넘은, 희

자, 눈 감는, 그때, 문 두드리는 소리 쾅쾅 나는, 희자, 놀라 눈 떠 문 쪽 보면, 조용한, 다시 눈 감는,

＊점프컷, 플래시컷, 과거 》

희자 남편, 요강 들고, 벽장에 들어가, 누우면,
희자, 덤덤히, 문 닫고, 벽장 문고리를 걸고 문고리에 수저를 꽂는,

＊점프컷, 현실 》

희자, 다시 눈 번쩍 뜨면, 그대로 새벽 세 시 일 분이 지나는, 못 참겠는지, 벌떡 일어나, 옆의 핸드폰으로 정아에게 전화하는,

희 자 (신호음 가고, 통화되면)

정 아 (졸린, 좀 놀란, E) .. 왜.. 왜, 희자야?

희 자 (속상한) 정아야, 기자가 내 남편 벽장에서 죽은 걸 어떻게 알았을까? 난 말한 적이 없는데.. 혹시, 너니?

씬 9. 석균 정아의 방 안, 밤.

석균, 정아, 한 이불에서 자는,
정아, 졸린 듯, 전화 받는,

정 아 (졸린) 내가.. 왜 그런 소릴 해? (시계 보고, 답답한) ..

석 균 (자며) 뭐냐?

정 아 (손으로 툭툭 석균을 토닥토닥 해주는, 구시렁) 자요.. 자.. (희자에게) 희자야,

석 균 (정아 손 때문에, 다시 자는)

정 아 (여전히, 졸린) .. 지금 새벽 세 시야...

씬 10. 희자의 안방, 밤.

희자 (눈가 붉은, 슬프지만, 참고, 단호하게) 석균 씨가 나 의부증이라 그러던데, 설마 너도 그렇게.. 생각하는 건.. 아니지, 정아야?

씬 11. 석균 정아의 방 안, 밤.

정아 (피곤한) 희자야.. 나 낼 일 가야 돼...

희자 (전화 끊는)

정아 (전화기 보며, 어이없는) 얘가 또 꽂혔네.. 꽂혔어... (눕고, 석균 토닥토닥 해주는) 벌집을 쑤셨네, 벌집을 쑤셨어, 에고..

씬 12. 희자의 거실, 아침.

희자, 소파에 앉아 시계 보면, 아침 여덟 시다, 주방으로 가서, 토마토주스를 한 잔 따라 마시고, 약을 한 움큼(섬유근통 약과 저혈압 약) 먹고, 담담히, 거실 창의 커튼을 열면, 마크가 희자를 빤히 보고 웃고 있는, 깔보나 싶어, 화가 나는, 커튼을 확 치고, 전화하는, 속상하지만, 참고, 짐짓 담담히,

희자 뭐 해?

정아 (답답한, E) 나, 밥하지? 너 땜에 아침 늦었잖아.

희자 밥하고 뭐 해?

씬 13. 석균 정아의 주방, 낮.

정아, 핸드폰 어깨에 끼고 전화하며, 국을 끓이고, 반찬을 하고 바쁜, 끓는 냄비 불 줄이고, 채 썰고 하는,

정아 (답답한) 밥하고 밥 먹지.

희자 (E) 밥 먹고 나면?

정 아 애들 집 치우러 가. (화장실에 대고) 여보, 진지 자셔!

석 균 (화장실에서 나와, 세수 수건으로 얼굴 닦으며) 아침부터 뭔 전화질이냐?! 여편네들이! (하고, 식탁 위에서 영양제 꺼내 먹는)

정 아 (눈짓하고) 희자야, 용건이 뭐야?

석 균 전화 안 끊냐?! 미쳤나.. 새벽에도.. 전화질이드니.. 전화 안 끊어!

정 아 고만해요! 전화비는 내 돈으로 내잖아! 내가 친구랑 전화도 못 해! 별걸 다 트집이네, (큰 소리, 속상한) 희자야, 용건이 뭐야, 넌?

씬 14. 희자의 집 안, 아침.

희 자 (속상한) 없어. 용건 같은 거.

하고, 전화 끊고, 거실 등이 깨진 걸 보다, 의자 가져와서, 의자에 올라, 싱크대에서 전등을 꺼내고, 다시 전등과 의자를 가져가(거실 등을 갈려고 하는), 일단, 새 전등을 바닥에 내려놓고, 의자에 올라가, 힘들게, 깨진 전등을 빼서는, 내려와, 바닥에 내려놓고, 다시 의자에 올라갔다가, 다시 내려와 바닥의 새 전등을 가지고, 올라가는, 그리고 다시, 내려와, 서랍 속의 흰 장갑을 꺼내 끼고, 다시 의자에 올라, 전등을 갈려는데, 아귀가 잘 안 맞는(상황, 빠른, 점프컷으로), 팔도 아픈, 땀이 송글 나는, 잠시 쉬었다, 다시, 팔이 떨려가며, 간신히 전등을 끼는데, 순간, 아귀가 탁 맞는, 불이 켜지는, 좋은, 장하다, 스스로 생각하고, 내려오려는데, 발이 삐끗해, 넘어지는, 다리가 접질리는, 아픈데, 전등이 번쩍번쩍하더니, 순간 팍 하고 터져버리는, 파편이 희자에게 튀는,

희 자 악!

씬 15. 석균 정아의 아파트 앞, 아침.

정아, 부지런히, 반찬 보따리 양손에 들고, 나오며, 아파트 주민 만나면, '안녕, 예진 엄마..' 하며 웃고, 서둘러, 가는데, 차 소리 나 앞을 보면, 석균, 차 몰고

가버리는,

정 아 여보, 여보! 나 태우고 가야지! (속상하고, 황망한, 전화 오면, 희자다, 답답해, 끊고, 수영 전화 오면, 받으며 가며) 가, 가, 곧 가. 알았어, 미안해, 아버지 밥은 해주고 가얄 거 아냐?

씬 16. 달리는 석균의 차 안, 아침.

석 균 (운전해, 가며) 그러게 왜 꾸물대, 십 분만 기다린다면 딱 십 분 안에 나와야지. 본때를 보여줘야 정신이 들지....

씬 17. 작은 동네 슈퍼 앞, 아침.

석균, 차를 멈추고, 가게로 가서, 평상에 돈다발을 놓고, 전화하는,

석 균 (차로 가며) 제수씨, 재균이 병원비랑 막내 대학 등록금 가게 앞 평상에 놨어요, 가지고 들어가셔. (하고, 차 타고, 운전해 가면)

이내, 제수, 나와, 평상을 보고, 돈 봉투 보고, 석균 차로 뛰어가며,

제 수 (미안하고, 속상한) 아주버니, 이거 가져가셔요! 아주버니!

석균, 차 안에서 담담히 제수 보고도, 그냥 가버리는,

씬 18. 민호의 자동차 정비소 앞, 낮.

민호, 기름 범벅으로 전화하고 있는, 답답한,

민 호 (버럭) 괜찮긴 뭐가 괜찮아, 팔이고 발등이고 피 난다며! 엄마, 119 불러, 내가 지금 일이 많아 바로 못 가서 그래, 하늘인 풍 맞은 장모님이랑 병원 가고... 엄마, 그러지 말고 119 불러, 어? (못 참고, 버럭) 괜찮음 왜 전활 해, 나한테! 안 괜찮으니까 전화한 거 아냐!

씬 19. 희자의 집 안, 낮.

희자, 손등이며, 발등에 피가 나는, 다리가 아픈, 깨진 전등 조각이 난장이 된, 그대로 앉아, 속상해, 집 전화로 전화하는,

희 자 (그때, 핸드폰으로 정아 전화 오지만, 번호만 보고, 민호와 통화하는, 속상한) 내가 119 부를 나보다 급한 사람은 어쩌게! (사이, 서운한) 아, 그래 미안해, 괜찮은데 전화해서 정말 미안해! (하고, 전화 끊고, 속상한, 정아 전화 오지만, 안 받는, 움직여보려 하지만, 안 되는)

씬 20. 민호의 자동차 정비소 안, 낮.

민호, 열심히, 차 밑에 들어가, 일을 하다, 도저히 집중이 안 되는지, 공구 팽개치고, 제 차로 가서, 시동 걸어, 나가다, 들어오는 차와 쾅 하고 부딪치는, 민호, 속상해, 운전대를 쾅 치고, 나가, 차에서 나오는 운전자에게 굽신대며,

민 호 죄송합니다, 죄송합니다, 어디 다치신 데 없으세요?

씬 21. 난희의 안방, 낮.

완, 화장대에 앉아, 로션 바르다, 핸드폰 보면, 영원의 문자 온,

영 원 (E, 따뜻하게) 완아, 어제 일, 니 엄마한테 암 말 말고, 나중에 차 한잔하자.

(밝게) 사랑해.

완, 착잡하고 미안한, 핸드폰 백에 넣는데, 난희, 한쪽에서 옷 갈아입으며,

난희　(조금 화난) 그래서 희자 이모네 나 못 데려다준다고? 이모 다쳤다는데..

완　(화장만 하며, 답답한) 이모, 아들 있잖아... 근처에 산다며? 내가 말했지? 난 이제 절대 엄마 친구들 일에 (강조) 개입 안 한다고!

난희　(맘에 안 드는, 완이를 툭 치고, 옆으로 가라 하고, 완이 일어나면, 난희, 의자에 앉아, 화장하다) 약속도 안 지키는 기집애.

완　(옆에 서서, 짐 챙기다, 난희 보면) ?

난희　너 어릴 때 뭐랬어, 나중에 크면, 내 친구 해준다며?!

완　(가방 메고, 어이없게 보면) ?

난희　내가 사는 게 뭐 재밌을 일이 있어? 그래도 포기 않고 나중에 딸년 크면 친구처럼 마주 앉아 언젠간 옛말하며 도란도란 맥주 마실 날이 오겠지 하고, 여적 그 개고생을 하며 기다렸는데,

완　(말꼬리 자르며, 밝게) 그래, 오늘부터 친구하자. 그럼 나 이제 엄마 한 달에 한 번만 봐도 되겠네?

난희　?!

완　난 친구들 한 달에 한 번밖에 안 만나거든, 매달 말일. (웃으며, 볼에 입 맞추고) 담 달에 올게, 친구야. (하고, 난희, 머리 흩트리고, 웃고, 가는)

난희　(어이없게 보다, 체념하고, 화장하며) 에이고.. 뭘 바라니.. 이러다 죽는 거지.. (하고, 희자 전화 오면, 받으며) 어, 언니, 곧 갈게, (사이) 아.. 민호 왔어? 됐네, 그럼. 그래요, 조심해. (하고, 전화 끊고, 화장하며) 아따, 늙었네.. (하다, 옆의 핸드폰으로 영원의 전화번호 찾아, 전화하는)

영원　(웃으며, 밝게, E) 와우, 친구네?

난희　너 동문회 다신 나오지 마, 또 나옴 그땐 내가 대가리 쥐뜯는 정도가 아니라, 목을 졸라버릴라니까.

씬 22. 영원의 집 안, 주방, 낮.

영원, 차 마시며,

영 원 (담담하지만, 카리스마 있게) 나, 보기 싫음 니가 나오지 마.

씬 23. 난희의 안방 안, 낮.

난 희 뭐?

씬 24. 영원의 집 안, 주방, 낮.

영 원 엔간히 져줄 때 접어, 기집애야. (하고, 전화 탁 끊고, 편하게 웃으며, 차 마시는)

씬 25. 난희의 안방 안, 낮.

난 희 (핸드폰 보며, 어이없는 웃음 짓고) 이년이, 언니들 앞에선 웃는 낯으로 네네네네 하면서, 본색 숨기고, (화나는, 웃음기 가신) 뭐, 엔간히 져줄 때 접어? 이 개썅.. (하고, 화장하며, 삐삐 처리, 성질난) 미*년.. 씨*, 엿같이..! (하고, 화나, 옆에 있는, 걸레 던지는)

씬 26. 희자의 집 안, 거실, 낮.

희자(발목에 파스 붙인, 손등 발등에 반창고 붙인), 소파에 앉아, 걸레로 바닥 치우는 민호를 기특하게 보는, 새로 간 전등도 보는, 좋은, 민호, 걸레로 닦고 나서, 희자의 발목을 만지작거리는(깨진 전등 때문에 이미 두어 군데 긁힌 곳에 반창고가 붙은), 그러다, 아주 작게 파편이 튄 손목 안쪽을 발견하고, 다시 옆의 반창고를 붙여주고, '호' 해주는, 발에도 '호' 해주는,

희 자 (물끄러미, 민호 보며, 따듯하고, 좋은) 이제 괜찮아.

민 호 (피곤해 보이는, 그래도 웃으며 친구에게 하듯, 따뜻하게) 귀여.. 내가 복근 보여줄까? (배를 열어 보여주며) 죽이지?

희 자 (옷을 내려주며) 배에 찬바람 들어가. 하지 말어.

민호, 웃고, 바닥에 누워, 팔을 벌리고, 희자 보고, 옆에 오라고, 제 팔을 툭툭 치는, 희자, 살짝 절뚝거리며, 민호의 팔베개를 베는,

민 호 (맘 짠한, 희자가 이쁜, 이마에 입을 맞춰주고) 오랜만에 누워본다, 그치?

희 자 (아들 머리 만져주고, 따뜻하게) 그러네..

민 호 (졸린, 눈 감는) 바로 못 와서 미안해, 엄마... 하늘이 보낼라 그랬는데.... 같이 사는 장모님, 정기검진이,

희 자 말하지 마. 낮잠이나 한숨 자고.. 가... 일 많다며.

민 호 그러게.. 졸리네. 어제 밤 늦게까지 하고.. 새벽부터 일이 많아서... 엄마, 하늘이가 엄마 좋아하는데.. 장모님을 집에서 모시니까....

희 자 알아, 풍 맞은 친정 엄마 모셔야지.. 하늘이 임신도 했는데... 힘들겠다.... 니 엄마도 다른 병은 몰라도 풍이랑 치매는 걸리지 말아야 할 건데..

민 호 (자는, 코 고는)

희 자 (민호의 얼굴 보는, 안쓰런, 이쁜, 민호의 가슴 토닥이며, 동요 부르는) 엄마 손잡고 나들이 갈 때.. 먹어본 솜사탕.. 훅, 훅 불면은.. 구멍이 뚫리는.. 커다란 솜, 사, 탕..

씬 27. 시간 경과, 희자의 집 안, 낮.

정아, 문 열고 들어오면, 희자, 다리에 파스 붙이고, 삐친 듯 서 있는, 정아, 웃으며, 뒤에 숨겼던 아이스크림을 내밀며, 히히 웃는,
희자, 가만 보며,

희 자 내가 왜 니가 있는데 난희한테 전화해서 오라 그래야 돼? 물론 난희도 안 오

고, 민호가 왔지만.

정아　(웃으며, 달래는) 내가 전화했는데, 니가 안 받은 거지? 전화 두 번이나 했구만.

희자　니가 먼저 내 전화 씹었잖아.

정아　(웃으며, 달래는) 잘못했어. (아이스크림 주며) 먹어.. 어?

희자　(가만 보다) 너, 내 남편 벽장에서 죽은 거 기자한테 말했어?

정아　(어이없게 보며) 또또..

희자　(참자 싶은, 아이스크림 받아서, 먹으며, 소파로 절룩이며 가는)

정아　(웃고, 웃옷 벗으며, 가는) 다리.. 많이 그래?

＊시간 경과, 인서트 - 영화 장면 》

델마와 루이스가 차를 타고 신나게 가는 모습.

＊점프컷 》

정아(낡은 셔츠에 찢어진 청바지 입고), 희자, 정아의 무릎을 베고 누워, 영화 〈델마와 루이스〉를 보는,

희자　이 영환, 봐도봐도 재밌지?

정아　(영화 보며, 웃음 띤) 별로. 여자들이 담배나 뻑뻑 피고 총 들고 사람 죽이고, (몸서리치며) 무서..

희자　(누운 채 정아를 올려다보며) 정아야, 우리 델마와 루이스처럼 여행 가자. 이 집 팔아서.

정아　(영화만 보며) 니 애들이 이 집 팔아, 너랑 여행 간다면 아이고 어머니 잘하셨네 하겠다.

희자　(담담히) 돈 다 쓰면.. 죽을 때 될 건데, 애들이 뭐라든 알게 뭐야. (앉아서, 정아 보며) 근데, 넌 정말 니 남편이 신혼여행 때 약속한 둘만의 세계 일주 할 거 같애? 만약, 니 남편이 안 가면?

정아　(영화만 보며, 따뜻하게 웃으며, 덤덤히) 나라도 가야지.

희자　(보며) ?

정아　(영화만 보며, 담담하지만, 깔끔하게) 갈 거야, 나는. 혼자라도. 내가 울 엄마 평생 지지리 궁상으로 살다가, 결국엔 오 년 전 뇌출혈로 쓰러져, 요양원에

처넣던 날, 하늘에 두고 맹세했네. 난 엄마처럼 절대 요양원에서 갇혀 죽을 날 기다리진 않아야지.. 난 죽을 때 죽더라도 길 위에서 죽어야지...

희 자 멋있다... 길 위에서? 나랑 같이 죽자.

정 아 (보며, 좀 큰 소리) 죽을 때라도 따로 죽어. 평생을 뭐한다고 붙어 다녀?

희 자 (히히 웃고, 창가 보며) 니 엄마도 참.. 없는 집안에서, 당신 혼자 밭일 들일 하셔서 남동생들도 안 보낸 고등학굘 너는 당신처럼 살지 말라고 보내놨는데... 니 엄마 꼴이나, 니 꼴이나.. 도찐개찐이다.

정 아 (영화만 보며, 웃음 짓고) 울 엄마 소원이 죽고 나서 훨훨 나는 새 되는 건데.. 죽음 그리 되시려나..

희 자 (웃고, 다시, 정아의 무릎 베고, 누워, 영화 보며, 웃고) 근데 진짜, 꼭 너랑 나 같다, 델마와 루이스가.

신나는, 영화의 델마와 루이스와 희자와 정아의 모습이 보이면서,

완 (E) 아마 그때, 희자 이모와 정아 이모는 며칠 후 자신들이 세상에서 쓰레기처럼 버려진 델마와 루이스 같은 처지가 되리라곤, 진짜, 결코 꿈에도 상상하지 못했을 것이다.

희자, 영화 보다, 순간, 시곌 보면, 오후 세 시다, 벌떡 일어나, 커튼 열고 창가 쪽 보고, 그리로 가서, 건너편 윗집을 올려다보면, 마크(러닝 입은)가, 희자 쪽을 보며, 씩 웃고 있는, 희자, 구시렁 '도저히 못 참겠네, 저놈' 하고 커튼을 닫고, 정아에게,

희 자 정아야, (오라고 손짓하는)

정 아 (영화만 보다) 왜.. (하고, 가면)

희 자 (커튼을 치고, 턱으로 밖을 가리키며) 저기.

정 아 (보면, 마크가 씩 웃는, 그러나 자신이 아닌, 다른 걸 보고 있는 듯한, 희자가 왜 그러나 싶은) ?

희 자 (커튼을 치고, 정아에게, 의미심장하게) 미국놈 봤지?

정 아 미국놈은 모르겠고, 서양놈이긴 하네.

희 자 쟤가 날 맨 본다, 아침 여덟 시, 오후, 세 시, 밤 여덟 시, 정각에.

정아 (어이없는) 설마.. 늙은일.. 왜? (소파로 가, 앉으며, 무심히 영화 보는)

희자 늙은이니까 보지, 참 많이 늙었네, 만만하네, 해치기 딱 좋네, 그래서.

정아 (희자 어이없게 보며, 구시렁) 얼라리어..

희자 (서서, 정아 보며, 단호한) 안 그럼 왜 꼭 매일, 정각 아침 여덟 시, 오후 세 시, 저녁 여덟 시에 날 들여다보겠어. 무슨 이유로?

정아 (어이없는, 담담한) 커튼 닫어. 괜히 커튼 열어 보며 그런 소릴 하네. (하고, 영화 보며, 구시렁) 에고.. 별나..

희자 (서운한) 내가 별나? 등치 산만 한 놈이 매일 커튼 너머로 날 보는 게 별나지?

정아 (말꼬리 자르며, 답답한) 내 보기엔, 그놈은 너 안 보고.. 길 보네! 길!

희자 아, 그럼 내가 과민하고 예민하고 별나서, 괜히 트집을 잡고 그러네,

정아 (일어나, 나가며, 짐짓 편들어주는) 에이, 쌍누무 잡것, 왜 늙은일 쳐다보고 지랄이야, 그게! 내 이놈을... 나와, 가서 따지게, 이 잡놈의 새끼! (하고, 가는)

희자 (편해진, 따라가며) 정아야, 정아야, 거기 가서 너무 큰소린 내지 말자, 우리.. 교양 있게, 응, 교양 있게...

씬 28. 마크가 사는 다세대 건물 전경 + 다세대 이 층, 계단, 낮.

희자(뒤에), 정아(앞에), 힘들게 계단 오르는,

희자 지금은 안 그랬는데, 보통 땐 웃통을 벗고 날 본다?

정아 (대수롭지 않게) 볼 만해?

희자 (싫은) 울퉁불퉁. 젖이 너만 해.

정아 낄낄.. 볼 만하겠네.. (하고, 초인종 누르는)

희자 (두려운)

정아 왜 안 열어.. 있더구만.. (하고, 다시, 초인종 두세 번 누르면)

희자 거봐, 피하잖아.

정아 (진지해지는, 다시 누르변)

마크 (문 열고, 정아와 희자 보고, 왠가 싫은) ?! 왓?

정아 그쪽에서 (희자 가리키며) 이 할머니 봤어요?

마 크　(한국말 잘 모르는) 왓?

희 자　(서툰 영어로, 흥분한) .. 디, 디, 디쥬 씨... 미! 에브리데이..

정 아　(같이 화내는) 오, 온 타임... 쓰리.. 어클락, 에잇 에이엠... 피엠!

마 크　(이상한) 미?

희 자　아이.. 리브... (정아에게) 앞집이 뭐니? 암튼.. 디쥬 씨미! 앤... 유.. 노크 마이 하우스! 예스터데이!

마 크　(곰곰 생각하다, 생각난 듯, 웃고, 아무렇지 않게) 컴온! (하고, 희자와 정아를 들어오라고 하고, 가버리는)

희 자　(흥분한, 싫은) 왜 들어가, 우리가, 거길!

정 아　영어! 한국말 잘 모르나 본데..

희 자　(안에 대고 소리치는) 네버... 고! (정아 보며, 묻는) 컴? 인컴? 컴인?

정 아　(호기심 이는, 마크 집 안 들여다보고) 들어가보자.

희 자　(정아의 팔 잡는, 싫은)

정 아　문 열어놓고.. 들어감 되지.. (하고, 안으로 들어가는, 호기심 많은) 컴..? 아이 컴..?!

희 자　(조심스레 들어가는)

씬 29. 마크의 집 안, 낮.

정아(신기하고, 좋은), 희자(의심의 눈초리다) 들어오면, 온통 전 세계 노인들 웃는 사진만 초상화처럼 걸린, 카메라가 여러 대다, 한쪽이 스튜디오처럼 꾸며진 환한 방이다,

정 아　(사진 보며, 좋은) 어머나..

희 자　(놀라는) 미쳤나 봐.. 늙은이들 사진을.. (정아 보며, 소곤대는) 잡아다 죽여서 저랬나?

정 아　잡아다 죽인 사람들이 어떻게 웃어.. 사진작가네, 카메라도 많고. 영정 사진 찍나?

마 크　(베란다에서 희자, 정아에게) 컴온!

희자, 정아　(가면)

마 크　(희자 집 벽 쪽을 가리키며) 룩 앳 댓!

희자, 정아　(보면)

＊점프컷 》

새끼 고양이가, 우유를 먹는,

마 크　(고양이만 보며) 내가 우유 주면.. 베이비 와. 매일, (손가락으로 세 번을 가리키는, 희자 보며) 아이 돈 씨 유!

정 아　(고양이 보며, 이쁜) 아고, 새끼네.. 아고 이뻐라.

희 자　(이건 아니다, 싶은, 조금 당황하는) ?! (고양이 보다, 그냥 나가는)

마 크　(희자에게, 사진 찍는 손동작하며) 헤이, 픽쳐? 픽쳐!

희 자　(그냥 나가는)

정 아　(마크 툭툭 치고, 제 말만 하는) 픽쳐? 니가 나 찍어? 공짜? 프리? 픽쳐 프리? 언제, 웬? 웬? 지금.. 나우?

마 크　오케이. (한쪽의 의자 가리키며) 앉아? (하고, 무심히 카메라 만지는)

정 아　(조심스레, 앉으며, 주변 보며) 영정 사진 공짜로 얻게 생겼네.. 어서 찍어.. 너랑 둘이만 있으니까 무섭다, 야. (구시렁) 설마 죽이진 않겠지.

씬 30. 희자네 집 안, 낮.

희자, 소파에 앉아 생각 많고,
정아, 밖에서 들어와 물을 따라 마시며, 무심히,

정 아　너 성당 나가 봉사해라... 운동을 하든가.. 혼자 집구석에서, 사람 이상해지겠어.

희 자　(보며, 서운한) 넌 그놈이 고양이 봤단 말을 믿니? 고양이 새끼가 어떻게 매일 하루 세 번 같은 시간에 거길 와? 고양이가 시계 차?

정 아　(답답한, 짜증, 선 채 보며) 희한한 세상, 시계 차는 고양이도 있나 보지!

희 자　나도 밥 먹는 시간이 헷갈리는데 고양이가 어떻게 알어? 그럼 전에 그 새끼가 나한테 윙크해서 전등이 깨진 건 뭐고? 어젯밤 노크한 건 뭐고!

정 아　(어이없고, 답답한, 물 마시다) .. 치매야, 왜 그래, 너?

희 자　(서운하고, 어이없는) ?

정 아　(답답한) 치매면 병원 가.... 나 호영이네 가야 돼. (하고, 옷 입는)

희 자　(웃옷을 입는)

정 아　옷은 왜?

희 자　(속상한) 니가 나 치매라며, 그럼 하루라도 빨리 정신병원 가야지! 같이 가. 난 남편도 없고 자식보다 너니까, 니가 가줘야지! (하고, 옷을 마저 입으면)

정 아　(답답한) 오늘은 호영이 집에 회사 사람들 온대.. 내가 밥해주러,

희 자　(서운한, 울 것 같은) 니가 말했지, 기자한테 내가 내 남편 벽장에 가둬 죽였다고, 니가 말했지?

정 아　(어이없는) ...

희 자　담 주 수요일 너 일 없지, 그때 우리 둘이 병원 가 치매 검사 받자, 난 나보다 니가 더 걱정되니까. (하고, 안방으로 들어가 눕는, 방문 열린)

정 아　(안방 쪽 보다, 어이없고) ... 그래, 가자, 가! 같이! 으이그, 뭔 소릴 못 하네! (하고, 가는)

희 자　(담담한) ...

씬 31. 영원의 화랑(개업 전, 여러 예술가들의 작품을 전시한) 밖, 밤.

영원, 안에서, 직원들에게, '저기 말고, 저기잖어, 그건' 하며, 작품을 옮겨라 마라 지시하는, 충남, 사과 먹으며, 길가를 보는데, 완이 목소리가 들려, 빼꼼히 주자창 쪽을 보면, 동진의 차가 서 있고, 완이가 서서 얘기하는 게 보이는, 충남, 벽에 기대(완이, 동진은 모르는) 사과 먹으며 둘의 얘길 그냥 무심히 듣는,

완　(웃으며, 편히) 치사하다, 진짜, 삼십 분만 기다려, 나 금방 나온다고, 집까지만 데려다줘? 더 이상 안 붙잡아?

동 진　(편하게 따뜻하게 웃으며, 완이 보는)

충 남　(동진의 그 눈빛 빤히 보는, 사과 먹는)

완　(웃으며) 꼬시지 마, 눈빛.. 으로?

동진 (따뜻하게) 천하의 바람둥이가 마지막 전쟁터의 보루처럼 죽기 살기로 지켜 줄 때.. 고마운 줄 알어, 임마.

완 (담담히, 편하게 작게 웃음 띤) 난 지켜달라 바란 적 없는데..

동진 (웃음을 띠었지만, 진지하게) 여기 오다, 미국서 온 전화 받았어.. 작은애가 아퍼 병원에 간대. 집에서 전화 기다렸다 결과가 어떤지 전해 듣고 싶어, 시끄러운 길거리가 아니라.

완 (미안한, 깔끔하게) .. 미안, 어서 가.

동진 모레 번역 다 하면 전화해. (하고, 차 타면)

완 그땐 단둘이 한잔하나?

동진 (웃고, 그냥 가고)

완 (동진의 차를 미련 있단 듯 보고, 머리 쓸어 올리는)

충남 (가는 동진의 차 보다, 완을 지켜보는, 담담한 듯하지만, 예리한)

완 (돌아서서, 충남 보고, '어머' 하고 놀라는)

충남 (아무렇지 않게, 보며) 너 유부남.. 꼬셔?

완 (동진과의 대활 들었나 싶어, 걸리지만, 어이없단 듯) 미쳤어, 이몬?! (하고, 들어가며, 아무렇지 않게) 안 추워, 밖에 있게? (하고, 들어가는데)

충남 (잡으며) 전화 좀 줘 봐, 전화길 집에 두고 와서...

완 (싫은, 그래도, 핸드폰 꺼내 비번 누르면)

충남 (비번, 관심 있게 보는)

완 (핸드폰 충남 주면)

충남 (안 받고) 아니, 됐다. (하고, 무심히, 들어가는)

완 (맘에 안 드는, 핸드폰 가방에 넣고 들어가는)

씬 32. 영원의 화랑 안, 밤.

영원, 한쪽에서 서서, 차를 준비하고, 완, 서성이며, 예술품 구경을 하는,
충남, 소파에 앉아, 사과 먹는, 그러다, 테이블에 놓인, 완의 가방을 보면, 핸드폰이 보이는,

영원 (차를 준비하며) 뭐한다고, 일 바쁜데 날 찾아와, 힘들게?

완 (구경하다, 영원 보며, 편하게) 와야지, 할머니랑 엄마랑 동시에 내가 사랑하는 이모 머릴 뜯었는데.. 미안, 이모.

영 원 우린 그냥 아웅다웅 그러며 보는 거야. 나 어려서 첩년 딸이라고 애들이 손가락질해도, 니 엄마는 나랑 놀아주고, 걔들 패주고.. 니네 할머니도 우리 엄마 편들며 동네 아줌마 머리 여럿 뜯었어. 어제 일은 일도 아냐.

완 (미안한, 고마운 웃음 짓고) 고마워, 그렇게 생각해줘서. 미국서 살면서, 한국 나와 가끔 영화랑 씨에프만 찍은 줄 알았더니, 언제 이렇게 좋은 작품들을 많이 골라놨냐? 진짜, 안목 있다!

충 남 (둘이 대화하는 사이, 완이의 핸드폰을 살짝 빼서, 제 엉덩이 밑에 깔고, 사과 먹으며) 한물가는 배우도 배우라고... 쟤도 먹고살아야지, 근데, 완아, 너 니 엄마한테 분명히 전해라, 한 번 더 영원이한테 손대면 내가 가만 안 둔다고?

영 원 (차를 가져와, 소파로 오며, 충남에게) 언닌 또 뭔 말을 할라 그래?!

충 남 옛날에 허구한 날 난희랑 어머니, 아버지한테 맞고 피 터져 니네 집 가면 너랑 니 엄마, 옷 주고 밥 주고.. 그걸 기억하면 난희가 백번 너무하지! 난희가 별나. 그게 뭐든 집착이 강해. 소유욕도!

완 (자리에 앉으며, 싫은) 울 엄마가 뭘 또 그렇게 집착이, 소유욕이 강해, 이몬?!

충 남 걔는 영원이가 종이거나 지 껀 줄 알아, 나랑 친한 꼴도 못 봐, 옛날도 지금도?! 너도 니 엄마 답답해하잖아? 니 엄만 너도 지 장난감인 줄 알걸?

완 (어이없는)

영 원 (화난, 버럭) 언니, 나랑 끝낼래? 왜 안 해도 될 말을 해?!

충 남 누구 맘대로 너랑 나랑 끝내, 나랑 끝내면 넌 혼잔데! (완이 보며) 니 아빠, 바람난 숙희랑 도망갈라고 했을 때, 영원이가 무릎 꿇어도 안 되니까, 결국엔 숙희 남편한테 가서 고자질해, 숙희 집에 감금당해서 도망 못 간 거야. 결국엔 쫓겨났지만! (영원 가리키며) 얘가, 니 엄마 땜에 가장 친한 친구 이혼까지 시킨 애야! 니 아빠가 죽을 때까지 니 엄마랑 너랑 산 건 다 얘 덕이야, 너라도 알고 있어!

영 원 (어이없는, 화난, 버럭) 얘가 그거 알아, 뭐하게?!

완 (화나는, 속상한) 이모나 제대로 아셔요?! 울 아빠가 엄마랑 산 건 내 덕이야! 십 년 전 아빠가 사고로 돌아가시기 전, 바람난 여자랑 도망가고 싶었는데, 나 자는 모습이 너무 이뻐서 못 갔다고, 고백하셨어! 알지도 못하면서!

충 남　(안 지고 말하는) 맞아! 니 아빤 널 젤 사랑했어! 여자보단 딸! 여자 중엔 숙희!

완　?! (속상한, 멍한, 눈가 살짝 붉어지는)

영 원　(찻잔 거칠게 내려놓으며) 지랄 진짜, 완아, 가! 언니도 가! 꺼져버려, 그냥! (하고, 나가는)

충 남　(완이 보며) 내가 이 말을 너한테 하는 건 니 엄마한테 잘하라고 하는 얘기야, 니 엄마 콜라텍 가서도 춤 안 춰, 남자 못 만나! 그냥 거기서 주목받는 게 좋은 거지, 제발 주목해줘, 평생 남편한테도 주목 못 받고 산 니 엄마, 너라도 좀 주목해, 어?!!

완　(화나는, 참고, 가방 메고, 참담하지만, 담담히) 이모나 잘하세요, 경매 사이트 들어가 봐, 이모 지식인 친구들 작품, 개당 백만 원도 안 돼. 내가 알아봤어. 그걸 몇백을 주고 사냐? 이모 중졸 콤플렉스 땜에 교수들하고만 노는 건 알겠는데.. 그만해요, 어? (하고, 가는)

충 남　(가는 완을 담담하고도 어이없게 보며, 엉덩이에 껴놓은 핸드폰 보고, 비번 누르면, 열리는, 통화 목록 보면, 국장이라고 여러 개 뜬, 답답하게 보고, 핸드폰 닫고, 나가는)

씬 33. 영원의 화랑 앞, 밤.

완, 속상해, 버스 정류장에서 버스 기다리고 서 있으면,
충남, 와서는,

충 남　박완.

완　(보면)

충 남　(핸드폰 흔드는)

완　(이상한, 가방 보고, 다시 보며) 그게 왜 이모 손에?

충 남　잘 챙겨 그러니까.

완　(빳듯이 핸드폰 챙기는, 가려 하면)

충 남　아까 그 사람 뭐 하는 사람? 너 거래하는 출판사.. 국장?

완 (어이없게 보면)

충남 눈깔 봐라, 딸년 같아 묻는데 잡아먹을 거처럼, 기집애. 너는 우리 모두의 딸년이잖어. 나 너 많이 업어줬다.

완 이모 딸은, 사양. 난 울 엄마 딸인 것도 버거워. (하고, 큰길로 걸어가버리는)

충남 (귀엽단 듯, 웃고, 들어가는)

완 (걸어가는데, 착잡한)

씬 34. 영원의 화랑, 밤.

영원, 들어오는 충남 보며,

영원 (답답한, 화난) 대체 언니 오지랖을 내가 어쩜 좋겠니? 어? 말해봐? 내가 언닐 어떻게 하면 좋겠어?

충남 완이, 유부남 만나지?

영원 (속상한, 약간 버벅대는) 유, 유부남은 내가 만났지?! 언니가 좋아 죽었던 내 첫 남편! 왜, 것도 기억이 가물가물해?!

충남 (빤히 영원 관찰하고(너는 아는구나 싶다), 소파에서 찻잔 들어 마시며) 완이, 외국서 만났다던 어린 만화가 놈은 왜 안 만나?

영원 (삐뚤어진 그림 만지다, 순간, 속상한, 그냥 말 끊고, 가버리는)

충남 (차 마시며) 뭔가 있네... (하고, 차를 후룩 마시다) 앗, 뜨거라, 썅!

씬 35. 달리는 버스 안, 밤.

완, 담담히 난희 생각하는, 참담한, 창밖 보며 가는,

충남 (E) 니 엄마 콜라텍 가서도 춤 안 춰, 남자 못 만나! 그냥 거기서 주목받는 게 좋은 거지, 제발 주목해줘, 평생 남편한테도 주목 못 받고 산 니 엄마, 너라도 좀 주목해, 어?!

완 (찔리는, 맘 불편한, 머리 쓸어 올리는)

충남 (E) 맞아! 니 아빤 널 젤 사랑했어! 여자보단 딸! (반복돼서 들리는) 여자 중엔 숙희! 여자 중엔 숙희, 여자 중엔 숙희!

완 (구시렁, 속상한) 지가 뭘 알아. 꼰대... 내가 이모라고 부르니까.. 진짜 이몬 줄 아나.... 웃기고 있어.

완 (담백한, N) 편하지 않았다. 충남 이모의 증언이 절대적으로 맞으니까.

씬 36. 난희의 가게 안(현재), 밤.

난희, 경북 엄마와 팔달, 상숙과 고도리를 치는, 난희, 잃었는지 성질이 잔뜩 난, 상숙이 마지막 패를 치고, 아주 많이 난,

상숙 잠깐만, 잠깐만, 엎지 마, 엎지 마, 엎지 마!

팔달 (경북 엄마 가리키며) 육천사백, 나 삼천, (난희 보고) 사장님, 만 이천팔백 원!

상숙 (좋은, 손 벌리며) 감사 감사합니다, 어서어서 앞으로!

난희 (돈 세, 주며, 짜증) 기집애가, 일은 못하면서, 너 선수지! 딱, 딱 열 판만 더 쳐!

다들, 일어나며, '고만해요, 우리 다 약속 있어', '가자, 가자, 가자!' 하고 가고,

난희 맨날 내 돈만 따먹고 가냐!

상숙 그러니까, 퇴근하면 그냥 좀 보내줘! 악덕 사장이야! (혀 내밀고, 가는)

난희 이거 뒤처린 다 누가 해!

경북 엄마 (웃고) 언니 가게잖아! (하고, 가는)

팔달 (가며, 구시렁) 장사 잘돼서 재료 떨어짐 뭐해, 퇴근도 못 하게 빡하면, 놀자고 사람 잡고..

난희 (속상한) 야야야야! 나 사만 이천 원이나 잃었어! 내 돈 놓고 가!

모두 (나가고, 문 닫히면)

난희 (서운한, 한숨 쉬고, 일어나, 맥주를 따, 병째 들고 마시며, 창가를 보며, 처지지 않게 뽕짝 흥얼거리는, 맥주 마시고 캬 하는, 맥주 맛이 좋은, 그러다, 일

우를 발견하고, 문 열고, 말 거는) 저기요!

일 우　(기타 메고, 보면) ?

난 희　혹시, 뮤지션이에요?

일 우　(보다, 제 기타를 보고, 웃고 인사하고 가는)

난 희　말해봐요, 뭐 해먹고 사는 사람이야! 예?! (하며, 맥주 마시며, 가는 일우 보는)

그런 난희의 그림 위로,

완　(N) 엄마는 늘 누구에게나 후순위였다. 할아버지에겐 늘 관심 밖이었고, 할머니는 마흔 넘어 어렵게 낳은 장남이며 전기기술자 일을 하다 전봇대에서 떨어진, 나보다 어리고 장애 있는 삼촌이 언제나 일순위였다. 아빠에게는 숙희란 여자가 있었고, 나는 엄마를 너무도 사랑하지만, 제발 나랑은 상관없이.. 혼자 알아서 행복해줬으면 좋겠으니까.

씬 37. 플래시컷(들판, 밤), 회상(전체 회상은 8부에).

젊은 난희, 어린 완에게 요구르트를 주며,

난 희　완아, 어서 먹어, (하며, 자기도 슬픈 눈으로 요구르트를 먹는)

완　(슬픈 눈으로 요구르트를 먹는)

씬 38. 버스 안, 밤.

완, 창밖 보며 가는, 맘 아픈,

완　(N) 나는 엄마가.. 아주 많이 불편하다. (순간, 짧게 숨 토하고, 전화 거는, 짐짓 밝고, 친구처럼) 헤이, 마더, 뭐 해? (따뜻하게, 엄마가 안쓰럽단 맘도 있는, 작게 웃으며) 뭐가 이상해, 내가 기분 좋게 웃는 게 이상해?.. 성질내? 그래야

편하겠어? (쓸쓸하게, 따뜻하게 웃고) 왜긴.. 딸내미가.. 전화도 못 하나.. 그냥 이지요... 뭐 해? 어디 가는데? (하다, 순간, 긴장하고, 싫은) 우리 집엘 엄마가 왜 가? (순간 통제 안 되는, 버럭) 내가 언제 김치 달래?! 나 없을 때 집에 가는 거 싫다고 몇 번을 말해?! 집구석이 개난장이든 말든 신경 끄라고, 엄만! 내 집 가지 말라고! 내 돈으로 샀으니까, 내 집이지! 은행 돈도 내가 갚어! (하는데, 난희가 전화 끊은) 엄마, 엄마!

주변 사람들, 완이 구경하는,

완 (전화 끊고, 화난, 혼잣말) 좀 잘해줄래도 잘해줄 수가 없어, 짜증 나, 진짜! (하고, 일어나, 버스 정차 버튼을 마구 누르는, 차 계속 달리면 기사에게) 아저씨, 정거장 지나쳤잖아요!

기 사 (버럭) 그러게 왜 벨을 이제 눌러요!

완 (순간, 아차, 속상한, 버럭) 그러게요, 내 잘못이네요! (창가 보며, 속상하게 가는, N) 엄마와 나는 상극이다. 친구같이 친한 모녀 관계는 늘 엄마가 엉망진창으로 만들어놓는다. 다, 엄마 탓이다. (차 서면, 급히 내려 죽어라 달려가는, 구시렁) 담배, 담배, 담배! (하다, 가방 놓치고, 그 안의 물건들이 나뒹구는, 지나가는 사람들 밟는, 그걸 미친 듯이 담아서, 뛰며) 어떡해, 담배, 담배!

씬 39. 완의 오피스텔, 계단, 밤.

난희(손에 김치 보따리 들고), 버튼키 열고 들어가려는데, 안 되는, 이상한, 다시 누르지만, 에러가 나는, '뭐야' 하며 다시 누르는, 그때, 완이 문 여는(이마에 땀이 송글 맺힌, 헉헉대는, 집을 막 치운)

완 (지쳐 보는)

난 희 비번이 왜 안 먹혀? 바꿨어? 언제?

완 오자마자. (하고, 들어가는)

난 희 (이상한, 따라 들어가는)

씬 40. 완의 오피스텔 안, 밤.

완, 침대의 널브러진 옷가지들을 치우는,
난희, 주방에 가서, 보따리를 놓고, 한쪽에 놓인 휴지통이 꽉 찬 걸 보고, 인상 찌푸리며, 휴지통 들면,
완, 놀라서, 와서 뺏어서, 뒤로 숨기는, 순간, 휴지통에서 빈 담뱃갑이 떨어지면, 완, 난희가 보기 전에 재빨리 발로 톡 차, 한쪽으로 밀며,

완 내 꺼, 내가 치워!

난 희 (담담히) 너 설마 엄마 못 들어오게, 비번 바꿨냐?

완 어.

난 희 (김치 꺼내, 찢어 먹으며, 대수롭지 않게) 그래라, 열쇠 아저씨 불러, 확 문을 뜯어버리지 뭐. (하고, 냉장고에 김치 넣는)

완 (어이없는)

난 희 (반찬을 냉동실에 넣으려, 문 열면, 순간 담뱃갑(냉동실 안에 둔)이 보이는데) 이거 뭐냐?

완 뭐가.. (하며, 같이 보는)

***인서트 - 냉동실 안 》**
담배가 보루로 쌓여 있는,

난 희 (빤히 완이 보면)

완 (아차 싶지만, 냉장고 문 닫고, 담담히) 내 꺼 아냐. 출판사 동진 선배랑 사람들 놀러 왔다가...

난 희 담배 피우기만 해, 아주. (하고, 책상으로 가서, 연하가 그려준, 완이의 그림을 보며, 웃는, 떠보듯) 너 대체 연하랑은 왜 헤어졌니?

완 (듣기 싫은, 얼른 연하의 그림 떼서, 한쪽에 놓고, 말꼬리 자르며) 엄마, 나 일해야 되는데?

난 희 이 집에 출판사 애들 말고, 진짜 남자 안 와? 진짜?

완 (주변 정리하다, 답답한, 화나는, 작심하고 대드는) 오면? 오면? 결혼하라며?

그럼 남자도 가끔은 이 집에 드나들어야, 내가 결혼을 하든 말든 할 거 아냐? 나는 낼모레면 마흔이 다 돼가고, 엄만 내 결혼을 원하고, 집에 남자 드나드는 게 뭐가 문젠데?

난 희　(어이없는, 웃으며, 냉장고 안에서, 맥주를 꺼내 따서 마시며, 편하게) 누가 문제래? 드나들게 해, 드나들다보면 눌러 살 놈도 만나겠지. 근데, 세상 놈 다 돼도 두 종류 놈은 안 돼. 유부남, 그리고.. 니 삼촌처럼 장애인.

완　(동진과 연하 때문에, 참담한, 맘이 쿵 하는, 작게 한숨 쉬고, 의자에 앉아, 머리 쓸어 올리는, 답답한, 노트북 열며) 가, 일해야 돼.

난 희　(옆에 앉아, 완이 표정을 살피고, 눈치 보며 웃으며, 맥주 마시며) 너 진짜 어른들 글 안 쓸 거야? 야, 써. 너 전에도 할머니 얘기 쓰기 싫다고 했지만, 결국 써서 데뷔하고 책 내고 돈 벌고 했잖아. 이번에도 쓰기만 함 대박나요. 제목은 엄마의 늙은 친구! 디어 마이 마더... 올드 프렌드.. 즌가?

완　(화가 계속 나고, 참는, 장애인, 유부남이란 말에 걸린, 제 생각에만 빠진) ..

난 희　야, 니가 엄마 말 들어서 안 된 일이 뭐 있어?

완　(바로 치고, 나가는, 차가운) 그만큼 들어줬음 됐잖아?! 아직도 안 됐어?

난 희　?! (화 빡 나지만, 맥주 마시고, 빤히 보는)

완　(속상한, 버럭) 내가 언제까지 엄마 말만 듣고 살아야 되는 건데, 어?!

난 희　(화난) 기집애야, 내가 너 위해서, 이런 말하지, 나 위해 해! 기껏 유학 다녀와 번역 작가로 하루 걸러 일하고, 대충대충, 기껏 밥이나 처먹고 지 용돈벌이밖에 못 하고 살면서,

완　(속상하고, 답답한) 왜 모든 사람들이 엄마처럼 이십사 시간 죽어라 열심히 살아야 되는 건데, 왜?! 내가 엄마처럼 무식하게 일하다, 두 번 세 번 쓰러짐 좋겠어? 난 엄마처럼 살기 싫어! 난 이렇게 사는 게 좋아! 하루 벌어 하루 살면 안 돼? 인생 좀 대충 살면 뭐, 어때서?!

난 희　(서운하고, 속상해, 대드는) 나는 뭐 일이 좋아 했냐, 내가 왜 그렇게 죽어라 일만 하며 살았는데,

완　(일어나) 나 때문이겠지?! 그래서 보상했잖아, 머리 나쁜 애가 죽어라 공부해 스카이대 들어가주고, 집 떠나는 거 무서워하는 애가 유학 가주고, 머리 길르람 기르고 바지 입으람 입어가면서.. 왜, 그거론 보상이 안 돼?! 안 돼도 더는 싫어, 인정하셔, 엄마 딸이 이 정도밖에 안 되는 거! (하고, 다시 주변 정리하는)

난희 (찔리는, 참고, 맥주 마시며) 다른 집 딸년들은 사춘기 지나면 사근사근 엄마한테 애교도 잘 피우고,

완 (속상한, 비아냥) 아, 그렇대? 그럼 다른 집 딸년이랑 사세요.

난희 (성질나, 벌떡 일어나 나가다가, 돌아서서 다시 와선) 근데, 너, 전엔 고분고분하더니, 왜 이렇게 사나워졌어? 슬로베니아 다녀와서?

완 (슬로베니아란 단어에도 맘 아픈, 난희 등진 채, 눈 감는) ..

난희 너, 거기서 무슨 인생에 충격받을 일 있었니? 말해봐? 순한 애가 변해도 너무 변해서, 그래? 왜, 너 거기서 연하랑 헤어질 때 무슨 일,

완 (눈가 붉어, 속상한, 버럭) 순하게 살다, 지쳤나 보지! 변할 일이.. 있었나 보고!

난희 (화나는, 말꼬리 끊고, 쾅 소리 나게 문 닫고, 나가는)

완 (참담한, 속상해, 깊게 한숨 쉬는데, 핸드폰 울리고 연하의 이름이 뜨는, 울컥하는, 담담히, 한쪽에 가서 앉아, 핸드폰을 가슴에 대고 눈 감고, 연하를 안 듯, 가만 안고 있으면서 진정하는, 삼 초 후쯤, 전화 받는, 짐짓 밝게) 왜?

연하 (E, 편하게) 보고 싶어서.

완 (편하게 따뜻하게 장난치는) 갑자기 니가 한 스크램블 먹고 싶다.

연하 (E) 내가 보고 싶단 말하는 게 듣기 싫구나?

완 아침에 니가 끓여주는 우유도 먹고 싶다. (입맛 다시는)

연하 (E) 컴 켜. 내가 멋진 걸 보내놨지.

완 (자리 이동해, 노트북 켜고, 의자 위에 쪼그려 앉는) 니 명령조 말투가 좋아, 컴 켜!

연하 (E) 컴 켰으면 침대에 누워!

완 넵! (하고, 노트북 들고, 침대 가서 눕는)

연하 (E) 멜 열어.

완 동영상 보냈네.

연하 (E) 입 닫고, 이제 봐.

완 (보는, 작게 웃음 띤 좋은)

***인서트 - 동영상 》**

완의 핸드폰에 찍힌 내용, 해변.

연하, 죽어라 뛰어오며, 옷을 벗어서, 하나씩 해변에 버리고, 결국엔 바지와

티만 입고, 물속에 뛰어 들어가는, 그러다, 물속에서 나와, '와우!' 하고, 핸드폰 보며 시원하게 소리치는,
그 그림 위로,

완　(E, 깔깔대고 웃으며) 야, 야, 야, 야, 잘한다, 잘해! 어머! 추워! 와, 갑바 좋고, 바지도 벗지, 그래야 클라이막스가 나오지! (핸드폰으로 연하가 다가오면) 나, 나 안 들어가 나 안 들어가! 엄마, 나 죽어! (하는데, 연하가 잡아서 완에게 키스하는, 그 바람에 핸드폰 놓쳐, 핸드폰이 모래 바닥에 있고, 연하와 완이가 키스하는 모습이 찍히는, 핸드폰이 밀려온 파도에 떠내려가는)

둘의 목소리 들리는,
완, '어머, 내 핸드폰!'
연하, '키스하고 주워! 내가 좋아, 핸드폰이 좋아!'
완, '지금은 핸드폰! 어머머머, 내 핸드폰 어떡해!'
지지직 하고 소리 나는,

***점프컷 - 현실 》**

완　(눈가 붉지만, 그리운, 핸드폰에 대고, 그래도 짐짓 밝게) 낄낄..
연하　(E) 다음 건, 사진.
완　(열어보면)

***인서트 - 사진 》**
연하(연하는 모르는 듯)가 거리를 걸어가는 훤칠한 모습이 연속 사진으로 찍힌,

***점프컷 - 현실 》**
완, 그리운 웃음 띤,

씬 41. 회상, 슬로베니아, 예쁜 거리, 낮.

완, 연하의 집 창가에서 밖을 내다보고 있다가, 멀리, 걸어오는, 연하를 발견하고, 핸드폰으로 연속 사진을 찍는, 다 찍고, 핸드폰 하면, 건너편 연하, 핸드폰 받는,

완 너 어디?
연하 나.. 우리 집 가는 길.. (하고, 가는데)
완 우리 집으로 와.
연하 (멈춰 서며, 좋고, 작게 웃는) 나 안 본다며? 내가 결혼 안 한다 그래서. 이제 나랑 안 자준다며? 근데, 왜 집에 오래?
완 내가 졌으니까, 결혼하지 말자. 그냥 니 말대로 에브리데이 연인.
연하 (담담히) 집으로 갈게. (웃고, 핸드폰 끊고, 집 반대 방향으로 마구 뛰어가는)
완 (재밌게 연하 보다, 다시 전화하는, 받으면) 나 니네 집에 있어.
연하 (뛰다, 헉헉대며, 집을 올려다보는, 핸드폰 받은 채, 멀리 완 보는) ?!
완 넌 좀 당해야 돼. 안 그래? 울 엄마한테 내가 맞아 죽을 각오하고 결혼 포기하고 동거 선택했는데... 열 셀 때까지 와, 안 그럼 나 간다. (하고, 끊고, 보면)
연하 거기 오 층인데...
완 (와이셔츠 단추 풀며, 장난) 하나... 둘..
연하 (전화 끊고, 죽어라 뛰는)
완 (따뜻하게 웃고, 연하 보며) 셋......

씬 42. 완의 집 안, 밤.

완, 너무 그립단 생각이 드는, 핸드폰 귀에 대고, 사진 속의 연하의 얼굴을 만지는데,

연하 (E, 편하게) 그 사진 속 내 다리 진짜 훤칠하지?
완 (순간, 다리란 단어에 연하의 다리 보다, 숨이 멎는 듯한, 굳은) ?!
연하 (E) 잘 뻗었지, 내 다리.
완 (눈물이 차오르는)

연하　(E) 말해봐, 내 다리 멋지냐고 묻잖아, 완아? 박완 씨?

완, 핸드폰 담백하게 끄고, 돌아눕고, 눈물 흐르는 채, 가만있는, 연하의 사진과, 완의 모습이 한 화면에 있는, F. O.

씬 43. 들판, 낮.

쌍분, 인봉(멀리서, 주저앉아, 일하는), 밭일하고,
호진(목에 쌍분이가 만든 단어장 걸고 있는), 이동 산소호흡기 한 채, 멀리서, 쌍분만 보며, 웃으며, 앉아 있는, 영원, 손수건에 물을 묻혀, 호진 얼굴 닦아주는,

영원　(따뜻하게, 웃으며) 호랑이 아버지가 순둥이 됐네.
쌍분　(일하다, 호진 옆에 철퍼덕 앉아, 단어장의 '아'를 보여주며) 미?
호진　(가만 보다, 웃으며) 미?
쌍분　아! 바부야.
영원　(쌍분을 보며, 짠하게 웃는)
쌍분　(호진 보며) 머리가 모잘라.. (하고, 먼 산만 보는)
영원　얼굴 함 봐, 엄마.. 나.. 그냥 이대로 가? 난 엄마라곤 엄마밖에 없는데? 울 엄마 삼십 년 전에 죽고.
쌍분　(그때, 핸드폰 오면, 못 듣는)
인봉　(일하다) 엄마, 전화!
영원　(인봉에게) 넌 왜 나 얼굴도 안 보냐?
인봉　(일만 하며) 싫어서, 난 우리 누나 편이거든.
영원　(웃으며) 난휜 좋겠다, 편 많아서. (하고, 쌍분 주머니에서 전화 꺼내 보면, 난희다, 편하게 쌍분 손에 쥐여주며) 난희?
쌍분　(받아서, 전화 꺼버리는)
영원　(막걸리 따르며) 난휜데, 왜?
쌍분　(먼 산만 보며) 귀먹어서 뭔 소린지 듣지도 못해. (하고, 막걸리 받아 마시는)
영원　(술 따라, 자기도 마시는)

쌍분 니 머리 뜯은 거,

영원 (먼 산 보며) 잘했어, 내 머리 뜯은 거. 그럼 뭐, 딸년하고 딸년 친구하고 싸우는데, 어느 엄마가 딸년 친구 편들까.

쌍분 (술 마시고, 영원 머리 한번 쓱 만져주고, 투박하게) 암 걸린 건.. 괜찮아?

영원 (술 먹으며) 아, 공기 좋다. (하고, 쌍분 무릎에 눕는)

쌍분 (인봉에게) 감자 심냐?!

인봉 (일하며) 고추 심어!

쌍분 미친놈, 고추 심으라니까, 왜 감잘 심고 지랄 염병을 해! 고추를 확 따버릴라..

영원 (웃고) 아이고.... 울 엄마..

씬 44. 성당, 낮.

희자, 미사를 보며, 성가를 부르는데, 그때, 성재가 와서, 옆에 앉아, 같이 성가 부르는, 희자, 싫은지, 옆자리로 조금 물러나 앉아, 성가 부르는, 그러다, 핸드폰 문자 오는 소리 나고, 확인하고,

정아 (E) 병원 가자.

희자 (성가 부르며, 조심스레 나가는)

성재 (웃으며, 가는 희자 잡는)

희자 ?

성재 (웃으며) 나, 성재, 이성재?

희자 (이상하단 듯, 잡은 성재 손을 탁 치며) 그, 그래서요? (하고, 가는)

성재 (이상한, 구시렁) 모르나... 날.. (하고, 가는 희자 보며, 아무렇지 않게, 성가 부르는)

씬 45. 병원 전경 + 복도, 낮.

희자, 앉아 있고, 정아, 검사실에서 나오는,

희자	검사 다 했어?
정아	어, 근데 괜히 돈 쓰는 거 아니냐?
희자	니가 나 치매라며?

씬 46. 진료실 안, 낮.

희자, 정아, 앉아 있고, 의사가 말하는,

의사	(웃으며) 망상 장애가 좀 있으시네요.
희자	(정아 보며) 어떡해?
정아	(걱정스레 희자 보며) 너.
희자	(정아 보며) ? (의사 보며) 나?
의사	(웃으며, 편하게) 네.
희자	?

씬 47. 희자의 집 안, 낮.

기사, 시시티브이를 곳곳에 다는, 희자, 기사를 가만 보고 서 있는, 정아, 소파에 앉아 희자 보며, 편하게,

정아	의사가 괜찮다잖아? 병이다 그거까진 아니래잖아? 좀 조심하는 게 좋다 그 정도지...
희자	알어. 그래서 시시티브이 의사 말대로 다네! 의심스러우면 이런 거 달아놓고 보면서 의심을 풀어야 된다잖아, 의사가.
정아	왜 활 내?
희자	그럼 의사가 나한테 망상 장애 있다는데 웃니? 너나 그런 말 들음 웃어라!
정아	아이고, 진짜.. 맘대로 해! (하고, 가는)
희자	(정아 나가는 거 보고, 기사 보며) 꼼꼼히 달아주세요, 기사님.

씬 48. 희자의 집 안, 다음 날, 낮.

희자, 싱크대 위 수납장에 잘 보이게, 메모지를 붙이고, 담담히 보며 읽는, 아래 내용을 전부 다, 담담히,

***인서트 - 메모지 》**

〈나는 혼자 할 수 있다. 나는 혼자 살 수 있다.〉

1, 절대로 남에게 자식에게 피해 주지 않는 삶을 산다.

2, 아프면 징징대지 않고 병원에 알아서 간다.

3, 요양원은 제이의 고향, 가게 될 때 웃으며 간다.

4, 치매에 걸리면, 민호와 정아, 충남, 영원, 난희, 친구들의 충고를 꼭! 듣는다.

매일 세 번씩 읽어서 마음에 새길 것.

***점프컷 》**

희자, 다 읽고 돌아서서 거실로 가는,

***점프컷 》**

희자, 구시렁대며 메모를 하는,

희 자 오늘의 내가 할 일은... 음.. (메모하며) 집 안 청소, 설거지, 그리고... (생각하는) 인터넷 화투 열 판 치고... 김치 담고.. (하다, 옆의 시시티브이 보며) 너 잘 감시하고 있지? 옆집 서양놈이랑.... (하고, 다시 쓰려다가, 시시티브이 보며) 너 진짜 감시 잘.. 하니? 아무래도 내가 널 뜯어봐야겠다.. 니가 일을 잘하는지... (하고, 시시티브이를 확인하는)

***인서트 - 시시티브이 내용 》**

자신만, 티브이 보고, 밥 먹는 모습이 왔다 갔다 하는, 그러다 거실에서 티브이 켜놓고 자는 모습이 있는,

*점프컷 》

희 자 (시시티브이를 놓고, 생각하는) 어제 새벽 불이 번쩍번쩍했는데... 누가 막 걸어다니고... 근데 없네... 내가 진짜, 치맨가?.. 치매면 뭐, 어때? 죽으면 그뿐이지? (하고, 메모를 다시 하려다, 문득, 덤덤히 눈을 껌벅이다, 일어나, 옷을 입으며, 담담히) 나중에 죽으나, 지금 죽으나다. 겁날 거 없네요. 나이 칠십에 전쟁이 나봐라, 겁이 나나.. 깨끗하게 죽어야 될 건데..

씬 49. 1부, 프롤로그.

1, 상암, 강남 같은 고층 건물이 즐비한 사거리, 낮.
희자, 커피 점문점 앞의 테라스에서 커피를 마시며, 주변의 젊은이들이 핸드폰을 보거나, 애인과 사이좋게 아이스크림을 먹으며 서로 얼굴에 부비며 장난치는 걸 예쁘게 보다가, 무심한 듯 차 마시며 주변 빌딩들을 올려다보는데, 웃음 가신, 예리한, 회사 건물 입구를 보면, 대개 수위가 서 있고, 입구 안이라도 출입 통제 바가 있는 게 어렴풋이 보이는, 무심한 듯 담담히 그것들을 체크하는, 티 나지 않게 일상적인 모습이다. 그러곤, 다시 차를 마시고, 그 중 좀 멀리 있는 고층 아파트 단지를 눈으로 선택한 듯 잠시 보다, 찻잔을 내려놓고 가는, 열심히 주변 정리하던 직원, 희자에게 '손님, 여기.. 셀픈데요!' 하는, 희자, 양산을 켜고, 아랑곳없이 가는, 직원, 좀 크게 구시렁, '저 꼰대 진짜..', 희자, 그 소리 듣고 덤덤하게 구시렁, '꼰대, 귀먹었다, 생각해라' 하고, 가는,

2, 고층 아파트 단지, 수위실 앞길, 낮.
희자, 양산을 들고, 수위들이 모여 장기 두는 앞을 아무렇지 않게 지나쳐 가며, 눈인사하는, 수위, 얼결에 같이 눈인사하고, 그러다 장기 두는,

3, 출입구(카드나, 비번으로 여는) + 엘리베이터 앞, 낮.
여자(사십 대로 보이는, 마트에 다녀온 듯, 슬리퍼를 신은), 비번을 누르고, 문이 열리면, 들어서는, 희자, 어느새 아무렇지 않게, 따라 들어서며, 양산을 접

는, 여자, 무심히 엘리베이터 버튼을 누르고 타면, 희자, 엘리베이터에 오르는,

4, 엘리베이터 안, 낮.
여자, 희자에게 예의로 눈인사하면, 희자, 같이 눈인사하고, 여자, 눈짓과 손짓으로 먼저 버튼을 누르라 하면, 희자, 손짓하며, '먼저..' 하고, 양보하면, 여자, 십칠 층을 누르고, 앞 보면, 희자, 최고 층을 누르는,

여 자 (웃으며, 편하게) 상민이네, 오셨어요?
희 자 (작게 웃음 띤 채, 고개 젓는) ... 정아네, 왔어요.
여 자 (이상한) 정아.. 네요? (호의, 걱정) 이십 층엔 상민이네랑 우주넨데? 혹시 동이? 백오 동 맞으세요?
희 자 아.. (작게 웃고, 일 층을 누르고) 이런.. 백사 동인데.

***점프컷 》**
여자, 내리며, 눈인사하고 무심히 제집 버튼키 눌러 들어가면, 희자, 그 모습을 안 보는 듯 보다가, 여자가 집으로 들어가 안 보이면, 다시 일 층 눌러 취소하고, 이십 층으로 올라가는,

5, 이십 층, 옥상으로 가는 비상구 계단, 낮.
희자, 계단 오르는, 다 올라, 비상구 문을 보면, 문에 높게 걸림쇠가 걸려 있는, 담담히 양산으로 그 걸림쇠를 푸는, 두세 번 시도 후, 성공하는, 그닥 힘들어하는 모습은 아니다,

6, 옥상, 낮.
희자, 비상구 문 쪽에서 옥상의 난간 쪽으로 가는, 그리고, 난간 위로 올라가, 밑을 내려다보는,

희 자 (담담히) .. 죽기.. 딱 좋다. 근데.. 여긴 안 되겠다... 떨어지다, 밑에 사람들하고 부딪치면.. 괜한 사람 다칠라.. (하고, 가는)

씬 50. 버스 정류장, 낮.

희자, 배고픈지, 빵을 먹으며, 주변을 살피는, 잘 먹는,

***시간 경과, 밤 》**

사람들, 하나도 없는, 희자, 음료를 마시며, 살피다, 가방 옆에 놓고, 팔 차선으로 나가는, 그러다, 눈 감고, 대로에 서는, 편한 웃음을 띤, 바람 부는, 팔을 벌리는,

그런 희자의 모습과 멀리 미친 듯이 달려오는 덤프트럭이 교차되면서, 엔딩.

dear my friends

3 부

노브라에 찢어진 청바지를 입고 길 위에서

씬 1. 버스 정류장, 밤(2부 엔딩 연결).

덤프트럭 기사, 달리다, 앞의 희자를 보고 놀라, 경적을 울리지만, 트럭 앞에 희자가 서서 가만있는, 덤프트럭 기사, 놀라, 브레이크를 밟으며, 경적을 동시에 울리는, 그러다 희자의 코앞에서 간신히, 끽 하고 차를 세우는, 희자, 미동도 없는, 편한,

기 사 (차창으로 고개 내밀고, 버럭) 야, 너 미쳤어, 쌍** 할망구가, 귀신처럼 거기 서서, 너 죽을래?!

희 자 (그제야 눈 떠, 기사 보며, 눈을 껌벅이는)

기 사 죽을라면 혼자 죽지, 사람 엿 먹일라고, 작정했어?!

희 자 (기사 보며, 왜 저렇게 말하나 싶어, 눈을 껌벅이는)

기 사 뭘 봐, 콱, 썅! 죽을람 지 혼자 다리 위에 가 떨어지든가.. (하고, 창밖에 침 뱉고, 가는)

희 자 (가는 트럭 보며, 덤덤히) 젊은 애가 반말을 찍찍.... 한강 다리라.... (하고, 가는)

씬 2. 한강 다리 위, 달리는 택시 전경 + 택시 안, 밤.

택시, 가는,

희 자　(E) 세워요, 여기.

기 사　(E) 안 돼요, 할머니, 여긴.

희 자　(E, 안 된단 말에 당황한, 큰소리) 왜, 안 돼, 손님이 내린다는데, 안 되는 게 어딨어, 세워요, 어서!

택시, 멈추고,

***점프컷, 택시 안 》**

기 사　할머니, 여긴 차 세움 클 나요. 조금 더 가셔서, 정거장에,

희 자　(어이없는, 말리는 게 황당하고 당황스런) 왜 더 가? 목적지가 여긴데 어딜 더 가? 웃기는 기사 양반이네. (만 원을 주며) 내 맘대로 할 거예요, (강조) 나는 내 꺼니까, 내 맘대로! 잔돈은 가져요... (하고, 내리는)

기 사　(가는 희자 걱정스레 보며, 고개 젓고, 가는)

씬 3. 한강 다리 위, 밤.

희자, 다리 난간에 몸을 기대고 밑을 보면, 달빛에 강이 예쁜, 편안한,

희 자　달빛 고요타... (하고, 주변 보고, 신발을 벗어놓고, 난간 턱에 올라가) 그간 그래도 잘 살았지? 조희자... (하고, 발을 난간에 걸치는데)

그때, 휘슬 소리 나고, 희자, 보면, 멀리서, 젊은 경찰이 놀라, 휘슬 불며 뛰어오는, 희자, 달려오는 경찰 보며 담담히 '늦었어.. 난 간다' 하며, 용을 써서, 다시, 다리를 난간에 거는데, 다른 쪽에서 경찰이 달려와, 난간으로 떨어지려는 희자의 목덜미를 잡는,

희 자　(담담히) .. 놔봐요.. (하고, 순간 다시 넘어가려 하지만, 잡히는, 속상한, 큰소리) 아, 좀 놔봐! 좀!

씬 4. 석균 정아의 거실, 밤.

석균, 가계부를 영수증과 대조하며 보고 있고, 정아, 그 옆에서, 누룽지를 씹어 먹으며 티브이로 이탈리아 문화 탐방 프로그램을 보는, 편안한,

석 균　(가계부 보며) 십오 일 토요일, 국거리 소고기 반 근은 왜 영수증이 없어?

정 아　(티브이에만 빠져, 무심히) 내가.. 안 받았나?

석 균　(화나는, 옆의 리모컨 들어 티브이 끄고)

정 아　(속상한, 버럭) 아고, 참내?!

석 균　(리모컨을 깔고 앉고) 전기세가 왜 지난달은 이만, 오천오백삼십 원인데, 이번 달은 육천삼백 원이 오바냐?

정 아　(성질나는, 답답한, 손가락으로 주방 쪽 가리키며) 전기 그릴! 거기다 조기 구워줬네? 당신이 맛난다고, 하루걸러 두 마리씩!

석 균　(눈 부라리는) 그러게 전기 그릴을 왜 사?!

정 아　(어이없는) 내가 샀어? 순영이가 쓰던 거 줘 왔지? 그지처럼.

석 균　(밉게 보고, 대뜸) 호두 하드는 뭐냐?

정 아　(성질나, 한쪽에 있던 초라한 지갑에서 오천 원 꺼내 던지고, 가계부 뒤의 봉투에서 삼천 원 꺼내, 제 지갑에 넣으며) 아이고, 드러워, 하드 하나 맘 편히 못 먹지, 내가!

석 균　(손 내밀며) 이천오백 원, 오백 원 더 내!

정 아　(어이없지만, 지갑 열어, 오백 원을 꺼내 주방 쪽에 던져버리며) 에우, 가져라!

석 균　(일어나, 식탁으로 가 식탁 밑에 있는 오백 원을 주우려 무릎 꿇고 기어 들어가며, 말하는) 그렇게 치사하면 너도 나처럼 한 달에 삼십만 원 말고, 육십만 원 생활비로 내든가... 한방 잔다고 봐주는 걸 모르고.. (하는데, 동전이 잘 안 잡히는)

정 아　밥하고 빨래해주잖아! 거저 얻어먹냐? (그때, 주방 쪽에서 울리는 핸드폰 받으려고 일어나 주방 쪽으로 가서 핸드폰 들고, 석균의 엉덩이를 발로 차는

시늉하며) 으이그..

석 균 (순간, 식탁 밑에서 정아 발을 보고) 뭐, 하는 짓.. (이냐, 하며 돌아보다, 식탁에 머리 부딪치는, 아파하며, 정아에게 눈 흘기고)

정 아 (전화 받으며) 보면 뭐, 이혼이라도 할래, 다 늙어? (하고, 전화 받는) 여보세요?

석 균 (동전을 집어 후후 불고, 일어나, 정아의 이마에 꿀밤을 딱 치고, 가며) 어디 감히 서방을.. (하고, 웃으며, 가는)

정 아 (아파하며, 이마 만지며, 버럭) 아, 따거라! (순간, 전화하며) 경찰서요? 왜? (놀라, 가라앉은) 한강 다리요? (석균 보는)

석 균 (정아 보는) ?

씬 5. 경찰서 안, 밤.

희자, 사탕을 까 먹으며 담담히 있고,
경찰, 전화를 하는,

경 찰 (답답한) 아, 그러시구나.... 혹시, 조희자 씨, 남편이나,

희 자 (아무렇지 않게, 딴 데 보며, 사탕 먹으며) 내 남편.. 죽었는데...

경 찰 (답답한, 전화에 대고) 그럼 자제분은,

희 자 (일어나, 핸드폰 뺏어 받으며) 너, 민호 전화번호 대기만 해, 진짜로 나 죽는 꼴 볼 거면,

경 찰 (어이없이 보다, 전화기 뺏어 받으며, 희자 좀 무섭게 보면)

희 자 (사탕 디밀며, 먹으란 시늉하며) 먹어..

씬 6. 석균 정아의 안방 안, 밤.

정아, 속상한 얼굴로 장롱에서 웃옷을 빼내는데, 석균, 들어와, 옷을 잡는, 정아, 안 뺏기는, 한쪽에 이불이 깔려 있는,

석균　어딜 가게?

정아　(속상한, 왜 이러나 싶은) 가봐야지, 늙은일 거기 덩그라니 혼자 둬?

석균　(웃옷 뺏어, 뒤로 숨기고, 버럭) 민호 전화하면 되잖아! 자식 길러 뭐해? 이럴 때 안 쓰고?

정아　민호한테 말하면 죽는대잖아, 걔가! (하며, 석균이 든 옷 뺏으려 하는데, 뒷주머니의 핸드폰 떨어지면서, 전화 오는) 정말.. (하고, 핸드폰 주워, 받는) 어, 순영아?

순영　(힘든, E) 엄.. 마, 나한테 좀 와줘..

정아　왜 그래, 아가?

석균　(핸드폰 뺏어 받고) 뭔 일이냐? 어, (든든한, 거드름이 있는) 교수.. 사위? 순영이가 왜... 아, 감기?

정아　(걱정스런, 속상한, 웃옷 뺏으려 하면)

석균　(안 뺏기고, 뒤로 숨기고, 벽에 딱 붙어, 전화하는) 감긴데.. 왜 집에 전활 해, 걔는? 남편이 있는데... (정아에게) 물 떠 와, 목말라!

정아　(속상해, 포기하고, 나가는)

씬 7. 순영의 집 안, 밤.

오 서방, 화를 참으며, 순영(겁에 질려 한쪽 벽에 붙어, 머리가 산발인 채, 입이 터져 피가 난, 아직 화면에는 안 나오는) 보는,

오 서방　(순영 보며, 담담히) 제가 퇴근이 늦어서.. 걱정 마세요, 장인어른, 제가 돌보면 됩니다. 네, 네. (하고, 전화기 끄고, 순영에게 가며) 이번엔 또 어느 놈이냐? 어느 놈이랑 붙어먹었어?! (하며, 순영의 머리채, 끌고 방으로 가며) 이리 와!

씬 8. 석균 정아의 주방, 밤.

정아, 주방에서 컵을 꺼내, 냉장고의 물을 따르다,

정아 (구시렁) 왜 또 감기야....

석균 (E) 물!

정아 (방 쪽에 대고, 미운) 줘요! (하며, 물 담긴 불투명한 잔 들고 가려다, 그 잔에 침을 캑 뱉어, 손가락으로 휘휘 저어 보며) 이런 가래 떴네... (하고, 건질까 하다, 포기하고, 웃고, 가며) 다 마셔라.. (하고, 들어가는)

씬 9. 석균 정아의 방 안, 밤.

석균, 이불 속으로 들어가, 물을 벌컥벌컥 마시는,
정아, 벽에 기대고 앉아, 그런 석균 고소하게 보는,

석균 (물 다 마시고, 내려놓고, 누우며) 고작 감기 걸린 거 갖고, 지 에밀 부르고, 대체 자식 교육을 어떻게 시키는 거야?! 그저 오냐오냐? 불 꺼!

정아 (눈 흘기며, 왜 저러나 싶어, 고개 저으며, 불 끄러 가며) 불 끄고...

석균 (눈 감고) 누워..

정아 (포기하고, 누우며) 눕고... (하고는, 이내 자는 석균 보며, 핸드폰으로 문자 넣는, E) 난희야, 마포 경찰서로 가. 희자가 자살할라 그랬대.

씬 10. 난희의 집 앞, 밤.

난희, 핸드폰 하며 집을 나와 걸으며,

난희 내가 어딜 가든, 알아 뭐하게, 니가? 에미 땜에 사는 게 숨 막힌단 년이?

씬 11. 달리는 완이의 차 안, 밤.

완 (스피커폰으로 전화하는, 편하게, 화나지만, 짐짓 참고) 고만해, 우리가 뭐 한

두 번 싸워? 왜 그래, 첨 싸우는 거처럼?

난 희 (E) 아, 끊어, 경찰서 가야 돼!

완 (이상한) 경찰서는.. 왜?

씬 12. 난희의 집 앞, 밤.

난 희 (걸어가며) 니가 전혀 안 궁금해하는, 희자 이모가 마포 다리 위에서 떨어져 죽을라다 잡혔댄다, 왜?! (사이) 으이그, 대학 나왔단 년이, 멍청하긴, 마포 다리면 마포 경찰서지, 강남 경찰서겠냐?! (하고, 핸드폰 끊고, 택시 타며, 기사에게, 턱으로, 출발 신호 주면서, 전화 걸고, 통화되면 말하는) 어, 충남 언니, 혹시 경찰에 빽 쓸 사람 알어? 왜긴 빽 쓸 데가 있어, 그러지!

씬 13. 도로, 완의 달리는 차 안, 밤.

완, 걱정스런, 차를 빠르게 유턴해 가는,

씬 14. 석균 정아의 방 안, 밤.

석균, 코 골고 자고,
정아, 손을 자는 석균의 눈앞에 흔드는, 석균, 모르고 자는, 정아, 조심히 일어나, 옷을 들고, 나가려는, 석균, 몸을 뒤척이면, 정아, 석균에게 베개를 베어주고, 석균, 베개에 손을 얹고 이내 자는,

정 아 ... 으이그, 자는 꼴도 밉상이네... (하고, 몰래, 전화하며, 방을 빠져나가는)

씬 15. 석균 정아의 아파트 앞, 밤.

정아, 엘리베이터에서 전화하며 나오는,

정아 아냐, 아냐, 순영이 자면 냅둬.. 그래, 끊어.. 오 서방 (하고, 전화 끊고, 가며, 민호에게 전화하는) 어, 민호야, 정아 이몬데, 잤어..?

씬 16. 경찰서 안, 밤.

희자(편한, 담담한), 한쪽 의자에 앉아, 다리 들고 왼쪽 오른쪽 엄지발가락을 부딪치며, 앉아 있고, 그런 희자를 정아(어이없는), 난희(어이없이, 답답한), 보고 있고, 완, 조금 떨어진 책상에서 경찰과 면담하고 있는, 카메라, 점프컷으로 왔다 갔다 하는,

완 (어색한 웃음 짓고) 물론 자제분들은 셋이나 계신데요, 이모가 절대 말하면 안 된다고... 한 번만, 봐주심 안 돼요? 네? 경찰관님.

경찰 (단호한, 버럭) 장난하십니까! 몇 번을 말해요! 자제분 모셔 와요! 아님, 강제 지문 채취라도 해서, 일 처리할 겁니다! 그리고 다들 가세요, 보호자도 아니면서.. 우르르 와서, 뭐 하는 거야!

완 (난감한, 희자 보며) 이모, 말해, 민호 전화번호 뭐야?!

난희 (희자에게, 답답한, 큰소리) 말해! 강제 지문 채취래, 강제?! 민호 번호 뭐야?! 안 대면 어쩌자고, 여기서 이렇게 밤새?!

희자 못 샐 건 뭐야..

난희 (희자, 어이없이 보며, 버럭) 늙어 꼴통이네, 진짜!

완 (희자 보며) 이모?! (정아 보며) 정아 이모!

희자 (정아 보면)

정아 (희자 보며, 답답한) 안 말해, 안 말해, 너 죽는 꼴 볼라고 내가 말해! (하고, 고개 외로 트는)

난희 잘한다, 둘이, 짝짝꿍이 맞아서.. (희자에게) 말해, 좀! 나, 낼 장사해야 돼!

그때, 영원, 화려하게 들어오며, 밝게,

영 원　안녕하세요?

모두, 영원을 보는, 난희, 놀라고, 짜증 나는,

영 원　(경찰서 간부로 보이는 사람 보고) 어머, 손 경관님?!
간 부　(자리에서 일어나, 반색하며, 영원에게로 와, 악수하며) 이게 누구야?
영 원　(희자, 정아, 난희 쪽 보며) 내가 아는 경관님.. (하고, 경관 안는) 반가워요, 손 경관님! 서장 됐나?

희자, 좋고, 정아, 영원 보고 난희 걱정스레 보고, 난희, 화가 나는,

완　(영원 보고, 한시름 놓는, 편하게, 의자에 기대며, 경찰에게, 어깨 으쓱하며, 어쩔래 하는, 거드름 피는 표정 짓는)

씬 17. 경찰서 앞, 대로, 밤.

난희(착잡한), 희자, 정아, 걸어 나와, 완의 차에 기대서는,
뒤이어, 영원과 완이 나오는,

영 원　(희자의 손잡는, 짠한 웃음 짓는)
희 자　(미안해 못 보고, 영원에게 괜히 손을 흔드는)
영 원　(희자 달래듯 말하는, 밝게) 아까 경관 말 들었지, 언니 한 번 더 그럼 언니 대신 나 잡아넣는단 말. 이제 그런 짓 안 하기? 어?
희 자　(어색하게 웃고) 어.
영 원　(짠한, 웃으며) 언니, 나랑 살래? 우리 집 갈까?
희 자　(작게 웃고, 영원 보고) 그러까?
정 아　(희자 보며, 어이없는) 얼라리여.. (영원 보며) 가, 가. 일하다 왔다며.
영 원　(난희 보며) 또 보자?
난 희　(차에 기대 딴 데 보다, 꼬나보는) 어따 대고 말질이야?
영 원　너한테? (하고, 가는)

완 (그런 난희, 싫은, 영원의 차로 배웅하러 가며, 영원의 어깨에 손 얹고, 다정하게) 근데, 일은 재밌어?

난 희 (어이없고, 화나는, 가는 완과 영원 보며, 질투 나 돌겠는, 거리에 침 탁 뱉는)

***점프컷, 시간 경과 》**

난 희 (완에게 손 내밀며) 차 키 내.

완 (어이없는, 희자를 보면)

희 자 (완을 보다, 고개 돌려 먼 데 보는)

정 아 (옆에서 답답한)

완 (답답해, 정아 보다, 희자 보며) 내가 드라이브 시켜드릴게, 이모?

희 자 (안 보고, 담담히) 정아가 운전하는 차 타고 싶어.

정 아 (답답한, 버럭) 애야? 너 하고 싶은 대로 다 하게? 완이가 싫대잖아? 그럼 어른이 됐다, 해야지? 계속.. 타고 싶다고 입을 댓 발로 내놓고.... 애야?! 그 많은 나이 다 어디로 처먹어?!

난 희 (완에게, 버럭) 차 키 내!

정 아 (희자에게, 속상해) 자살함 천당 못 가는 거 몰라? 부처님 믿는 나도 아네! 하나님이 더 미워함 어쩔래, 천당 못 감 어쩔래?!

난희, 완, 희자 보면,

희 자 (딴 데 보며, 덤덤히) 설마 하나님이, 날 미워할까, 기운 없는 늙은이... 미워해 뭐하게...

난 희 (속상해, 버럭) 불구덩에 떨어질 소리 하고 있네, 언니 애들 생각 안 해?! 하나님이 이 일 저 일 신경 쓸 일이 얼마나 많은데, 굳이 언니까지 신경 쓰셔야겠어?! 그게 신자의 도리구, 자세야?!

희 자 (아무렇지 않게, 덤덤히) 하나님은 다 신경 쓰셔.. 그리고 애들이야, 뭐, 하루 이틀 울다, 잘 살겠지... 정아가 모는 차 탐 속이 시원할 건데..

난 희 (듣다, 속상해) 하나님이 오랄 때 가, 부르지도 않았는데, 가서 불청객 되지 말고! (완에게) 차 키 안 주냐?!

완 (버럭, 속 타는) 내 찬 수동이야?!

정아 (안 보고, 구시렁) 나도 수동이야!

완 (황당한) ?!

난희 줘! (손바닥 내미는)

완 (크게 한숨 쉬고, 화나지만, 포기하고, 난희에게 차 키 주면)

난희 (차 키 정아 주며) 희자 언니랑 나 우리 집에 내려주고, 언닌 거기서 택시 타, 그리고 (완 보며) 너 가고, 됐지?

희자 내가 왜 니네 집에,

난희 (희자에게) 에헤! 차나 타.

정아 (차로 가며, 답답한) 으이그.. 애를 키우지, 내가.... (하고, 차 타는)

희자 (좋은, 조수석에 타려 하면)

완 (잡으며, 엄지손가락으로 뒤를 가리키며, 화 참고, 강조) 이몬, 뒤? (차례로 손가락질하며) 내가 앞. 이건 내 차.

씬 18. 달리는 완이의 차 전경 + 차 안(효과에 따라), 밤.

정아, 완, 앞에, 난희, 희자, 뒤에 탄,
희자, 창문 열고, 시원한 바람을 맞으며, '야호! 야호!' 하고, 큰 소리로, 뽕짝 부르는,
난희, '좋댄다' 하며 웃는, 정아, 속상한,

완 (정아가 운전 잘하나 감시하듯, 정아의 손만 보며, 긴장해, 가라앉은, 그러나 단호하게 희자에게) 이모, 고개 넣어요, 위험해.

희자 (차 창문에 기대, 편한) 살 거 같다.. 너무 좋다...

정아 (속상한) 죽겠달 땐 언제고.. 좋기는, 지랄..

완 (정아에게, 걱정스레) 이모 운전에 집중! 초보 주(제, 라고 말하려다, 참고) 운전만 하셔요, 운전만!

난희 (구박하듯 희자에게) 살아 있으니 좋지?! 정아 언니가 운전하는 차도 타보고! 한 번만 더 그런 짓 해봐, 콱, 다리 위에서 등 떠밀어줄 테니까!

정아 너 왜 그랬냐? 대체, 왜 죽을라 그랬어?

희자 (창밖만 보며, 담담히, 작게 편한 웃음 띠고) 깨진 전구도 혼자선 못 가니까...

의사가, 망상도 있다 그러고, 이러다, 치매 걸리면... 우리 착한 민호도.. 결국 엔 화내고 지치겠다 싶어서.. 그냥..

난희, 완 (무슨 소린가 싶어, 정아 보면)

정 아 (속상한) 자식이 돼서 그만한 일은 해야지! 그래서 지금 니가 치매 걸렸냐?! 걸릴 수도 있으니, 조심하란 소릴, 괜히 겁먹고! 나랑 같이 죽자며, 너 죽음 나는.. (눈가 붉어져) 나는!

희 자 (정아 보며, 눈가 붉어, 짠해 웃으며) .. 그러게.. 니가 있는데, 그지?!..

난 희 (속상해, 창문 열고, 바람 맞고)

정 아 그지는, 개그지 같은 게.. 의리 없는 년.

희 자 (씁쓸히 웃고, 창가 보며, 짐짓 편하게) ... 너무 좋다... 지금.. 이 순간이...

정 아 (속상한)

완 (백미러로 희자를 보게 되는, 착잡한, 가만 보는, N, 담담히) 나에게 희자 이모를 몇 마디로 정의하라면 아주 쉽다. 철없다, 막무가내다, 사차원이다. 그런데, 그런 이모가 자살 시도라니... 추하지 않으려 꽃단장을 하고, 혼자 밤길을 걸어 한강 다리 위에 섰을 쓸쓸한 이모가 내 머릿속을 떠나지 않았다. 죽고 싶은 마음이 드는 것도, 문득 한순간이고, 살고 싶은 이유도, 기껏 한강 다리의 불빛이나 바람 때문이라니.... 어린 나는 이해할 수 없었다.

그때, 옆에 휙 하고, 차가 지나가고,
정아, 순간적으로 차를 휙 하니, 피하는,
희자, 담담하고, 나머지, '악!' 하는,

완, 난희 (차 창문으로 고개 내밀고, 가는 차 꽁무니에 대고) 야, 새끼야, 사고 나, 뒤질라고 작정했어! (난희의 장렬한 욕 세례가 삐삐 처리로 이어지는)

그때, 정아의 핸드폰이 울리는,

정 아 이거 내 껀데? 내 핸드폰이 어딨냐?

씬 19. 완이의 차 안, 밤.

난희, 뒤를 뒤지는,

난 희　언니, 백 들었었어?

희 자　(뒤를 난희와 같이 뒤지다, 벨 소리 듣고) 니 주머니네?

정 아　그런가.. (하고, 한 손으로 운전대 잡고, 한 손으로 주머니를 뒤지는)

완　(걱정돼, 속이 타는, 버럭) 이모, 핸들 두 손!

정 아　(완 보고) 핸드폰이?

완　(얼굴을 잡아, 앞 보게 하고) 앞 봐요, 앞. 운전에 집중하시라고.. 좀! (하고, 정아의 주머니를 뒤지는, 그러다 핸드폰 찾아, 화면 보며, 읽는, 이상한) 꼴.. 값? (정아 보며) 설마 아저씨?

정 아　꺼버려.

완　(좋아서, 단박에 끄고)

희 자　(좋은) 고소하다, 니가, 석균 씨 물 먹이니까.

완　(정아 보며) 근데 이모, 석균 아저씨가 이모랑 세계 일주 안 간다던데? 동문회 때 들었어, 어쩔 거야?

정 아　어쩌긴.. 이혼을 하든, 뭐 하든 가만 안 두지!

완, 난희, 희자　잘한다!

정 아　야, 거기 문자 좀 봐봐.. 영어로 써부려논 거... 뭔 말인지 당최 알 수가 있나?

완　영어? (카톡 들어가 확인하면, 영어 문자가 온, 읽는) 안녕하세요, 마크.. 스미스예요. 한 번 더 날 찾아.. 오세요.. 미세스 미소가.. (정아 보며) 넘 이뻐요, (하다, 카톡에 있는, 사진을 보고, 놀라는) 와우! (하며, 난희와 희자에게, 사진 보여주는)

난 희　와.. 이게 뭐야, 이게 뭐야?

희 자　(슬쩍 보고, 외면하는)

정 아　(웃으며) 그거, 내 영정 사진 할 거다?

난 희　딱 좋다! (희자에게) 언니도 찍자, 영정 사진?

완　(듣기 싫은) 웬 영정 사진?

희 자　나도 보기 싫은 쭈글쭈글한 늙은이 사진 남겨 뭐하게...

난 희　죽음, 장례는? 말마다 이기적이냐?

완　(그사이, 사진 넘겨 보며) 야, 사진들 진짜 좋다... (생각난) 아, (버럭) 마크 스미스?! 얘 진짜 유명한 앤데?

난희 (완에게) 너, 낼 할머니 모셔 와, 영정 사진 찍게. (정아에게) 이 김에 내 영정 사진도 찍어야겠다! 인생 모르는데,

완 (어이없어, 말꼬리 자르며, 화나는) 엄마가 영정 사진을 왜 찍어?!

난희 난 뭐 안 죽냐?

완 엄마가 왜 죽어? 나 죽고 나서 하루 늦게 죽어, 엄만?!

난희 아우! (화나, 바로 머리통을 때리는)

완 아! (하고, 보면)

난희 (바로 또 때리고, 성질난) 또 씨부려봐?! 또!

씬 20. 민호의 자동차 정비소 안, 밤.

민호, 자리에 앉아 핸드폰으로 시시티브이 화면을 보는(그때까지 화면의 내용은 안 보여주는), 그때, 정아 전화 오는, 받고,

민호 어, 이모.. 어, 보고 있었어.. 내 전화기에 연결해서,

그때, 하늘(민호 부인, 임신, 육 개월 정도), 들어와 민호가 내주는 의자에 앉아 민호 어깨에 얼굴 기대고 편하게 있는,

민호 근데, 우리 엄마 정말 괜찮을까, 이모?

씬 21. 석균 정아의 아파트 계단, 밤.

정아, 집 앞 벽에 기대, 전화하는,

정아 (따뜻하게 달래는) 괜찮아, 괜히.. 그냥 울컥해서.. 늙음 다 그래.. 그리고 니가 이제 시시티브이 보잖아.. 감시함 되지, 뭐... (하는데, 아파트 문 벌컥 열리는, 돌아보면, 석균이다, 놀라) 어, 민호야, 이모 또 전화할게. (하고, 끊고, 핸드폰

뒤로 숨기는)

석균　(버럭) 너는 거기서 반성하라니까, 전화질이냐!

정아　(고개 떨구고, 담담히) 반성 중이야..

석균　십 분 더 있어! (밉게 보고, 문 쾅 닫고 들어가는)

정아　(석균, 미운) 으이그.. (하고, 추워하는)

씬 22. 민호의 자동차 정비소 안, 밤.

민호, 하늘과 핸드폰의 시시티브이를 확인하는,

***인서트, 시시티브이 내용 》**

희자, 밥 먹으며 티브이 보고 깔깔대고 웃는,

***점프컷 》**

민호, 화면의 희자를 맘 아프게 보는, 눈가 붉은, 하늘, 민호가 안쓰럽지만, 따뜻하게 그냥 보는, 민호, 화면 점프컷 해서 뒤로 돌리면,

***인서트, 시시티브이 내용 》**

1, 희자, 노래를 부르며, 설거지를 하는, 즐거운,

2, 희자, 소파에 쪼그려 누워 자는,

***점프컷 》**

하늘　(짠한, 일어나 민호의 볼에 입 맞추고, 가는)

민호　(맘 아프지만, 화면 보는)

씬 23. 완이의 집 안, 밤.

완, 목욕했는지, 머리에 수건을 두르고, 욕실에서 나와, 한쪽에서 울리다 끊

어진 자신의 핸드폰 열면, 연하의 전화가 여러 통 와 있는, 가만 담담하게 보고는, 전화를 침대 쪽에 던지고, 침대에 누워, 노트북을 켜고, 영어 책을 펴 들어 보는데, 문자가 와서 보면,

연하 (E) 뭐야? 우리 사이 이대로 끝내? 그게 니가 바라는 거면 정확히 말해, 끝내줄게. 피하지 말고, 컴 켜.

완 (핸드폰 한쪽에 놓고, 잠시 생각하다, 그래, 그냥 담담히 받자 싶은, 동영상을 켜는, 좀 굳은 얼굴이다)

연하 (담담히 보는)

완 (가만 연하를 보는)

연하 (담담히, 그러나 정확히, 조금 단호한) 우리 사이에 뭐가 문제야?

완 (무표정하게, 담담히) 없어, 문제 같은 거. 거긴 날씨 어때?

연하 (가만 보다, 제 얼굴을 두 손으로 부비고, 다시 가만 완을 보며, 애써 웃음 짓고) 좋아, 안개가 좀 끼었지만.

완 (작게 웃으며, 편하게) 그런 날은 니 스크램블이 최곤데..

연하 (가만 보는)

완 레시피 갈쳐주라, 아무리 생각해도 난 그 레시피가 감이 안 잡히드라? 엊그제도 니 스크램블이 너무 먹고 싶어서, 내가 혼신을 다해 만들어봤는데, 완전 꽝,

연하 (말꼬리 자르며, 짠한 웃음 짓고) 이런 얘기나 하면서.. 시간 보내면 좋아?

완 (웃음 가신, 다시 애써 아무렇지 않은 척, 담담히) ... 어.

연하 (담담히, 그러나 맘이 아픈) 내 다리 얘기는.. 싫고?

완 (눈빛이 흔들리는, 그 얘긴 하고 싶지 않은) ...

연하 (가만 완을 보다, 작심하고) 그럼 지금 그 레시피를 알려주지.. (하고, 휠체어 끌고, 주방으로 가는데, 화면엔 안 보이는)

＊점프컷, 시간 경과 》

연하, 주방(자신의 키에 맞춰져 있는)에서, 계란 푼 그릇에 육수를 붓는,
완, 영상으로 보는, 교차되는,

완 (좋은) 아하! 그게 비법이구만, 다시마 육수!

연하 거기에 우유! (하고, 그릇에 우유를 붓고 거품기로 섞는) 그담엔 후라이팬에 버터를 넣고.. (하며, 주변을 찾다가, 멀리 보며) 이런 저깄네. (하며, 노트북에 연결된 카메라 들어, 한곳 보여주면, 주방 기구가 예쁘게 장식된 것처럼 걸린)

완 (주방 기구 보고 박수 치며, 좋은) 와! 갖고 싶다!

연하 (다시 노트북 카메라 돌려놓고) 가져올게. (하고, 사라지는)

완 (기다리는, 물 마시는데)

갑자기, 화면에서 와장창창 소리가 나는,

완 (놀라, 순간 가슴이 덜컥하는, 애써, 담담히) 연하야? 연하야!.... 무슨 일이야? 서연하?

연하 (잠시 후, 나타나, 아무렇지 않게) 기다렸지? (짜잔 하고, 프라이팬 드는)

완 (다쳤나 싶어, 가슴이 떨리는) 다친 데는?

연하 (프라이팬을 인덕션에 올리고, 버터를 넣고 그릇의 계란물 붓는, 담담한)

완 (속상해, 큰소리, 눈가 붉어) 묻잖아, 다친 덴?!

연하 (불을 올리다, 보며, 담담히) 없어, 근데, 다리를 못 쓰니까, 진짜 너무 불편하다...

완 (미동 없이, 보는, 맘 아픈) ?!

연하 (인덕션 끄고, 맘 아프지만, 짐짓 담담히) 거봐, 다리 얘길 안 할 수가 없잖아... 완아, 난 내 다리가 그리워, 그래도.. 하지 말까? 서울에 있는 아버지, 나랑 같이 사는 누나도... 내가 다리 얘기만 하면, 고갤 돌리는데... 그냥, 그리워 말까? 그리워도?

완 (보는, 막막하지만, 표 내지 않으려는)

연하 (화면에 다가서며, 자조적인 웃음 띠고, 차분히) 안 잊혀져도.. 그냥 잊어? 그래도, 생각나면.. 미친놈, 뭘 그런 걸 생각해, 하고, 내가 날 혼낼까? 내가 내 뺨이라도 칠까? 그러면 되나?

완 (담담한 척 보고 있지만, 가슴이 떨리는)

연하 나는.. (맘 아파, 고개 모로 돌리는데, 눈가가 붉어지는, 다시 완을 보며, 애써 웃으며, 따뜻하게) 나는.. 내 다리가.. 그리워, 완아. 그래서, 그런 얘길 누구랑이라도 하고 싶어. 그리워서 뭘 어쩌겠냐고? 맞아, 뭘 어쩌진 못해, 근데.. 그래도 그리우면 그립단 말은 해도 되는 거 아닌가?

완 (가만 미동 없이 보려 해도, 눈물이 차오르는, 참는)

연하 뛰고 싶고.. 수영하고 싶고.. 너랑 걷고 싶다는 말을 하는 게.. 듣기 힘들어?

완 ...

연하 (맘 아프지만, 애써 밝게) 니가 좀 참아주면 안 될까?... 나는 말하고 싶은데.. 내가 너랑 그런 얘길 할 수 없다면, (고개 숙였다, 다시 들어 보고, 애써 밝게 웃으며) 여기서 그만... 관두자, 우리! 안녕, 친구! (하고, 눈가 붉어, 담담히, 영상을 끄는)

완 (컴 닫고, 울지 않으려 고집스레, 책에 몰두하려다, 안 되는, 전화하는, 눈물이 자꾸 차오르지만, 맘과 얼굴은 찡그려져도, 목소리는 밝게) 어, 선배.. 어디? 아... 술?! 나도 그 자리 껴주라, 오케이, 좋지?! 기다려. (하고, 울지도 못하고, 웃옷 걸치고, 서둘러 나가는, 쾅 하는 문소리 나고)

씬 24. 연하의 집 안, 밤.

연하, 꺼진 컴을 보다, 휠체어(화면으론 안 보여지는) 타고, 컴 앞에서 사라지는,

씬 25. 룸 카페 안, 밤.

동진, 완, 노래를 신나게 부르고, 출판사 직원들, 같이 술에 취해 난리가 난, 악을 쓰며, 노래 부르는 완의 모습에서, F. O.

씬 26. 국도, 다른 날, 낮.

인봉(얼굴에 상처 있는), 사발이에 쌍분(한복 입은)을 뒤에 태우고 가는데, 경적 울리고, 완의 차 서며, 완, 쌍분을 부르는,

완 할머니!

인봉, 사발이 세우고, 쌍분, 내리는, 완, 나와, 문 열어주고, 쌍분, 차 쪽으로 가는,

완 (인봉 보며) 삼촌 들일하다 또 다쳤니?! 얼굴이 뭐야?
인봉 (쌍분에게) 엄마 빨리 와! (하고, 가는)
완 (고개 젓고, 차 타는)
쌍분 (차에 타려다) 엄마 빨리 옴 뭐하게!
인봉 (웃으며, 가며, 크게) 젖 먹게!
쌍분 니 에미 빈 젖 된 지 옛날 고리짝이다, 이 새끼야. (하고, 타려다, 멀리 호진(이동 산소호흡기를 끌고, 오는, 귀먹어 소리 못 듣는)을 보며, 차에 타는)
완 (차 문 닫고, 운전석에 타려다, 호진을 보고) 할아버지!
쌍분 부르지 말고, 타!
완 인사는 해야지?
쌍분 아, 타!
완 (답답하지만 타며, 안전벨트 하며) 근데 할아버지 어디 가?
쌍분 나 찾으러.
완 (보면)
쌍분 아, 가!
완 (운전해 가며, 보면)
쌍분 (창가 보며, 구시렁) 젊어서는 딴 년들 찾아, 그리 쏘다니더니, 늙어선 왜 그리 나를 밝히고, 지랄... 사람 어디 가질 못하게, 졸졸졸..
완 (쌍분 귀엽고, 호진을 백미러로 보며, 안쓰런 웃음 짓는, 가는)

씬 27. 충남의 카페 + 차 안, 낮.

충남, 옷을 화려하게 입고 화장 안 하고, 급히 내려가는,
그 뒤에 종식, 마당 쓸다, 큰 소리로 말하는,

종 식　(화내는, 속상한) 가지 말어, 고모!
주 영　(화내는, 속상한) 재수 없게 영정 사진을 왜 찍어!

완, 차 안에서 충남 보면,

쌍 분　(핸드폰으로 오락만 하는)
충 남　(차에 타서, 쌍분에게) 엄마, 오셨네. (하고, 바로 완에게) 진짜 사진 찍는 애가 유명해? 말해봐, 유명함 좀 사겨놓게.
완　(운전해 가며, 어이없는) 서양 애야, 영어 돼?
충 남　(아쉬운 감탄) 아!

씬 28. 난희의 집 전경 + 안, 낮.

희자, 하드 먹으며 창가만 보며 앉았고, 바닥엔 장롱에서 나온 옷이 온통 널렸고, 정아, 속옷 바람으로 이 옷 저 옷 입어보는 중이고, 난희, 그런 정아를 보고, '안 어울려, 딴 거 입자' 하며 옷을 벗기고, 정아, '대충 입어, 니 옷인데 나한테 딱 맞는 게 어딨어?' 하고, 옷 찾아, 서로 입고 입히며 난희, '석균 오빠, 어제 뭐래?', 정아, '길길이 뛰고 난리지, 뭐, 아이고 입 아퍼, 흉보기도 지쳐' 하고, 한쪽에선, 완, 서서, 앉아 있는 쌍분(핸드폰으로 오락만 하는)의 머릴 고데기로 말아주고 있는, 충남, 손거울 보며, 한쪽에서, 입술을 빨갛게 그리는데,

충 남　(희자에게) 언니도 빼지 말고 사진 찍어, 나중에 일 나면 걸 사진도 없으면서.
희 자　(하드만 먹으며, 고개 젓는)
충 남　(화장만 하며, 구시렁) 장례식장에 꼴난 이십 년 전 민증 사진 걸게 생겼네.

그때, 초인종 소리 나고, 충남, 일어나고, 난희, '누구야?' 하며, 생각 없이, 문 여는데, 영원, 웃으며, '안녕' 하며 있는, 난희, 화나는,

씬 29. 난희의 집 안, 낮.

정아, 희자(하드 먹으며), 베란다로 내다보는,

***점프컷, 거실 》**

완, 오락만 하는 쌍분의 머릴 만지고 있는,

희 자　완아, 너도 와서 봐, 얘?

완　(답답한) ....

정 아　(아래 보며, 답답한) 충남인 왜 영원일 부르고.. 이 지랄로... 아이고고, 진짜, 저것들은 힘이 남아돈다, 힘이 남아돌아! 인생 된맛을 봐야 지들 일이 별거 아니네 정신 차리지, 저것들이.. (희자 보며) 너도?!

희 자　우리 둘 다 남편 죽었어, 된맛을 어떻게 더 봐?

정 아　(희자 보며, 어이없는) 그러네.. 하드나 처먹어. (하고, 밖을 보는)

희 자　(밑을 보는) 소리가 안 들려. (하고, 난간에 몸을 쑥 내밀려 하면)

정 아　(놀라, 확 잡아채며, 걱정스레) 뒤져!

씬 30. 난희의 아파트 일각, 낮.

난희(화난, 서러운, 눈가 붉은), 영원(담담한), 계단참에 서 있는, 충남, 둘을 심판처럼 골똘히 보며, 차분히,

충 남　(난희에게) 얘 뭐라 마, 내가 부른 거야. 너 따질람 나한테 따져!

난 희　(말꼬리 자르며, 영원만 보며) 내 남편이랑 숙희 년이랑 내 침대 위에서, 뒹굴던 날, 내가, 엄마네 간다고 그래서 집 비운다고.. 말한 건 너 하나야.

충 남　뭔 소리야?

난 희　니가 말했지? 나 없으니, 둘이 내 침대에서 뒹굴라고?!

영 원　그건 아니고,

난희, 순식간에 영원의 뺨 치고, 달려들어, 머리채 잡으려는데, 영원, 순간, 가발이 벗겨질까, 난희의 손목을 잡아, 비틀어서, 꺾어버리고, 난희를 내팽개치는,

충 남　(휘청하며 넘어지는 난희를 일으켜 세우며, 영원에게) 야야야야,
영 원　(흔들린 가발, 추스르는, 굳은) 머린 잡지 마, 나 진짜 도니까.

***점프컷 》**
희자, 정아, 질린 얼굴로, 답답하고 한심스러워 고개 저으며 동시에 창문 닫고 돌아서는,

***점프컷 》**

난 희　(다시 달려들려 하며) 이년이!
충 남　(난희 안고, 말리는) 고만해!
난 희　(눈가 붉은, 버럭) 가발은 뒤집어쓰고.. 니가 말 안 했음 그것들이 어떻게 나 없는 줄 알고 간 크게 내 침대 위에서 뒹굴어?!
충 남　(달려들려는 난희를 벽에 밀치고, 영원 보며) 기회 왔을 때, 변명해, 뭐 해?!
영 원　(담담한, 편하게, 그러나 진심으로) 내가 숙희 남편한테 꼰지른다고 협박해서, 둘이 한 달 동안 못 만나고 있었어. 근데, 숙희가 한 번만 만나게 해달라고, 그럼 헤어진다고,
난 희　(말꼬리 끊으며, 눈가 붉어, 달려들려 하지만, 충남 땜에 안 되는) 야, 말 되는 소릴 해! 대학 나온, 년이 그렇게 멍청해?! 나 속이고 삼 년을 만난 그것들이 행여 다시 만남 헤어지겠다!
충 남　(영원 보며, 답답한) 에라이, 이 들떨어진 년!
영 원　(계단(혹은 난간)에 앉아, 당당하게) 그러게 내가 그렇게 멍청하네.
난 희　뭐?
충 남　(영원 보고, 난희 팔 잡은 채, 달래는) 니가 몰라 그러는데, 얜 진짜 멍청해! 내가 산증인이야.
영 원　야, 장난희, 솔직히, 이 세상에 나처럼 멍청한 년이 어딨니? 마누라랑 끝났다는 유부남 말에 속아 결혼해서, 한 달 만에 차이고, 그담에 만난 연하남은,

사업 망했다고 나 피해 주기 싫다는 말에 홀딱 속아, 빌딩 주고 이혼해줬더니.. 그길로 젊은 년이랑 마카오에서 성을 짓고 살고. (씁쓸히 웃어도, 당당하게) 야, 나, 진짜 멍청한 년이야, 인정해줘, 나 멍청한 거?!

난희 (영원 보며) 그래, 인정해주지, (강조) 이, 멍청한, 년! (캭 바닥에 침 뱉고, 발로 문지르고) 근데, 너 오늘부로 동문회 나오지 마! (하고, 가는)

영원 (일어나, 담담히) 나 보기 싫음, 니가 빠져.

난희 (돌아보며) 뭐?

영원 (차로, 가며) 언니들 나오시라 그래.

충남 (영원 보고, 난희 보면)

난희 (가는 영원 어이없이 보고, 화난) 좋아! 그래, 너 오늘처럼 내 근처에 꼭 있어라, 내가 니년 아가리가 부르트게 갈궈줄 테니! (하고, 가는)

충남 (가는 난희 보고, 어이없이 웃는) 아가리.. 쎄다! (하고, 영원 쪽 보며 박수 크게 세 번 치면서) 잘 버텼다!

영원 (차 운전석에 앉아, 거울 안 보고(절대 손거울 이외엔, 거울을 안 보는, 집 안에도 전신 거울 큰 거울은 없는, 가발 만지는)

씬 31. 마크의 집 밖, 낮.

쌍분, 정아, 희자(화장 안 한), 난희, 충남, 영원, 완, 마크에게 밀려, 집 밖으로 나오는, 희자, 계단에 앉는,

정아, 난희, 충남, 영원 (나오며) 뭐야, 뭐야, 뭐야?

마크 (밀며, 단호한) 겟 아웃! 겟 아웃! 에브리바디, 겟 아웃!

정아 (화나는, 마크에게) 왓?!

마크 (답답한지, 완 보고, 영어로) 화장한 여잔 안 찍어! 겟 아웃! (하고, 문 쾅 닫는)

정아 (앉아서, 어이없는, 완에게) 뭔 소리야?

완 (어이없고, 화 참으며, 정아 보며) 지는, 화장한 여잔 안 찍는대!

난희 별놈이 다 있네, 우리가 뭐 화장함,

영원 (말꼬리 자르며) 지를 잡아먹나? (난희 보며) 그지?

난희 (꼬나보며) 넌 배우가 왜 이렇게 한가해?

영원 한물가서 못 나가. 안됐지?

난희 (영원 보다, 계단 내려가며) 아, 가, 가!

충남 (문을 쾅쾅 두드리는)

모두, 충남 보면,

완 이모, 그냥 가자.

충남, 계속 쾅쾅 문 두드리면, 마크, 문 열고,

마크 (화난) 왓!

충남 (보자마자, 허리에 양손 올리고, 버럭) 찍어, 그냥!

마크 (완 보면)

완 (영어로, 담담하게) 찍어, 그냥!

충남 (마크 얼굴을 돌려 자기를 보게 하고) 화장을 왜 지워? 이쁘게 공들여 했는데, 왜 지워?! 왜?!

마크 (완이 보며, 화난, 영어로) 난 자연스런 얼굴이 좋아, 화장 지우라 그래. 그럼 찍을게.

완 (충남 보며) 자연스럽게 함 찍어준대. 기사 봤는데, 얘가 세곌 돌아다니다 자기 부모 임종을 못 봤대.. 그래서 노인 사진만 찍는대. 엄마 아빠가 캐나다 사과 농장 잡부였대나, 지 엄마가 화장을 안 했나 봐.

영원 (답답한, 짜증 난, 마크 보며) 얘가 뭘 모르네? 내가 영어만 됐음 넌 죽었어, 어린놈이, 말귈 못 알아들어, 찍으람 찍지.

난희 (말꼬리 자르며) 미국에 살았으면서 영어도 못하고, 멍청한 년.

영원 (난희 보고, 아무렇지 않게) 너도 한인촌에 살아봐, 헬로 땡큐 말고 할 말이 있나? (하고, 마크 보는) 야, 테이크 어 픽쳐!

난희 (눈 흘기는)

충남 (마크의 얼굴을 돌려 자신을 보게 하고 빠르게) 야, 우린 평생 화장할 일이 없었던 사람이야! 논일하고 밭일하고 장사하고.. 너 내가 얼마나 고생하며 산 줄 알어? 나 중졸이야?! 근데 우리가 죽어서, 영정 사진까지 초라하게 맨 얼굴로 액자에 걸려야겠냐?! 니 엄마도 자식아, 너한테 말은 안 해도, 얼마나 화장이 하고 싶었겠냐, 니가 자식아, 그걸 모르고 지금 어디다 대고 화장을 지우래!

완　천천히 말해, 그걸 내가 어떻게 통역해?

충남　유학 다녀와, 번역으로 먹고사는 게, 이게 힘들어?

완　독해만 가능해, 왜?

난희　아하! 자랑이다!

완　(눈 흘기면)

난희　(버럭) 아유, 가! 구질스럽게, 돈 주고 찍어, 사진관서!

충남　(마크만 보며) 야, 너 몇 살이야? (완에게) 통역해.

완　(답답하지만, 통역하는)

충남　나, 예순이야! 통역해.

완　(통역하는)

충남　한국에선 나이 먹은 게 자랑이야! 통역해!

완　(한심하지만, 통역하는)

충남　나는 울 언니들, 초라하게 맨얼굴론 사진 못 찍게 할겨!

영원　흥분하지 마, 사투리 나와.

충남　(마크에게) 찍어, 사진!

마크　(한숨 쉬다, 순간, 계단에 앉아, 딴청 하는 희자와 오락하는 쌍분을 보며, 목에 멘 카메라로 사진을 마구 찍는)

모두　?!

마크　(다른 사람들 놀란 표정도 마구 찍으며, 영어로) 좋아, 당신들이 원하는 대로 한 번, 내가 원하는 대로 한 번. 들어와. (하고, 들어가는)

정아, 쌍분을 '엄마, 가자' 하고, 데리고 들어가고, 난희, 희자도 따라 들어가는, 그 그림 위로,

완　(충남 보고, 웃으며) 이모가 이겼어. (하고, 들어가는)

충남　(이상한) 뭘로?

영원　(담담히, 충남 보며, 어이없게) 나이로! (들어가고)

충남　(손가락 튕기며, 깨닫는) 아하! (하며, 들어가는)

씬 32. 마크의 집 안, 낮.

희자, 사진 안 찍고, 집 안 구경을 하는, 정아, 편하게 앉아 웃으면, 마크 '굿, 굿, 굿!' 하며 신나게 사진을 찍고, 모두, 구경하며 '잘한다, 잘해' 하고, 영원, '언니, 다리 벌려 쫙' 하고, 정아, 못 알아들으면,

영 원 나와! (하고, 정아 밀치고, 화려한 표정과 자태로 맘껏 포즈 취하고, 안 웃고, 웃고를 반복하면)
마 크 (미친 듯이, 사진을 찍어대며) 베스트! 베스트!
완 이모, 나와! (하고, 자유롭게 사진을 찍는)

정아, 난희, 웃고, 박수 치고,

충 남 야, 벗어, 벗어, 웃옷 벗어! 청춘도 한철이야!
난 희 완아, 벗어! (마크 보며) 너 눈 호강하는 줄 알어, 새끼야!
완 (남방 벗고, 민소매로 포즈 취하면)
모 두 (깔깔대고 웃는)
난 희 (시원하게) 아이고, 이쁘다, 내 딸!
마 크 (쉴 새 없이, 사진 찍는)
정 아 야, 나 다시 찍을래, 너 나와! (하고, 자리로 이동하는)
충 남 나도 좀 찍자. (하며, 밀치고 자리에 앉아, 마크에게 버럭) 찍어!
완 (웃으면서) 내가 이쁜 꼴을 못 보지? (하며, 나가는)

마크, 포즈 취하는, 충남의 사진을 찍고, 친구들 웃고,

씬 33. 마크의 집 계단, 혹은 일각, 낮.

완, 주변 두리번거리며, 가방에서 담배를 꺼내 물고, 라이터 켜려다, 뭔가 이

상해, 고개 돌려, 한쪽 보면, 석균, 힘차게 걸어오는 게 보이는, 아차, 싶어, 담배를 뒤로 숨기는데, 걸어오던 석균과 눈이 마주치는, 완, 봤나 싶은, 어색하게, 인사하면,

석균 공짜로 영정 사진 찍는 데가, 어디냐?

완 (눈치 보며, 턱으로 가르쳐주는)

석균 (가다가, 뒤돌며, 완이 보며) 기집애가.. 담배 피지, 너?

완 (뒤로 숨긴, 담배가 걸리는, 난감한, 딴 데 보면)

석균 아이고... (혀 차며, 가며) 지 에미는 아나.. (하고, 문 열고 들어가는)

완 (난감하고, 답답해, 눈 감고, 담배 가방에 넣으며) 짜증 나.. 진짜.. 곧 엄마 알겠네.. 알든 말든, 내 나이가 곧 마흔이다! (하고, 당당히, 들어가는) 할머니, 사진 찍자!

씬 34. 마크의 집 안, 낮.

석균의 사진을 찍는데, 충남, 영원 '오빠 얼지 마, 풀어, 웃어!' 훈수 두고, 정아, '웃어! 답답아!' 하는,

＊점프컷, 한쪽에 있는, 쌍분과 완 》

쌍분 (핸드폰을 완이에게 주고)

완 (핸드폰 주머니에 넣고, 쌍분 등 뒤에서 안고) 할머니, 이건 그냥 사진이야, 영정 사진이라고 생각 말고, 그냥 기분 좋게,

쌍분 (완이 볼을 만지며, 덤덤히) 나 죽음 울어!

완 그런 말 말고.

쌍분 (충남 보며, 덤덤히) 그런 말을 왜 말어? 저승 바다에 발목 담근 지가 언젠데,

완 할머니,

쌍분 (석균 골똘히 보며) 걱정 마, 지금은 골로 가는 거보다, 집에 밭일이 더 급해.

완 (짠해, 쌍분 등 뒤에서, 꼭 안다, 한쪽에 놓인 노인들 얼굴이 찍힌 사진 액자에 영어로 쓰인 문장 보는, 읽는, E) 우리는.. 모두.. 시한부다.

＊점프컷 - 몽타주 》

정아, 충남, 난희, 영원, 신나서, 웃고, 떠들고, 때론 멋지게 웃는 모두의 사진이 보여지면서, 화장 지우는 각자의 모습도 찍힌, 석균, 여자들을 보며, 맘에 안 들어, 고개 모로 트는, 희자만, 서성이는, 다양한 사진들 위로,

완 (N) 첨으로 엄마의 늙은 친구들에게 호기심이 갔다. 자신들의 영정 사진을 재미삼아 찍는 사람들, 저승 바다에 발목을 담그고 살아도, 오늘 할 밭일은 해야 한다는 내 할머니. 우리는.. 모두.. 시, 한, 부. 정말, 영원할 거 같은 이 순간이, 끝나는 날이 올까? 아직은 믿기지 않는 일이다.

＊점프컷, 시간 경과 》

마크, 혼자, 텅 빈 방에서 사진 작업을 하는,

그때, 초인종 소리가 나고, 마크, 하던 일 멈추고, 문 열면,

희 자 (어색하게 웃으며, 손동작) 아이 워너 픽쳐. (하고, 그냥 들어가, 의자에 앉는)

마 크 (환하게 웃고, 카메라 들고) 스마일.

희 자 저기 근데... 돈 텔 마이 프렌즈.... 마 이 픽쳐! 네버..

마 크 (알아듣는, 고개 끄덕이고)

희 자 (수줍게 웃으며, 손으로 입 가리고)

그 사진이 찍히는,

완 (N) 나중에 희자 이모에게 물었다. 늙은 모습이 싫다며 왜 화장도 안 하고 사진을 찍었냐고? 희자 이모가 말했다, 친구들 사진 찍을 때 보니, 오늘, 지금 이 순간이 자신들에게는 가장 젊은 한때더라고.

씬 35. 순영의 집 안, 낮.

집 안이 난장이 된 채, 여기저기 핏자국이 있는, 오 서방(와이셔츠에 핏자국

묻은), 자다 깬 얼굴로 물을 마시는, 그때, 문 열려는 소리 나지만, 안에서 잠가 안 열리는, 이후, 초인종 소리 나고, 사위, 시계 보고 아차 싶은, 조심스레, 현관으로 나가 아이홀(보안 구멍) 보면, 정아의 모습 보이는, 오 서방, 조심스레 소리 안 나게, 한쪽으로 가서, 전화하는,

오 서방 장모님, 오 서방인데, 혹시 우리 집 가셨어요?

씬 36. 순영의 집 계단, 낮.

정아, 전화 받으며 가는,

정 아 어, 근데 집이 왜 안에서 잠겼어, 나 청소해야 하는데? 순영인 없어?.. 어, 문이 고장 났구나... 아니, 걘 왜 감기 걸렸다며 친굴 만나러 나가.. 알았어, 학교지? 일해. (하고, 엘리베이터로 가는)

씬 37. 순영의 집 안, 낮.

오 서방, 밖을 확인하면, 정아 없는, 전화하는,

오 서방 (야비하게, 순영에게) 어머니가 전화하면, 친구 만난다고 해. (끊는)

씬 38. 거리, 낮.

정아, 가로수 의자에 앉아, 전화하는,

정 아 (걱정스런, 답답한) 목소리가 안 좋은데, 아직 감기면, 그냥 집에 있지, 뭐한다고 친구들을 만난다고 돌아다녀?

순 영 (E, 담담하게) 왜 성질이야?

정 아 성질나지, 아픈 딸내미가 돌아다니니까!

씬 39. 병원 응급실 안, 낮.

순 영 (다친, 링거 맞으며 누워 있는, 담담한 듯) 내가 엄마 딸이긴 해? 근데 왜 어제 안 왔어? 만약 호영이나 수영이면 갔겠지? 난 주워 온 애니까, 안 온 거구?

씬 40. 거리, 낮.

정 아 (서운하고, 속상하고, 화나는) 니 아빠 성질 몰라? 내가 간다면 가라 그래, 니 아빠가! 그리고, 니가 왜 주워 와! 어디서 그런 말을 해!

씬 41. 병원 응급실 안, 낮.

순 영 (담담히) 친구들 있어, 나중에 얘기해. (전화 끊고, 멍한)

씬 42. 거리, 낮.

정아, 속상해, 눈가 붉은(안 우는),

정 아 (화나고, 복잡한, 구시렁대는) 미친년.. 어디서 주워 왔단 소릴 해.. 지 아빠 성질 뻔히 알면서.. (그러다, 속상해, 일어나 가는)

완 (N) 정아 이모는 결혼해, 오 년간 애가 없었다. 아이를 가지긴 했지만, 빽하면 이모의 머리채 잡아 흔드는 지독한 시어머니 때문에, 두 번이나 임신중독으로 아일 잃었다. 그래서, 첫딸 순영 언닐 입양했다. 이모에게 언닌 늘 아픈 손가락이다. 아픈 손가락 순영 언니가 교수한테 시집가던 날 이모는 정말 신이 났었다. 그런데 그 아픈 손가락이 다시 성나기 시작했다. 인생은 끝나봐야 끝을 아는 것. 정아 이모의 불행이 다시 시작되고 있었다.

정 아 (전화하며, 밝게) 어, 수영아, 엄마 지금 가.. 알았어.. 뭐 육개장? (웃으며) 해주지, 기다려, 우리 애기? 아고, 똘레다!

씬 43. 고급 아파트 단지, 엘리베이터, 앞, 낮.

석균, 힘들게 상자를 들고, 엘리베이터 앞으로 와, 엘리베이터를 누르면, 안 열리는, 이상한, 마구 버튼을 누르는데, 그때, 옆집 사람 나오며,

옆 집 (짜증) 아니, 아저씬 수위가 동 전체 엘리베이터 고장 난 것도 몰라요!

그때, 다른 수위 와서 옆집 사람에게 굽신대며,

수 위 죄송합니다, 김 씨 아저씨가 지하실 청소하느라 몰라서.. 경비 업체 곧 옵니다.

옆 집 (나가며) 뭐하는 짓들이야, 점검을 제때 해야지!

수 위 그게 부녀회장님.. (하며, 따라나가는)

석균, 물건 들고 비상구 보고, 그리 가는,

씬 44. 비상구 계단, 낮.

석균, 땀을 흘리며 올라가는,

씬 45. 아파트 문 앞, 낮.

문 열리고, 주민 여자(이후에도 또 나옴), 나오며,

석 균　(물건 주며, 힘든) 백구 호 사모님이 드리라고..

주민 여자　(받으며) 힘드셨겠다.. 엘리베이터가 왜 고장이 나선..

석 균　그럼.. (하고, 인사하고, 가려는데)

주민 여자　잠시만요. (하고, 들어가서, 다른 물건 들고 나와, 일단 석균에게 오천 원을 쥐여주며) 이거.

석 균　아이고, 감사합니다. (하고, 돈 받는데)

주민 여자　저기 그리고 (하며, 큰 박스 주며) 이거 오백일 동 이천오백일 호에 좀 전해주세요.

석 균　(난감한) 이걸.. 이십오 층.. 일 호에요?

주민 여자　(벌써 들어가버린)

석 균　(물건을 힘들게 들고, 계단을 내려가며) 아이고 다리 후달려... 수위를 종으로 아나, 저게.. 사람... 늙은 거 안 보여.. 눈알을 확 파버릴라..

하는데, 다른 수위 물건 들고, 올라오는 게 보이는,

수 위　(힘들게) 구시렁 마요, 일거리 떨어져... 잘못하다, 짤려. (하며, 석균 스쳐 지나가는)

석 균　(내려가며) 내가 왜 짤려, 짤림 니가 짤리지!

수 위　(가며) 부녀회에서, 수위들 나이 많은 순으로 짜른다고 했대. 벌써 소문 파다해요.

석 균　(속상한, 계단에 기대는, 전화 오면 받으며, 싫은) 어, 봉이야? 왜?.. (더 싫은) 뭐, 성재?

씬 46. 성당, 낮.

희자, 성당 안에서, 다른 신도들과 말하는, 멀리, 성재, 희자를 보고 웃고 있는,

신도 1　봉사 거리요?

신도 2　봉사가 참 힘들 건데, 공주 같은 분이 할랑가 모르겠네. 산전수전 다 겪은 우리도 힘든데.

희 자　옆에서 많이 도와주세요, 제가 편히 살아 잘 몰라요, 뭐든. 기껏 겪은 일이라곤 돌 지난 첫 번째 아들을 먼저 하느님한테 보낸 거랑, 일 년 일 개월 전.. 갑자기 남편이 심장마비로 죽은 일밖엔 없어서..

신도들　?! (할 말 없는) ...

희 자　(가방에서 약 꺼내 한 움큼 입에 털어 넣으며, 물병의 물 마시고) 저혈압, 관절염, 편두통, 심혈관도 나쁘고.... 평생 이러네요. (하고, 일어나, 인사하고) 그래도 봉사할 힘은 있어요.. 연락주세요.

희자, 인사하고, 가는데, 신도 1, 희자 잡으며 한쪽으로 끌고 가, 턱으로 한쪽의 성재를 가리키며,

신도 1　마리아 님, 저기, 요셉, 이성재 씨라고 아세요?

희 자　? (성재 보고, 신도 1 보는)

신도 1　저 사람 가까이 마세요, 완전 바람둥이. 부인이 성당 다녔는데 몇 번 와서 봤어요... 부인이 삼 년 전 죽었는데, 요즘 갑자기 저 사람이 성당을 나와선 자꾸 마리아 님을 봐요.. 조심하세요, 사탄이에요.

희 자　아!..... (하고, 인사하고, 가는)

희자, 말없이 성재 앞을 스쳐 지나가는, 성재, 따라가는,

씬 47. 버스 정류장, 낮.

희자, 버스 기다리면, 성재, 옆에 와서 서는, 웃음기가 입가에 도는,

성 재　(보며) 나 알지?

희 자　(앞만 보며) ...

성 재　버스 타나 봐?

희 자　(보다, 버스 오면 그냥 타는)

성재 (따라 타는)

씬 48. 버스 안, 낮.

희자, 자리에 앉고,
성재, 뒷좌석에 앉는,

희자 (가다가, 왜 따라오나 싶어, 돌아보며) 어디 가요?
성재 (귀여운 듯, 웃음 띤) 집에.
희자 (앞을 보다, 이상한, 다시 돌아보며) 집이 어딘데?
성재 연남동, 신수 사거리 맞은편. 넌?
희자 반말 마요. 난 그쪽 몰라. (하고, 앞 보는)
성재 (희자 쪽으로 얼굴을 디밀며) 진짜 몰라?
희자 (눈 감는)
성재 (일어나, 하차 벨 누르고, 희자 귀엽게 보며) 너 나 알지?
희자 ...
성재 또 보자. 오늘은 내가 석균이 형 만나기로 해서. 반갑다. (하고, 멈추면 내리는, 버스 떠나고, 성재는 그냥 뒤 안 돌아보고, 가는)
희자 (눈 감고, 가다, 눈 뜨고, 백미러로 가는 성재 보며) 징그럽게, 늙어갖고.. 날 알면 뭐 어쩌게, 지가..

씬 49. 선술집, 밤.

성재, 석균, 봉이 술을 부어라 마셔라 하는, 취한, 술잔 부딪치고, '반갑다, 신수 좋네' 하며 즐거운 모습들이, 컷 컷으로 보여지는,

성재 (웃으며, 석균에게) 아, 왜 이래 형님, 더 마셔, 더.
석균 마누라 죽고, 신수 폈다.. 깔깔깔..
성재 (웃으며) 그래서, 간 사람만 서운해. (석균에게) 형님, 정아 씬 잘 있지?

봉 이　　정아, 잘 못 있지, 얘랑 사는데.

석 균　　큰사위가 교수야.

봉 이　　둘짼 이혼하고,

석 균　　(봉이에게 눈 흘기면)

봉 이　　(성재 보며) 근데, 너 니 첫사랑 희자 보면 어떨 거 같냐?

석 균　　어떻긴, 좋지! 너, 그때 희자랑.. 잤지?

성 재　　(깔깔대고 웃고)

석 균　　(아주 호탕하게, 재미나게 웃으며) 잤네, 이 새끼!

성 재　　(웃으며) 그 얘긴 나중에, 나중에,

석 균　　넌 변호사 관두고 괜찮냐?

성 재　　(술 취해, 신난) 괜찮지? 빌딩이 세 채! 애들은 모두 유학하고 이민! 가정 이뤄 잘 살고, 뭘 더 바래?

석 균　　(자랑질에, 순간 굳는)

성재, 봉이　(깔깔대고 웃고, 부어라 마셔라 하는)

씬 50. 술집 앞, 낮.

석균, 술 취해, 한쪽에 서 있고,

＊점프컷 》

봉이, 아들이 데리러 와서, 차로 데리고 가는, 성재, '형님, 조심해 가슈, 담 주에 연락해, 내가 룸 싸롱으로 모실게' 하며, 배웅하는, 봉이 아들, '감사합니다, 아저씨도 조심해 가세요' 하는, 차 떠나면, 성재, 차를 향해 손 흔들고, 기분 좋게, 석균 쪽으로 가보면, 석균 없는,

성 재　　(길거리에 서서 둘러보며) 형님, 석균 형님, 석균 형!

씬 51. 석균 정아의 거실 안, 밤.

정아, 찬밥에 물 말아 먹으며, 티브이를 보는데, 사막을 달리는 차를 보다가, 웃는,

⁎점프컷, 상상 》
희자와 정아가 오픈카를 타고, 델마와 루이스처럼 달리는,

⁎점프컷, 현실 》
정아, 웃으며, 김치를 손으로 집어, 먹고, 손을 쪽쪽대며, 티브이를 보는,

씬 52. 길거리, 밤.

석균, 술 취해 비틀거리며, 가며, 화나, 구시렁,

석 균 개새끼, (성재처럼 손가락을 펴며) 빌딩이 세 채, 애들은 모두 유학에 이민.. 지가 잘나 공부했나, 부모 잘 만나 많이 배웠지.. 개새끼... 평생 자랑질이나 하는.. 뺀질이... 기껏 소주나 사주면서.. (하다, 일자리 정보지를 보고, 그리로 가서, 한 뭉치 빼서 들고, 펴보고 가다, 앞의 전봇대에 부딪치는) 아야! (하고, 이말 만지고, '쌍!' 하며, 발을 구르는데, 발의 느낌이 이상해 보면, 누런 개똥이 붙은) 어떤 개새끼가 여기다, 똥을 쌌냐, 어떤 개새끼야! (하는데, 그 앞에, 도사견이 나무에 묶여, 으르렁대는, 안 무서워하고, 주먹 쥐고) 콱, 콱! 니가 으르렁대면? 뭐? 뭐?!

석균, 개를 때릴 듯이 하는데, 도사견 달려들려 하고, 순간, 낡은 끈이 툭 풀려, 순간적으로 석균에게 달려들고, 석균, 놀라, '악!' 하는,

씬 53. 석균 정아의 집 안, 밤.

석균(이마가 멍든, 얼굴과 목덜미에 도사견이 할퀸 자국이 있는), 샤워한 채, 눈 감고 앉아 아파하고 있고, 정아, 석균의 얼굴에 약을 발라주며,

정아 (답답한) 나이 들면 귀신한테도 시빌 붙는다드니, 그러게 도사견한테까지 왜 덤벼, 물려 죽을라고?

석균 (듣기 싫은, 정아의 손 탁 치며) 내가 왜 죽냐?!

정아 (약 뚜껑 닫으며, 웃으며) 하긴, 나랑 세계 일주 가야지, 왜 죽어, 당신이, 그지?

석균 세계 일주 좋아하네... (하며, 옆에 놓인 뜯긴 정보지를 들고, 안경 쓰고, 보는)

정아 그걸 왜 봐.. (하며, 낡은 여행 정보 책을 주며) 글 볼람 이거 봐.

석균 (책을 확 집어던지고, 정보지를 보는)

정아 으이그.. (하며, 낡은 책을 주워, 안경 쓰고, 보는) 오늘은 피사의 사탑이 어딨나 볼까.. (하다가, 석균 보며) 근데 그거는 왜 봐?

석균 (정보지만 보며) 부녀회 것들이 늙은 수월 자른대. 모가질 댕강!

정아 (안경 벗고, 석균의 팔을 잡아채, 자길 보게 하며) 잘됐네, 여행 가자, 그럼? 예약해? 내가 해? 얼마짜리? 몇 달짜리?

석균 (같잖은, 팔 뿌리치고, 정보지 보며) 돈이 썩어나지, (하고, 정보지만 보며) 다시, 일자리 찾을 거야.

정아 (황당한, 정보지 확 뺏어, 뒤로 숨기고) 세계 일준? 신혼여행 때.. 당신 엄마 아부지 봉양할 때 약속한 세계 일준? 당신 팔 형제 수발들 때, 당신이 나 부려먹을 때마다 약속한 세계 일준?!

석균 (일어나, 정보지를 확 뺏으며) 내가 때마다 그 말로 너 안 잡았음 니가 도망갔지, 여적 내 옆에 있냐? 나 죽음 이 집 팔아, 너 혼자 가!

정아 당신이 언제 죽어, 내가 지레 죽지!

석균 (정보지 보는) 정신이 없는 여편네.. 인간이 앞으로 백 년을 더 산다는데, 그럼 앞으로도 삼십 년인데, 사람이 미랠 봐야지! 병들면 뭐 병원빈 거저 하늘에서 떨어져!

정아 (막막하고, 서운하고, 슬픈, 정보지를 확 뺏어, 찢어, 던져버리고, 크게 한숨 쉬어, 숨 고르는)

석균 뭐 하는 짓이야, 너! (하고, 기어가서 널려진 종이를 주우며) 지 주젤 알아야지... 어디서 지 주제에 세계 일주야.. 아주 지랄 방귈 뿡뿡 뀌지! 지랄 방귈 뿡뿡 껴!

정아 (그런 석균을 맘 아프고, 속상하게 보며) 나 병들면 돈 쓰지 말고 길바닥에 버려! 그리고 가자, 우리 세계 일주.

석균 (정보지 주워 와 보며) 니가 벌어 가라, 이태리.

정아 내가 돈이 어딨어! 엄마 병수발비로 다 내고! 생활비 내고!

석균 (정보지만 보며) 돈 없음 못 가는 거지, 뭐? 이불이나 펴.

정아 (눈가 그렁해지는)

＊인서트, 상상 》

정아 모(코와 입에 호스 꽂은), 병든 채, 병상에 누워, 어둔 밤에 헉헉대는,

＊점프컷, 현실 》

정아 (제 모습 같아, 울컥하는, 참고) 난 울 엄마처럼 지지리 고생만 하다, 병원에 갇혀, 죽기 싫어! 새처럼 훨훨 날아다니다, 죽어도 길 위에서 죽을 거야.

석균 (정보지만 보며) 니 엄마가 뭐, 어때서? 그 정도면 호강하지! 깨끗한 병원에서! (정아 보며) 사람 사는 게 뭐 별나냐? 우리 부모님도, 너도 나도.. 그냥 그렇게 살다, 디지는 거지.. 그리고 넌 무거워 날지도 못해, 새처럼 훨훨.. 좋아하네, 아, 이불이나 깔어!

정아 (더는 못 참고 눈물 나는, 벌떡 일어나, 안방으로 가서, 옷 들고 나와, 서랍 뒤져, 차 키 꺼내 들고 나가는)

석균 (정아 보며) 뭐 하냐?

정아 (그냥 나가버리는)

석균 기름 아까워, 차 몰지 마! (하고, 정보지 보는)

씬 54. 석균 정아의 아파트 앞, 밤.

정아, 휘적휘적 나와, 차로 가, 차에 타고 차 시동 걸고, 눈가 그렁해, 차를 몰아서 가는,

씬 55. 영원의 집 안, 밤.

영 원 (잠옷 차림으로 팩 하고(목엔 수건 두른), 전화하며, 답답한) 내가 그걸 어떻게 알어? 희자 언니 남편이 벽장에서 죽었는지, 옥상에서 죽었는지, 접시에 코 박고 죽었는지?

씬 56. 기자의 골방, 밤.

기자, 텔레비전 보며, 닭을 먹으며, 전화하는, 뚱뚱한 여자 고딩 아이(손주), 닭을 게걸스레 먹으며, 티브이 쇼 프로 보며, 앉아, 춤을 추는,

기 자 기집애 알면서... 말해줘봐봐, 희자가 남편 죽였지? (전화 끊기는) 야야, 영원아! (하고, 전화 끊고, 손주 보며, 버럭) 작작 먹어!

씬 57. 희자의 집 안, 밤.

희 자 (붓글씨(나는 혼자 살 수 있어요) 쓰다, 전화 받은 듯, 속상한) 그래서 넌 뭐랬어?

씬 58. 영원의 집 안, 밤.

영 원 뭐라긴, 그냥 끊어버렸지, 그러니까, 언니도 기자 언니 전화 옴 말대꾸 말고, 확 끊어버려, 그(하다, 전화 끊긴)냥.. (하다, 전화기 보며) 이 언니가 기자 언니 전화 끊으라니까, 내 전활 끊네... (끄고, 책 보는)

씬 59. 희자의 방 안, 밤.

희자, 붓글씨로 '나쁜 기자 년'이라고 속상해, 쓰는데, 전화 오면 받는,

희 자 왜, 너도 기자 전화 받았니?

씬 60. 주유소 앞, 밤.

정아(멍하니, 덤덤한), 한쪽 석균의 차 앞에서 서 있고, 희자, 주유원이 주는 카드를 받아서, 정아 옆에 걸어와 차에 기대 정아의 안색 살피는, 그리고, 정아의 발 보고(슬리퍼를 신은), 짠해지는,

정 아 (괜히 딴 데 보며) 막상.. 나왔는데, 갈 데도 없고... 기름도 없고.. 돈도 없고...

희 자 (웃으며, 달래듯) 친구는.. 있고.

정 아 (맘 아프지만, 애써 웃으며, 덤덤히, 땅 보며) 지랄 개방구 영감이... 세계 일주 안 간대. 늙음 엄마처럼 요양원 들어가, 죽으래.

희 자 (짠해 보다가, 하늘 보고, 눈을 껌벅이다, 생각난 듯, 정아 보며, 짐짓 밝게) 엄마한테 갈래?

정 아 ?

희 자 엄마한테 가자, 신발 사서 신고. 엄마가 너 차 모는 거 보면 좋아할걸? 엄마랑 우리 밤새 드라이브하자. (하고, 환하게 웃으며, 손을 들면)

정 아 (희자가 고마운, 작게 웃고, 희자 손을 하이파이브 하듯, 치고) 그래, 가자! 영감 밥에 약 뿌리고, 돈 챙겨서, 우리 둘이 세계 일주 가지 뭐! (하고, 차에 타는)

희 자 (웃고) 야, 무서, 그런 말, 말이래도 하지 마! (하고, 차에 타는)

정 아 엄마 보러, 가보자. (하고, 차 몰고 가는, 차 뒷모습까지 보여지는)

씬 61. 몽타주, 밤.

1, 국도 변 + 달리는 석균(정아가 모는)의 차 전경 + 차 안 + 차 밖, 밤.
신나는 음악이 울리는, 정아, 운전하고, 희자, 조수석에 앉아, 노랠 따라 부르며, 춤추듯, 신나게 가는, 희자의 핸드폰엔 정아 모가 누워 핸드폰을 보고 있

는 모습이 보이는, 간병인의 도움을 받아 화상 통화 중이다,

희 자 (노래 부르며, 운전하는 정아에게 핸드폰 보여주면)

정 아 (신난, 자문자답) 엄마, 나 어디까지 왔게? 현촌 사거리 왔다! 딸내미 운전 잘 하지, 히히. 이제 북미산 넘으면 엄마한테 가지롱.. 히히. 좀만 기다리셔!

간병인 (정아 모의 화면에 나타나) 조심히 오세요.

정 아 네! (하고, 끊고, 차 스피커 볼륨을 더 키우는, 노래 부르며, 신난)

2, 시골 동네, 슈퍼 앞, 밤.
촌부, 술이 만취해, 가게에서 나와, 길거리에 오줌을 누고,
주인 할머니, 그릇에 물 담아 밖에 버리며, 촌부에게,

할머니 상득아, 아들 마중 나오라 그래! 상득아!

촌 부 (오줌 누고, 그냥 밤길을 가는)

3, 국도 변, 밤.
촌부, 갈지자로 국도 변 중앙을 걸어가며, 길바닥에 침을 칵 뱉는,

4, 차 안, 밤.
희자, 정아, 노래를 틀고, 여전히 신나서 가는,

희 자 (그러다, 앞에 뭔갈 보고, 이상한) 뭐야, 저게?

정 아 (무심히, 희자 보며) 뭐가?

희 자 (당황, 놀라) 저, 정아야, 브, 브 브레이크.. 브레이크..

정 아 왜? (하다, 앞 보면, 뭐가 보이고) 뭐야, 저게?

희 자 정아야, 오른쪽 밟아, 아니, 왼쪽, 아니 아니, 오른쪽인가? 어머, 어떡해!

정 아 어머머머! (하고, 놀라, 당황해, 액셀을 밟는)

뭔가, 쾅 하는,

*** 점프컷 》**

촌부, 차에 치여, 나가떨어지는, 차(종류가 식별이 안 되는)는 계속 달리는,

5, 국도 변, 밤.
정아, 뭔갈 치고, 놀라, 액셀을 밟고 멀리 가다가 간신히 브레이크를 밟아 서는,

6, 차 안, 밤.

정 아　(진땀 난, 황망한) 희, 희자야, 뭐.. 뭐야?
희 자　(진땀 난, 황망한, 고개를 젓는, 모르겠는) 모.. 몰라..
정 아　(황망한, 넋이 나간, 희자 보며, 가라앉은) 내.. 내가.. 사, 사람.. 쳤지?

그런 두 사람 모습에서 엔딩.

dear my friends

4 부

부디, 부탁하건대,

당신들, 우릴 다 안다 하지 마세요

씬 1. 몽타주, 밤.

1, 국도 변, 차 안 + 차 밖, 밤.
촌부, 갈지자로 걷는,
희자, 정아, 노래를 틀고, 여전히 신나서 가는,

희 자 (당황, 놀라) 저, 정아야, 브, 브 브레이크.. 브레이크..
정 아 왜? (하다, 앞 보면, 뭐가 보이고) 뭐야, 저게?
희 자 정아야, 오른쪽 밟아, 아니, 왼쪽, 아니 아니, 오른쪽.. 인가? 어머, 어떡해!
정 아 어머머머! (하고, 놀라, 당황해, 액셀을 밟는)

뭔가, 쾅 하는,

＊점프컷 》
촌부, 차에 치여, 나가떨어지는, 차(종류가 식별이 안 되는)는 계속 달리는,

2, 국도 변, 밤.
정아, 뭔갈 치고, 놀라, 액셀을 밟고 멀리 가다가 간신히 브레이크를 밟아 서는,

3, 차 안 + 국도, 밤.

정 아　(진땀 난, 황망한) 희, 희자야, 뭐.. 뭐야?

희 자　(진땀 난, 황망한, 고개를 젓는, 모르겠는) 모.. 몰라..

정 아　(황망한, 넋이 나간, 희자 보며, 가라앉은) 내.. 내가.. 사, 사람.. 쳤지?

희 자　(정아 보는데, 이마에 땀이 송글 맺힌, 모르겠단 뜻으로 천천히 고개 젓는)

정 아　(작게 숨을 두어 번 몰아쉬고, 이마에 땀이 맺힌 채, 앞 보며, 정신없는, 당황해, 울고 싶은) 내가 뭘.. 친 거 같애.

희 자　(혼이 나가는, 애써 정신줄 잡고, 가만 가방을 열어, 물병 꺼내, 물을 마시고, 물병을 정아를 주면)

정 아　(고개 젓는, 황망한)

희 자　(사탕을 꺼내, 까서, 정아 입에 대며) 쓰러져, 먹어. 아, 해.

정 아　(정신없이 나가는, 휘적휘적 사람(?) 친 곳으로 가는)

희 자　(가는 정아 보며, 사탕 먹고, 나가서, 조금 뛰듯이 걸어가, 정아 손잡는)

정아, 속상하고, 울고 싶은, 희자 손 뿌리치며, 쓰러진 촌부 있는 데로 가다, 쓰러진 촌부를 오 미터 정도 앞에 두고, 기운 빠지고 놀라서, 주저앉는, 희자, 뒤에 있다, 맘 다잡고, 정아를 앞질러, 쓰러진 촌부에게로 다가가는데, 아주 멀리, 자전거 타는 사람들의 불빛이 서너 대 보이는, 희자, 놀라, 정아에게로 가서, 손을 이끌고, 차로 가며,

희 자　(두렵고, 정신없는) 가, 가, 가, 가.

정 아　(이러지도 저러지도 못하겠는, 황당하고, 슬프게, 촌부를 보는데)

희 자　(정아의 등짝을 치며) 가, 가, 어서!

정 아　(순간, '그래, 살아야 한다, 도망가야겠다' 하는 맘이 드는, 서둘러, 차로 가 운전석에 타는, 희자, 조수석에 타는, 차 몰아, 코너를 돌아가는)

카메라, 정아의 차 코너로 도는 것 보여주다, 자전거 일행 쪽으로 방향 돌리면, 자전거 일행, 촌부를 발견하고, 누구는, 촌부 보고, 누구는, 전화하는,

일행 1　여기 사람이 쓰러졌다!

일행 2　신고해!

일행 3　아직 살았다! 빨리 전화해! 할아버지, 할아버지!

일행 1　119죠, 여기 현촌 사거린데요! 사람이 차에 치였어요!

하는 분주한 모습이 보이는, 한데 엉키는,

씬 2. 국도 변, 일각, 밤.

일행들이, 전화하는 소리, '빵소닌가 보네! 미친 거 아냐!' '할아버지, 할아버지, 정신 좀 차리세요!' 하는 소리가 희미하게 들리는데, 정아의 차 가버리는,

씬 3. 정아의 차 안, 밤.

정아, 희자, 땀을 비 오듯 흘리며 가다, 다시 커브를 도는데, 그 옆을 구급차가 확 지나가는,

희자, 정아, 놀라는, 정아, 브레이크를 밟는, 구급차는 이미 지나간 상태, 정아, 울 것 같은 얼굴로 차에서 나와, 차에 기대앉아, 울지도 못하고, 어쩔 줄을 모르겠는, 입을 작게 해 숨만 몰아쉬는,

희자, 차에서 나와, 정아 옆에 쪼그려 앉아,

희 자　못 가겠어?

정 아　(고개만 끄덕이는데, 주머니의 핸드폰이 울리는, 깜짝 놀라, 몸을 떠는)

희 자　(안심시키는) 전화야, 전화... 전화야.. (하고, 정아의 주머니에서 핸드폰 꺼내 보여주며) 엄마.. 엄마..

정 아　... (두렵고, 맘 아픈, 하늘 보며, 멍한, 희자의 목소리 들려도, 아랑곳없는)

희 자　(전화를 받으며, 짐짓 편하게) 아 네.. 보호사님.. 그게.. 저희가 사고가 나서.. 오늘 거길 못 가겠네요. 네.. 네.. 그러게.. 그게.. 사람을.. 아니, 차랑 차가 부딪쳐서.. 아, 엄마가 자는구나.. 네네, 담에 갈게요. (하고, 끊고, 이번엔 제 핸드

폰으로 영원을 찾아, 전화 거는, 잠시 후) 누구세요? 전 영원이한테 전화 걸었는데..

정 아 (차에 기대, 두렵고, 슬프고, 멍한) ...

씬 4. 완의 집 안, 밤.

완, 의자에 쪼그려 앉아, 책상 위의 노트북 속 연하를 가만 입가에 미소 띠고 보며, 맥주 한 병을 잔에 따라 한 모금 마시는, 노트북 속의 연하, 물끄러미, 따듯하게, 완을 보는, 둘이 그렇게 서로를 가만 보는, 교차컷,

연 하 일한다며.. 술 마시고, 괜찮아?

완 (술 마시며) 취하고 싶은데.. 맛없다.. 안 마셔야겠다... (잔을 조금 멀리 놓는) ..

연 하 (보는)

완 (잠시 후, 고개 들어, 연하를 그립게 미소 띠고 보며, 처지지 않게) 오늘은 말을 해야지, 싶었어...

연 하 (눈으로 '무슨?'이라고 묻는)

완 나도.. 너처럼..

연 하 .. 너도.. 나처럼('뭐?' 하는 표정)..

완 (조심스런) 니 다리가... 많이 그립다고.

연 하 (따뜻하고, 짠해, 미소 짓는)

완 근데.. 그런 말 하면.. 안 된다고 생각했어.

연 하 (보면)

완 내가 그런 말 하면, 니가.. 맘이 더 불편하겠다, 상처받을 수 있겠다, 지레짐작했거든.

연 하 (뭉클하지만, 참고, 보며, 웃으며) 내 다리가 언제 젤 그립지?

완 (생각하는, 고개 틀고, 연하 안 보고) 니 생각이 나면.. 다.....

＊플래시컷, 회상 》

침대에서, 속옷 차림으로 연하가 완의 목을 조르며, 레슬링 하는, 연하, 웃으

며, '완이 선수, 완전 그로기네요, 항복하나요! 백기 드나요!' 하고, 완이, 힘들지만, 오기 부리며, 연하 뿌리치고, 연하, 도망가다, 완을 뒤에서 껴안고, 완, 넘어뜨리지만, 완, 기어이, 연하의 배 위에 올라가, 베개로 사정없이 때리며, '네네, 연하 선수 완전 코너에 몰렸네요, 이러다, 죽네요, 죽어!' 하며 장난치는, 베개의 속이 터져, 털이 날리는, 그 그림 위로,

완 (차분한, 그리운, E) 너랑 장난칠 때.. 침대 위.. 레슬링..
연하 (E) 그때 내가 이겼나?
완 (E, 짐짓 힘 있고, 밝게) 노, 노, 노, 노, 내가 이겼지! 나 힘센 거 잊었나 봐?
연하 (E, 깔깔대고, 웃는)

***플래시컷, 회상, 거리, 낮 》**

서로 아이스크림을 먹으며, 길거리 악사를 구경하며, 춤을 추는, 웃는, 그러다, 연하 어깨를 감싸고 걸으면, 완, 연하를 올려다보고, 웃으며, 아이스크림을 얼굴에 범벅하고, 도망가고, 연하, 서서, 어이없어, 하며, 어깰 으쓱하고, 완이를 잡으려 뛰는, 그 그림 위로,

완 (E) 그리고, 뭐.. 다.. 같이 길을 걷고.. 웃고, 내가 너를 올려다보고.. 뛰고..

***점프컷, 현실 》**

연하 (따듯하게 보며) **거리.. 그때?
완 (보고, 그리운) 지금 너도.. 좋아, 나는.
연하 그때가 지금보다 더 좋은 건, 사실이야, 너나.. 나나.
완 (맘 아프지만, 애써 작게 웃는)
연하 봐봐, 인정하면 그뿐이잖아, 이렇게 편하게 다리 얘기도 할 수 있고, 추억도 되새김질하고.. 그렇더라고 난, 다리 못 쓰는 것도 기분 그런데, 우리 추억마저 없어진 기분이 드는 건.. 너무하다, 싶드라고...
완 (짠한, 그립게 보는) .....
연하 (진심이지만, 담백하게) 난 아직도.. 널.. 사랑해.
완 (가슴이 쿵 하는, 가만 그대로 보면)

연 하　있는 그대로 들어, 다시 내게 오란 말이 아니라, 그냥 사랑한다고.

완　(보는)

연 하　(가만 보며, 수를 세는) 하나, 둘.. 열까지 세서 니가 말을 안 하면, 다른 화제로 넘어가자.. 셋.. 넷... 다섯,

완　(차분히) 나도 널... 아직,

연 하　(보는, 그리운)

완　(그리운) 사랑해.

연 하　(짠해 웃는, 잠시 생각하다, 완을 보며) 다시 내게 올 순 없겠지만.. 그지?

완　(단호하면서도, 맘은 전달되게) 그래.. 절대, 다시 너한테 가진 않겠지만, 사랑은 해.

연 하　(짐짓 밝게) 동진 선밴?

완　(가만 보는)

연 하　묻지 마?

완　어.

연 하　(가볍게) 물으면?

완　(연하 보다, 편하게, 장난처럼 웃으며, 가볍게, 핸드폰 열어, 전화하며) 피하지, 이렇게. (착신되는, 연하 안 보고, 편하게) 어, 동진 선배, 어디?

연 하　(그런 완이 보는, 그리운)

완　다 와가? 맛난 거 사가지고 오나?.. (웃고) 나.. 연하랑 통화 중.

씬 5. 완의 집 앞, 밤.

동진, 걸어 올라가며, 따뜻하게 웃으며,

동 진　너, 연하랑 나랑 양다리냐? (웃으며) 질투? 난, 유부남입니다, 왜 그러세요? (사이) 이제 막 도착했어... (하며, 완의 집 버튼키를 누르는데)

난 희　(계단 오르다가, 동진에게) 넌 비번, 어떻게 아냐?

동 진　(돌아보며, 조금 당황한, 어색하지만, 애써 밝게) 어머니... 그게, 완이가 문잘 보냈드라구요. 일하는데 방해하지 말고, 그냥 들어오라고....

난 희　(맘에 안 드는) 눌러.

동 진　(시간 경과돼서, 다시, 재작동해 버튼 누르면)

난 희　(비번 보는) 아, 팔칠육오별..

동 진　(웃고, 문 열어주며) 들어가세요.

난 희　(들어가는)

동 진　(조금 실망(?)하는, 들어가는)

씬 6. 완의 집 안, 밤.

완, 책상 앞에서 둘이 들어오는 걸 보며,

완　(조금 놀라) 엄만, 왜?

난 희　(싱크대로 가며) 너 좋아하는 짬뽕 국물 가져왔어.

완　(난희 보며) 고만 좀 해라!

연 하　어머니!

완　(영상 보며) 가만있어, 너?

난 희　연하네... (하고, 노트북으로 가서, 반갑게) 연하야!

연 하　(웃으며) 엄마, 좋아 보이시네요.

동 진　(어색한, 머리 긁으며, 완에게) 물 좀.

완　(냉장고에서 물병 꺼내고)

난 희　(연하에게, 반가운) 이게 얼마 만이야, 오 년도 넘었지? 내가 거기 갔을 때 보고.. 반갑다, 야.. (순간, 정색) 야, 근데, 너 우리 완이랑 왜 결혼 안 해? 너 여자 생겼냐?

완　(싫고, 답답하고) 엄마!

연 하　완이 누나가 저 나이 어려 싫대요, 애원하다 저도 지쳤구요.

난 희　(완 보며) 미친년!

완　(동진에게 물 따라주며) 딸이 미치면 좋겠다! (난희 옆으로 와서, 연하에게) 야, 너 들어가, 컴 꺼!

난 희　(연하에게, 웃으며) 야, 그러지 말고, 그냥 얘 넘어뜨려!

완　엄마!

난 희　(방둥이를 치며, 농담) 싱싱할 때 데려가! 아주 보기도 아까울 만큼 얘가 얼마나 이쁜지 아냐, 벗겨놓음!

완 (난희 밀치며) 엄마!

연하 (깔깔대고 웃고)

동진 (물 마시며, 어색하고)

완 (웃는, 난희 한쪽으로 끌며) 가셔, 가, 어?!

난희 (밀치며) 갈 거야! 가지 말래도.. (하며, 냉장고로 가, 짬뽕 국물 넣으며, 연하 들으라고 큰 소리) 사랑한다, 연하야, 보고 싶다, 연하야!

연하 예! 어머니, 저도요! 참, 동진 형님 인사 좀 해요!

완 너 캠 안 꺼?!

동진 (완이 말 무시하고, 아무렇지 않은 듯, 노트북 쪽으로 가서, 노트북을 제 쪽으로 돌리며) 잘 있었냐?

연하 (동진 보며, 어색하지만, 편하게) 형님, 형수님이랑 애들은.. 잘 있죠?

동진 (묘한, 질투심이 나는) ?!

완 (동진의 얼굴 굳은 것 느끼고, 연하에게, 빠르게) 넌, 이제 바이바이. (하고, 화면 꺼버리는)

씬 7. 연하의 집 안, 밤.

연하, 씁쓸하게 웃으며, 완이가 사라진 캠을 보다, 캠 끄고,

씬 8. 완의 집 안, 밤.

완, 동진을 보면, 동진, 이게 뭔가 싶은,

완 (연하의 말 때문에 신경 쓰이고, 조금 눈치 보듯) 나갈래?

동진 원고 줘.

완 나랑 맥주 한잔,

난희 (냉장고 정리하며) 맥주는 무슨... 유부남이랑! 아무리 대학 선후배지만, 남녀가.. 먹지 마!

완 (난희 보며, 짜증 나는) ?

동진 (어색한 웃음, 완에게) 원고 줘라.. (하다가, 한쪽에 있는 원고 뭉치 보며) 이거구나. (하고, 난희 보며) 어머니, 저 급해서 먼저 가요.

난희 그래라. 그리고 기러기 아빠 그만두고 여편네 오라 그러고!

동진 네! (하고, 나가는)

완 (나가는 동진의 팔을 난희 모르게 잡으면)

동진 (그냥 가볍게 뿌리치고, 나가는)

완 (난감한, 서운한)

씬 9. 완의 집 계단, 밤.

동진, 기분이 안 좋은, 내려가는,

난희 (E) 동진이 요즘도 바람피니?

씬 10. 완의 집 안, 밤.

완 (어이없는, 난희 보면)

난희 너 대학 때 동진이랑 사귈 때, 그놈이 딴 여자 만나서 헤어진 거 아냐?!

완 (답답한, 동진 나간 문 쪽 보다, 난희 보며) 엄마, 안 가?!

난희 동진이랑 술 마실 시간은 있고, 나랑 말할 시간은 없냐?

완 (화나는, 참는)

난희 니가 재네 출판사에서 일만 안 하면, 내가 저놈 잡아먹어도 시원찮어!

완 그만 좀 해, 좀!

난희 시집가 그러니까, 저놈한테 미련 있는 거처럼 굴지 말고! (하고, 문을 쾅 닫고, 나가는, 그러다, 다시 문 열고) 나, 팔달이 차 타고, 할머니네 열무 심으러 갈 건데, 같이,

완 (화나 보면)

난희 (마저 말 못하고) 에으.. (하고, 문 닫고 가는)

완 (쾅 닫히는 문소리 들으며, 의자에 앉아, 생각 많은데, 핸드폰에 희자 이모가 뜨는, 짜증 나는, 꺼버리는, 일하려고 노트북 켜고, 일하는데, 다시 전화 오는, 그런데, 이번엔 정아 이모다, 일하려다가, 참고 전화 받는, 불편함 숨기고) 여보세요? (사이, 핸드폰에 뜬 정아 이모란 연락처 확인하고, 통화하는, 귀찮은) 희자 이모가 왜 이 번호로 전활 해?

씬 11. 국도 변, 밤.

정아(넋이 나간, 식은땀 나는)와 희자(식은땀이 흥건한), 거리에 앉아 있는,

희자 (서운한, 서러운, 버벅대는) 왜.. 왜, 왜, 못 와? 생각도 안 해보고, 단칼에.. 왜 못 와? 이, 이모가 이런 일로 너한테 날이면 날마다 전화하는 것도 아닌데.. 정아 이모가 운전하다, 운전을 못 하겠다고 주저앉았는데.. 니가 안 오면.. 느, 늙은이들.. 길에서 얼어 죽어?!

씬 12. 완의 집 안, 밤.

완 (완강한, 답답한, 속상한, 참으려 해도 격앙되는) 얼어 죽을 날씨 아니거든! 이모 아들딸들 불러요, 그럼 되잖아! 내가 이모들 자식이야, 아니잖아?! 근데 왜 이모들 일에 빽하면 내가 나서야 되는데! 나도 일이 있어요, 나는 뭐 맨날 놀아요! 고만 좀 해요, 진짜!

씬 13. 국도 변, 밤.

정아 (여전히, 기운 없고, 멍한, 황망한)

희자 (서운해, 눈가 붉어, 격앙되는) 우, 우 우리, 애가 술 먹었는지, 전활 안 받잖아! 정아네 애들도! 뭐, 뭐.. 대리운전? 낯선 놈이 우리가 늙어, 힘없다고, 만만히 보고 해, 해, 해치면, 그땐 어쩔 건데! (속상한) 알았어, 오지 마! 오지

마! (하고, 끊고, 기운 달려, 울상으로 사탕 먹는, 그때, 전화 오고 완인가 싶어, 서둘러 보는, 꼴값이라고 뜬 걸 보고, 핸드폰을 정아 보여주면)

정아, 고개 돌리고, 희자, 전화 끊고, 차에 기대는, 둘 다, 멍한,

씬 14. 석균 정아의 안방 안, 밤.

석균 (핸드폰 보고, 어이없이 웃으며) 얼라리 뻥짝 개쇼를 하네... 아이고, 니가 그런다 이거지.. 그럼 나는 그래라 그런다... (하고, 누워, 바로 크게 코 고는)

씬 15. 완의 집 안, 밤.

완 (일하는, 그때, 문자 오고, 보면)

희자 (E) 완아, 너 정말 냉정하구나.

완 (성질나는, 숨 크게 몰아쉬고, 참고, 일하다, 도저히 안 되겠는, 그러다, 제 화에 제가 못 이겨, 소리치는) 악! 악, 진짜! 뭐야, 진짜! 찐득이도 아니고! 아주 사람 들들들 볶는 건 다들 선수야, 선수! 이 밤에 늙은이들이 집구석에 죽으로 가만있지, 뭐한다고 차를 끌고 나가고 난리야, 난리가! (화나고 속상하지만, 옷을 입으며) 아, 돌아, 진짜! 그리고 뭐가 무서워? 자살할라 그런 건 그럼 뭐 쇼야?! 내가 그 나이 먹음 오늘 죽어도 억울할 거 하나 없겠네! 살 만치 살았으면서, 뭐가 무서워, 뭐가! 짜증 나, 진짜! (하며, 가방 챙겨, 나가고)

씬 16. 쌍분의 부엌, 밤.

난희, 아궁이에 불을 때며, 마치 누가 있는 것처럼, 구시렁대는,

난희 야, 년아, 그래, 니 말마따나 니가 멍청해서, 그랬다고 치자, 그럼 숙희는 왜 만나! 그동안 나는 안 만나면서, 숙희는 왜 만나! 말해봐, 말해봐! 이 호랑말코

같은 년아!

쌍분 (들어와, 감자를 아궁이에서 찾는)

난희 (아랑곳없이) 내가 생각할수록 분이 안 풀리네, 이게.. (하고, 핸드폰 들어, 영원에게 전화하는)

쌍분 (말하는 사이, 감자를 꺼내, 까는)

호진 (들어와, 계단에 앉아, 쌍분 보고, 웃고)

쌍분 (감자 까며, 구시렁) 방구석에 처있지, 왜 그렇게 사람 뒤꽁무닐 졸졸.. 기집년들 쫓던 버릇 아직도 못 고쳤지, 못 고쳤어! (웃는 호진의 얼굴에 제 얼굴 디밀고) 그지!

난희 (전화 걸며, 웃으며) 낄낄낄... 엄만, 엔간히 하셔, 아버지가 엄마 좋아, 그러는데..

호진 (사람 좋게, 작게 웃고)

쌍분 (감자 먹으며, 호진 목에 걸린, '과' 자를 들어, 호진 보게 하며) 뭐야!

호진 과.

쌍분 가, 아니고?!

호진 과.

쌍분 나 죽기 전에 한글 떼! (감자 먹여주고, 호진의 얼굴을 검댕이 묻은 손으로 닦으려다, 옆의 더러운 걸레 들어, 닦는)

난희 (웃으며) 엄마도 참 아버지가 한글을 어떻게 떼나? 포기해, 엄마. 아버지가 엄마 졸졸 따라다니시며, 십 년 넘게 사과하시네.. 그럼 됐지, 아버지가 꼭 엄마한테 사과한다, 글로 써야 맛이야.

쌍분 (난희 보며) 글로 쓴 거, 비석에 새길겨!

난희 (웃고) 남편 죽음 나처럼 후회 말고, 에지간히 하셔!

쌍분 (아랑곳없이 메모장을 넘기고, 까마귀라고 쓴 글을 보여주며) 까마귀!

호진 까마귀.

쌍분 낼까지 외워! (하고, 감자를 난희에게 먹이는)

난희 (웃으며, 받아, 먹는데, 전화 걸리는, 바로 정색하며) 야, 이영원! 누구세요? 아, 매니저?.. 일이 언제 끝나는데.. (하다가) 일한다며, 전활 왜 받어? 너 내 전화 피할라 그랬지?

씬 17. 도로 위, 봉고차 안, 밤.

영원(땀 나고, 아프고, 피곤한), 뒷좌석에서 옷을 갈아입다가, 전화를 받은 상황이다, 아주 피곤한, 옷을 벗다가, 전화 받은 것 같은, 앞의 매니저 안 보게 커튼 치는,

영 원 (옷을 갈아입으며) 용건은?

씬 18. 쌍분의 부엌, 밤.

난 희 내가 백번 양보해서, 니가 진짜 멍청하다 치자, 그럼 니가 숙희 년을 지금까지 보는 이유가 뭐냐?

씬 19. 도로 위, 봉고차 안, 밤.

영 원 담 주 월요일 나 촬영 비는 날 우리 집에 와, 갈쳐줄게. (하고, 전화 끊고(난희, '누구한테 오라 마라야, 니가' 해도 끊는), 아픈지, 약병 꺼내, 약을 먹고, 옆의 주스를 들어, 마시고, 삼키고, 또 전화 오면, 무시하고, 커튼 열고, 매니저 보며, 힘든) 순철아, 가서, 나, 두 씬만 뒤로 밀어달라 그래, 아주, 죽겠다.. 야.. (하고, 그때, 전화 오면, 희자다, 힘들어, 전원 끄는, 좌석에 모로 눕는, 힘든)

씬 20. 국도 변, 달리는 정아의 차 안, 밤.

완, 화가 나 운전하고 있고,
정아, 뒷좌석에 땀을 흘리며, 창가 보고 있고, 희자도 땀을 흘리며, 힘든 표정으로, 제 쪽의 창가를 보고 있는,

완 감기 몸살이 심하면, 집에 계셔야지, 요양원은 왜 가? 차를 몰고! 진짜.. 내가 화를 안 낼래야 안 낼 수가 없어! 그리고, 이모들은 자식들 없어? 있잖아, 내가 할머니 울 엄마 상대하기도 힘에 부쳐, 진짜! (사이) 설마.. 이모들 친자식만 귀하고 나는 남의 딸이니까, 낮이든 밤이든 막 불러재껴도 된다고 생각해? 그래? 진짜.. 그런 거면 나, 진짜진짜 서운하다! 진짜, 서운하다고, 진짜!

희자, 정아 (창밖만 보며, 넋이 나간) ....

완 (룸미러로 둘을 번갈아 보는, 땀 난 거 보고, 손 맞잡은 거(뒤 씬에 보여줌) 보고, 짜증 나는, 작게 구시렁) 저렇게 진땀을 흘리며 왜 밤에 싸돌아다니냐고, 짜증나게..... (둘 들으라고, 좀 큰 소리) 어디로 먼저 가? 정아 이모네, 희자 이모네! 빨리 말해요, 방향 틀게!

씬 21. 희자의 집 앞, 밤.

완, 차를 세우면, 정아, 희자 내리는,

완 (정아 보며) 이몬 왜 내려, 집에 안 가?!

희자, 정아 (말없이, 희자의 집으로 들어가는)

완 (가는, 두 사람 보며) 야, 진짜 꼰대들 염치없다, 고맙단 인사 한마디가 없네, 나는 저렇게 늙지 말아야지! 아... 싫다! (하며, 차 키를 희자의 집 마당에 '으이!' 하며 던져버리고, 차의 앞쪽을 지나가는, 범퍼에 바지가 쓸리는 것도 모르고 가는)

씬 22. 희자의 집 안 거실, 밤.

정아, 넋 나가 소파에 앉아 있고, 희자, 이불을 깔고, 그러다, 생각난 듯, 서랍에 있는, 청심환을 꺼내, 까서, 정아 입에 대고,

희 자 청심환.

정 아 (먹고)

희 자 (자기도 먹는) 누워. 니 발로 걸어가서, 나 힘들어, 어서.

정 아 (힘들게 가서, 눕는, 눈 감는)

희 자 (정아 옆에 모로 누워, 정아 안고, 눈 감고) 아무 생각 말고 자자.. 낼 일은 낼 생각해. (그러다, 잠시 후 눈 뜨고, 정아 흔들면)

정 아 (보면)

희 자 밥 먹을래? 밥 안 먹었지?

씬 23. 완의 집 안, 밤.

완, 옷을 벗어서, 아무렇게나 벗어던지고, 노트북 켜 일을 하는,

＊점프컷 》

벗어놓은 바지에 묻은 피.

씬 24. 플래시컷, 회상.

정아의 차가, 무언가를 치는,

씬 25. 희자의 집 안, 밤.

희자, 벌떡 일어나는,
정아, 그 바람에 헉하며, 일어나는,
희자, 우왕좌왕하며, 당황해, 구시렁, '피.. 피'

희 자 (황망한, 일어나, 숄을 걸치고, 나가며) 피... 피..

정 아 (두려운, 가라앉은) 왜.. 왜?

희 자 (다시 들어와, 서랍에서 랜턴을 찾으며) 피.. 피.. (하고, 온갖 것을 꺼내놓다, 기어이 랜턴 찾고) 피.. 피.. (하며, 나가는)

정 아 희자야.. 어디 가.. (하고, 나가는)

씬 26. 희자의 집 앞, 희뿌연, 새벽.

희자, '피.. 피' 하며 나와서, 랜턴을 켜고, 범퍼를 보면, 피가 묻은, 숨이 멎는 것 같은, 순간, 강단 있게, 침 삼키고, 물총 호스 가지러 집으로 들어가는, 정아, 그때, 나와, 가는 희자 보고, 피를 보고는, 울음이 나려는, 참고, 순간 살아야겠다는 의지밖에 없는, 그러다, 마당으로 가서, 열쇠를 집어서, 나와서는, 차 트렁크를 열어, 흰 천 꺼내, 범퍼를 닦는, 울상이지만, 박박 힘주어 닦는, 희자, 그사이, 집에 연결된 물총 호스를 가지고 나와, 차에 물을 뿌리며,

희 자 정아야, 박박.. 지워, 박박..

그때, 휙 하는 입바람 소리가 나는,
정아, 희자, 돌아보면,
마크가, 웃으며 보는,

정 아 ?!
희 자 (마크 보고, 외면하고, 물만 뿌리며, 정아에게) 상관 마, 저놈 한국말 못해, 신고하고 싶어도 못할 거야.
정 아 (차를 닦고, 그 걸레를 트렁크에 넣고, 차에 타며) 나 갈래.
희 자 그래, 가, 가, 어서!
정 아 (속상한, 참고, 가는)
희 자 (정신없는, 가는 정아 보고, 집으로 가려다, 마크 보며, 버벅대는) 드, 드드, 들어가! 커, 커, 컴인! (하고, 집으로 들어가는)

***점프컷 》**
마크, 희자 보고, 왜 저러지 싶은,

씬 27. 몽타주.

1, 아름다운 산세 전경, 쌍분의 집, 전경, 아침,
2, 부엌, 난희, 다 된 밥을 퍼, 맛보는, 뜨거운지, 호호 하는,
3, 마당, 인봉, 마루에 앉아, 아령을 땀 흘려 들다, 호진의 등을 보고, 씩 웃는, 호진, 한가로이 마당의 풀을 보는 쌍분을 보고, 여유로운 미소를 짓고 있는, 쌍분, 쪼그려 앉아, 골똘히 관찰하듯, 풀잎에 묻은, 이슬을 보는,
4, 풀잎에 묻은 이슬, 새소리,

씬 28. 석균 정아의 집 전경, 아침.

씬 29. 석균 정아의 집 안, 아침.

정아, 힘들고 슬프지만, 참고, 빠르게 무채를 써는 모습 위로,

***플래시컷, 회상 》**
석균의 차 안에서, 정아, 희자, 웃으며, 가는데, 사고 나는,

***점프컷, 현실 》**
정아, 슬픈 얼굴로 찌개 간 보는 모습, 양파 써는 모습, 양파를 핑계 삼아 눈물 닦는,

***플래시컷, 상상 》**
정아, 수의를 입고, 수갑을 차고, 슬프게, 복도를 걸어가는, 그러다, 걸어가며, 감방 안을 보면, 정아 모가 침대에 누워, 숨을 몰아쉬는 게 보이는, 정아, 순간, 멈춰, 맘이 쿵 하는,

***점프컷, 현실 》**
정아, 눈물 닦고, 두렵고, 슬프고, 어쩔 줄을 모르겠는, 그래도 참고, 무채에

넣을 마늘을 다지는, 그때, 석균, 수건으로 얼굴의 물기를 닦으며 나오며 말하는, 석균의 대사, 주로, 정아의 얼굴에 쏟아지는 느낌,

석균 너는 나 싫다고 나갈 때는 언제고, 왜 다시 기어 들어와? 한 번 나갔으면 끝이지, 내 집이 동네 정자나무 밑에 평상도 아니고, 니가 나가고 싶으면 나가고 들어오고 싶음 들어오는 데냐? 어? 어? 어?

정아 (슬픈, 참고, 무채를 양념 그릇에 넣고, 무치는)

석균 (같잖게 보며, 영양 보조제 맛나게 먹으며) 왜 막상 나가보니, 갈 데가 없디? 왜 갈 데가 없냐? 너 좋아하는 희자 집에 가면 되지? 왜, 희자가 싫대냐? 그럼 충남이, 영원이 집에 가면 되겠네! 왜 그것들도 싫대냐?

정아 (무채만 무치며, 슬픈, 화를 참는)

석균 암만, 나 같아도 너 싫다, 그저 밥만 먹고, 그것도 한 그릇도 아니고, 두 그릇, 세 그릇, 네 그릇, 반찬은 좀 많이 먹어, 누가 너 먹는 걸 삼시 세끼 봤다면, 씨름하는 장산 줄 알 거다, 암만, 장사 중에 장사지, 천하장사, 백두장사,

정아 (말꼬리 끊으며, 순간, 화가 나고, 서러워, 무채 그릇을 내던지며, 악쓰는) 고만해, 좀!

석균 (무채를 뒤집어쓰고, 놀란) ?!

정아 (울음 참고) 내가 뭘 그렇게 많이 먹니?! 또 많이 먹음 좀 어때! 개처럼 소처럼 일하고 그만큼도 안 먹고 살어! 이 개*발아! (하고, 놀란 석균을 지나쳐서, 거실에 있는 베개 베고, 모로 누워버리고)

석균 (당황스러운, 정아 보며) 이 여편네가 미쳤나?

정아 (일어나, 옆에 있던, 베개를 던지고, 악쓰는) 미쳤다, 미쳤어, 어쩔래!

석균 (베개 피하고, 화나지만, 더 소리 못 치고, 바닥의 무채를 집어 먹으며, 안 건드리는 게 상책 같은) 걸레 어딨냐?

씬 30. 희자의 집 안, 아침.

희자, 외출복 차림으로 냉장고에 붙은 거울을 보고, 립스틱을 바르며, 구시렁대는,

희 자　하던 대로, 그래, 당황하지 말고, 늘.. 하던 대로.. 성당을 가는 거야.. 성당.. 하느님도 보고.. (하고, 거울 보는데)

***인서트, 거울 》**
차 사고 나던 장면,

***점프컷, 현실 》**
희자, 맘 아파 눈 감고, 구시렁,

희 자　(작심하고, 눈 뜨고) 회개하면 돼, 회개하면... (하고, 립스틱 바르는)

그때, 집 전화벨이 요란히 울리는, 그 바람에 놀라, 손이 튀어, 립스틱을 제 얼굴에 확 그어버리는, 벨소리 요란하게 나는, 짐짓 침착하게, 전화기로 가서, 떨리는 가슴을 진정하며, 조심스럽게 전화를 받는,

희 자　여보.. 세요?

씬 31. 고등학교 검정고시 학원 앞, 아침.

충남, 한쪽에서 커피를 마시며, 귀찮은 듯 전화하는,

충 남　언니, 나.

***교차씬 》**
충남, 희자 교차씬으로,

희 자　(두려운, 문가 쪽 보며, 긴장한) 넌데.. 뭐?
충 남　(심드렁하게) 대체 이 사탤 어쩜.. 좋아?
희 자　(놀라, 침 삼키고, 긴장한) 왜.. 너한테 연락 갔니?
충 남　왔지,

희 자　(경찰인가 싶다) .. 뭐.. 래?

충 남　진짜, 나는.. 어이가 없다. 내가 이렇게 어이가 없는데, 언닌 오죽할까 싶고,

희 자　(울고 싶은, 들켰구나 싶은, 아픈 맘 참고) 나? 그래.. 많이 어이없지.... 지금..

충 남　언니, 그러지 말고,

희 자　알아.. 자수,

충 남　(짜증 난) 자수 언니는 무슨, 그 언니 죽은 지가 언젠데, 내가 그 언니 얘길 해, 기자 언니 얘기야, 내 얘긴.

희 자　?!.. 기자?

충 남　내가 늙은이들 이래서 싫어. 언니, 기자 언니, 치맨가 봐?

희 자　(이상한) ?

충 남　안 그러고선, 이건 아니지, 매일, 하루걸러 한 번씩, 나한테 전화해서, 오늘은 내가 학원 왔다는데도, 언니 남편 얘길 하며, 사실을 말하라며 종주먹을 대는 거야.

희 자　(기자란 말에 화나는, 큰소리) 대체 걔가 뭐라고 종주먹을 대는데?!

충 남　나보고 불라는 거야. 언니가, 언니 남편을 벽장에 가둬서 굶겨 죽인 게 맞냐,

희 자　(말꼬리 자르며, 버럭, 속상한) 맞다 그래?!

충 남　진짜?

희 자　내가 내 남편 벽장에 가둬서 굶겨 죽이든 말든, 지가 뭔 상관이야! 맞다 그래, 맞다고, 그러니까, 경찰에 신고하라 그래! (하고, 전화 끊고, 화면 사라지는)

충 남　(전화기 보며, 심드렁) 드디어 실토를 하네, 이 언니가, 지가 남편 벽장에서 가둬 죽인 걸. (하고, 골목 돌아가는데, 길 가던, 동진을 보는, 아는 얼굴이다 싶은, 동진을 쫓아가, 동진의 팔을 잡는)

동 진　?

충 남　나, 알어요?

동 진　?

충 남　(순간, 생각난) 아, 나만 안다! 미안! (하고, 가는)

동 진　(이상한, 근처 출판사로 들어가는)

충 남　(가다, 돌아서서, 동진 들어가는 모습 보고, 출판사 현관을 보고, 유부남 주제에.. 우리 완이를.. (하고, 돌아서서, 학원으로 들어가는, 어린 친구들과 인사하고, 같이 걸어가며 말하는)

어린 친구 시골서, 서울까지 학원 오는 거 안 힘드세요?

충 남 시골 아니고, 지방! 그리고, 지방에는 이 할머니가 아는 사람들 많아서, 검정 고시 학원 다니는 거 알면 쪽팔려. 너 숙제했어, 좀 베끼자.

어린 친구 (웃으며) 싫어요! (하고, 가는)

충 남 (가면서) 싸가지 없이, 할머니가 말하는데, 야, 너 나이 몇이야! 난 예순 넘은 지 옛날 고리짝이다! 너, 나이 몇이야! 자식아! (하고, 가는)

씬 32. 완의 집 안, 낮.

완, 세수한 얼굴로 옷장에서 옷을 고르다, 마땅치 않아, 한쪽 보면, 어젯밤 입었던 바지가 보이고, 그게 좋겠다 싶어, 가서, 집어서, 입으려다가, 바지의 피를 보는,

완 (아무렇지 않게) 뭐야? (하고, 바지를 포기하고, 다른 걸 입으려다가, 그 바지를 들고, 싱크대로 가서, 물 틀어 빠는데, 묻은 얼룩이 빠지는) 뭐가 묻었어? .... (하다가, 바질 비비는, 그러다 손을 보면, 핏물이다, 이상한, 잘 모르겠는) ?!... 뭐야... 이거.. 피같이... (고개 갸웃하고, 별 생각 없이, 바지 빠는)

씬 33. 완의 집 앞, 계단, 낮.

완, 서둘러 계단을 뛰어 내려가는, 그러다, 문득, 생각나, 가방을 뒤지면, 핸드폰이 없는, 다시 집으로 들어가려고, 올라가다,

＊플래시컷, 회상, 전날 밤 》
석균의 차 안, 조수석에 둔 가방의 열린 사이로 모든 게 쏟아져, 짜증 나는, 완, 운전하면서, 그걸 보는,

＊점프컷, 현실 》

완　(계단 오르며) 아, 짜증 나! 진짜!

씬 34. 아파트, 낮.

완의 핸드폰 소리 나고, 석균, 차를 정차하고, 전화 받는,

씬 35. 석균의 차 안, 낮.

석균, 전화하고 있는,

석균　퀵이고, 착불이고, 다 귀찮아! 니가 와서 가져가든가, 말든가, 해! (하고, 전화 끊고, 옆 좌석에 버리듯, 완의 핸드폰 놓고, 나가는)

씬 36. 완의 집 안, 낮.

완, 집 전화를 끊고, 화가 부글거리는, 화를 참고, 이를 앙다물고, 가방 들고 나가는, 거칠게 문 닫는,

씬 37. 아파트, 재활용품 수거함, 낮.

석균, 열심히, 분리수거를 하는,
한쪽에서 일하던 수위 1, 2 석균을 보며, 말하는,

수위 1　아저씨, 천천히 하세요, 천천히!
석균　(일만 하는, 땀 나는)
수위 2　아저씨,
수위 1　(수위 2를 말리며, 일만 하며) 냅둬.

수위 2 (석균이 안된) 낼모레 월급날 짤리는 거 모르고 저렇게 열심히 일하는데, 말해줘야지.

수위 1 (석균 안쓰런, 답답한) 냅둬. (하고, 일하며) 그러게, 성질 좀 죽이지.

그때, 완, 자기 차로 와서, 한쪽에 세우고, 일하는 석균에게 가서, 굳은 얼굴로,

완 핸드폰 주세요.

석 균 (힘들게 일하며, 완이는 보지도 않고, 차 키로 멀리 있는 제 차를 열어주고, 일만 하는)

완 (인사도 안 하고 가는)

석 균 (일만 하며) 싸가지 없는 기집애...

＊점프컷 》

완, 석균의 차로 가서, 문을 열어, 핸드폰을 가지고, 차 앞쪽으로 오다, 어제처럼, 범퍼에 다리가 스치는, 순간, 멈춰 서는,

＊플래시컷, 회상 》

어젯밤, 석균의 차에 완이의 바지가 스치던,

＊점프컷, 현실 》

완, 조금 이상한, 차를 보면, 차가 한쪽은 먼지가 없고, 다른 한쪽은 먼지가 많은, 뭔가 싶어, 가다가, 이상해, 다시 범퍼 쪽을 보면, 피가 없고, 가려다가, 다시 이상해(무의식적으로 뭔가 본 듯한), 돌아와, 바퀴를 보면, 휠에 피가 묻은,

완 (걱정스런) ?!

＊플래시컷, 회상 》

차 안에서, 정아, 희자의 땀 흘리던 모습,

그리고 룸미러로 본 정아와 희자의 꼭 맞잡은 손,

***점프컷, 현실 》**

완, 걱정스런, 그러다, 고개 젓고, 자기 차로 가, 운전해 가는, 맘이 무거운, 뭐지 싶은,

씬 38. 성당 외경, 낮.

오후 여섯 시 종이 울리는, 신자들 가고, 성재는 한쪽 벤치에 앉아, 책을 보고, 여신도 와서 '무슨 책 보세요?' 하고, 성재, 웃으며, 책을 펴 보여주고,

성 재 근데, 마리아 자매님은 안 나오시나요?

신 도 신부님한테 상담 신청하는 거 같던데?

성 재 상담이요?

씬 39. 성당 안, 낮.

희자, 젊은 이십 대 신부, 맨 앞줄에 나란히 앉아 있는,

신 부 (고개 돌려, 희자 쪽을 보는) ?

희 자 (앞만 보고 있는)

신 부 지금 뭐라고.. 말씀하셨어요? (이상한, 조심스레) 잘.. 안 들렸네요. 조금만 목소릴 크게...

희 자 (예수님만 보다, 고개 돌려, 신부 보며, 또박또박, 담담히) 제가.. 사람을 죽였어요, 신부님.

신 부 ?

희 자 (예수님을 보며, 담담히) 그러니까, 내 친구가 차를 운전했는데... 제가 도망치자고...

신 부 (담담히, 안 믿기는, 치맨가 걱정돼도, 표 내지 않으려 하고) 어디.. 서요?

희 자 (앞만 보며, 담담히) 용인 가는 현촌 사거리.. 어제 열 시쯤... 근데, 운전한 제

친구보다 제 탓이 더 커요. 제가, 장롱면허라... 운전을 못하는데, 초보 운전하는 친구한테 오른쪽을 밟으라고... 근데 그게 브레이크가 아니라, 액셀을...

신 부 (진짠가 싶은, 예수님 보며, 어쩔까 싶다, 고민되는, 성호를 긋는)

희 자 (고개 돌려, 젊은 신부를 안쓰레 보고, 작게 웃으며) 당황하셨나 보다?

신 부 (애써 담담히, 희자 보며) 그게 아니고, 이 문젠 저보다 연륜 있으신 미카엘 신부님한테, 상담 요청을 하시는 게,

희 자 (작게 따뜻하게 웃으며, 예수님을 보는)

＊인서트, 예수상 》

＊점프컷 》

희 자 (예수님을 보며, 작게 웃으며) 아니요, 저는 이미.. 답을 들었네요. 주님은 참 관대하시네요... 나 같은 건 상상할 수 없을 정도로.. 주님은 정말 계시네요.. 늘.. 제 옆에.. 그 어떤 순간에도.. 제가 왜 그걸 몰랐을까요.. (하고, 일어나는)

신 부 (일어나며) 마리아 자매님,

희 자 (신부 보며) 주님은 제 편이세요, 제 결정이 옳아요. 사고 난 사람을 위해, 기도해주세요, 신부님. 그리고, 좀 먹으세요, 너무 말랐네. (하며, 팔을 잡는데, 너무 말라 안쓰런) 아우... (하고, 가는)

희자, 나가는데, 성재, 들어오다, 희자를 보고,

성 재 (팔목을 잡으며) 조희자,

희 자 (안 보고, 손목을 팍 뿌리치고, 나가는, 안색은 편한)

성 재 (귀엽게 보고, 웃고, 따라 나가려는데)

신 부 저기, 요셉 형제님.

성 재 (돌아보면) ?

신 부 저 좀..

성 재 (신부에게 가면)

신부, 성재 (나란히 걷는)

신 부 저기, 현재 고문 변호사 하신다고 했죠?

성 재 (걸어가며, 보며) 네, 그런데.. 왜요?

씬 40. 석균 정아의 집 안, 밤.

석균, 티브이 오락 프로를 보며 낄낄대고, 라면을 먹고 있는, 정아, 넋 나간 듯, 소파에서 창가를 보고 앉아 있는,

석 균 (티브이 보며, 구시렁) 미친것들.. 아이고, 지랄 방구.. 어떻게 저렇게 지랄을 하는지... 저것도 일이라고 돈을 받아 처먹고 살지... 깔깔깔.... 꼴값을 떠네! 하하하, (먹고) 역시, 야식은 라면이다..

정 아 (창가만 보는) ...

석 균 (웃긴) 아이고, 배꼽 빠지네... (라면 먹고) 아 참, (정아 보며) 희자랑 성재랑 예전에 그것들 연애할 때, 잤냐, 안 잤냐?

정 아 ... (제 생각에 빠진)

석 균 다른 사람들 아무도 몰라도 너는 알 거 아냐? 그것들 잤냐, 안 잤냐?

정 아 (가만있다, 방에서 울리는 핸드폰 벨 소리 듣고, 방으로 들어가는)

석 균 (가는 정아에게) 잤구나, 잤지? 깔깔깔... 잤네, 그것들이! 희자, 그게 아주 얌전하게 생겨갖고 의외로 발랑 까져서는.. 하긴 뭐 성재 놈도 발라당이니까.. 낄낄 (하고, 라면 국물을 냄비째 마시다, 앗 뜨거라 하고, 냄비 놓치고, 아랫도리에 쏟고, '앗 뜨거, 앗 뜨거!' 하며, 아랫도릴 잡고, 소란 피우는)

씬 41. 석균 정아의 방 안, 밤.

정아, 벽에 기대, 희자에게서 온 전화를 끊고, 가만있는, 그러다, 방 안에 있는 작은 티브이를 켜는데,

***인서트, 뉴스 화면 》**

앵 커 다음은 양심을 잃은 뺑소니 사건입니다.

***인서트, 교통사고, 사고 장면, 크게 차 부딪치는 소리 나는 》**

***점프컷 》**

정아, 티브이를 속상해, 끄고, 괴로운, 벽에 기대, 맘 아픈, 이러지도 못하고, 저러지도 못하는, 힘든, F. O.

씬 42. 순영의 집 가는 길, 낮.

정 아 (전화를 하는, 서운한) 나는 뭐 안 괴로운 줄 아니, 너만 괴로워, 나도 죽겠어! 그리고 죽겠음 내가 더 죽겠지, 사고 낸 당사자는 난데!

씬 43. 희자의 집 안, 낮.

희자, 통장들과, 카드를 꺼내, 다소곳이, 테이블 위에 올려놓고, 편지지 한 장 올려놓은,

희 자 (담담히 전화하는) 알어, 넌 착한 애니까, 당연히 맘이 죽겠겠지.. 근데, 사고 니가 낸 거 아냐, 내가 냈지. 내가, 액셀 밟으랬잖아, 사실이잖아, 제발 나중에 경찰서 가 딴소리 말어, 사곤 내가 냈어. 넌 무죄야.

씬 44. 순영의 집 가는 길, 낮.

정 아 (속상해, 소리치는) 뭘, 사골 니가 내, 운전한 게 난데, 내가 냈지! 내가! 난 죄가 있어! 유죄야! (하고, 전화 끊고, 가는, 울고 싶은)

씬 45. 희자의 집 안, 낮.

희자 (전화기를 내려놓고, 편지지를 한참 보는) 마지막이라고... 뭐... 애들한테 쓸 말도 없다.. (하고, 그냥 백 들고, 냉장고에서 통조림 하나 들고, 나가며, 구시렁) 몸조심해라, 부부간에 다투지 마라, 니들 엄만 잘 살았다.. 할 말은 벌써 벌써 다 했네, 다 했어..

씬 46. 희자의 집 앞, 낮.

새끼 고양이, 캔을 맛나게 먹는, 희자, 그 모습을 물끄러미 예쁘게 보고, 새끼 고양이를 안아, 볼에 부비고, 일어나 가는, 그때, 성재, 굳은 얼굴로, 앞을 가로막는,

희자 ?

성재 (담담히, 조금 굳은) 내가 변호산 거 알지? 내가 누군지도 알고.

희자 (담담히 보는)

성재 엊그제 밤, 니가 한 일.. 알고 있어, 나랑 얘기 좀 하자.

희자 (담담히, 성재를 지나쳐, 한쪽에 세워진, 택시를 타려는데)

성재 (달려가, 명함을 희자 손에 쥐여주고, 눈을 딱 맞추고) 연락해.. 안 그러면... 내가 또 온다.

희자 (가만 보고, 택시 타고, 문 닫는)

택시, 가는,
성재, 가는 희자 보고, 담담히 돌아서서 가는,
희자, 아무렇지 않은, 하늘을 보며, 담담히 웃는,
희자가 하늘 보는 풍광을 보여주며,

완 (N) 그날 그 사건으로, 희자 이모는 완벽히 깨달았다고 했다. 자신은 다만 외로웠을 뿐, 절대 자살할 맘이 없었다는 것, 살아서 하늘을 보고, 나무를 보고 사람들을 볼 수 있다는 게 참 감사하다는 것, 그리고, 아이들은 이미 이모 없이도 잘 살 거라는 확신. 주님은 언제 어디서나 늘 자신과 함께할 거라

는 것까지. 그리고, 힘든 정아 이모의 죄까지 혼자 뒤집어쓰는 것은, 참 행복하고 멋진 결정이라는 위안. 그 지경에 우정을 챙기고, 행복하기까지 했다니.... 나는 이해되지 않았다. 이모만큼 늙으면 이해되려나.... 그때까지, 살아볼 일이다.

씬 47. 순영의 집 욕실 안, 낮.

정아, 속상한 얼굴로, 화장실 바닥을 솔로 박박 문지르는,

***점프컷 》**
화장실 바닥 물청소를 하고,

씬 48. 순영의 거실, 낮.

정아, 거실에서, 김치를 담그는, 온갖 양념통들이 널린,
그때, 자다 깬 순영(목에 멍이 보이지만, 정아는 못 보는), 나오며, 정아에게 맘 없이,

순 영 가셔요.
정 아 (일만 하며, 속상한) 처, 자. 왜 깨서, 일하는 사람을 가라 마라야.
순 영 돈은 줄게, 가셔... 어서요! 나, 학교 가야 돼!
정 아 (일만 하며) 학교 가, 누가 뭐래?! 하던 거 하고, 방 치우고, 갈게!
순 영 싫다고, 가시라고, 필요 없다고!
정 아 (속상해, 잘 안 빠지는 고무장갑을 간신히 빼서, 던지고) 너는 왜 맨날 입이 댓 발이야! 니가 속 썩이는 자식이 있냐, 남편이 돈을 못 버냐?! 대학 나온 것도 모자라, 그 나이에 대학원까지 다니며, 왜 맨날 입이 댓 발이야?! 그리고, 내가 니 집 식모냐?! 이년아! 식모라도 이렇겐 안 해! 천날만날 와도, 방구석에 처자빠져 자느라, 에미한테 코빼기도 안 보여주는 게, 기껏 한 달 만에 얼굴 제대로 봬주며, 뭐, 돈은 줄게, 가?! 그게 말이냐? 에미한테!

순 영　(담담히, 맘 아프지만, 내색 않고) 시끄러, 가. (하고, 방으로 들어가는)

정 아　(서운한, 속상한) 갈 거다, 가지 말래도 갈 데 없어도 가! 누가 여기 산대냐?! (하고, 나가려다, 그래도 널려진 게 걸려서, 치우려고 하는데)

순 영　(속상한, 문 열고, 나와, 버럭) 가라고, 좀!

정 아　(치우며) 이거 치우고.. 갈 거야! 이거 치우.. (고, 하다가, 속상해, 김치 그릇을 확 엎어버리고, 울먹이며, 가버리는)

순 영　(가는 정아를 속상하게 보다, 맘 다잡고, 방으로 들어가는)

씬 49. 순영의 안방, 낮.

순영, 들어와, 장롱에서 가방 꺼내, 옷을 챙기는, 담담한, 그리고, 서랍 열어, 패물을 챙기는,

씬 50. 길거리, 낮.

정아, 속상해서, 눈물 닦으며 가는데, 신발이 하난 제 것이고, 하난 순영의 슬리퍼다, 모르고 가는, 배가 고픈지, 꼬르륵 소리가 나는, 옆을 보면, 떡볶이 파는 게 보이는, 가서, 오뎅 하나 집어 들고, 먹는,

주 인　(정아의 짝짝이 신발과 옷에 묻은, 김치 국물 자국 보고, 이상한) ?

정 아　(주인이 보는 걸 눈치채고, 주머니에서 돈 꺼내, 놓고, 오뎅 먹는)

씬 51. 영화관, 매표소 앞, 낮.

민호, 희자, 팝콘과 음료를 먹으며 앉아 있는,
그때, 하늘이 표를 사고, 와서, 둘에게 주는,

희 자　넌?

민호 (하늘 보고, 희자 보며) 어딜 껴, 얘가. 같이 밥 먹어준 것만으로도 감지덕지지, 며느리 주제에.

하늘 (민호 목을 조르며) 말을 해도, 꼭!

희자 (웃으며, 하늘이 배를 살짝 만지고) 에고, 배가 제법 불렀네. 육 개월 넘어가지..

하늘 (희자의 볼에 입을 맞추고, 딸처럼 편하게) 막내아들이랑, 데이트 잘 하셔요, 나는 울 엄마한테 갈래. (민호에게, 거들먹) 나도 엄마 있거든. 딴 여자 만났으니까, 밤에 들어오지 마. (하고, 엉덩일 흔들며, 가는)

희자 (가는 하늘이 보며, 웃으며) 하늘이 이뻐..

민호 (표 보며, 이상한) 웬 만화영화?

희자 내가 너 보여주는 거니까, 내 맘이야.

민호 내 카드 썼잖아?

희자 둘째 카드야. 니 카든 아까워.

민호 (깔깔대고, 웃고, 희자의 어깨에 팔 올리고, 일어나며) 잘했어! (하고, 손 내밀면)

희자 (하이파이브 하고, 가며) 솜사탕 먹자.

민호 (가며) 그래!

씬 52. 영화관, 낮.

만화영화 나오고, 민호, 웃기고,
희자, 민호의 팔베개를 베고, 입을 좀 벌리고 자는, 손에 솜사탕 들고 있는, 민호, 웃다가, 희자 보고, 이마에 입을 맞추고, 솜사탕 먹고, 다시 만화영화 보고, 다시 희자, 따뜻하게 보고, 머리카락을 만져주는, 맘이 짠해오는,

***인서트, 민호의 회상 》**
어린 민호(여섯 살)와 삼십 대 후반의 젊은 희자, 단둘이서, 빠른 놀이기구를 타고, 즐거운, 둘 다 솜사탕을 든,

***점프컷, 현실 》**

민호, 짠한 웃음 짓고, 눈가 붉어져, 희자의 손에 든 솜사탕을 먹는, 그리고, 희자를 꼭 안는,
그 그림 위로,

완 (N) 민호는 솜사탕을 들고 자는 희자 이모를 보며, 문득 이모가 제 입안의 솜사탕처럼, 어느 날 흔적도 없이 사라져버릴 수도 있겠단, 생각이 들었단다. 그래서, 그날 민호는 만화영화가 두 번 세 번 반복해 나올 때까지, 오래도록 이모를 안았단다. 언젠간 엄마를 이렇게 안고 싶어도, 안지 못할 날이, 반드시 오고야 말 테니까.

***시간 경과 》**
사람들, 다 나가고, 영화가 다시 시작하는,

씬 53. 영원의 숍 안, 낮.

영원, 박스를 뜯는, 작품이 나오는, 그걸 직원과 꺼내서 보는데,

순 영 (E, 밝게) 이모?
영 원 (일하다, 그 소리에 돌아보고, 밝게) 어머, 순영아! (하고, 팔 벌리고 가는)
순 영 (웃으며, 안는)
영 원 (안고) 어머, 반갑다, 반가워. (하다가, 두 손으로 얼굴 잡고) 이게 얼마 만이니?

***시간 경과 》**
영원, 순영, 차를 마시는,

영 원 돈?
순 영 (트렁크에서, 패물을 꺼내 놓는)
영 원 ?!
순 영 (어색하게 웃으며) 대충 쳐도, 삼천은 나올 거야. (하며, 그중에 돌 반지를 꺼

내, 새끼손가락에 끼며) 아, 이건 빼자.

영 원 ?

순 영 (어색하게 웃으며) 이것 빼고, 이천만 주라, 이모.

영 원 (가만 관찰하듯, 보는, 걱정스런, 차 마시고, 맘 정리하고, 그러다, 짐짓 밝게, 옆의 종이와 펜 주며) 계좌 적어.

순 영 현찰로 줘. 은행 갔다 오면 안 돼?

영 원 ?! (그제야, 순영 손목과 목에 멍을 보고, 트렁크를 보는, 다시 순영 보는)

순 영 (차를 마시는) 계좌 번호를 몰라서, 내가..

둘의 얼굴 위로, 충남 목소리 들리는,

충 남 기다려, 십 분만.

영원, 순영 (소리 난 쪽 보면)

충 남 영원이 돈이어야만 하는 건 아니잖아? 왜, 내 돈은 싫어?

순 영 (맘 짠해, 웃으며) 이모.. 아니.

충 남 (패물 보며) 그거 집어넣어.

순 영 이래야 내 맘이 편해.

영 원 그래, 그럼. 놔둬. (하고, 일어나 충남을 데리고, 멀리 한쪽으로 이끌고 가서 말하는) 정아 언니한테 셔터마우스!

충 남 (멀리 순영을 보고, 영원 보며, 담담히) 집집마다, 딸년들이 난리네. (하고, 나가면)

영 원 (잡으며) 또 누구네 집 딸년이 난린데?

충 남 난희 딸년, 완이. 유부남 만나잖아, 알면서 모른 척. 그러니, 배우 한다. (하고, 나가려다) 참, 영원아, 초등 밴드에 성재 오빠 나타났드라? 히히. (윙크하고, 가는)

영 원 (고개 젓고, 순영에게 가는)

씬 54. 버스 정류장, 낮.

정아, 벤치에 앉아, 생각 많은, 그때, 늙은 시골 할아버지가 힘들게 와서 앉는,

정아, 옆을 보는, 속상한, 사고 난 촌부가 생각나는, 문자 오는, 보면,

수 영 (E) 엄마, 나 수영이, 왜 안 와? 오늘 청소 안 해? 나 밤새 교재 준비해서 피곤한데, 집이 개판이야. 지금 안 올 거면 오지 마, 짜증 나게 맨날 자기 맘대로 시간도 안 지키고... 담 주에 와요.

정아, 답답하고 서러운데, 전화 오면, '엄마' 하고 쓰인, 받으며,

정 아 (맘 아프지만, 짐짓 밝게) 어, 엄마? 아이고, 보호사 선생님이시네. (조심, 걱정, 차분히) 엄마가.. 많이 그래요?

씬 55. 요양원, 낮.

정아 모, 호흡기를 달고 자는, 보호사, 방 한쪽에서, 웃으며, 전화하는,

보호사 네, 저희 생각엔 아무래도 오래는 못 버티실 거 같아요. 병원에서 오늘 나오셨어요. 어제, 위급할 때 전화 드릴까 하다, 뭐 아셔도, 달리 방법도 없을 거 같아서.. 우리끼리 지켜봤어요.

씬 56. 버스 정류장, 낮.

정아, 왈칵 서럽지만, 애써 참는,

보호사 (E) 조금이라도 괜찮으실 때, 따님 알아보실 때, 한번 꼭 오세요. 제 생각은, 의사 선생님도 그렇고.. 이번 달 넘기기 힘들 거 같네요.

정 아 (맘 아프지만, 짐짓 편하게) 그래야겠네요.. 가봐야겠네... 알았어요, 고맙습니다. (하고, 전화 끊는)

정아, 핸드폰을 주머니에 넣고, 생각하는, 그러다, 고개 돌려, 보면, 용인 가는

버스가 서는, 그 용인이라는 글자를 가만 보는, 그러다, 담담히, 일어나, 타고, 가는,

씬 57. 출판사 안, 낮.

완(가끔, 출판사 나와 일을 하는 설정), 열심히 번역을 하는, 그러나, 안 되는지, 쓰다, 지우고, 쓰다, 지우고, 쓰다가, 짜증 나는,

동 진　(편하게, 웃으며) 일이 안 돼? 집에서도 일이 안 되고, 나와서도 일이 안 되고, 대체 넌 어디서 일이 돼?

완　(아랑곳없이, 일하는데)

완　(E, 짜증) 거기가 어딘데!

희 자　(E) 현촌 사거리, 아, 아니.. 오삼 사거리..

완　(오삼 사거리, 사고라고 인터넷에 검색하고, 뉴스 검색하지만 아무것도 안 나오는, 작게 한숨 쉬고, 아닌가 싶은데, 순간 생각나는)

＊플래시컷, 회상 》

사건 당일, 완이가 모는 석균의 차가 현촌 사거리 이정표를 지나는, 완이 그 이정표를 보는, (없는 씬, 촬영요!)

＊점프컷, 현실 》

완, 인터넷 창에 현촌 사거리 사고를 쓰고 검색하면, 뉴스가 뜨는,

＊인서트, 기사 내용 》

용인 현촌 사거리에서 뺑소니 차 사고 났다는 짧은 기사가 떠 있는,

＊점프컷 》

완, 그 기사를 심각하게 보는, 그러다, 머리 흔들고, 아닐 거야 속으로 생각하고, 일하는, 그러다, 더는 못 참겠는, 일어나, 대충 가방만 챙겨서, 나가며,

완 대체 이 노친네들이 무슨 일을 저지른 거야..
동진, 직원 (그런 완, 왜 그런가 보는)

씬 58. 달리는 완이의 차 안, 낮.

완, 긴장하고, 걱정스런,

씬 59. 사건 현장 부근, 낮.

완이의 차, 오다, 현수막을 보고, 멈춰 서는, 완, 내려서, 건너편의 현수막을 보는,

***인서트, 현수막 》**
촌부의 사진이 걸려 있고, 그 밑에 〈*월 *일 밤 열 시경, 뺑소니 사고 목격자를 찾습니다. 위의 사람은 현재 혼수상태로 병원에 있습니다. 사고를 목격하신 분은 꼭 연락 바랍니다. 사례금 백만 원〉이라고 쓰인,

***점프컷 》**
완, 머리를 쓸어 올리며, 바닥을 보면,

***인서트, 바닥 》**
촌부가 쓰러진 자리를 흰 선으로 그려놓은, 핏자국이 선명한,

***점프컷 》**
완, 어이없고, 화나고, 속상하고, 울고 싶을 만큼, 걱정돼, 크게 한숨을 쉬고, 어쩔 줄을 모르겠는, 그러다, 차에 기대, 이 사탤 어쩌면 좋나, 한숨을 쉬다, 고개 돌려 하늘을 보려는데, 멀리 정아가 나무에 기대앉아, 멍하니, 생각에 빠져 있는 모습이 보이는, 완, 그런 정아를 화나고 어이없게 보는,

***점프컷 》**

정아, 가만 생각하다, 몸을 나무에서 일으켜서 가려다, 완이를 보는, 두 사람 서롤 그렇게 보는,

씬 60. 달리는 완의 차 안, 낮.

정아, 뒷좌석에 앉아, 창가에 기대 있는,

완, 화나는 맘, 걱정되는 맘 참고, 정아를 룸미러로 보면, 화가 나는, 싫은, 미운, 다시 한숨 작게 쉬고, 운전만 하는,

정아, 담담히, 하늘을 보다, 덤덤히,

정아 아까... 거기서 늙은이가 차 사골 당했나 봐...

완 (어이없고, 화나, 룸미러로 정아를 보면)

정아 (하늘만 보며, 덤덤히) 어린애나 젊은 애가 아니라, 다행이지.. 뭐야..

완 (잠시 보다가, 화나는 것 참고, 단호한) 이모, 우리 어디 가서 차 한잔하자.

정아 (하늘 보다, 백미러로 자신을 보며, 덤덤히) 싫.. 어.

완 싫어도 마셔요, 나는 이모랑 차 한 잔 꼭, 해야겠어.

정아 (제 얼굴만 보며, 순간 슬픈) 담에 해,

완 (룸미러로 보며, 긴장된, 걱정되고 화나는 맘 참고, 최선을 다해, 차분히) 이모 이건 아냐. 있잖아, 내 생각엔 이건 아닌 거 같애요. 사람이,

정아 완아,

완 (룸미러로 보면) ?

정아 (제 모습만 편하게 보며, 차분한) 시끄러.

완 (화나는, 어쩔 줄 모르겠는, 순간 될 대로 되라 싶은, 기어를 높이고, 빠르게 달려버리는)

씬 61. 정아의 아파트 앞, 낮.

완의 차 서고, 정아, 내리면,

완, 차 안에서 화나 그냥 가버리는, 정아, 석균의 차로 가서, 트렁크를 여는, 석균, 집 베란다에서 내려다보며,

석균 뭐냐? 집에 안 들어오고!
정아 (피 묻은 걸레를 가방에 넣는, 출구 쪽으로 가는)
석균 야, 순영아! 밥 안 주냐! 순영아!

씬 62. 달리는 완의 차 안, 낮.

완 (화나, 속상해, 운전해 가며, 클랙슨을 빵빵 치는)

옆 차 운전자, 차 창문 열고,

옆 차 운전자 뭐 하는 짓이야!
완 클락션 친다, 왜! (하고, 가며, 구시렁) 미쳤어, 진짜, 늙은이들이, 자수 안 함, 피하면, 뭘 어쩌겠다고! 그래, 맘대로 해, 맘대로! 나는 뭐 일이 없어서, 자기들 일에 신경 쓰나! 맘대로 하셔들! 늙어가지고 천년만년 살 것도 아니고.. 뻔뻔스러, 정말! (하고, 달려버리는)
완 (N) 내가 그렇게 이모들을 악랄하게 욕하던 그 시간, 이모들은 자수를 결심했다.

씬 63. 희자의 집 안, 낮.

희자, 짠하게 웃으며, 정아와 집 전화로 전화하는,

희자 너는 굳이.. 그냥 나만... 그래.. 같이 가자, 늘 그랬듯.. 갈게.. 나도 지금 나갈라 했어.. 조금만 기다려. (하고, 전화 끊고, 예수상과 마리아상을 가방에 넣고, 나가는)
완 (N) 희자 이모가 자수를 결심하며, 정리할 건 결국 아무것도 없더란다.

씬 64. 커피숍 안 + 밖, 낮.

정아와 희자, 둘이 눈을 마주치고, 슬프게 웃고, 차를 오래오래 여유 있게 마시는,

완 (N) 정아 이모는, 첨엔 절대 자수하지 않으리라 맘먹었었단다. 낼모레 죽을 늙은이를 친 게 무슨 큰 죄냐, 불쌍할 것도 없다, 까칠한 자식들과 이기적이고 괴팍한 남편, 죽을 날 받아놓은 엄마만 남겨진, 자신의 인생이 불쌍하면 더 불쌍하다, 냉정하게 생각하셨단다. 그런데, 나와 집으로 돌아가는 차 안에서,

씬 65. 회상, 차 안.

완의 차 안에서 백미러로 제 얼굴을 슬프게 보는 정아,

완 (N) 이모는 백미러로 늙은 자신의 얼굴을 보면서, 깨달았단다.

정아 (E, 맘 아픈) 나도 참 늙었네.. 그럼 나도 그 늙은이처럼.. 그냥 길거리에서 개죽음을 당해도 되나...

완 (N) 그건 아닌데, 싶더란다. 그러면서, 내가 뭔 짓을 한 건가, 그때서야, 맘 아프게 죄책감이 일더란다.

씬 66. 커피숍 안, 밤.

정아, 희자, 창밖을 보며, 차를 마시는,
정아, 담담히, 희자 보며, 차 마시며,

정아 머플러, 이쁘네.

희 자　(정아 보고, 잠시 생각하다, 머플러를 풀고, 옆으로 가서, 정아의 목에 둘러주는)

정 아　(힘없는) 하지 말어, 너 해.

희 자　(머플러 해주며) 너 해. 그리고 경찰서 가면 내가 했다 그러는 거다.. 나는, 암것도 걸릴 게 없잖아.. 남편도 없고..

정 아　(슬프게 보면, 고맙고, 짠한)

희 자　(머플러 다 해주고, 빈 찻잔 보고, 종업원에게) 차 한 잔 더 줘요! 아니, 두 잔!

정 아　(담담히, 눈가 붉어, 희자 보다, 창가를 보며) 완이한테, 연락해.

완　(N) 그래도 그날 둘은, 경찰서 가기 전, 초라하고 억울한 자신들의 인생을 위해, 뜨거운 차 한 잔은 오래 마셔주고 싶었단다.

희 자　(핸드폰 꺼내 문자하는)

씬 67. 완의 집 계단 + 집 앞 + 거리, 밤.

완, 마구 뛰어가는, 그러다, 차고 가면, 남의 차가 앞을 가로막은, 길가 보면, 택시가 가는, 완, 뛰어가며, '택시!' 하지만, 택시, 지나쳐 가는, 완, 계속 뛰어가는, 눈가 붉은, 맘 아픈,

희 자　(E) 완아, 정아 이모랑 희자 이모야. 우리 지금 경찰서 가는 중이야. 완아, 고마웠다.. 그리고, 미안했고. 행복하렴.

＊플래시컷, 2부 엔딩 》

희자, 도로에서 팔 벌리고 선,

완　(E, 앞 씬 대사) 아, 돌아, 진짜! 그리고 뭐가 무서워? 자살할라 그런 건 그럼 뭐 쇼야!?

＊점프컷, 현재 》

완, 눈가 붉어 달리는 그림,

***플래시컷, 앞 씬 》**

완 이모, 아들딸들 불러요, 그럼 되잖아! 내가 이모들 자식이야, 아니잖아? 근데 왜 이모들 일에 빽하면 내가 나서야 되는데!

***플래시컷, 앞 씬 》**

완 이 밤에 늙은이들이 집구석에 죽으로 가만있지, 뭐한다고 차를 끌고 나가고 난리야, 난리가! (화나고 속상하지만, 옷을 입으며) 내가 그 나이 먹음 오늘 죽어도 억울할 거 하나 없겠네!

***점프컷, 현재 》**

완, 달리는 그림 위로,

***플래시컷, 앞 씬 》**

짝짝이 신발 신고, 나무에 기대섰던 정아,

완 (E, 앞 씬 대사) 미쳤어, 진짜, 늙은이들이, 자수 안 함, 피하면, 뭘 어쩌겠다고! 그래, 맘대로 해, 맘대로!

***점프컷, 앞 씬 》**

완 늙어가지고 천년만년 살 것도 아니고.. 뻔뻔스러, 정말!

***점프컷, 현재 》**

완, 속상한, 눈가 붉어, 전화 걸며, 달리는, 신호음이 들리는,

완 (N) 이모들은 뻔뻔하지 않았다. 감히 칠십 평생을 죽어라 힘들게 버텨온 이모들을 어린 내가 다 안다고, 함부로 잔인하게 지껄이다니, 후회했다. 내가 몰라 그랬다고... 정말 잘못했다고 말해주고 싶었다.

전화 받는,

희자 (E, 따뜻한) 우리, 완이.. 구나.

완 희자 이모 어디야? 카페, 어디? 이모 나 만나고 가, 이모, 나 만나고 가, 제발.. 카페 어딘데?

씬 68. 카페 밖 + 안, 밤.

정아, 희자, 밖으로 나와, 손잡고, 걸어가는, 완, 정아와 희자의 반대편에서 달려와, 카페를 보는, 텅 빈 카페 테이블에 찻잔 두 개만 놓인, 왈칵 슬픈 맘이 드는, 머리 쓸어 올리며, 그걸 보는 그림 위로,

완 (N) 만약, 저 자리에 내가 있었다면, 차 한 잔이 아니라, 희자 이모에겐 붉은 와인 한 잔, 정아 이모에겐 쓰디쓴 흑맥주 한 병을 사주었을 텐데.

씬 69. 경찰서 안, 밤(3부에 갔던).

경찰과 정아, 희자 나란히 앉아 있는,

경찰 ?

희자 우리가.. 아니 내가..

정아 아니.. 내가..

희자 우리가.. 사람을 죽였어요.

정아 (담담히, 가방에서 피 묻은 걸레를 꺼내, 책상 위에 올려놓고, 손을 내리면)

희자 (책상 밑으로 정아의 손을 잡는)

맞잡은, 두 사람의 손에서, 엔딩.

dear my friends

5 부

외로워 마세요,
그대 곁에 내가 있어요

씬 1. 경찰서 안, 밤(3부에 갔던).

경찰, 책상에 앉아 있고, 그 앞에 정아, 희자 나란히 앉아 있는,
경찰, 책상 위의 피 묻은 걸레를 보는, 어이없는,
정아(슬픈, 막막한, 딴 데 보고), 희자(담담한, 경찰을 보는) 책상 밑으로 맞잡은 손이 보이는,

경 찰 (O. L, 안 믿기지만, 그래도 혹시 모르니 진지한) 용인 가는 현촌 사거리에서.. 뺑소니요?

희 자 (어색하고, 미안한) 내가.. 얘 아니, 이 친구보고 액셀을 밟으라고..

정 아 고의는 아니고,

희 자 브레이큰 줄 알고... (강조) 내가, 내가 시켜서..

정 아 (경찰 보며, 참담하지만) 그래도 밟은 건 나예요.

경 찰 (서랍에서 비닐 백을 꺼내, 걸레 넣고, 신입에게) 이분들, 일단 보호소로 모셔!

그때, 간부 들어오다, 두 사람을 보고 반색하며 와서는,

간 부 (희자, 정아 보며) 아이고, 안녕하세요, 이영원 씨 언니분들? 맞죠?

경 찰 (옆 동료에게 비닐 백 넘기며) 검사 넘기고, 현촌 사거리 뺑소니 사건 있나 좀 알아봐.

간 부 (경찰에게) 이 경위, 대체 뭔 일이야?

경 찰 (일어나, 상관 데리고, 사무실로 들어가며) 들어가서 말씀드릴게요.

신입, 정아와 희자에게 와서는,

신 입 저, 따라오세요.

정아, 희자 (두려운, 손잡고, 따라가는)

씬 2. 보호소 안, 밤.

정아, 희자, 주변 군상들을 보며, 이게 다 뭔가 싶은, 자리 찾아, 앉는, 술 취한 남자, 앉아서, 자고, 고딩들, 여럿, 깔깔대며, 휴대폰 게임을 하는, 신입, 문 닫는데,

희 자 (서둘러, 신입에게 가서) 우리 둘이, 어딜 가도 같이...

신 입 ?

희 자 감방.. 같이 넣어달라고, 꼭!

정 아 (속상해, 기운 빠진, 희자 보고) 앉어!

신 입 (그냥 가고)

희 자 (가는 신입에게) 꼭이요! (하고, 정아 옆에 와서, 사탕 까서 주면)

정 아 너 먹어.

희 자 (먹으며, 노숙자며, 피 묻은 술주정뱅이를 보고, 정아 귀에 대고) 무섭다, 그지?

정 아 (참담한, 안 보고) 저 사람들이 우리 죌 알면, 우릴 더 무서라 할걸.

희 자 그럴까? 그래도 너랑 둘이라 다행이야.

정 아 (희자 짠하게 보고, 웃으며, 희자 입가의 사탕 가루를 떼주며) 뭐라도 하나 다행인 게 있어, 다행이네.

희 자 (사탕 하나 꺼내, 고딩 주며) 넌 무슨 죌 져서 왔니?

고 딩 (싫게, 꼬나보면)

희 자 (안쓰레 보며) 으른한테 그러는 거 아냐.. (사탕 주며) 먹어.

정 아 (고딩 보고, 착잡한, 희자의 사탕을 제가 먹으며, 한숨 쉬는데)

씬 3. 완의 집 계단, 밤.

완, 옷을 걸치며, 전화 받으며, 뛰어나가는, 걱정되는,

완 그래서, 그래서? 어머머머머... 알았어, 영원 이모.. 알았다고, 나 간다고, 간다고, 지금! (끊고, 마구 달리는)

씬 4. 시시티브이, 화면.

석균의 차와 확연히 대비되는 차 색깔의 차가, 촌부를 확 치고, 달아나는, 시시티브이가 그 근처 여러 대가 있어서, 각도별로 잡은 화면이 빠르게 지나가는,

씬 5. 경찰서 안, 밤.

정아, 희자, 자리에 앉아, 시시티브이 화면을 골똘히, 각자의 돋보기를 끼고, 보는, 그 그림 위로,

간 부 (짐짓 야단치듯) 다행히 여기가 사고 다발 지역이라, 카메라가 있어서 아주 잘 찍었어요. 봐요, 차가 분명히 다르지! 여기 보이시죠, 차 넘버! 할머니들 차가 아냐!

정아, 희자 (상관 보면) ?

상 관 그런데, 조사해보니, 할머니들도 뭘 치긴 쳤어?!

***점프컷 》**

완, 경찰서 문 벌컥 열고 들어와서, 힘들게, 숨 몰아쉬며,

완 이모!

정아, 희자 (그 소리에, 돌아서서, 완 보는데)

상 관 안됐게도, 애가 죽었네! 애가!

정아, 희자 (놀라, 다시, 동시에 컴을 보는)

씬 6. 편의점 앞, 밤.

완, 정아를 뒤에서 안고, 두부를 정아(의자에 앉아 있는)의 얼굴에 온통 문지르며 깔깔대는,
희자, 웃으며 '야, 난 하지 마.' 하고, 흑맥주 한 병 들고, 웃으며, 도망가고,
정아, '하지 마, 하지 마' 하며 깔깔대고 웃고,

완 (두부를 문지르며, 깔깔대며) 아아, 왜 이러나, 먹어야 된다니까, 원래가 감방 다녀옴 두부 먹는 거래!

희 자 (맥주 마시다, 웃다가, 요실금 때문에 당황하는) 어머머, 화장실, 화장실...

완 또, 설사?

정 아 요실금이야, 저래서 늙으면 죽어야 된다. (하며, 맥주 마시고)

희 자 (이러지도 못하고, 저러지도 못하는, 주저앉는) 어머, 어째, 어째.. 나와, 나와!

완 (놀라, 희자 손잡고) 이모, 참아, 안 돼, (뛰며) 저기 저기, 공원에 공중화장실!

희 자 (아래춤을 잡고, 울상 돼서 뛰는) 완아, 이모, 칠십이야.. 천천히, 천천히!

정 아 (웃으며) 그냥 싸, 아무 데나! 그러다, 넘어져, 머리 깨져, 디져!

희 자 (완의 손 뿌리치고, 골목으로 들어가, 치마 올리고 주저앉는)

완 (어이없는, 희자 보며, 놀라, 크게) 오 마이 갓! (하고, 정아에게로 가며, 고개 절레절레 저으며) 야, 졌다, 졌어, 야, 길거리서 똥도 모자라 이제 오줌까지?

정 아 (맥주 먹다, 뿜는, 웃는)

완 (N) 이모들의 빵소니 사건은 싱겁게도, 늙은 노루 한 마리 죽인 걸로 끝이 났다.

씬 7. 상상, 플래시컷.

석균의 차(차 안의 정아와 희자, 즐거운), 노루를 치고, 달리는,

완 (N) 나는, 그 밤 노루 한 마리에 놀란 노친네들이 귀여워, 밤새 웃음이 났지만, 이모들은 그럴 수 없었다.

씬 8. 희자의 집 안, 밤.

희자, 잠옷 입고, 십자가 앞에서 기도하는,

희자 저처럼 오늘 죽어도 괜찮을, 늙은 노루여서 감사합니다. (하고, 자리에 눕다, 순간 생각나, 다시 일어나 기도하며, 슬픈) 에미 노루 잃은, 어린 새끼 노루들에게 주님의 은총이 언제나 함께하시길.. 기도합니다.

완 (N) 희자 이모는, 새벽까지 죽은 노루를 위해 기도했고,

씬 9. 석균 정아의 집 안, 밤.

정아, 혼자, 소파에 앉아, 창가의 별을 보며, 멍한, 착잡한,

정아 에고 하늘을 우러러 죄 없단 말, 이젠 못 하네..... 사람을 친 줄 알면서.. 어떻게 너만 살겠다고 내빼냐... 에으...

완 (N) 정아 이모는, 결정적 순간에 죽은 사람을 나 몰라라 하고 뺑소니를 치던 자신의 모습을 용서할 수가 없었다. 늘 착하게 살아왔다 자부한 인생이, 그 일로 산산조각 난 기분이 든 것이다.

그때, 석균, 자다가, 방에서 나와, 버럭,

석균 뭐 하냐, 너!

정아 (밉게 보고, 손을 드는)

석균 아주 그냥 보자 보자 하니까, 끝 간 줄을 모르고.. 어디 남편한테 개**야 하고 욕을 해, 밤마다 밥도 안 주고 쏘다니고... 내가 자다가도 분이 안 풀려! 어디 하늘 같은 남편한테 버르장머리 없이.. (하며, 냉장고에서 물을 꺼내 마시다, 슬쩍 팔을 내리는, 정아 보며) 팔 더 안 올리냐!

정아 (속상한, 울상, 버럭) 올려! (하고, 올리는)

씬 10. 완의 집 안, 밤.

완, 밤새 일하다, 커피를 따라 마시며, 지난밤 생각에 웃음이 나는, 커피를 뿜으며, 깔깔대는,

완 (웃고) 진짜 내가 어이가 없어.. 기껏 노루 치고 놀라서... 온갖 궁상을 떨고.. 귀여운 거야, 망령이야... 진짜 골 때리는 꼰대들... (하며, 침대에서 노트북을 들고 앉아, 일하려다, 문득) 진짜, 이 꼰대들 얘길 글로 한번 써봐? 만약 쓴다면.. (손가락 꼽으며) 정아 이모, 희자 이모, 충남 이모, 영원 이모, 할머니도 넣고.. 엄마... (순간, 생각난) 석균 아저씨? (고개 젓고, 정색) 됐다, 됐어, 관두자 관둬. (하고, 글 쓰다, 침대에 구르며, 깔깔대고 웃으며) 어떻게... 노루를.... 치고, 그렇게 놀라서, 애들처럼, 미쳐, 내가..

F. O.

씬 11. 충남의 카페 전경 + 집 안, 낮.

충남 (E) 하나, 둘, 셋, 넷, 다섯,

씬 12. 충남의 집 안, 낮.

충남(말끔한 외출복과 달리, 평상복은 무릎 나온 추리닝이나, 해진 잠옷을 입고 있는), 만 원짜리 돈을 세고 있고, 종식, 걸레로 청소하고, 주영, 봉투에 이름을 적는(전남 언니 병원비, 전북 올케 생활비, 충북 오빠 생활비, 강원 올케 병원비, 충북 큰조카, 작은조카, 작은할아버지, 산소 관리비, 건물 운영비, 기타 세들 등등), 충남, 돈을 세어 십만 원 단위로, 죽 방바닥에 늘어놓는,

충 남 여섯, 일곱, 여덟, 아홉, 열, (하고, 수십 개의 만 원권 뭉치를 보고, 종이쪽지 보며, 돋보기 끼고, 부르는) 전북 올케 생활비, 십만 원.

주 영 (싫은, 십만 원을 봉투에 넣는)

충 남 전남 언니 병원비, 백오십만 원,

종 식 (걸레질하다, 놀라) 병원비?

충 남 오금에 인공관절 박는대.

주 영 팔십 먹어, 무슨 수술...

종 식 (걸레질 멈추고) 진짜 해도 해도 너무하네, 무슨 수술, 팔십 먹어서!

충 남 (버럭) 걷고 싶대잖아, 팔십 먹은 노인이, 걷고 싶대잖아! 본인이 울며불며 두 다리로 사람답게 살고 싶다는데, 동생이 돼서, 기어다녀 그러냐, 그럼!

종 식 (속상한) 이번 달 장사도 마이너스야, 지난번 하나 남은 건물 팔고 이제 고모한테 남은 건 이 카페 하나랑 (예술품 가리키며) 저 쓰레기 같은 그림, 도자기, 사진밖에 없다고! 고모한테 더는 못 한다 그래!

주 영 (속상해, 말없이, 돈을 봉투에 넣는)

충 남 못 한다 그럼 고모가 알았다 그러냐? 밤이고 낮이고, 전화해서, 울고불고, 자식들 보내서, 돈 달라 그러고, 그럼 나만 괴롭냐, 니들도 못 살어?! 안됐다 생각해!

종 식 (걸레 내던지며 버럭) 아우! (하고, 나가고)

주 영 (가는 종식 보며) 형..

충 남 (답답한, 종이쪽지 보며) 나 죽음 니들은.. 일가친척 거들떠도 보지 말고, 싹 다 인연 끊고, 니들이나 잘 살어! (하고, 읽는) 큰조카 오십, 작은조카, 육십,

주 영 (더는 못 참겠는, 벌떡 일어나며) 아우, 진짜, 형님들 아들 교육비까지 고모가 왜 대?! 짜증나게! (하고, 나가는)

충 남 (가는 주영 보며) 니들만 짜증 나, 주는 나는, 주는 나는! 없는 집안에 머리

좋아 수석으로 대학 간 놈을 그럼 나 몰라라 하냐?! 이리 안 와! 주영아, 종식아!

씬 13. 국도, 달리는 택시 전경 + 택시 안, 낮.

충 남 (전화하며, 늙은 기사에게 말하는, 기억하려 골똘히 듣는) 이 아저씨 차에 네비가 없다잖어, 말해, 양 교수... 내가 다 알아들어, 다!.. 어어.. 그러니까, 테헤란로로 일단 가서.. 어어, 회색 빌딩을 찾아, 그 건물 끼고... 그 담에 좌로 가고, 네거리서 우로 가면.. 문자 못 봐, 돋보기 안 갖고 왔어, (기사에게) 아저씨 듣고 있죠? (하고, 다시 전화로 말하는) 어, 그래... 네거리서 우로 가서 또 어디로 가, 아, 흰 건물에서 내려? 끝? (실망, 울상) 아, 그걸 등지고, 다시 이십 미터 정도.. 어어, 그담엔..

씬 14. 도심, 건물 촌, 밤.

충남, 구시렁대며, 길 찾는,

충 남 네거리서 우로 가서, 흰 건물.. 사 층짜리.. (하고, 보면, 흰 건물 있는) 그 건물을 등지고, 다시 이십 미터.. 이것들이 술을 처먹을람 대로에서 처먹지, 꼭 골목을 기어 들어가 처먹고.. 예술 하는 것들은 그런가.. (그때, 전화 오는, 양 교수라 쓰인, 안 받고, 주머니에 넣는) 꼰대 길 못 찾는다고, 안 놀아주겠네... (하다, 앞 보고) 저긴가.. (하고, 서둘러 가며, 연인들 사일 비집고 들어가는)

여 자 (짜증) 뭐야?

충 남 (그 소리에, 돌아보며, 삿대질) 어른한테 반말하는 넌 뭐냐? 너, 나이 몇이야?!

남 자 (여자 데리고 가며) 가자, 가, 꼰대들하고 무슨 말을 해.

충 남 (가는 연인 보고) 어린것들이, (하고, 연인 보며 가며) 으른이 가면 길을 비켜야 맞지? 떡하니, 앞을 가로막고.. (하다가, 돌아서는데, 다시 사람과 부딪치는) 뭐야, 넌? (하는데, 리어카 끄는 고물상 늙은 할아버지다, 보고) 할아버진 왜, 사람 가는데 길을 막어! 한쪽으로 당기시지! 에으.. (하고, 가다가, 할아버지가 박스를 흘리면, 그냥 지나쳐 가다가, 속이 상해, 다시 와서, 박스를 리어카에 올려주고, 끈에 잘 동여매주며) 야무지게 매야죠, 야무지게! 일을 이렇게 하니, 그 나이까지 이런 일 해요..

씬 15. 술집 앞(선술집 분위기), 밤.

양 교수 외, 젊은 교수 두어 명, 다들 술에 취해, 술집에서 나오고, 충남, 박 교수를 옆에 끼고 나오는,

충 남 왜 이렇게 술이 취했어? 이제 여덟 시 좀 넘었는데,

박 교수 (안고, 술 취한, 웃으며) 낮술 했지롱, 가난한 예술가를 후원하는 착하고, 돈 많은 우리 누님! 우리 노래방 가자!

충 남 좋지, 노래방!

양 교수 야야야, 노래방은.. 나 논문 써야 돼! (하고, 박 교수 안고, 젊은 교수에게) 야야, 택시 잡아! (하고, 가는)

젊은 교수들 (택시 잡으러 가고)

충 남 야, 그럼 나는... 야, 양 교수 나는 이제 시작인데..

양 교수 (가며) 들어가, 기다리세요, 누님!

충 남 빨리 와! (하고, 들어가는)

씬 16. 술집 안, 밤.

늙은 교수, 술에 취해, 테이블에 엎어져 자는, 소주병, 와인병 넘쳐나는,
충남, 들어와, 자는 늙은 교수를 보며, 싫은, 자리에 앉아, 물을 마시는데, 종업원, 계산서를 들이밀며,

종업원 저기, 계산이요...

충 남 (이상한, 손가락으로 자길 가리키며) 나?

종업원 아까, 그분들이 안 하고 가셔서..

충 남 오면 해줄게.. (하는데, 문자 오는, 보고, 돋보기 없어서, 종업원 주며) 좀 봐줘요.

종업원 (문자 보며, 읽는) 양 교숩니다, 누님, 죄송합니다, 우리 김 교수님 좀 부탁합니다. 또 뵐게요. (하고, 충남 보고, 계산서를 디미는)

충 남 (당황스런, 계산서 보고, 짜증 나는, 안주를 손으로 집어 먹는) 얼마?

종업원 (와인병 두 개 들어 흔들며) 육십팔만, 오천 원입니다.

충 남 (먹다, 놀라, 캑캑대며) 개쌍무누.. (욕하는) **** 많이도 처먹었네!

씬 17. 택시 안, 밤.

충 남 (답답하고, 화나, 종식과 전화하는) 내가 어디서 놀아! 그 인간들 술 처먹고 다 갔다고 몇 번을 말해? 지랄하지 말고, 새벽이라도 들어와! 친구를 만나면 가게서 만나면 되지, 뭐한다고 주영이랑 쌍으로 기어 나가 잠을 자고 온대! 나가지 마! 늙은이 혼자 자다 (강조) 독거사 하면?! 독거사 하면?! 내가 시집도 안 가고 기껏 조카 새끼 키워, 독거사 할 일이 있니?! 내가 왜 안 죽어? 독해서 안 죽냐? 사람은 다 죽어!

씬 18. 충남의 집 안, 밤.

충남, 허름한 일상복으로 갈아입은 채, 문단속을 하는, 자물쇠가 서너 개는 되는,

충 남 (구시렁) 기어이 나갔네, 나쁜 놈들.. 자다 혼자 죽는 거.. 무서워하는 줄 뻔히 알면서... 하긴 그것들도 놀긴 놀아야지.. 기왕 나간 거 신나게나 놀아라.. (하고는, 문단속 잘하고, 경보기 켜고, 순간, 생각나, 돋보기 끼고, 전화하며) 경비 업체죠. 우리 집 잘 감시하고 있지? (사이) 잘 감시해요, 잘. (하고, 방에 깔린 이불 질질 끌고, 거실에 깔고, 주방에 가서, 먹다 남은 식빵에 잼을 수저로 발라 먹다가, 다시 이불을 보고, 그 이불 끌고, 방으로 가려다, 다시 거실

에 깔고, 티브이를 켜놓고, 벽에 기대앉아, 식빵 먹는, 구시렁) 잠은 다 잤네, 눈이 말똥말똥한 게... (하다가, 고등학교 검정고시 책을 꺼내 보며, 공부하는) 미적.. 분은 대체 뭐라는 거야.. 봐도 봐도 헷갈려..

완 (N) 어떤 사람의 인생도 한두 마디로 정의하면 모두 우스꽝스런 코미디가 되고 만다. 충남 이모도 예외는 아니다. (충남 얼굴에 포커스) 중졸 콤플렉스에, 자기도 늙은 주제에 늙은일 무시하며 젊은 애만 밝히면서, 정작 독거사를 무서워하는 한심한 꼰대! 그러나, 충남 이모가 그때까지 살아온 날들을 알게 된다면, 얘기는 다르다.

씬 19. 몽타주.

1, 자료화면
방직공장의 어린 여직공들이 열심히 일하는 모습,

완 (N) 이모는 가난한 시골에서 열두 형제의 막내로 태어나, 제 힘으로 야간 중학교를 다니면서, 열세 살부터 방직공장의 직공으로 일을 시작했다.

2, 만원 버스에 오르는 모습, 그 버스에서 일하는 어린 안내양,

완 (N) 이후, 서울 버스, 시골 버스 온갖 버스의 안내양을 거쳤고,

3, 남대문시장에서 머리에 밥 쟁반을 이고 가는 늙은 여자와 젊은 여자, 혹은, 옷 장사 하는 젊은 여자, 일하며 길거리서 밥을 게걸스레 먹는 여자,

완 (N) 늙은 형제들과 장사치가 되어, 전국 팔도 시장을 십 년간 떠돌기도 했다.

4, 투기 바람이 이는 북새통 현장,

완 (N) 그렇게 죽자 사자 간신히 돈을 모은 이모는 불과 서른에 전국적인 땅 투

기 바람에 합류, 결국엔 큰돈을 거머쥐었다. 그러나, 그 돈으로도 열두 형제들과 그의 자식들의 자식들의 자식들까지, 육십여 명 가까운 식솔들의 가난을 다 구제할 수는 없었다.

5, 요양원 주차장, 낮.
봉고차에서, 충남, 종식, 주영, 어머어마한 양의 크리넥스며, 천 기저귀, 과일 등등을 카트에 싣는, 종식, '그냥.. 종이 기저귀 쓰시지..', 충남, '기저귄 천 기저귀지..' 하며, 일하는,

완 (N) 아버지는 열 살 때 물난리가 나 죽고, 어머니는 치매로 길가에서 객사하시고, 첫째, 둘째 언니는 홍역과 장티푸스로 돌도 안 돼 죽고, 셋째, 넷째, 다섯째 오빠들은 피난 가다 적군과 아군 총에 죽었지만, 어린 자식 여섯을 이모 곁에 두게 했고, 이모가 좋아했던 대학까지 간 여섯째 오빠는 술 마시고 난간에서 떨어져 죽고, 막내 언니는 생활고에 시달리다 한방에서 목을 매 죽었지만,

6, 요양원 안, 낮.
늙은 형제와 친척들이 팔인실 병상에 누워 있고, 주변에, 초라한 가족들이 똥 기저귀를 갈고, 밥을 먹여주는, 충남, 그중 노인 한 명의 얼굴을 젖은 수건으로 닦아주는, 땀이 송골송골 난, 힘든, '영란아, 대야 물 좀 갈아 와!' 하면, 옆에서 밥 먹이던 가족, 충남의 대야를 들고 나가는,

완 (N) 남은 형제들과 그들의 배우자들은(병실 사람들을 보여주며) 그래도 너무 많아서, 현재 뇌졸중, 심근경색, 치매, 암 투병, 고관절과 당뇨병, 고혈압, 저혈압, 간경화로 병원 한 층에 모두 모여, 이모의 등골을 파먹고 산다. 그렇게 결혼도 못 하고, 지금껏 일가친척 장례만 마흔 번을 넘게 치렀다는 이모,

종식, 환자 수발하다, 충남 보며,

종식 고모, 쫌 쉬어!
충남 됐어, 니들이나 좀 쉬어.

그때, 충남의 전화 오고, 충남, 전화기 들고, 창가로 가며,

충 남 (종식에게) 좀만 쉴게. (하고, 창가로 가, 수건으로 땀을 닦으며, 기분 좋게 전화 받는) 어, 박 교수? 그래 그래, 나, 괜찮아. 어, 도자기 궜어? 그랬구나, 그랬구나, 아우, 그럼 사줘야지! 내가 밥을 못 먹어도, 예술 하고 공부하는 사람들, 내가 아님 누가 도와? 당연히 내가 도와야지!

완 (N) 가난한 제 집안의 원인이 모두 못 배운 무식 때문이라고 믿는 이모, 늙은이 싫어하고, 잘난 지식인에 껌뻑 죽는 이모의 별난 취향도 이만하면 이해가 되고도 남는다.

7, 영원의 젊은 배우 시절의 사진과 광고들이 나오는,

8, 현재, 식당 안(촬영장 근처의 서민 식당), 사람들이 몰려들고, 영원, 사인을 하며, 기분 좋은, 사인하고, 밥 한술 뜨고를 반복하며,

영 원 아이고, 감사합니다, 감사합니다, 감사합니다, 아고 줄들 스셔, 넘어져요, 넘어져! 제가 지금 근처서 촬영해서, 밥을 못 먹어서.. (하고, 한술 먹고) 이해하셔들.

완 (N) 내가 사랑하는 영원 이모, 겉보기에 그녀 인생은 화려하기 그지없다. 이모는, 대학 일 학년 때 길거리 캐스팅이 돼서, 지금까지 일거리 걱정 없이, 시시때때로 남자들을 갈아치우는 팜므파탈로, 하는 사업마다 잘되고, 승승장구, 잘산다. 사실이 그렇냐고? 아니, 남들 보기에 그렇다는 말이다.

사인하는 영원의 얼굴 위로, 한쪽 테이블의 여자들 수다가 들리는,

여자 1 난 저 배우 싫더라, 남자들 빽하면 갈아치우고, 유부남에 연하남에.. 결혼을 네 번이나 했다며?

여자 2 스캔들은 열 번도 더 될걸? 요즘은 늙은 사업가랑 산다더라! 어으, 망측해, 망측해! 맡은 역할들도 다 싫어, 돈 밝히고, 몰상식하게 며느리 머리채 잡고, 지난번엔 지 남편을 죽이더라, 돈 땜에.

영 원　(밥 한술 뜨고, 사인하고, 여자들 보며) 작가가 그렇게 써주는 걸 난들 어떡해? 그리고, (웃으며) 결혼은 두 번, 스캔들은 그냥 말 그대로 스캔들.. 그리고 나 늙은 사업가랑 안 살아요. 지금은 혼자! 그건 루머! (사인하며, 팬에게) 돌아다니며 일일이 말해줄 수도 없고, 확 신문에 낼까? (하고, 웃는)

스태프　(문 열고, 들어와서) 선생님 촬영이요!

영 원　어... (하고, 밥을 마구 먹고, 나가는)

9. 실제 촬영장, 일각에서 스태프들이 세팅하면 물을 뒤집어쓴 채, 오들오들 떨며, 차를 마시는, 힘들지만, 내색 않으려는, 그러다,

영 원　(화난) 야, 무슨 촬영을 하다 말고, 셋팅을 다시 해, 니들은! 사람 물 홀딱 뒤집어쓰게 하고, (재채기하고) 나, 감기 걸림 안 된단 말야, 빨리빨리 좀 해라, 좀! 내가 젊냐?!

순 철　(걱정) 셋팅 끝나시면 나와요, 들어가세요, 차로, 네?

영 원　(힘들게, 차로 가는)

씬 20. 영원의 차 안, 낮.

영 원　(힘든, 자리에 누우며) 약 줘라!

순 철　오늘 촬영 접자고,

영 원　약 줘...

순 철　(약병 주면)

영 원　(일어나, 약을 먹는)

스태프　(차 문 열고) 나오시라는데요?

순 철　쫌만.. 쉬시고,

영 원　(순철에게) 니가 감독이냐? (하고, 나가는)

***점프컷 》**

영원, 젊은 여자의 머릴 뜯으며, '이년, 이년' 하며 힘들면서도, 모질게 연기하는, 이마며 목에 땀이 나는,

완　　(N) 제 아무리 몸이 힘들고 맘이 괴로워도, 카메라 앞에선 언제나 희희낙락 웃음을 팔아야 하는 비운의 딴따라, 나는 이모를 사랑한다.

＊점프컷, 시간 경과, 촬영장 일각, 밤 》
영원, 힘든 얼굴이지만, 밝게, 완과 통화하는,

영 원　　(깔깔대고 웃으며) 그러게, 노친네들이 얼마나 놀랐겠니? 니가 고생했다, (걱정) 근데, 너는 어때? 혹시 동진이 만나니? 이런 말 하는 거 불편해?

씬 21. 완의 집 안, 밤.

완, 일하다, 전화 건,

완　　어.

씬 22. 촬영장, 밤.

영 원　　(조심스레) 연하는... 연락 와?

씬 23. 완의 집 안, 밤.

완　　(작게 웃고) 내가 주로 하지... 걔는, 어쩌다... 이모, 나, 연하가 아직도.. 그리워요.

씬 24. 촬영장, 밤.

영원 (짠한, 웃으며) 밥 잘 먹고,

씬 25. 완의 집 안, 밤.

완 이모도 밥 잘 먹고 똥 잘 싸고... (웃으며) 네, 또 전화드릴게요. (하고, 전화 끊고, 연하에게 전화하며) 몇 날 며칠 왜 전활 안 받어.

완 (N) 그럼 사람들이 보는 나는 어떤가?

씬 26. 음반 숍, 밤.

연하, 휠체어(휠체어 탄 모습은 풀 샷으로 안 보여주는)탄 채, 울리는 전화기를 보며, 웃고, 끄고, 주머니에 넣고, 음반들을 보다가, 위에 있는 음반이 궁금한, 그때 연희(연하의 누나)를 찾으려고 두리번거리는데, 젊은 여자 점원 와서, 연하의 손이 닿지 않는 위에 있는 음반을 꺼내주며,

점원 이거 찾으세요?

연하 (웃으며) 네, 근데 이름이 뭐예요? 나는 서연한데?

그때, 연희, 나타나,

연희 병원 갈 시간 아직 안 늦었지? (하고, 휠체어를 몰고 가면)

연하 (점원에게) 누나예요, 애인 아니고.

점원 (웃고, 가는)

연하 (가는 점원 보며) 아쉽다... 내 취향인데..

연희 (웃고)

연하의 그림 위로,

완 (N) 내가 먼저 사랑하고, 죽도록 사랑한다고 고백해서 결국엔 내 남자로 만

들고, 비가 오나 눈이 오나 영원히 함께하자고 철석같이 맹세한 남자를, 사고 이후,

씬 27. 완이 집 안, 밤.

완 (일하는, N) 뒤도 안 돌아보고, 차버린, 냉정하고.. 비정한 여자. (일을 그만두고, 창가 보는, N) 모두 맞는 말이지만, 내 인생을 그렇게 한 줄로 정리해버린다면... 나는 정말 외로울 거 같다.

F. O. F. I.
제목 뜨는,

외로워 마세요, 그대 곁에 내가 있어요.

씬 28. 쌍분의 밭, 아침.

난희, 밭에서 땀 흘리며 부지런히 열무를 심는, 그 옆에서, 쌍분, 인봉(땀이 나는)을 푸시업을 시키고, 호진은, 그런 쌍분만 보고 있는,

쌍분 서른일곱, 서른여덟, 스물아홉,
인봉 (땀 흘리며) 서른아홉! 무슨 스물아홉!
쌍분 (걸레로 인봉을 치며) 하기나 해!
인봉 (푸시업 하며, 힘든) 고만하면.. 안 돼?
쌍분 (뒤통수를 치고) 말도 처 안 듣는 새끼,
난희 (웃으며) 그 정도로 개가 아퍼, 몽둥이 갖다 줄까?
인봉 (난희에게) 고만해라!
쌍분 (뒤통수치며) 에미가 대학 가라니까, 왜 공고 나와, 전봇대서 떨어져! 나 죽음니 혼자 어쩔껴!
인봉 (푸시업 하며) 누나 있잖아! 아버지도 있고!

쌍분　니 아버진 내가 데려갈껴! (뒤통수 때리며) 니 누나 등골 그만 파먹어!

난희　(일하다, 깔깔대고, 웃으며) 아이고, 울 아버지 어째, 엄마가 텍고 간다네!

호진　(그저 웃고)

쌍분　(호진 보며) 내가 나 갈 때, 꼭 텍고 간다, 너!

난희　(웃으며) 누가 보면 엄마가 아버지한테 평생 맞고 산 거 모르고, 두 부부 사이좋다 하겠네. 엄마, 두 분 합장해드리까? 나란히.

쌍분　합장은 개뿔. 나는 (산을 가리키며) 이 산, 니 아버진 (멀리 가리키며, 큰 소리로) 저~ 산!

난희　(깔깔대고 웃는)

쌍분　(난희 보며) 미쳤나, 웃긴... (호진 보며) 내가 꼭 텍고 간다! (호진 손을 제 손으로 잡으며) 날 꽉 잡아! 꽉!

난희　(웃고, 그때, 전화 오고 보면, 기자다, 싫은) 아, 또... (전화 받으며) 왜, 또 희자 언니 남편 얘기냐? 언니, 그러지 말어, 언니 할 일 없어, 외로워 그러는 건 아는데, 말 만들지 마!

씬 29. 기자의 초라한 방 안, 아침.

기자, 몸빼 입고, 초라하게 쪼그려 앉아, 보도 복장의 옷을 다림질하며,

기자　(낄낄대고 웃으며) 궁금하잖아? 야야, 웃기지 마, 자연사는.. 벽장서 가둬 죽였으면서... 그건 그거고, 성재가 동문들 초대한다드라, 너 올 거지? 꼭 와, 꼭 오는 거다. (하고, 전화 끊고, 입에 물 넣어, 옆에서 자는 손주에게 뿌리며) 일어나!

씬 30. 쌍분의 밭, 아침.

난희　(전화 끊으며) 암튼 이 언니도 말 만드는 공장이야, 공장.

인봉　누나, 오늘도 자고 가?

난희　(일하며) 영원이랑 한판 뜨러 갈 거라, 못 자.

쌍분 (난희 보는) ?!

씬 31. 성재의 집 안(작은 오피스텔, 현대식으로 깔끔한, 젊은 느낌), 아침.

성재, 식탁의 부인 사진 앞에 있던 꽃 한 송이 치우고, 새 꽃 한 송이를 놓고, 사진에 입 맞추고, 웃고, 앉아서 영양 보조제 먹으며, 문자 넣는,

씬 32. 충남의 카페, 아침.

충남, 머리 산발한 채 커피를 마시며, 돋보기 끼고, 문자 보며 웃는,

성재 (E) 충남아, 오늘 데이트 안 잊었지?

충남 (입가에 미소 띤)

종식 (그때, 몰래 충남의 핸드폰을 보다, 웃는 충남에게) 데이트?

충남 (정색하고, 핸드폰 가리고) 이게!

종식 고모 첫사랑?

충남 지랄.. (하고, 가며, 다시 핸드폰 보며, 웃는)

종식 (웃으며) 고모, 시집가라! 내가 손잡고 들어갈게!

씬 33. 석균 정아의 집 안, 아침.

정아, 밥솥에서 밥을 푸는,
석균, 와서, 밥알 집어 먹으며,

석균 이거 먹어, 그런가.. 내 콜레스테롤이 내렸다드라.

정아 병원 갔어?

석균 종종 가지, 난. (하고, 식탁으로 가는)

정아 (밥 푸며) 지만 살라고 아주.. 하긴 아픔 내 손해다.

*점프컷 》

정아, 석균, 밥 먹는,

정아 (이상한) 성재 씨네서.. 파.. 티?

석균 그래, 이성재.. 오십 년 만에 동문회 입성 기념이라나.. 뭐라나.. 같이 오라든데..

정아 부인 죽었댔지?

석균 삼 년 됐다지. 야, 근데, 성재랑 희자랑 전에 연애할 때.. 그것들, 잤냐?

정아 (어이없게 보며, 밥 먹는)

석균 말해봐? 다른 사람은 몰라도 희자 일은.. 넌 다 알잖어? 둘이 잤지?

정아 (어이없는, 답답한) 아, 밥이나 먹고 일 가. 아침부터 밥상머리에서 턱을 받치고, (밥 먹으며) 시답지 않은 말을 저리 해... 실없이. 일 가요, 그러다 짤려.

석균 내가 왜 짤리냐, 홍가 놈이 짤렸는데? 그놈이 나 늙었다고 그렇게 무시하더니, 지가 짤렸어. 낄낄.. 내가 나이가 먹어도 일을 오지게 잘하는데, 내가 왜 짤려? 하하하.

정아 (싫은) 그럼 나랑 여행도.. 황이네.

석균 황이지! (밥 먹으며, 낄낄 웃는)

정아 (미운, 밥 먹는)

석균 너, 말해봐라.. 희자랑 성재랑 잤지? 그지?

정아 (손으로 반찬 집어 먹는)

석균 (정아 손목 잡고) 희자랑 의리 땜에 말하기 싫으냐?

정아 (보면) ?!

석균 그럼 이러자.. 그놈이 희자랑 잤음, 숟가락으로 밥을 먹고, 둘이 안 잤으면, 젓가락으로 반찬을 먹어라? 자, 시작! (하고, 손목 놓고) 뭐 먹을래?

정아 (숟가락과 젓가락을 두어 번 번갈아 보며, 장난 쳐주자 싶은, 눈으로 장난치듯 하며 숟가락으로 밥을 먹는)

석균 (박수 치며, 재밌는, 깔깔대는) 잤구나!

정아 (밥을 입에 물고, 깔깔대고, 웃는)

씬 34. 성당 일각, 낮.

희자, 성재 둘이 빤히 보며, 다투는 듯한,

희 자 전번 날 그랬잖아요, 그쪽이! 내가 저번 날 밤에 한 짓을 다 안다고! 대체 저번 날 밤, 내가 뭘 했는데? 내가 뭘 했는데, 대체?!

성 재 (가만 보다, 웃으며, 대뜸, 놀리는 맘) 노루 쳤지?

희 자 (어이없고, 화난) 사람을 놀리고, 예나 지금이나 여자 갖고 노는 게, 취미야? 이성재 씬?

성 재 (웃으며) 너, 내가 이성잰 줄 아는구나? 그렇게 모르는 척을 하더니?

희 자 내 인생에서 이성재 씬 오십 년 전에 이미 끝났어요.

성 재 (빤히 보며) 오십 년 전 너 동네서 이사 가기 전 날, 나랑 만나기로 한, 그 재 너머 성황당에.. 내가 안 가서?

씬 35. 플래시컷, 회상, 밤.

대학 일 학년 희자, 눈가 그렁해 있는, 부엉이 소리가 무서운,

씬 36. 성당 일각, 낮.

희 자 (속상한, 성재 보다, 돌아서서 가면)

성 재 (희자 앞을 막아서며) 가려고 했어, 근데 어머니가 쓰러지셨어.

희 자 (그냥 가려 하면)

성 재 (잡아채고, 진지하지만, 편하게) 니 남편, 정철이 형한테 못 간다 전해달랬어, 근데 형이 내 말은 안 전하고, 그날 거기 가서 널 꼬신 거야. 이후, 넌 내 연락 끊었고. 내가 그 사실을 안 건, 형이 너랑 결혼하고 나서, 말해줘 안 거야.

희 자 (어이없는, 속상한, 안 믿는) 죽은 자는 말이 없다고, 말 막 해요, 지금?

성 재 사실이니까,

희 자 (말꼬리 자르며 어이없는, 가는)

성 재 (가는 희자 보며) 그래서, 동문 파티 안 온다고? 석균이 형, 쌍분 어머님, 정아 씨, 충남이, 영원이, 난희, 기자까지 다 오는데, 안 온다고?

희 자 (멈춰 서는)

성 재 (화나는, 희자 스쳐가며) 아, 됐다, 말어, 내가 뭐 구걸하는 것도 아니고.. 안 오면 말지 뭐.

희 자 갈 거야!

성 재 (보면) ?

희 자 기자 오면, 나도 가. (하고, 가버리는)

성 재 (왜 저러나 싶어, 웃고, 못 말린다는 듯, 고개 젓고 가는)

씬 37. 재래시장, 낮.

충남, 성재, 장을 보는, 성재가 캐리어를 끌고, 충남은 이것저것 가격을 물어보며, 사는, 충남, 물건을 사서 들면, 성재, 그걸 받아서, 캐리어에 넣고,

성 재 (웃으며) 사모님은 그냥 걸어만 가셔. (하고, 가는)

충 남 (싫지 않은)

성 재 (웃으며) 넌 고대로다.

충 남 꼬셔?

성 재 못 꼬실 건 뭐야? 둘 다 싱글인데. (하고, 가는)

충 남 (새침한) 근데 왜 날 불렀어?

성 재 니가 편하고,

충 남 (멈춰 서며) 편하고 뭐, 만만해?

성 재 (웃으며) 좋아서. (하고, 가는)

충 남 (싫지 않은, 삐죽대며) 희자 언니.. 봤다며, 다시 보니 어때?

성 재 (그냥 가며, 심드렁) 늙었드라.

충 남 (어이없이 보며, 웃으며) 도낀개낀이야..

***점프컷 》**

상인, 팔딱팔딱 뛰는 생선을 보여주며, '잡아봐요, 잡아봐, 힘이 얼마나 좋은

데!' 하고, 성재, 생선 잡아서, 충남의 앞에 디밀면, 충남, '악!' 하고 싫어하며, '미쳤어' 하며 성재를 때리고, 성재, 깔깔대고 웃으며 '애 같긴..' 하고, 상인에게,

성 재 이놈 주쇼!

씬 38. 성재의 오피스텔 안, 낮.

충남, 차를 마시며, 집 안의 인테리어를 둘러보는, 둘러보다 성재와 아내 사진을 보는, 사진 속 다정한 모습이 이쁜, 성재의 아내가 아플 때도 웃으며 찍은 사진이 많은, 주방의 성재는 낼 잔치를 위해, 음식 재료 다듬은 걸, 팩에 잘 정리하고 있다가, 과일을 자기 하나 먹고, 충남에게 하나 주며, 눈짓으로 먹으라고 하는,

충 남 됐어.

성 재 오늘 고생했는데.. 먹어, 어서!

충 남 (받아, 먹으며, 성재의 아내 사진을 보는)

성 재 (일만 하며) 뭘 그렇게 들여다봐.

충 남 (조금 샘나는) 부인이 참 고왔네.

성 재 (일 마무리하며) 이제 다 됐다. 니 덕분에 낼 동문회가 거하게 치러지겠다. (하고, 정리한 걸 냉장고에 넣고, 옆의 차를 가지고, 소파로 가서 앉으며) 근데, 넌 왜 여적 혼자야? 설마 나 기다렸냐?

충 남 (옆에 앉으며, 어이없게 웃으며) 뭐래?

성 재 너 예전에 오빠 오빠 하며 나 쫓아다녔잖아? 영화 보여달라, 애원하고?

충 남 (당황스런) 언제? 언제? 나는 내 가족들 땜에 여기저기 돈 빌리러 다닌 게 치가 떨려, 나이 들어, 누구한테 단 한 번도 뭘 부탁한 적이 없네! 늙었어?! 없는 말을 지어내고!

성 재 그랬나, 내 기억이 틀렸나? 근데, (웃으며, 귀여운, 충남의 앞머릴 흩트리며) 아직도, 디게 귀엽다, 너? 하하하.

충 남 (어이없게 보며, 손 탁 치며) 늙은 여자 머릴 왜 만져! 소문에 선수였다드니,

진짜 그랬나 보네? (하고, 차 마시면서, 자기도 모르게 좋은)

성 재 깔깔깔.. 그때가 좋았지, 바람필 수 있을 때, 그때가 좋았어! 하하하. (하고, 차를 마시는)

충 남 (어이없게 보고, 차 마시며, 곁눈질로 성재 보며, 웃는데, 성재가 싫지 않다) 근데, 나 집에 어떻게.. 가?

성 재 (차 마시며) 차 있어, 늦지 않게.. 데려다줄게.

씬 39. 도로, 낮.

운전석에 탄 성재, 선글라스를 끼고, 음악을 틀고 가는,
충남, 설레는, 안 그런 척, 하늘을 보는,

성 재 (편하게, 웃음 띤) 우리 이러고 가니까, 꼭 젊어서... 연애하는 거 같다, 그지?

충 남 (새침한) 오빠는 그래? 난 글쎄네.

성 재 이상하게.. 아무리 늙어도 맘은 안 늙어. 몸 따라 맘도 같이 늙음 덜 외로울 거 같은데.. (하고, 노래 흥얼대는)

충 남 (성재를 힐끗대며, 관찰하는, 자기도 모르게 기분이 좋아서, 노래 흥얼대는)

완 (N) 이모는 그때 가슴이 살짝 설렜다 했다. 그 설레임이, 마치 아직은 제 인생도 사랑도 끝나지 않았다는 증거 같았다나?

씬 40. 영원의 집 안, 밤.

영원, 과일을 깎는데, 초인종 소리 나고, 인터폰 보고, 반갑게 문 열어주고, 현관으로 가며,

영 원 어서 와. 늦었네.

난 희 (떨떠름한) 장사 안 하니? 웃지 말어. 따지러 온 거야. (하고, 영원 툭 치고, 들어가는)

영 원 (웃으며) 저기, 앉아. (하고, 소파 가리키고, 주방으로 가는)

난 희　(소파에 앉아 있다, 대철(첫 남편)의 젊은 시절 바랜 사진을 보고, 기분이 상하는, 사진을 엎어놓는)

영 원　(과일과 차 가져와, 놓고, 앉으며 대철 사진을 바로 놓는)

난 희　그 남자, 너랑 살았던, 유부남이지?

영 원　나랑 사랑해 결혼하고, 피치 못해, 이혼한 사람이지.

난 희　다시 부인한테 갔다며?

영 원　내가 싫어 간 게 아니라, 부인이 자기 없음 죽겠다니까 갔지.. 근데 간 건 간 거고, 못 잊겠는 건 못 잊겠는 거고? (하고, 웃는)

난 희　아, 됐고.. 너 지금까지 숙희 년 보는 이유가 뭔데? 걔 보고 나 보고 양다리도 아니고, 너 뭐 하는 짓인데?

영 원　(차 마시고, 보며) 숙희, 병원에서 치료, 손 놨대... 말기 암.

난 희　(쿵 하는) ?

영 원　(서글픈 웃음 짓고) 그동안 안 봤는데, 마지막으로 얼굴 보자고 해서.. 우리 나이가 그러네, 그지? 저승이 코앞.

난 희　(싫은, 화나고, 억울한) 아, 됐어! 고만해. 아프면 어쩌라고? 아프면 모든 죄가 다 용서되냐? 그래? 그럼 나도 아프고 싶네! 나도 아프고 싶어! 나는 내 인생 조진 숙희 년보다 니가 더 미워! 내 절친이란 년이, 나한텐 그년이랑 끝낸대 놓고, 미국서 만나서, 온갖 좋은 데 쏘다니며, 희희낙락,

영 원　(차분히, 스카프를 푸는)

***인서트 》**

목에 난 큰 칼자국

***점프컷 》**

난 희　?

영 원　목 딴 건 아니고, 갑상선 암. 그땐 수술 기술이 없어서. 흉하지? 미국 가서 바로 병 걸렸는데, 숙희가 소문 듣고 왔더라고.

난 희　(할 말 없는, 당황해 버벅대는) 그, 그, 그래 좋다, 그, 그땐 수술 때문이라 치고, 그담엔, 그담에도 봤잖아!

영 원　(와이셔츠를 확 벗고, 런닝마저 벗고(노브라, 등에 온통 상처가 난), 가발을

벗는(항암 중이라 머리가 빠진))

난 희 (이게 뭔가 싶은, 충격적이고 황망한) ?!

영 원 (등짝 돌려 보여주고, 다시 제 가슴 보고, 옷 입으며, 담담히) 첨엔 한쪽만 암이었는데, 그래서 등짝 오려서, 복원 수술까지 받았는데, 다시 다른 쪽에 암이.. 그래서, 짤랐네... 이후에 다시, 난소암으로 아랫배 따고... 항암 한 달 남았어. 일 년 전, 다른 쪽 난소가 또 재발했거든. 암이 한 번 걸린다고 안 끝나드라고. 항암이 끝나도 늘 불안 불안하고... 숙희 이용했어, 내가. 간호할 사람이 없드라고. (차 마시며) 완이랑 어머닌 아는데, 내가 너한테 말하지 말랬어, 너 화났는데, 이거 빌미 삼아, 나 동정하느라 화병 날까 봐. 배우니까, 이미지도 있고. (하고, 담담히, 가발을 쓰며) 잘 썼니, 나?

난 희 (속상하고, 어쩔 줄 모르겠는, 괜히 큰 소리로) 거울 보면 알겠네!

영 원 (쓸쓸한) 우리 집은 거울이 없어요. 난, 내 몸 보기 싫어, 좀 미워. (웃고) 밥 먹고 가라?

난 희 (어쩔 줄을 모르겠는, 버벅대는) 그, 그러게, 유부남 만나고, 지저분하게 왜 살어, 그러니까, 그딴 병이 걸리지! 천벌 받은 거야. 알어?! 할 말 있어?

영 원 할 말.. (가만 보는데, 맘 아픈, 눈가 붉어지는, 애써 쓸쓸히 웃고) 없지.. 천벌 받은 년이 무슨 할 말이 있냐? (물 마시며, 맘 아프지만, 담담히, 난희 안 보고) 그냥 아팠다고, 나도 걔 보는 데는 사정이 있었다고.. 그냥 말하는 거야.

난 희 (너무 심했다 싶은, 맘 아픈, 내가 왜 이러나 싶어, 물 마시다, 눈가 붉어지는, 그러다, 그냥 나가버리는)

영 원 (나가는 난희 보며, 답답한) 그래, 가라.. 가...... (하며, 탁자 치우고, 일어나다, 전화 오면 받으며, 밝게) 어, 완아, 니 엄마, 잘 놀다 갔지, 암만, 잘 놀다 갔어! (그때, 초인종 소리 나고) 완아, 나중에 전화해. (하고, 나가며) 난희니? (하고, 문 여는데, 꽃 배달 하는 사람이 온) ?!

배달원 (영원을 알아보고, 웃으며) 꽃 배달입니다. (하고, 꽃바구니 주고 가는)

영 원 (꽃을 받아 보고, 소파 쪽으로 가며, 누군가 싶어, 메모를 찾지만, 없는) 누구야.. (하다, 테이블의 대철의 사진을 보는) ?!

씬 41. 영원의 집 앞, 밤.

난희, 문을 쾅 닫고, 나와, 속상하게 길을 걸어가는, 울상이다, 왜 그런 말을 했을까, 자책이 되지만, 참고, 가며(그때, 꽃 배달 하는 사람 스쳐 지나가는), 전화하는, 통화되면,

난 희 할머니, 낼 서울 동문회 오신다고,

씬 42. 동진의 출판사 안, 밤.

완, 복사를 하며, 전화 받는, 담담한, 아무렇지 않게, 다짜고짜,

완 어, 엄마, 됐어. (하고, 끊고, 다시 난희 전화 오면 받고) 어, 엄마, 진짜 나, 됐어, 엄마 동문회 엄마나 가. 할머니 핑계 대지 말고. (하고, 전화 끊고, 연하에게 전화하는)

그때, 동진 와서, 완을 보며,

동 진 연하 오늘도 전화 안 받어?

완 (말 않고, 다시 전화하는)

동 진 (완의 어깰 한 번 꽉 잡아주고, 가는데, 맘이 좋지 않은)

씬 43. 길가, 밤.

난 희 (전화기 보며) 나쁜 년. (하고, 속상해, 가다, 제 머릴 손으로 때리면서, 가며) 아이고, 이누무 성질, 이누무 주둥이.. 누구 닮아 이런지.. 어으..

완 (N) 그날 엄마가 영원 이모에게 던진 칼날 같은 모진 말들은, 두 달 후, 엄마에게로 고스란히 되돌아왔다. 엄마에게 잔인한 사망 선고가 내려진 것이다.

씬 44. 마트 안, 낮.

정아, 성재 집에 가져갈 선물 고르는데, 희자, 같이 고르다, 정아를 보며,

희 자 (어이없고, 화나는) 웃어?

정 아 그래, 웃더래? 낄낄대며, 이성재가? (하고, 물건 고르며) 우리 꼴값이가, 웃는 건 긍정이라면서, 아주 신이 났드라고.. 잤네, 잤어, 하면서.

희 자 실성했대, 왜 웃어?

정 아 내 말이.. 오해 사게 왜 웃냐고?

희 자 (기가 막힌, 정아가 물건 들면, 그걸 뺏어 놓으며) 사지 마! 그냥 가. (하고, 가는)

정 아 (따라가며) 따질 거야?

희 자 (어이없는, 속상한) 따져야지.

정 아 밥은 먹고 따져, 밥상머리에서 밥도 못 먹게 하지 말고. 다 먹고 난 연후에.

희 자 (그냥, 가는)

정 아 (옆에서 가며) 근데, 진짜 둘이 잤니?

희 자 (멈춰 서서, 어이없어, 돌아보면)

정 아 늙어 그게 뭐 흉이냐. 봄이다, 야. (하고, 가며, 순영이에게 전화하면서) 얜 왜 전활 안 받아... 전번 일로 삐졌나.. 에고.. 자식이 아니라 상전이네, 상전.. (하고, 전화 끄고 가는)

희 자 (화나, 속상해, 따라가는)

씬 45. 고시원 안, 낮.

순영, 작은 고시원 방에 여행 가방 들고 들어오는,
직원, 따라 들어오며,

직 원 이 방이에요.

순 영 창문이.. 없네요.. (심란한)

씬 46. 성재의 집 안, 낮.

성재, 충남, 같은 앞치마를 하고, 음식을 차리고 있는, 그때, 영원 들어오며,

영 원　언니, 벌써 왔네?
성 재　(반갑게 맞는) 야, 이게 누구야?
영 원　(밝게) 영원이!

둘이 안고,

충 남　(안 좋은) 미국 사람도 아니면서, 뭐 하는 짓이야?
영 원　에라이, 그럼 내친김에 이것까지다! (성재 볼에 입 맞추고)
성 재　(웃고) 앉아, 앉아! 가끔 티브이에서 보니, 어제 본 거 같네. (하고, 주방으로 가며) 차 가져올게.

영원, 자리에 앉고,

충 남　(음식을 상에 놓으며, 영원에게) 음식 날러!
영 원　(충남의 어깨를 잡아, 귀에 대고) 둘이 신혼 같다? 좋지?
충 남　미쳤어. (하고, 주방으로 가서, 과일 먹고, 성재 입에 무심한 듯, 과일 넣어주는)
영 원　(웃으며) 보기 좋다?
충 남　(눈 흘기면)
영 원　(혀 내밀고, 놀리는, 작게) 튕기지 마.... (하다가, 기자 들어오는 것 보고) 어머, 언니! (하고, 달려가, 안는)

＊시간 경과, 낮 》

석균(재밌는), 정아(답답한), 희자(억울하고, 화난), 기자(주눅 든, 그래도 뻰대는), 성재(답답한), 충남(노인들 쌈이 심드렁한, 그러면서도 안 보는 척하며 성재를 보는), 영원(웃으며, 말리는 듯한), 쌍분(오락만 하는), 난희(답답한), 밥을 거의 다 먹은,

희 자　(조금 흥분한, 그래서 버벅대는, 슬픈, 기자에게 따지는) 왜, 놀랐니? 내 남편 바람폈대서? 나도 험한 꼴 당하고 살았어! 그래도 당시에 나, 내 남편 바람핀 거, 아, 아무한테도 말 안 했어. 애들 생각해서. 내가 그때 충격으로 이 병 저 병 걸려 허구한 날 병원 신셀 지면서도.. 나, 정아한테조차,

정 아　(기자 보며) 맞아, 나한테도 안 했어..

난 희　(기자 보며, 답답한) 형부가.. 언니가 하도 참고 이 꼴 저 꼴 다 봐주다 병드니까, 죄책감에 그냥 지가 지 발로 걸어서 벽장 들어간 거야, (남자 흉내) 여보, 나 당신 자는 방, 벽장에 가둬줘, 다신 바람 못 피게, 하시면서..!

정 아　굳이 안 그래도 된다는데,

희 자　벽장 들어간다잖아, 내 남편이. 나한테 사죄한다고!

난 희　그러다, 돌연사 하신 거고. 자다 죽었으니, 당연히 몰랐지.

기 자　(순간, 버럭) 남자 새끼들은 왜 다들 그렇게 바람을 핀다니! 아랫도릴 그냥! 콱! 다시 태어남 다, 개돼지로 태어나라!

석 균　(어이없는) 그걸 말이라고..

성 재　(웃으며) 난 돼지 싫다! (하고, 물 마시려 하면)

충 남　(물 따라주고)

영 원　(충남과 성재를 슬쩍 보고, 성재가 물 마시며, 희자 보는 걸 혼자만 보는, 다시 충남 보는데, 충남이 걱정되는)

***점프컷 》**

정아, 난희도 성재와 충남이 하는 모양새를 본,

***점프컷 》**

기 자　(몰리는 게 속상해서, 삐대는) 그래도, 나도 친군데, 그런 일이 있음 나한테 오늘처럼 상세히 말을 해줘야지! 왜, 띄엄띄엄,

영 원　(충남 보다, 기자 보고, 웃으며) 띄엄띄엄은.. 다 해줬는데, 언니가 우겼잖아! 왜 우리까지 이상한 사람 만들어? 미안하다, 잘못했다, 하고 끝내, 언니. (하고, 술 주며) 이거 마시고?

희 자　누가 전했니, 그 말? 나는 너한테 남편 벽장에서 죽은 거 말한 적이 없는데,

성재 그만 따져라!

희자 (아랑곳없이 기자에게) 말해, 그 말 전한 사람이 대체 누구니?

성재, 충남 (동시에 딸꾹질을 하는)

모두, 돌아보면,

충남 (손사래 치며) 왜 날 봐, (석균 보며) 오빠구나?

석균 (눈치 보며, 물 마시고)

정아 (석균의 허벅지를 꼬집으며) 아이구!

석균 (아파하며) 나는 그냥.. 그냥.. (기자 보며, 화내는) 너 사람이, 왜 그래? 내가 벽장에서 죽었다고 했지, 가둬 죽였다 했냐?! 아이고 내가 그냥 없어져버려야, 이 꼴을 안 당하지. (하고, 가버리는)

성재 형님!

충남 (성재 안 보고, 슬쩍 앉으라 팔 잡는)

정아 (충남 보고, 이상한, 모른 척 성재에게) 냅둬요, 일 가는 거야. (기자에게) 남의 상처 갖고, 말 만드는 거 아냐? 안됐다곤 못 할망정, 그러지 말어, 늙어서!

기자 (술 마시고, 억울한) 그래, 다 내 잘못이다, 다 내 잘못이야! 니들 그러는 거 아니다.. 맨날 니들끼리 편먹고, 사람 왕따시키고, 내가 가진 거 없이 못산다고.. 그러는 거 아냐? 내가 살아온 날들을 생각하면, 니들이 나한테 이러진 못한다,

정아, 충남, 영원, 성재 에헤! 왜 또 말이 그리 튀어?

기자 (억울한, 소리치는) 여기서 나보다 고생한 년 있음 나와보라 그래? 시댁 식구, 남편, 이혼한 애들 하나같이.. 진짜 나보다 힘든 년 있음 나와보라고?!

난희 여깄네! 오쌍분 여사! (하고, 쌍분을 가리키며)

쌍분 (오락만 하는)

난희 내 아래로 자식 둘 죽고, 남편한테 육십 년 넘게 맞고 산, 울 어머니 여깄어! 딸년은 과부에 아들은 장애인! 울 아버지가, 육대독자 다리 분질러져서야, 술 끊고, 입 닫고, 엄마한테 들던 몽둥이 내려놓셨어! 언니 아무리 급해도, 울 엄마 앞에서 고생 자랑은 아니지!

기자 그래, 그래, 내가 죽일 년이다! 내가 죽일 년! (하고, 나가버리는)

영원 언니! (하고, 따라 나가려는)

난 희　(잡아채며) 앉아! 저 언니, 달래고 싶음, 오늘 언니 보도로 일하는 콜라텍이나 가자.

정아, 영원　콜라텍?

난 희　언니가 우리 다 거기 덱고 가고 싶은데, 자존심에 말은 못 하고 딴지 거는 거야. 그 일도 손님을 데려가야, 가오가 서거든.

정 아　(모르겠는, 뭔가 싫은) 보도는 또 뭐야?

난 희　(영원에게, 먹을 거 집어주며, 챙기지만 안 그런 척) 넌 꼭 가. 얼굴마담으로.

영 원　(받아먹으며, 난희와 화해됐다 싶어, 웃고) 낮에도 해?

난 희　이십사 시간. 가면, 늙은이들이 바글바글해.

영 원　깔깔깔... (어이없어, 웃고)

정 아　(희자 보며) 우리도 이제 가자?

희 자　(속상한, 물 마시고, 술 마시려는 성재의 잔을 뺏어놓고, 억울한) 석균 씨, 봉이 씨한테 나랑 잤다 그랬다면서요? 우리가 언제 잤어요? (얼결에, 말하고 마는) 따, 딱 한 번 입 맞춘 적은 있어도, 우리가 언제 자?

충 남　(그 말에, 심하게, 딸꾹질을 계속 하는) ?!

모두, 충남 보는, 영원, 정아는 충남의 맘을 알 것 같아 걱정스런,

씬 47. 거리, 낮.

희자, 정아 가는,

희 자　난 그런 사악한 데 가기 싫어. (하고, 가는)

정 아　(멈춰 서며) 이혼한 아들놈 손주 키운대잖어! 다 먹고살라고 하는 짓인데, 그렇게 말할 건 뭐 있어?

희 자　(그냥 가며) 상스러, 상스러..

정 아　(답답한) 아우, 말어, 그럼. (하고, 뒤돌아 가는)

희 자　(멈춰 서며, 가는 정아에게) 넌 그래서 간다고?

정 아　(가며) 집에 가 청소하고 갈 거다, 왜? 죽을 날 받아논 것들이, 백날천날 싸우고.....

희 자　(서운하게 보다, 돌아서서 가는)

씬 48. 성재의 집 앞, 낮.

충남, 영원, 나오고, 성재, 따라 나오며,

성 재　야, 충남아, 넌 콜라텍 가지 말고, 나랑 놀다 가.
영 원　(충남 보고) 그래라, 언닌 늙은이들하고 노는 거 싫어하잖아, 여깄어.
충 남　싫어. (하고, 가는)
영 원　난희, 어머니랑 목욕하고 온다잖아. 그때까지만 있자, 여기.
충 남　(가는)
영 원　주차장 오른쪽!
충 남　(가다, 획, 오른쪽으로 틀어, 가는)
성 재　(가는 충남 보며) 잘 가라!
영 원　(가는 충남 보다, 성재 보며) 오빠, 혹시.. 주변에 누구 있어?
성 재　?
영 원　애인?
성 재　(웃으며) 말도 안 되는 소리.. 가, 임마. 또 보자. (하고, 들어가는)
영 원　(웃고, 충남에게로 가며) 언니, 같이 가!

씬 49. 달리는 영원의 차 안, 낮.

충남, 영원, 타고 가는, 기사, 운전하는,

충 남　(창가 보며) 지난 일이야.
영 원　지난 일은? 그럼 아까, 오빠한테 먹을 거 주고, 딸꾹질하고, 틈만 나면 오빠 보고, 그건 다 뭐니?
충 남　(창가만 보는)
영 원　그냥, 사귀자 그래?

충 남 (보는, 어이없는)

영 원 뭘 봐? 친구처럼 애인처럼 좀 좋니? 연애하면 치매 예방도 된대?

충 남 치매 안 걸릴라고 연애하니?

영 원 그럼 어때?

충 남 됐다 그래? 그리고 왜, 내가, 먼저 사귀자 그래? 지가 그럼 몰라도.

영 원 늙어, 그게 뭐 문제야?

충 남 내가 스물두 살, 첫 적금 타서, 목돈 만지던 날, 하늘에 두고 맹세한 사람이야. 다신 남한테 부탁 않는다! 온 형제들이 사는 데 허덕이며, 여기저기 빚 얻으러 다니고, 일자리 사정하러 다니고, 구걸, 동냥은... 그때로 됐어. 난 절대, 절대, 다신 누구한테든 대가리 안 숙여.

영 원 머리 숙임 어때, 머리가 떨어지는 것도 아닌데?! 언니, 옛날에 사귀었던 교장 선생님도, 언니가 좀만 머리 숙였음 잡을 수 있었어. 그 남자 비위 맞추기 싫다고, 꼬장꼬장하다, 떠나고 나서, 언니 얼마나 울었니?

충 남 (창가 보며, 속상하지만, 단호한) 됐다고! 머리 안 숙여, 초라한 거, 딱 질색이야!

영 원 그러셔, 혼자 독야청청, 독고다이 하셔! 내가 말을 말지.. (하고, 눈 감는)

＊플래시컷, 회상 》

운전하던 성재의 얼굴,

＊점프컷 》

충 남 (창가 보며, 서글픈) 내가 여적도 혼자 살았는데.. 이제 와, 왜 고갤 숙여... (거짓말하는) 외롭지도 않은데.. (하다가, 문자 오면, 보는)

성 재 (E) 만나서 반가웠다. 또 보자.

충 남 (눈 감은 영원 힐끗 보고, 문자 보는, 성재가 나한테 맘이 있나 싶은, 설레는, 또 문자 보는)

씬 50. 콜라텍 안, 낮.

기자, 할머니 1에게 가서, 말 거는,

기 자　그냥 손 한 번만 잡아줘, 그렇게 저쪽 아저씨가 좋다는데, 돈 주고 들어와, 쉬면 뭐해? 한 바퀴만 돌아, 어?

할머니　싫어, 늙어도 너무 늙었잖아.

기 자　얼마 안 늙었어, 겉늙어 그래, 이제 칠십이래.

난 희　그 아저씨가 누군데, 내가 손잡아줄게.

기 자　(그 소리에 보며, 이상한, 난희 뒤를 보면)

쌍분, 정아, 충남, 영원까지 모두 온,

기 자　어머머, 우리 귀한 배우님까지 왔네! (하고, 영원 안고) 고마워, 고마워, 너무 고마워..

정아(재밌는, 구경 만난 듯한), 쌍분(뭔가 싫어, 호기심 있게 보고), 충남(지치는 듯, 싫은), 벽에 기대, 구경하는,

＊인서트, 선수처럼 아주 춤을 잘 추는 늙은 노인들 》

그때, 난희, 쌍분 옆에 서서 웃으며,

난 희　(쌍분에게) 엄마 세상 별구경이 다 있지?

쌍 분　(춤 잘 추는 노인들을 보며) 돌았나, 잘 도네!

정 아　(깔깔대며, 웃고, 박수 치며) 어머머머, 이런 세상이 다 있네. 이런 거 모르고 죽었음 억울할 뻔했네. 어머머머..

충 남　(맘에 안 들어, 고개 트는데, 늙은 남자가 웃으며, 손을 내밀면, 고개 획 반대로 돌리며, 한숨 쉬는)

난 희　(남자에게) 이 언니 춤 못 춰요, 사장님, 가셔요. (하고, 핸드폰 소리 나, 문자 확인하고, 웃고, 영원 안고 '니가 진짜 친구구나, 진짜 내 친구' 하며 호들갑 떠는 기자에게로 가서) 오 분 있다, 나와. (하고, 가는)

기 자　(가는 난희 보는) ?

그때, 영원, 문자 오고, 보면,

순 영　(E) 이모, 나 순영인데, 혹시 병원 아는 데 있어요? 시간 날 때 전화 좀 주세요.

***인서트, 순영의 다친 모습(숍에서 본) 》**

***점프컷 》**

영 원　(걱정되는, 춤추는 사람들, 재밌게 구경하며 웃고 있는 정아를 보는)

씬 51. 콜라텍 앞, 낮.

난희, 희자 서서 얘기하는,

난 희　들어갔다, 가, 여기까지 와서, 안 들어가는 건 또 뭐야?
희 자　(말하기도 싫은) 난 싫어, 이런 데. 너도 이런 데 다니지 마, 격 떨어져. 그리고 아무리 먹고살 게 없어도 보도가 뭐니, 보도가? 파출부를 하든가, 차라리 쓰레길 줍지.
난 희　(답답한) 허리 수술 받고, 어떻게 파출부를 하고 쓰레길 줍니?
희 자　(보면)
난 희　언니, 우리는 팔자 좋아 먹고살 건 걱정 안 하잖아. 기자 언닌 안 그래. 이렇게라도 사는 게 기특하지? 그리고, 여깄는 사람들 무시 말어. 늙은이들 방구석에 있음 병나니까, 푼돈 쥐고, 와서, 이렇게라도 시간 떼우는 거야. 외로워 그런다고, 외로워. 나도 그렇고. 여기 안 옴 내가 뭐 하니? 완이 넌은 지 알아서 잘 산다고 상관 말라 그러고, 테레비 보는 것도 하루 이틀이지!
희 자　(미안한) 알았어, 너는 다녀, 근데, 나는 안 들어갈래.

그때, 기자, 오며,

기 자 (통명, 미안하기도 한) 왜, 또 시비 걸라고 나 부르냐?

난 희 (웃으며) 아냐.. (하고, 희자 보고) 또 연락해, 언니. (희자 귀에 대고, 웃으며) 좋게 좋게, 어? 좋게 좋게. (하고, 가는)

희 자 (담담히, 기자 손잡고, 골목으로 가는)

기 자 왜, 골목에서 붙게? (하며, 끌려가는)

씬 52. 골목 안, 낮.

희자가 준 봉투를 기자가 안 받겠다고 하는 상황,

기 자 야, 야, 이러지 말어, 왜 돈을 줘, 나한테, 어어..

희 자 (돈 봉투 굳이, 주머니에 넣어주며) 조용히 하고, 좀 넣어둬, 좀!

기 자 (속상한) 너, 나 동정하냐?

희 자 (속상한) 동정은 무슨.. 친구 사이에 우정이지? 너 싫음 니 손주 용돈 줘! 내가 니 손주 용돈도 못 줘?! (하고, 가는)

기 자 ?

희 자 (가다가, 돌아와, 기자 보며) 내가 가게 안 들어가는 건 너 무시하는 게 아니라, 나는 그냥 시끄런 데가 싫어. 그리고, 허리 조심해, 어? 전화하고... 어? (하고, 가는, 맘 짠한)

기 자 (보다, 돈 봉투 열어 보면, 백만 원은 돼 보이는, 울컥하는, 가는 희자 보며) 친구야.. 고맙다!

희 자 (그 소리에 속상한, 멈춰 서서, 돌아서서, 가며, 기운 빠지지만, 기운 내서) 그래, 가보자, 콜라텍!

씬 53. 콜라텍 안, 낮.

정아, 난희, 영원, 춤추고, 쌍분과 충남, 심드렁하게 구경하는데, 희자, 혼자 멀

리 떨어져 고개 젓고, 고개 외로 틀고 '주여..' 하는,

씬 54. 영원의 숍 전경, 다른 날, 낮.

영원, 작품을 수건으로 닦다가, 순간 생각나, 순영의 문자를 확인하고, 순영에게 전화를 하려다가, 잠시 생각하고, 충남에게 전화를 거는,

영 원 언니, 나랑 좀 만나자, 상의할 게 있어.

씬 55. 거리, 낮.

충남, 전화 받으며, 가는,

충 남 상의할 게 뭔진 몰라도 오늘은 안 돼, 예술가들 모임 있어. (하고, 끊고, 돋보기 꺼내, 문자 확인하고) 까사블랑카라.. 이걸.. 내가 이 근처서 분명 봤는데... 아, 학원 앞! (하고, 돌아서서 가는) 강남대로 십육 번지면 거기가 맞네.. 맞네, 맞어... (하고, 가는)

씬 56. 완의 집 안, 밤.

완, 맥주를 마시며, 침대에서, 노트북으로 일하고 있다가, 메일이 오는, 순간, 놀라 보면, 연하다, 어이없고, 화나지만, 맥주 마시고, 반가움에 메일을 기대에 차 열어보는,

＊점프컷, 노트북 화면 》
차 안에서 찍은 동영상이 보여지는,

연 하 (E) 지금 난, 드라이브 중. 운전은 (하고, 옆을 보여주면)

점원 (환하게 웃는)
연하 (E) 한국말을 모르는, 이번 주에 꼬신 여자.
완 (어이없고, 조금 질투 나는) 뭐야..

화면엔, 계속 자동차 안에서 찍은 바깥 풍경이 보이는,

연하 (E) 오늘은 날이 너무 좋아... 그래서, 삼 년 동안 가보고 싶어도 안 갔던 그곳을 갔지..
완 (웃는, 그림 보며, 혼잣말) 여기가... 어디냐?
연하 (E) 그날 난 이 길을 막 뛰고 있었어.. 내 생애 가장 설렜던 날이었어..
완 (그곳을 조금은 알겠는, 서서히 굳어지는, 눈가가 붉어지는)

＊점프컷 》
완의 얼굴과 거리의 그림이 교차로 보여지다가, 회상으로 넘어가는,

＊점프컷, 회상 》
1, 노트북 화면의 그곳을 연하가 죽어라 핸드폰을 들고 뛰고 있는,
2, 완, 다른 길에서 죽어라, 핸드폰을 들고 뛰고 있는,

뛰는 두 사람 교차되며, 핸드폰으로 대화하는,

완 왜, 왜, 왜, 뛰어야 되는데, 왜, 왜?
연하 내가 오늘 너한테 프러포즐 할 거거든.
완 (멈추면) ?!
연하 (죽어라, 뛰며) 우리가 만날 그 성당에서 오후 여섯 시 정각에 프러포즐 하면, 영원한 사랑이 이뤄진단 전설이 있대. 진짜로! 우리, 결혼하자! 혹시, 대충 뛰는 거 아니지?
완 (죽어라 뛰며) 가가가가!
연하 (뛰며, 시계 보고) 이런 곧 여섯 시다.
완 (뛰며, 웃으며) 고고고고고!
연하 (웃으며, 뛰며) 고고고고!

그때, 카메라, 연하를 죽어라 쫓아가는데, 갑자기 다른 편에서 차가 와서 쿵하고 연하를 박는,
완, 뛰다 놀라, 멈춰 서서, 앞을 보면, 연하, 차에 치여, 눈만 껌벅이는, 피가 나는,
완, 멍한, 핸드폰 그 자리에서 놓치고, 주저앉는, 성당의 종소리가 들리는,

＊점프컷, 현실, 노트북 화면 》
성당이 보이고, 성당의 종소리가 울리는,

연 하 (E) 종소리 듣고 있어? 여기 오는 게 나도 편하진 않았지만, 용기를 냈지. 우리의 영원한 우정을.. 꼭 빌고 싶었거든. 완아, 난 영원히 널 사랑해, 친구로서. 외로워하지 마. 너한텐 내가 있다.

＊점프컷 》
완, 노트북을 확 덮고, 괜찮은 척, 이를 앙다물어도, 어쩔 줄을 모르겠는, 맥주를 마시는데, 맘이 너무 아픈, 일어나, 다시 냉장고로 가서, 술을 꺼내, 마구 마시는, 순간, 우르릉 번개 치고, 천둥 치는,

씬 57. 난희의 가게 안, 밤.

난희, 정리하다, 천둥 번개가 치는, 그때, 일우 들어오는,

일 우 장사 끝났어요?
난 희 (웬일인가 싶은, 전화 오면, 보고, 일우에게) 잠깐만요. (받으며) 왜? (하며, 일우를 힐끔거리는)

씬 58. 카페 안(까사블랑카로 쓰인 간판 보이는), 비 오는 밤.

충남, 와인을 마시며, 조금 취한, 전화하는,

충 남　(쓸쓸하고, 그리운) 왜 못 오는데?

그때, 영원, 들어와, 충남을 보는데, 안쓰런,

씬 59. 성재의 방 안, 밤.

성재, 침대에 누워, 그림책에 색칠을 하며,

성 재　졸려. (책을 접으며) 너도 가, 일찍 자, 임마.

씬 60. 카페 안, 밤.

충 남　오빠, 진짜 선수군. 나한테 잘 가, 또 보자 그래놓고, 내가 같이 술 한잔하자니까, 안 나오고.

씬 61. 성재의 방 안, 밤.

성 재　(웃고) 내가 언제 너보고 또 보자 그랬어? (생각난) 아, 단체 문자?

씬 62. 카페 안, 밤.

성 재　(E) 야, 그건 단체 문자지..

충 남　(전화 끊고, 영원 보며) 고개 숙여봤자야, 쪽만 팔려, 지금처럼?

영 원　(안쓰럽게 웃는) ..

씬 63. 성재의 방 안, 밤.

성재, 전화기 보고 웃다가, 희자에게 전화하는,

희 자 (E) 왜요?

성 재 (웃으며) 왜요는 쪽발이 요가 왜요다. 굿밤이다! (하고, 전화 끊고)

씬 64. 희자의 방 안, 밤.

희 자 (티브이 영화 보다, 전화 받은 듯, 전화기를 내리며) 뭐래, 징그럽게.

씬 65. 카페 안, 밤.

충 남 (쓸쓸한 웃음, 작게 지으며) 난희 년한테 했더니, 그건 뭐 기타 치는 놈 밥 준다고 못 온다고 하고.... 정아 언니, 희자 언니한테 술 먹자고 전화했다가, 정신 나갔냐 욕먹고, 그래서, 기껏 너.

영 원 (안쓰레 보고, 웃으며) 나라도 있네!

충 남 예술인 놈들이 까사블랑카라고 해서, 내가 초저녁부터 여길 왔거든.. 근데, 길 건너, 하얀 집에 있었대. 문자 보낸 애가 박 교순데, 스페인에서 살아서... 하얀 집을 까사블랑카라고 한 거래나.. 개***놈. 결국 거기서 지들끼리 술 먹고 갔대.

영 원 (안쓰럽게 보고, 웃으며) 젊은 애들이랑 놀다, 내가 이렇게 당할 줄 알았다! 이래도 젊은 애들이랑 놀래? 이래도 영맨 영맨 할 거야?

충 남 난 늙은이가 싫어서... 결국엔 나보다 일찍 다 죽어... 우리 부모.. 우리 형제.. 우리 사촌...

영 원 (짠해 보는)

충 남 (쓸쓸히 보며, 웃으며) 너도 완이 생각함 개랑 놀지 마, 기집애야. 개가 우리랑 놀아서 우리.. 죽는 꼴밖에 더 봐?

영원　(일어나, 충남 일으키며) 우리 집 가자, 여기 계산!

충남　(일어나며) 야야야, 내가 해, 내가! 얻어먹는 거 딱 질색이야.

영원　(흉내) 우리 친구 아이가.. (하고, 종업원 오면, 카드 주고)

충남　(짠해, 웃고) 그래.. 친구지.... 바람 쐴래. (하고, 나가는)

영원　어디 가지 말고, 밖에 꼭 있어.

씬 66. 카페 밖, 밤.

충남, 처마 옆 벽에 기대, 비 보다, 그 앞을 뛰어가는 동진을 보는, '어?' 싶은, 걸어서 동진 간 곳으로 두어 걸음 가는데, 맘이 쿵 하는,

＊점프컷 》

완, 술 취해, 비 맞고, 처마 밑에 앉아, 울고 있고, 동진, 가서, 그런 완을 답답하고 안쓰레 보는,

동진　(안쓰런, 걱정) 왜 그래?

완　(울며, 동진 보는데)

＊플래시컷 》

연하와 좋았던 때와 사고 장면이 마구 스치는,

＊점프컷, 현실 》

완　(맘 아프고, 기운 없는) 선배.. 내 기억 좀 어떻게 해줘봐봐... 내 머리 속 기억 좀 어떻게 해줘봐봐.. 연하.. 연하 좀 어떻게 해봐봐..

동진　(맘 아파, 무릎 꿇고, 완의 입에 입을 맞추는)

＊점프컷 》

충남, 영원, 그 모습을 보는, 참담한, 완의 울음소리 크게 들리는,
그런 네 사람의 모습에서 엔딩.

dear my friends

6 부

되돌아갈 수 있는 길,
되돌아갈 수 없는 길

씬 1. 카페 밖, 밤(5부 엔딩 연결).

충남, 영원, 동진이가 우는 완이를 안고, 가만있는 모습을 멍하고 참담하게 보다, 봐서 뭐하냐 싶어, 담담히 돌아서는데, 멀리, 택시가 서고, 난희(술을 마신), 우산을 쓰고 내리며, 충남과 영원을 보고, '비가 오는데, 헤이, 바람 부는데, 헤이!' 하며 신나게 노래 부르고, 춤을 추며, 신이 나 걸어오는, 충남, 순간 아차 싶어, 뒤를 돌아보려 하면, 영원, 충남, 툭 치고, 돌아보지 못하게 하고, 재빨리 난희에게 가서, 같이 장단 맞춰, 춤을 추며, 노랠 부르는,

난 희 (술이 좀 취한, 노래하다, 멈추고) 너랑 나랑 이 정도로 안 친하거든.
영 원 알거든. (하고, 계속 이어서, 노랠 부르며, 난희가 완이 못 보게 차로 이끌고)
난 희 (영원 노래 받아서, 노래 부르며, 가는)

충남, 영원과 난희를 보며, 고개 젓고, 둘 쪽으로 걸어가는,

씬 2. 민호의 정비소, 밤.

민호, 기름칠한 얼굴에 땀 흘리며, 전화하는,

민호 엄마? 비 오는데, 어때? (하늘 보며) 아.. 그쳤구나... (이상한) 굿밤?

씬 3. 희자의 집 안, 밤.

희자 (전화하고 있는) 그래, 굿밤이 뭐냐고? 누가 나한테 이 밤에 전화해, 굿밤이라며 끊어서... 굿밤이 뭐야?

씬 4. 민호의 정비소, 밤.

민호 (일하며, 전화하며) 굿밤? 그거 잘 자란 소린데.... 누가 그래, 엄마한테 잘 자라고? (일하며, 아무렇지 않게) 설마, 남자? 나 그거 싫은데.. 엄마 옆에 남잔나 하나, 알지?

씬 5. 희자의 집 안, 밤.

희자 (답답한, 별소릴 다 한다 싶은) 자!.. 하늘이 임신했는데.. 일찍 들어가고.. 어서! (하고, 끊고, 정아에게 전화하는)

씬 6. 석균 정아의 방 안, 밤(비 그친).

석균, 자고, 정아, 졸린 채 앉아, 전화를 받고 있는,

정아 (귀찮은) 뭐.. 군밤?
희자 (E, 강조) 굿밤!
정아 (하품하며, 귀찮은) 굿.. 밤? 그게 뭔 소리야?

씬 7. 희자의 집 안, 밤.

희자, 영화 틀어놓고, 전화를 하는,

희 자　(황당한 듯) 민호한테 물으니, 잘 자란 소리래. 어이없지 않니? 남이사 잘 자든 말든 자기가 무슨 상관이래? 안 그래?

씬 8. 석균 정아의 방 안, 밤.

석균, 자다가, 잠결에 주섬주섬, 정아의 무릎을 베면, 정아, 희자도 답답하고, 석균도 밉상인, 손으로 석균의 머릴 탁 밀어버리고, 석균, 모르고, 코를 골며 몸을 웅크리고, 자는,

정 아　참내.. 잘 자란 게 뭐 그렇게 화가 나? 못 자라 그런 것도 아니고, 잘 자라면, 잘 자면 되겠네. (하는데, 전화 끊긴) 희자야? (전화기 보고) 에우, 쏘가지.. (하고, 전화 다시 걸고, 귀찮지만 받아주는) 하고 싶은 말 다 해봐. (하고, 하품하는)

희 자　(E, 망설임 없이 하는) 나는 그냥 그 사람이 다 맘에 안 든다고..

씬 9. 희자의 집 안, 밤.

희 자　(전화하는) 두고두고 생각해도.. 석균 씨 말이 백번 맞지, 잤냐고 묻는데, 낄낄거리고 웃으면, 누구라도 믿지, 잤다고... 그날도 봐, 나는 심각하게 묻는데, 지는 계속 실실거리면서.. 말 한마디 안 하고, 사람 염장 지르는 거,

씬 10. 석균 정아의 방 안, 밤.

정 아 (앉아, 전화기를 들고, 조는) ... 그러.. 네..
희 자 (E) 그리고, 내 남편 얘길 왜 해?

두 사람의 모습, 분할되는, 희자, 열 받아 얘기하고, 정아, 조는,

희 자 내가 지 부인 얘길 하면 지는 좋겠어? 사람이 늙으면 예의가 있어야지... 할 말 안 할 말도 못 가리고.. 내가 이제 성당 가기도 무섭다니까.. 내가 왜 그 사람 땜에 성당 가는 게 두려워져야 하니, 왜? 어, 왜?

씬 11. 난희의 집 안, 밤.

난희, 충남, 테이블에 앉아, 술 마시며 얘기하고 있는, 영원, 따뜻한 미소 짓고 집 구경하는, 난희의 정갈함을 보는 듯한, 그 그림 위로 충남, 난희, 대사 들리는,

난 희 (깔깔대고 웃으며, 충남에게, O, L) 내가 무슨 남잘 만나? 지금 만날 거 같음, 여적 지조 지킨 게 억울하다!
충 남 (심드렁) 지조는 무슨.. 장터에 내다 팔아도 거들떠도 안 볼 거.
난 희 누가 아냐, 사갈지?
충 남 그럼 니 지조 팔 때 내 지조도 팔아봐, 얼마나 주나?
난 희 (박장대소를 하며, 웃는) 낄낄낄.
충 남 어떤 놈?
난 희 (농담조) 웃긴 놈! (웃고) 그냥 좀 웃겨, 그 나이에 새초롬하게 앉아서, 맨날 지 혼자 짬뽕 시켜 먹는 게, 청승, 처량, 귀엽기도 하고.. (웃고) 전 같음 너는 마셔라, 나는 팔란다, 할 건데, 비가 오니까... 나도 한잔 주지 하니까, 그게.. 그러죠? 그러대. (웃으며) 그래서, 간만에 남자랑 술 한잔 거하게 빠셨다는?
충 남 남잘 갖고 노냐? 너 그렇게 막 가다, 저승까지 내처 간다.
난 희 (웃으며, 술 마시고, 영원 보고) 야, 볼 것도 없는 집구석 구경을 무슨 한나절을 해!
영 원 (앉으며, 농담) 진짜, 볼 거 없다야.

난 희　(싫지 않은, 곁눈질) 기집애. (하고, 옆의 주스 따라 영원 주고, 자긴 술잔 들면)

영 원　(술을 따라, 잔 부딪치며, 난희를 눈 흘기고 보며) 기집애.

충 남　(술잔 들고, 부딪치며) 말은 제대로 해, 늙은 기집애. (술 마시고)

난희, 영원　(먹다, 웃고, 뿜고, 흘리고)

충 남　(바닥에 누우며) 야, 우리 이렇게.. 셋이 그냥 같이 살까?

영 원　(누우며, 노래 부르고)

난 희　(누워, 노래 부르고)

충 남　(둘을 보고, 웃다가, 영원 보고, 난희 몰래, 작게) 완.. 이..?

영 원　(못 들은 척, 노래만 부르는)

충 남　(완이 생각나는)

씬 12. 완의 집 계단, 밤.

완, 조금 비틀거리며, 걸어 올라가고,
동진, 그 뒤에서 완을 지켜보는 듯한, 완(동진에게 미안하고, 조금은 난감한, 죄책감도 드는), 힘들어도, 잘 걸어가서, 버튼키 누르고, 문 열고, 동진 보며,

완　이제 가.

동 진　(담담히, 같이 들어가겠단 뜻으로) 들어가.

완　(못 보고) .. 그냥.. 가...

동 진　(담담하고, 따뜻하게, 보면)

완　(미안한, 말을 못 하겠는) 차만 마시고 가라, 그럼. (하고, 들어가는)

동 진　(들어가는)

씬 13. 완의 집 안, 밤.

완, 들어오고, 동진, 들어와 주변 보면, 지저분하게 널린 자료들이며, 책이 보이고, 완, 서둘러, 어색하게, 그걸 정리하는,

동진 (찻물 올리며) 좀 씻어.

완 (정리하며) 아냐.. 나중에...

동진 (차를 준비하며, 안 보고) 씻어, 감기 걸려.. 지금 하는 번역 급한데, 감기 걸려, 지장 줄 거야?

완 (정리하다, 동진 보고, 어색한, 주변의 일상복을 들고) 그.. 그럼.. 십 분만. (하고, 욕실로 들어가는)

동진 (차분히, 차만 준비하다, 한쪽에 놓인, 완과 연하의 익살스런 사진을 보고, 작게 쓸쓸하게 웃는)

***점프컷, 시간 경과 》**

동진, 컴퓨터를 켜놓고, 의자에 앉아 영화를 보는, 완, 그 옆 의자에 앉아 차를 마시며, 영화를 같이 보는, 밝은 느낌의 영화다, 둘이 보고, 웃는,

동진 나는 이 배우가 진짜 좋드라.

완 잘하지.. 다큐처럼.. (차 마시고, 조금 어색해지는, 그러다 용기 내서) 저기.. 선배.

동진 (그때, 일어나며, 웃음 띤) 실은, 이 영화 나는 봤어.

완 ?!

동진 보고 자.. 기분전환될 거야. (하고, 완의 머릴 흩트려주며, 따뜻하게) 딴생각 말고, 잡생각 말고, 이상한 생각 말고, 그냥.. (두 손가락으로 컴의 화면을 가리키고, 다시 완의 두 눈을 가리키고) 보고.. 자. (하고, 가는데)

완 (어색하지만, 그래도 작심하고) ... 미안.. 선배.

동진 (현관문 열다, 완이 보고)

완 (보며) 정말.. 미(안)

동진 (말꼬리 끊으며) 안녕. (하고, 가는)

완 (미안한, 창가를 보고, 차 한 모금 마시고, 그리고 일어나, 창가로 가서, 내려다보는)

***인서트, 거리 》**

동진, 생각 많게 걸어가는 모습이 보이는,

***점프컷 》**

완, 맘 아프게, 동진을 내려다보는,

완 (N) 이건 너무나 분명한 실수다. 나는 연하를 잊기 위해 동진 선배를 이용했다. 인정한다, 그래선 안 됐었다. 연하 문젠 오롯이 내 문제다.

그때, 전화 오고, 완, 보면, 연하다, 맘이 짠한, 전화 끄는,

씬 14. 연하의 집 안, 밤.

연하, 아령 들고, 운동한 듯 땀을 흘리며, 전화를 하고 있다, 전화가 꺼지자, 전화기 내리고, 컴으로 가서, 그림을 그리고, 플레이를 누르면, 키스하는 만화의 남녀 주인공이다, 연하, 보고, 웃으며 열심히 일하는,

씬 15. 완의 집 안, 밤.

완, 창밖으로 동진을 보며,

완 (N) 선배.. 이젠 진짜 안녕. (커튼 치며) 박완.. 너도, 이제 그만.

***인서트 - 자막 》**

되돌아갈 수 있는 길,
되돌아갈 수 없는 길

씬 16. 성당 가는 길, 낮.

희자, 전화하며 가는,

희 자 너도 그렇게 느꼈지? 내가 그럴 줄 알았어, 눈치 없는 너도 그렇게 느낄 줄 알았다고.

씬 17. 기자의 집 안, 낮.

기 자 (방 걸레질하며) 성재는 너한테 아직도 관심 있어. 내가 딱 보니, 척 하고, 알겠드라. 근데, 넌 진짜 관심 없어?

씬 18. 성당 가는 길, 낮.

희 자 (억울한) 내가 뭔 관심이 있겠니? 낼모레 죽을 늙은이가 뭔 관심이 있겠어! 나, 그렇게 안 살았다? (그러다, 앞에 오는 성재 보고, 서둘러 전화 끊는) ?!

성 재 (편하게) 잘 잤냐, 꼬마?

희 자 (어이없는, 황당한, 주변 살피고, 다시 보며) 내 나이가 칠십이에요? 누가 꼬마야? (하고, 가는)

성 재 (웃고, 재밌는, 희자 따라가는) 오늘 봉사한다며? 나도 할 건데? 근데, 너 안 힘들겠냐?

정 아 (속상한, 답답한, E) 아니긴 뭐가 아냐?

씬 19. 석균 정아의 집 안, 낮.

정아, 밥을 차리며, 전화를 하는,

정 아 (걱정, 답답한) 누굴 바보 천친 줄 아나.. 충남이가 성재 씨 힐끔거리는 거 내가 다 봤는데, 아냐? 이러다, 난리나, 진짜!

석 균 (세수하고, 나오며) 뭘 봤는데? 뭔 난리가 나? (하고, 영양제 한 움큼 먹으면)

정아 (석균에게) 한 알씩 먹어, 목메요!

석균 (물 마시다, 캑캑대는)

정아 (버럭, 속상한, 석균 등 쳐주며) 이러다, 디져, 그냥! (하고, 방으로 가며, 버럭) 오핸 무슨 오해야!

씬 20. 난희의 집 안, 낮.

난희, 퍼져 자고, 영원, 막 일어난 듯, 전화 받고 있고, 화장실에서, 충남이 머리 감고 나와, 난희를 발로 차며, '일어나' 하고, 자기는 차를 준비하고, 영원, 충남 보고, 베란다로 나가며, 답답한,

영원 왜, 소릴 질러, 언니는?!

씬 21. 석균 정아의 방 안, 낮.

정아, 전화하는,

정아 (걱정되고, 답답한) 소리 안 지르게 생겼니? 늙어서 친구, 선후배 사이에 지저분한 일 생기게 생겼는데? 내가 말 만드는 사람이냐? 걱정하는 거잖어? 충남이 말리라고?

씬 22. 난희의 베란다, 낮.

영원 (전화하며, 집 안에서 난희가 물 마시고, 충남이 차 준비하는 걸 보며) 언니가 희자 언니 말려요! 왜 내가 충남 언닐 말려! 일평생에 이제야 제대로 물 만났는데!

씬 23. 석균 정아의 방 안, 낮.

정 아 (속상하고, 답답한) 조희자가 말려지니?

***교차씬 》**

영 원 (이상한, 뭔가 싫은) 희자 언니가, 오빠 좋대?

정 아 걔가 좋다 싫다 말해! 남자가 끌고 가면 어디로 가는지도 모르고 그냥 끌려가는 애가!

영 원 (인정하는) 하긴, 전에 형부도 불독 같은 개상이었는데... 난 안 끌려갈 줄 알았는데, 기어이 남자가 좋다고 끌고 가니까, 끌려가드라.

그때, 충남, 영원에게 차를 주러 와서,

충 남 뭐야?

영 원 (찻잔 받으며, 귀찮은) 나가.

충 남 (문자를 보여주며) 성재 오빠?

영원, 문자 보면,

***인서트, 문자 내용 》**

귀여운 이모티콘에, 문자,

성 재 (E) 꼬마야, 잘 잤니, 어젠 못 나가서, 미안했다. 또 보자.

***점프컷 》**

충남, 삐기듯 웃고, 나가고,

영 원 ?!

정 아 영원아, 너 내 말 들어? 어쩔 거야? 충남이?

영 원 (답답한) 언니 순영이랑 연락해?

정아　갑자기 순영이 얘긴 왜 해?

영원　(아니다 싶은) 그냥 순영이가 잘 있나.. 해서?

정아　잘 있지 그럼, 번번이 만만한 에미 갈구며.. 아, 하던 얘기나 마저 해, 너, 어쩔 거야, 충남이?

영원　난 충남 언니 밀 거야, 언닌 언니 알아서 해.

정아　(버럭, 답답한) 아주 지랄해, 아주! 밀긴 뭘 밀어? 낼모레 관짝 이고 갈 것들이! 남자 하나 땜에 육십 년 언니 동생 사이 이제 금 가네, 금 가! 편들지 말고, 주둥이 닫어, 클 날라 그래, 그냥. (하고, 전화 끊고, 화면 사라지는)

영원　(전화 끊으며, 고개 젓고, 한숨 쉬고, 차 마시는데)

난희　(들어오며, 차 마시며, 조금 피곤한 듯, 아무렇지 않게) 충남 언니랑 희자 언니랑 성재 오빠 삼각관계 돌입한 거 같지?

영원　(말꼬리 끊으며, 핸드폰 흔들며) 정아 언니가 주둥이 닫으래.

난희　(장난, 남자처럼) 아, 예~ (조용히 쉬 하란 뜻으로, 손가락 입술에 대고) 조심, 조심. (하고, 나가며) 밥 먹자.

그때, 영원, 나가려 하면, 충남, 와서, 다짜고짜,

충남　어제 우리 본 거, 완이.. 어쩔 거?

영원　도를 아십니까? 알어? 세상에 이 도 저 도 많지만, 내가 살아보니 진짜 도 중에 도는 냅도야! 완이가 알아서 해, 냅둬!

충남　(보다) .. 맞다, 근데, 순영인,

영원　(그때, 문자 오고, 보며) 호랑이네. 순영이가 나 보자네.

충남　걘 도와라.

영원　난희한텐,

충남　너, 일 간다 할게. (하고, 가는)

영원　(답답한, 가는)

씬 24. 난희의 방 안, 낮.

충남(외출 준비하고), 한쪽에 놓인, 사진 속의 발레 하는 어린 완이, 노래자

랑 나간 어린 완이, 바이올린 켜는 어린 완이를 보는, 그때 난희, 화장대에서 립스틱을 바르며, 말하는,

난희 (거울 보고, 화장만 하며) 늙은 배우라도 쓸 데가 있나 봐? 방송국에서 불러주는 거 보면? 안 힘들대?

충남 (사진만 보며) 힘들긴... 우리 나이에 저승사자 말고 누구라도 불러줌 다 반갑지, 안 그래?

난희 크크크.. (웃고, 화장하며) 우리 완이, 그때 진짜 귀엽지? 이쁘고?

충남 (사진만 보며) 얘는 뭘 많이 배웠네..

난희 내가 시키니까, 우리 완이 내 말이라면 껌벅 죽잖아.. 근데, 내가 작가가 되고 싶었잖아, 그래서, 어느 날 다 때려치고 작가하랬지.

충남 (보며, 이상한) 그러니까, 걔가.. 니 말을 들어?

난희 그럼.. 그러니까 내가 살았지. (하고, 웃으며, 화장을 계속하며) 남편이 바람펴도, 아부지가 술 마시고 도박하고 엄마 패도.. 완이 땜에 살았어, 내가..

충남 (그중 사진 하날 들어 보면, 완이 대학 때 충남과 난희와 함께 찍은 사진인) 나도 있네.

난희 가져.

충남 (사진 보며, 짠해 웃으며) 그러까...

그때, 완이 목소리 들리는,

완 (E) 엄마!

난희 어머.. 얘가 웬일이야.. (하고, 나가는)

충남 (사진만 보는)

씬 25. 난희의 주방 안, 낮.

완이 밥 먹고, 난희, 그런 완이 이쁘게 보고, 충남, 그 옆에서, 검정고시 책을 보는,

난희　정말 나 가게 데려다주러 왔어?

완　(밥 먹으며) 그렇다니까.. 우리 못 본 지 꽤 됐잖아, 그립드라고. 밤에 비 오는데.. 이 아줌마가, 잘 주무시나.. 걱정되드라.

난희　(좋은, 완이 볼에 뽀뽀해주는)

완　(정색) 그렇겐 하지 마?

난희　(완이가 좋단 뜻) 좋아.

완　(어이없이, 웃으며) 내가 그렇게 좋아?

충남　(완과 난희 보는)

난희　(정색) 너 딸 없지, 그럼 말을 하지 마! (하고, 반찬 주며) 내가 남자가 너만큼 이뻤음 상사병이 걸려도 골백번은 걸렸을 거다.. 히히...

완　(웃고, 밥 먹는)

＊점프컷, 충남의 시점, 회상 》

전날 밤 완이 동진과 입 맞추며 울던,

＊점프컷, 현실 》

난희　(반찬 집어주며) 이거 먹어.

충남　(난희가 안된, 책 보며) 니 엄만 완이 너 좋아 죽는데, 너는 어때?

완　나? (하며, 난희 보는)

난희　(기대하고 보면)

완　(보고, 농담) 부담되지.

난희　(웃으며, 농담) 부담돼라.

완　(난희를 빤히 보며 웃고) 이뻐, 진짜.. (하고, 볼에 입 맞추고)

난희　(좋은) 크크크크...

충남　그럼 됐네.

완　(밥 먹다 충남 보며) 뭐가?

난희　(충남 보면)

충남　(책만 보는)

씬 26. 개인 병원 앞, 낮.

순영(팔에 깁스를 한), 나와서, 가고,
영원, 의사 뒤에서 따라 나오며 말하는,

영원 골병?

의사 한두 번 맞은 게 아냐. 여기저기 탈골에 뼈에 금까지 갔어.... (심각하단 듯, 고개 젓는)

영원 고마워, 닥터 한. (하고, 가는)

씬 27. 공원, 낮.

영원, 순영(편하게, 웃음 띤) 앉아, 얘기하는,

순영 친구랑 미국 갈 거야. 알아보니, 식당이나 카페밖엔 일자리가 없어서.. 당분간 가서 그거라도 할라고. 이모가 살았던 플로리다래. 거기 어때?

영원 (깁스 보며, 걱정스럽고, 작게 한숨 쉬고) 너 엄마 아빠한테 왜 상의 안 해, 이런 큰일을.. 아빤 무서워해도, 엄마는.. (혹시나 싶은) 엄마한테 뭐, 서운한 거 있어?

순영 아빠한텐 서운한 거 있지..

영원 ?

순영 (서글프게 웃으며, 하늘 보고) 엄마한텐.. 내가 서운한 게 뭐 있겠어? 남의 자식, 이만큼 키워준 걸로 됐지. 없어, 서운한 거.. (하고, 영원 보다, 전화 오고, 보면, 엄마라고 쓰인, 맘 아프게, 끊고, 하늘 보는)

영원 (핸드폰 보고, 순영을 보고, 걱정되는)

씬 28. 수영의 집 안, 낮.

정아, 애기 업고, 청소기 돌리며, 속상한,

정 아　단단히 삐쳤나 보네, 이게..

그때, 수영, 잠자던 얼굴로 나오며,

수 영　밥은?
정 아　(청소기 끄고, 냉장고에서 반찬 꺼내며) 니 언니한테 전화해봤어?
수 영　(밥 먹으며, 무심히) 안 했는데?
정 아　(버럭, 속상한) 너는 왜 그러니?! 부모 죽음 형제밖에 없는데, 형제끼리 살갑게 좀 하지! 내가 언니 안 좋아 보인다고, 전화해보랬잖어! 왜 그렇게 인정머리가 없어?!
수 영　(밥 먹다, 버럭, 속상한) 유치원 원생 떨어져 짜증 나는데, 왜 엄마까지 그래! 내가 놀아?! 나 살기도 바빠!
정 아　(기죽은, 답답한, 반찬 주며) 원생이.. 많이 떨어졌어?

씬 29. 성당 안, 몽타주(복도, 계단 등등) 낮.

1, 계단.
늙은 신도들(남자 여자 섞인), 누구는 계단을 쓸고, 누구는 대걸레질을 하고, '여기 쓸어, 저기 쓸고' 하며 신이 나서, 웃으며, 청소하는,

2, 남자 화장실, 낮.
성재, 팔을 걷어붙이고, 열심히, 땀을 흘리며, 거품 솔로 세면대를 열심히 닦는,
그때, 여신도(1부, 4부에 계속해, 나왔던)가 와서,

여신도　(눈웃음치며) 요셉 님, 우리 물 필요한데?
성 재　(일하다, 보는) ?

3, 복도, 낮.

신도들, 여럿 쓸고, 닦고 하고, 그 옆에서,
성재, 물걸레를 물통에 빨아서, 여신도에게 주면,

여신도 고맙습니다, 어쩜 이리 일도 잘하시는지..
성 재 (웃으며) 고생하세요, 그럼. (하고, 가는데, 여자 화장실을 지나쳐 가다가, 왝왝 소리에, 뭔가 이상해, 보면)

4, 여자 화장실 안, 낮.

희 자 (이마에 땀 난, 한 손으로 입을 틀어막고, 구토가 나도, 솔로 변기를 닦고 있는, 힘이 들고, 땀이 나는)
성 재 (그 모습 귀엽게 보고, 다가가, 희자 등을 톡톡 건드리면)
희 자 (깜짝 놀라 보면)
성 재 (웃고, 솔을 뺏어서, 청소하며) 넌 쉬어! 내가 할게. (하고, 열심히 일하는)
희 자 (왜 나는 이것도 못하나 싶어, 속상한, 나가는)

5, 복도, 낮.
희자, 물 양동이를 땀을 비 오듯 흘리며, 들고, 화장실 쪽으로 가는, 열심히 하고 싶은 의욕은 있으나, 힘이 드는,
성재, 화장실에서 나오다, 그 모습 보고, 달려가, 양동이를 들고,

성 재 내가, 내가 해줄게,
희 자 (지쳤지만, 안 뺏기려 하며) 놔둬요!
성 재 (뺏으려 하며) 에헤! 그러다 탈골하네, 탈골! 내가 할게, 내가!
희 자 (안 뺏기려 하며, 지친) 남이사! 놔둬요, 나도 할 수 있어요! 나도 혼자 할 수 있어요!
성 재 (뺏으려 하며) 다른 거, 쉬운 거 하면 되잖어! 이건 내가 할게!
희 자 (안 뺏기려는) 이거 할 거예요!
성 재 아, 좀! (하고, 뺏으려다, 성재, 물 양동이를 확 뒤집어쓰는)
희 자 (슬픈, 고개 젓고, 가는) 지도 늙었으면서..
성 재 (감기 걸린 듯, 희자 뒤에서 재채기하는) 에취! 에취!

씬 30. 성당 안, 낮.

여러 신도 모두 모여 소감을 말하는, 조용하고, 경건한 분위기, 모두 손을 잡고, 둥그렇게 서서 말하는, 젊은 신부도 함께 손잡은, 희자와 성재도 손을 맞잡는, 희자(땀 나고, 지친)는 새끼손가락만 주고, 성재가 다 잡으려 해도, 피하는, 다른 사람들은 손을 꽉 잡은,

남신도 (웃으며) 맨날 젊은이들 신세 지다, 이렇게 늙은이들이 다 같이 모여 우리 성당을 청소하니까, 좋았습니다. (끝났단 뜻으로 옆 사람을 보면)

신 부 (어른들이 기특한 듯, 웃는)

여신도 (성재 보며, 웃으며) 요셉 님이 많이 도와주셔서, 잘 마칠 수 있었네요.

신 부 저는, 봉사하는 어르신들 보며 정말 감사하고 충만한 마음이 들었습니다.

성 재 (코를 훌쩍이지만, 웃으며) 저도 봉사의 즐거움을 알아, 너무 너무 기쁘고, 좋았습니다. (하고, 희자 보는)

희 자 (제 생각에 빠져, 멍한)

신 부 마리아 님?

모 두 (희자 보고) 마리아 님...

성 재 (사람들 모르게, 정신 차리라는 뜻으로, 잡은 희자의 손을 흔들면)

희 자 (그제야 정신 들고) 무, 무슨.. 말들 하는 거죠, 지금?

신 부 오늘 봉사 소감 말하고 있었습니다. 마리아 님?

희 자 봉사.. 소감? 어떻게.. 말하는 거죠?

신부, 성재 그냥 솔직히..

희 자 네, 그럼.. 전 솔직히.. (슬픈) 힘들었네요.

모 두 (기대하다, 웃다가, 쎄한)

여신도 (싫은 듯) 더 없어요?

희 자 (스스로가 슬픈, 멍하니, 여신도 보며) 더.. 요?

모 두 (기대하고 보면)

희 자 (앞만 보며) 음.. 더.. 솔직히.. 말하면.. (더욱 슬픈) 진짜, 많이.. 힘들었네요. 너무 많이.. 이상입니다.

성 재	(앞 보며, 희자가 귀여워, 안 웃으려 입을 다물어도 킥킥 소리 나는)
희 자	(슬프게, 성재 보며, 왜 이래 싶은)

씬 31. 성당 근처, 낮.

희자, 힘들게 가는데, 성재, 걸어와 희자 툭 치면,

희 자	(보면)
성 재	(먹을 걸 주며) 힘들어 보이던데, 먹어?
희 자	(문득 주변 보면, 여신도가 째려보고 있는 게 보이는)

＊플래시백, 회상 - 2부 》

여신도	(성재를 가리키며) 조심하세요, 사탄이에요.

＊점프컷, 현실 》

희 자	(성재 보며) 이런 거 주지 마요, 그러니까 사탄 소리 들어.
성 재	(먹을 것을 먹으며) 누가 그러는데, 내가 사탄이라고?
희 자	(눈을 흘기며 가는 여신도를 턱으로 가리키며, 기운 없는) 저 자매.
성 재	(먹으며, 아무렇지 않게) 이거 저 신도님이 준 건데?
희 자	?!
성 재	(웃으며) 내가 좋은가 보드라고. 자꾸 말 시키고 뭘 줘.
희 자	(기운 없는, 다들 왜 그러나 싶은, 가면)
성 재	니네 집에 가서, 나 차 한 잔 줄래?
희 자	(가며, 기운 없는) 싫어요..
성 재	그럼 맘 날 때 줘라.... 참 나, 차 가져왔는데, 집에 데려다줄까?
희 자	(멈춰 서며, 담담히) 차 가져와요.
성 재	(반색하며) 내 차 탈래? 알았어, 금방 올게. 여깄어라. (하고, 가는)
희 자	(가는 성재 보며) 뒤뚱뒤뚱.. 엿을 먹어야, 정신을 차리지.. (하고, 가는데, 힘

든)

*점프컷, 시간 경과, 같은 거리 》
성재, 차 몰고 와 서며,

성 재 (웃으며) 갔네.. 야... 여전히 매력 있어, 조희자... (깔깔거리고, 운전해 가며) 매력 있어, 매력 있어.. (휘파람 불고)

씬 32. 충남의 집 안, 낮.

충 남 (돋보기 쓰고, 손톱을 물어뜯으며, 제 생각에 빠져, 골똘한, 전화하고 있는) 성재 오빠가 문자했어, 꼬마야, 언제 차 마시자, 시간 날 때 전화해. 그렇게. 어떡해?

씬 33. 달리는 영원의 차 안, 낮.

영원, 차로 이동하는, 스피커폰으로 답답해도 담담히 말하는,

영 원 순영이 남편한테 맞은 거, 진단서 끊었어, 십이 주 나왔어. 나, 지금 정아 언니네 가는 중이야. 그런 내가 이 와중에 언니한테 이런 전화 받아야 돼?

씬 34. 충남의 집 안, 낮.

충 남 아니. (하고, 끊고, 손톱을 물어뜯으며, 방을 서성이며) 어떡하지? 그래, 오빠 차 마시자 그래, 아니, 말자 그래? 아.. 어쩌지? (하다, 난희의 집에서 가져온 완의 사진 보며) 완이, 넌 어쩌고? (고개 젓고, 머리 아프단 듯 가다가)

*플래시백, 회상 》

난 희　우리 완이 내 말이라면 껌벅 죽잖아..

***점프컷, 현실 》**

충남, 멈춰 서서, 사진 보고,

충 남　그래, 박완, 엄마 말 잘 듣는 너, 이번에도 니 엄마 말 한 번만 더 잘 들어라. (난희에게 문자 넣으며) 내가 나는 어찌해야 될지 모르겠지만, 너는 어찌해야 될지 알겠다. 유부남은 안 돼. (문자 꼼꼼히 넣는)

씬 35. 석균 정아의 집 전경, 밤.

정 아　(E) 어떡하냐, 줄 게 없네.

씬 36. 석균 정아의 집 안, 밤.

영원, 어색하고 답답하게, 앉아 있고, 정아, 웃으며, 과일을 가져와 테이블에 놓으며,

정 아　고작, 시든 과일 몇 쪽이다.. 지나가는 길에 왔대도 손님 대접이 영 그러네.

영 원　(하나 집어 먹으며, 어색한 웃음) 먹을 만하네.

정 아　(문득 생각나, 웃긴) 근데, 그 콜라텍인지 뭔지 하는 데 진짜 웃기드라. 세상에 나만 한 늙은이들이 바글바글.. (크게 웃으며) 내가 요즘 거기 갔다 온 생각만 하면 크크크.. 늙은이들이 하나같이 춤을 으찌나 잘 추던지.. (일어나, 춤을 추는 시늉하며) 이래 이래 이래.. (과일 먹으며, 깔깔대고 웃으며, 앉으며) 아이고, 웃겨 죽는 줄 알았네..

영 원　(어색한 웃음) 언니, 내가 여기 온 건,

정 아　(그때, 뭔가 문자 오는 소리가 나는) 잠깐만. (하고, 핸드폰 보고 얼굴이 환해지는)

영 원 ?

정 아 (자랑하듯, 사진 보여주며) 이거 봐라?

***인서트, 핸드폰 내용 》**

순영과 정아 모(코에 호스를 낀), 웃으며 사진을 찍은,

순 영 (E, 밝게) 엄마, 나 할머니 만나고 집에 가는 길. 사랑해. 전번 날 성질낸 거 미안.

영 원 (짠해, 정아 보면)

정 아 히히.. 기집애... 이게 쏘가진 별나도 딸년 중 젤 이뻐! (하고, 좋아서, 사진 보고, 핸드폰 옆에 놓고, 과일 먹으며, 편하게 웃으며) 영원아, 너 언제 울 엄마 보러 가자. 아마 이번에 보면, 울 엄마 보는 거, 마지막일걸.

영 원 (과일 먹는, 할 말 없는, 조심스레) 오빠는?

정 아 (아무렇지 않게) 순영이 남편 만나러? 둘이 죽이 잘 맞잖아. 서로 교수 사위, 장인어른 해가며,

영 원 (답답한) 언니.. 내가 여기.. 사실은 순영이 땜에 왔네..

정 아 (과일 먹다, 암것도 모르겠는) 순영이 땜에? 왜?

씬 37. 숍 안, 밤.

석균, 오 서방과 옷을 고르며, 신난,

석 균 이건 어떠냐?

오 서방 좋습니다.

석 균 (다른 거 고르며) 아이고, 이것도 좋네..

오 서방 (웃으며) 그것도 좋네요.. 사세요, 아버님. 제가 다 사드릴게요.. 사세요. 근데, (눈치 보며) 어.. 머니는, 오늘 우리 집 일.. 가셨나?

석 균 (옷만 고르며) 수영이네 갔을걸.. 순영이 년이랑 전번에 팽 한 거 같든데.. 거기 다신 안 간다든데.. 순영이 년이 오라고, 빌기 전엔...

오 서방 아.. 네... (하고, 옷을 하나 더 골라주는)

석균 (옷을 고르며) 마누라 단속 잘해, 오 교수, 너! 맨날 지 에미한테 팩팩대게 만들어, 왜?!

오 서방 (어색하게 웃고, 옷 골라주며) 이건 어떠세요, 아버님.

석균 (보고, 만지며) 야, 좋다, 좋아? (가격표 보며, 놀란) 익! 비싼데?

씬 38. 작은 슈퍼(앞 부에 나왔던) 앞, 밤.

석균, 평상에 앉아, 신이 나서, 소주를 마시고, 아파 보이는 동생에게 옷을 주고, 신이 난, 동생, 옷 하나를 입어보는,

석균 하난 너 입고, 하난 나 입고.. 형제가 쌍으로..

제수 (안주를 가져오고) 아우, 번번이.. 면목이 없어요, 진짜, 아주버니.

석균 (버럭) 별소릴 다 하네... (동생 얼굴 만지며) 당뇨는 먹는 걸 잘 먹어야 돼? 알지? 가려 먹어!

동생 (아프지만 웃으며) 네, 형님..

석균 오래 살아야지, 천년만년! (하고, 소주 먹으며) 아고, 좋다! (하고, 웃옷 벗고, 새 옷 입으며) 나도 입어보자... 좋다, 좋아! (동생 보며, 좋은) 근데 니 게 비싼 거다, 그건 알고 입어! 넷째, 셋째한텐 말하지 말고!

씬 39. 석균 정아의 집 안, 밤.

정아, 순영이 맞은 사진을 보고 있는, 눈가 그렁한, 몸이 떨려도, 애써 침착하려 하는, 또 보다, 더는 못 참고, 목에 건, 세수수건으로 얼굴을 가리고, 잡고, 엉엉 우는, 영원, 그런 정아를 안쓰레 보다, 창가 보는,

정아 (맘 아픈, 울음 멈추고, 맘 다잡고) 순영이한테 가자.. (하고, 일어나 방으로 가는)

씬 40. 고시원 근처, 카페 안 + 카페 밖 + 차 안, 밤.

순영, 친구와 웃으며, 기대에 차 즐거운 듯, 미국 이민 팸플릿을 보며 얘기하는, 길 건너 차 안에서 영원과 정아가 그 모습 보고 있는,

∗점프컷, 차 안 》

영 원 (순영 보다, 정아를 보면)

정 아 (순영을 보며, 먹먹한, 그립게 보는) 신혼 초에 한 번인가 두 번인가... 남편이 성질이 욱한다, 무섭다 그러긴 하드라고, 술 취하면.... 그래서... 내가 버럭했지, 남자 새끼들 다 그런다고, 그게 뭐 대수냐고.. 그랬더니, 그 뒤론 말이 없드라고... 그래서 나는 별일 없는 줄 알았지.. 이런 줄 알았나..

영 원 이혼시켜야 돼. 의사 말이 완전 골병 수준이래. 언니 때는 뭐 이러고도 다 살았다지만, 요즘 세상은,

정 아 (왈칵, 눈가 붉어지는, 이를 앙다물고, 정신 차리려는, 앞 보는, 생각 많은) 고만 말해.

영 원 석균 오빠랑 순영이 사인... 좀 심각한 일이니까.. 두고두고... 천천히 풀자, 언니.

정 아 (다시 고개 돌려, 카페 보면)

그때, 순영, 친구랑 나와, 팔짱 끼고 즐겁게 걸어가며 수다 떨면서, 영원의 차 뒤쪽으로 걸어가는, 정아, 고개 돌려, 가는 순영을 맘 아프게 보는,

영 원 간다, 언니... (하고, 운전해 가는)

정 아 (계속 순영을 멍하니, 보는)

씬 41. 아파트 단지, 엘리베이터 앞, 밤.

석균(새 옷 입고, 헌 옷 담은 봉투 든), 노래를 흥얼거리며, 만취해서, 비틀비틀, 엘리베이터에서 내려, 걸어가는, 그러고는, 집 대문을 발로 차고, 문을 두

드리며,

석균　순영아, 순영아! 호영아, 수영아!

지나가는 동네 사람 싫게 보면, 석균, 그 사람 보며,

석균　죄송합니다, 술 좀 먹었습니다. (하고, 비틀비틀 열쇠를 찾는, 그러다 열쇠를 흘리고, 열쇠 집다, 넘어지고, 그래도 기분 좋아, 괜히 히히 웃고, 열쇠를 집어서, 일어나, 노랠 흥얼거리며) 이게.. 또 처나갔나.. 들 멕여야 돼, 그래야 힘이 없어, 못 나가지.. 에우.. (하며, 열쇠로 문 열고, 들어가는)

씬 42. 석균 정아의 집 안, 밤.

석균, 들어서다, 불이 켜진 걸 보고, 이상한, 소파 쪽 보면, 정아, 창가만 보며, 눈가 붉어진 채, 멍하게 앉아 있는,

석균　(술 취한 채, 어이없는) 어라? 너 있었냐?

정아　(창가만 보는)

석균　근데 문을 안 열어! (봉투를 한쪽에 던지고, 두 손을 허리에 올리고, 짐짓 장난스레) 이게 진짜 서방을 뭘로 알고.. (발을 들려 하며) 콱, 그냥! (그러다, 히히히 웃고, 빼기듯) 내가 늙은 걸 감사해, 너! 오늘 기분 좋은 걸 감사하고! 물 떠 와! (하고, 정아 옆에 앉는)

정아　(창가만 보며, 눈가 붉은 채, 담담히, 그러나 심지가 있는) 순영이 이혼한대.

석균　(보며, 뭔 말인가 싶은, 농담으로 받는, 어이없어 웃으며) 지랄.. 왜? 왜? 왜? 남편이 너무 잘해줘 그런대냐? 남편이 돈 많이 벌어다주고, 남편이 지 싫어라 하는 아버지 (옷을 벗어, 흔들며) 이런 좋은 옷 사주고, 그래서, 그런대냐?

정아　(창가만 보면, 눈물이 차오르는, 참는)

석균　(정아 상태 모르고, 여전히 농담인 줄 알고, 웃으며) 아이고, 미친년, 배지가 불러서 지랄이지, 호강에 겨워 지랄이야, 그게. 하는 일이라곤 맨날 돈 쓰며 뭐 배우러 다니고, 처자빠져 자고, 남편 벌어다주는 돈으로 그저 처먹는 게

일이면서, (정아, 귀에 대고, 농담조로 웃으며, 버럭) 너 닮아 그게 지랄이야! 알어!

정아 (순간, 울컥해, 석균의 뺨을 치는)

석균 ?!

정아 (말없이, 테이블에 놓인, 사진을 석균에게 뿌리며, 버럭) 그래, 나 닮아 여적 참았겠지! 미련 곰퉁이 같은 나 닮아, 여적 맞아도 참았겠지! 다 내 죄다, 다 내 죄! (하며, 석균의 옷을 찢어버리고, 방으로 들어가, 엉엉 우는, 우는 소리 나는)

석균 (멍한, 사진을 보면, 온통 순영의 맞은 사진들이다, 뭔가 싫은, 보는, 가슴이 쿵 하는, 눈가가 서서히 붉어지는)

그 모습에서 F. O.

씬 43. 아름다운 자연, 새벽 풍경에서 아침 되는.

씬 44. 쌍분의 방 안, 낮.

완, 자고 있는데, 난희(일복 차림), 들어와, 쪼그려 앉아, 완의 머릴 쓸어주며,

난희 인나. 해가 중천이다.

완 (졸린, 난희 보며, 씩 웃고)

난희 재밌는 거 볼래?

완 (졸린) 재밌는.. 거?

난희 (문을 열고, 턱으로 밖을 가리키면)

완 (누운 채, 졸린 눈을 끔벅거리고 밖을 보면)

호진, 마당의 의자에 앉아, 쌍분(서서, 멀리 먼 산을 보는)을 보는,
인봉, 힘들게, 운동을 하는,

난희 (완이 귀에 대고) 예전엔 할아버진 맨날 딴 년만 보고, 할머닌 맨날 할아버지만 보더니, 이젠 할아버진 하루 진종일 할머니만 보고, 할머닌 하루 진종일 나무, 풀, 먼 산만 본다. 웃기지?

완 (둘을 가만 보며, 웃는)

쌍분, 밖으로 나가면, 호진, 쫓아가는,

난희 봐봐... 또 따라간다..

완 (졸리지만, 따뜻한 웃음 짓고) 하나.. 둘, 셋!

셋과 동시에 쌍분, 호진 보며, 버럭하는,

쌍분 모!

호진 (웃으며, 작게) 모!

쌍분 (호진 목에 건, '쌍' 자를 호진에게 보이며) 쌍! 쌍! 쌍녀르 자식 할 때 쌍! 내 이름 쌍분의 쌍! 바부.. (하고, 답답하게 침 뱉고, 가는)

호진 (웃고, 따라가는)

난희, 완, 깔깔대고 웃는, 완, 그러다, 다리 아픈 인봉이가 웃으며 운동하는 모습을 보고, 연하 생각에 순간, 짠해지는,

씬 45. 석균 정아의 거실, 아침.

석균, 자다 깬 얼굴로 나와, 두리번거리는,

석균 여보.. 순영아... (대답 없는, 화장실로 가, 문 열면)

씬 46. 화장실 안, 아침.

정아, 변기에 앉아 용변 보는, 멍한,
석균, 정아 보고, 덤덤히, 칫솔에 치약 발라 양치하며, 거울만 보고,

석균 밥하지 마라, 나 오늘 아침 안 먹는다. 뭐.. 너라도 먹고 싶음 하든가..

정아 (말 끝나기 전에 관심 없단 듯, 나가는)

석균 나는 뭐 별로.. (하다가, 나가는 정아 보고, 다시 고개 돌려, 거울 보고, 양치만 하며, 덤덤한)

씬 47. 석균 정아의 거실 + 욕실 안, 아침.

석균, 외출복 차림으로 방 안에서 나오며, 주변 보면, 아무도 없는,

석균 (화장실 쪽 보며) 순영아, 나 나간다. (나가려다, 문 열린 화장실을 보고) 나 나간다고. (하며, 문 열지만, 정아 없는, 서운한, 그냥 나가는)

씬 48. 버스 정류장, 아침.

석균, 골똘히 생각 많게 서 있는, 그때, 수위 1, 버스에서 내려 석균 보며,

수위 1 아, 뭐 해요, 여기서? 왜 출근 안 했어요? 아저씨 땜에 내가 일을 두 시간을 더 하고, 일 단지 아저씨들한테 단지 맡기고.. 뭐예요?

석균 (그때, 버스 오면, 수위 1 무시하고 타는)

수위 1 아저씨, 아저씨, 그거 단지 가는 버스 아니잖아요, 아저씨!

버스, 가고,

씬 49. 대학 캠퍼스, 낮.

석균, 주머니에 손 끼고, 생각 많게, 걸어가는, 그러다, 학생 보고,

석 균 교수실.. 심리학과 오세오 교수실이 어디냐?
학 생 인문학부는 (건물 가리키며) 저긴데요..
석 균 (덤덤히, 가는)

***점프컷 》**
석균, 가다, 주차장의 오 서방 차를 보고, 건물로 들어가는,

씬 50. 고시원 계단 + 고시원 앞, 낮.

순영(추리닝 차림), 속상한 얼굴로 내려가, 주변 살피면, 정아가 벽에 기대서 있는,

순 영 (머뭇대며, 어색하고, 조금 당황스런) 엄.. 마..
정 아 (덤덤히, 턱으로 건물 가리키며) 나 들어가서.. 앉을 데 있어?
순 영 없.. 어.
정 아 그럼 옷 갈아입고 나와, 집에 가게. 아버지 없어.
순 영 (머뭇대면)
정 아 집 싫어.. 그럼 여기 가자. (하고, 안으로 들어가는)
순 영 (머뭇대고, 들어가는)

씬 51. 교수실 앞, 낮.

석균, 교수실의 명패를 뚫어지게 보다, 서서히 화나는, 작심하고, 명패 떼서, 멀리 버리고, 문 열고 들어가는, 작정한 듯한,

씬 52. 교수실 안, 낮.

오 서방, 앉아서 교재 정리하다, 석균 보고,

오 서방 (놀란) 아버님?

석균, 들어서자마자, 다짜고짜, 옆의 물병 들어, 오 서방 쪽에 던지고, 오 서방, 피하면, 석균, 가서, 멱살 잡고, 오 서방을 패는, 오 서방, '아이고, 왜 그러십니까, 아버님, 아버님' 하며, 맞는, 석균, 아랑곳없이 씩씩거리며, 눈가 붉어져, 주머니에 있던, 사진을 오 서방에게 던지고, 오 서방, 널려진 사진 보며, 놀라는데, 석균, 아랑곳없이 다시, 의자를 들어, 오 서방에게 던지고, 오 서방 그걸 맞고, 얼굴에 피가 나는, 석균, 아랑곳 않고, 신발 벗어, 때리며, 씩씩대며, '아프냐? 너두 맞으니까, 아프지, 이 개 **놈아!' 하는데, 오 서방, 맞다가, 돌변해, 석균의 팔을 꺾어, 벽에 확 밀치고, 다른 한 손으로 피나는 제 얼굴을 핸드폰으로 찍고, 석균에게,

오 서방 (야비하게, 버럭) 그러게 딸내미 교육을 제대로 시켜!

석 균 ?!

오 서방 (석균에게, 핸드폰의 사진(순영이 젊은 남자와 차 마시고, 카페에서 커피 배우는 사진(동료 같은) 등을 보여주며) 이거 봐봐, 이거!

석 균 그게.. 뭐? 커피 배우는 학생들이랑,

오 서방 (팔 꺾은 채, 버럭) 이제 와 딸년 편이냐? 주워 온 애 갖고 이제 와 아버지 흉내 내고! 순영이, 걔 초등학교 때부터 남자랑 그랬다며?! 첫날밤에 울며 고백하든데, 뭐?! 당신이 그랬다며, 남편한텐 뭐든 숨기지 말라고! 초등학교 때 그 일 당신도 안다며?

석 균 (팔 꺾인 채, 멍한, 뭔가 싫은)

씬 53. 석균의 회상.

젊은 석균(런닝 입고, 땀이 비 오듯 나는), 철공소에서 쇠를 자르며 일하는, 시끄러운, 어린 순영(육 학년 정도), 그 옆에서 울며 소리치는,

어린 순영 아빠, 사장님 아들 오빠가 나 만졌다고! 바지에 손 넣고! 아빠! 내 말 듣냐고!

젊은 석균 (성질나, 철근을 냅다, 팽개치며, 속상해 소리치는) 초상났냐?! 그러게, 왜 치말 처입어?!

어린 순영 (더 크게 울며, 소리치는) 나 바지 입었어! 그래도 막 강제로 그러잖아! (하고, 울며 가는)

젊은 석균 (순영 안 보고, 다시 철근을 자르는, 이를 앙다문, 속상한)

씬 54. 교수실 안, 낮.

오 서방, 석균을 바닥에 밀치고, 그 바람에 석균, 얼굴이 갈린,

오 서방 당신도 알잖아, 걔 원래 그런 거? 그래 좀 때렸다, 아니, 좀 많이 때렸다, 어쩔래? 이 사진에 내가 때렸단 증거 있어? 없지? 자해중독! 중학교 때부터 있었다며? 지가 고백했어! 그렇게 몰아가면, 그뿐이야!

석 균 (멍한, 과거 제 행동에 참담한)

오 서방 이쯤에서 끝내, 어? 이쯤에서?! (바닥에 침 뱉고, 나가는)

석 균 (눈가 붉은, 멍한, 그래도 힘내고, 핸드폰으로 제 얼굴 찍고, 딸의 사진을 주워, 흙 묻은 걸 제 몸에 닦고, 다 챙기는, 약해지지 않는)

바닥에 뒹구는, 석균의 신발이 보이는,

씬 55. 학교 주차장, 낮.

석균, 나와서 한쪽 보면, 삽이며 갈고리 같은 수위들이 쓰는 도구가 보이는, 그중 삽 하나 드는, 팔이 아픈, 그래도 참고, 오 서방의 차로 가서, 눈가 붉어져, 마구 때려 부수는, 차에서 경보기 소리 시끄럽게 나고, 근처 학생들 다, '뭐야, 뭐야?' 하며 '왜 그래요!' 하며 뛰어와 말리지만, 석균, 아랑곳없이, 차를

부수는,

씬 56. 달리는 경찰차 안, 낮.

경찰차 타고, 석균 가는, 담담한, 주머니에서, 핸드폰 꺼내, 녹음 기능 켜서 듣는, 눈빛에 미동 없는,

오 서방 (E) 그래 좀 때렸다, 아니, 좀 많이 때렸다, 어쩔래? 이 사진에 내가 때렸단 증거 있어? 없지?

석 균 (다시, 앞으로 핸드폰 작동해 듣는)

오 서방 (E) 그래 좀 때렸다, 아니, 좀 많이 때렸다, 어쩔래?

씬 57. 고시원, 낮.

순영(눈가 붉은, 담담한), 정아(눈가 붉어), 앉아, 얘기하는,

순 영 (정아 보며, 짠하게 웃으며, 짐짓 밝게) 서운한 거.. 없어, 진짜! 내가 엄마한테 서운할 게 뭐 있어?

정 아 (눈가 붉어도, 처지지 않게) 엄마한테 서운한 게 없는데, 이래? 서운한 게 있으니까, 이러지.

순 영 (짠하게 보고, 웃으며, 짐짓 밝게) 없네요, 진짜로. 서운한 거.

정 아 내가 수영이 호영이랑 니가 싸우면, 걔들 편들고,

순 영 (말꼬리 끊으며, 따뜻하게 보며, 친구처럼 웃으며) 아니, 그럼, 다 큰 첫째가 어린 둘째 셋째랑 싸우는데, 큰애 나무라지, 작은애들 나무랄까?

정 아 (순영 보는, 슬픈, 맘 아픈)

***점프컷, 회상 》**

길거리, 비 오는, 낮.

어린 순영(육 학년), 비를 쫄딱 맞고, 오다, 서서 앞을 보면, 젊은 정아와 어린

수영, 호영이가 우산을 쓰고 핫도그를 먹으며 웃으며 오다, 비 맞은 어린 순영 보고, 멍한,

어린 순영 (어색하지만, 웃고, 정아의 옆으로 가, 팔짱 끼며) 나도, 낄래. 아! (하고, 입 벌리고)

젊은 정아 (어색하고 미안한, 핫도그를 입에 넣어주고, 입가 닦아주고, 웃으며, 가는데, 미안한)

정 아 (눈가 붉어, 담담히 말하는, E) 나는 너 서운하게 한 게 천지빼깔로 기억나는데,

***점프컷, 현실 》**

정 아 왜, 너는 기억이 안 나?

순 영 (눈가 붉은 채, 짠해 보고, 짐짓 밝게, 웃으며) 에헤... 그만해, 없어. 있어도 잊었어, 됐어.

정 아 (속상해, 맘 아파, 버럭, 속상해, 격앙된) 그래, 내가 너 차별했다! 너 하나 키울 땐 모르겠더니, 배 아퍼서 내 새끼 낳으니까, 내 새끼가 더 이쁘드라!

순 영 (맘 아프게 보는, 정아 걱정만 되는)

정 아 근데, 그건 다 옛날 얘기지! 나 젊어 철없을 때 얘기지! 이제 나 늙고, 너 나이 들어서.. 마주 보고 앉았음 서로 다 불쌍한 인생이지.... 에미한테 서운한 게 있음 말로 해야지! (버럭대는) 입 놔뒀다 뭐해?! 어떻게 너한테 이렇게 큰 일이 있는데, 에미한테 말을 안 해! 어떻게!

순 영 (맘 아픈, 그런 정아 보는데, 눈물 나는, 참고, 옆의 세수수건으로 정아의 눈물 닦아주며) 고만해, 지쳐!

정 아 (순영 팔 탁 치고, 수건 뺏어, 코 풀고, 맘 아픈, 버럭) 나 지칠 거 걱정하는 년이, 이래?! 내 생각하는 년이 이래?!

순 영 (짠한, 작게 웃음 띤) 미안하다, 엄마.. 나 결혼함 엄마 편할 줄 알았을 건데, 이렇게 다시 시끄럽게 됐네.

정 아 (눈물 닦다가) 뭐?

순 영 (생각하는) 엄마가 나 결혼하던 날, 친구들한테 깔깔대고 그랬잖아... 이젠 다 끝났다.. 다 끝났어.. 아고, 시원해.

정아　(맘 아프고, 서운한) 그 말에 서운했냐?

순영　(맘 아프게, 눈물 흐르는, 그러나 따뜻하게 보며) 아니... 그냥.. 나도 엄마 어떻게 살아온지 아니까... 애 못 낳는다고, 나 입양했다고, 아들 못 낳는다고 친가에서 온갖 구박받은 거 내가 봐서 다 아니까... 다짐했지, 그때 그냥.. 엄마... 더는, 힘들게 안 해야지. 나 때문에 힘든 건 결혼하기 전으로 끝내자, 하고. 그래서 참았지, 쫌. (애써 웃으며) 미안하네, 문 여사.

정아　(눈물 나는, 참고, 강하게) 소송해.

순영　(보는) 안 해.

정아　왜 안 해? 빈손으로 어쩌게? 소송해! 나는 그냥 못 끝내, 내 그놈, 사질 찢어버릴 거야, 어디서, (울며, 소리치는) 감히 내 딸을 패!

순영　(안고, 어른스레, 달래는) 참아, 제발, 엄마. 부탁해. (정아 보고, 울지만, 단호하게) 조용히 살고 싶어. 나, 보육원부터 지금까지 사는 게 너무 시끄러... 그 인간 죽이고 싶은 것보다, 내가 원하는 건, 그냥 조용히... 조용히.

정아　(안겨, 우는) 아우, 나는 못 참아, 나는 못 참아!

순영　(안은 채, 차분히) 엄마 힘듦, 나 더 힘들어... 그냥... 조용히.

정아　(안고, 울며) 어우.. 어머니, 이 불쌍한 거 어떡해, 아우.. 어머니..

씬 58. 식당 안, 낮.

정아, 순영, 밥 먹는,

정아　(밥 먹는)

순영　(짐짓 밝게) 맛있다?

정아　(반찬 놔주고, 짠한 맘 참고) 꾹꾹..

순영　(밥 먹으며, 진짜 좋은) 기분 좋아. 히히... 엄마 나 친구랑 미국 갈 생각만 하면, 막 기분이 좋아. 요즘은 잠도 잘 잔다. 아침에도 벌떡벌떡 일어나고.. 그러니까, 엄마도 기분 좋아야 돼? 난 이혼한 게 아니라, 해방된 거야, 해방, 자유, 프리 알지?

정아　(눈가 붉어지며, 고개 끄덕이며, 맘 다잡는) 맞다.. 해방이네, 자유네, 자유! 니 말이 맞네. (하고, 맘 다잡고, 밥을 크게 떠서 먹는)

순 영 ... (웃으며) 잘한다, 그래야지.. 꼭꼭!

정 아 (눈가 붉어지며, 웃으며, 밥 씹으며) 꼭꼭!

그렇게, 다정히 밥 먹는,

씬 59. 석균 정아의 아파트 단지, 낮.

정아, 넋 놓고 가는, 그러다, 멈춰 서서, 골똘히 생각하다, 전화하는,

정 아 안녕하세요.. 에고, 잘 계시죠? 저, 차양순 할머니 보호잔데.. (웃으며) 아시는구나.. 저희 어머니 어떠신가 싶어, 전화했는데, (밝게) 아, 그렇구나.. 좋구나.. 그럼 좋을 때 한번 가야겠네.. 날 잡아서.. (그러다, 작심하고) 낼 갈게요.. 네.. 네, 그때 뵙겠습니다. (하고, 전화 끊고, 몇 걸음 가다, 제집을 올려다보고, 주차장 보면, 차가 있는, 작심하는, 차로 가서 주머니에서 차 키 꺼내, 차를 타려는데)

동네 아낙 저녁때 다 됐는데, 어디 가세요?

정 아 (말없이, 그냥 가는)

씬 60. 경찰서 보호소 안, 밤.

석균, 덤덤히 앉아 있는,

씬 61. 경찰서 밖, 밤.

오 서방, 경찰서 안에서 나와, 화난 채, 전화를 걸며, 가는,

오 서방 왜 이번에도 전화 안 받아보지? 어쩔 거야, 니 아버지? 직결 넘겨? 한번 그래볼까? (전화 끊기는) 사진 원본 가져와! 야! 야! 김순영! 야!

씬 62. 고시원, 밤.

순영, 가방을 챙기는, 그러다, 속상해, 가방을 던지고, 주저앉아, 벽에 기대는, 속상해, 우는,

씬 63. 희자의 집 안, 밤.

정아, 소파에 길게 누워, 티브이를 보는, 희자, 과일을 가져와, 정아 하나 주며,

희 자　뭔 일이야?
정 아　(안 먹는단 뜻으로, 고개 젓고, 티브이만 보며) 엄마한테 같이 가자고.. 낼 아침에..
희 자　그럼 아침에 오면 되지.. 왜 이 밤에... 석균 씨는 너 여기 온 거 알어?
정 아　(티브이만 보는)
희 자　(눈치 보며) 석균 씨 저녁밥은 어떡해?
정 아　(티브이를 멍하니 보며) 처먹든가 말든가..
희 자　내가 전화할까, 너 여깄으니까, 그리 알라고?
정 아　냅둬.
희 자　무슨 일 있어? (하고, 사과 먹으면)
정 아　시끄러.
희 자　(얼른, 사과 놓고, 눈치 보며) 잠자리 펴줘?
정 아　시끄러. (하고, 눈 감는)
희 자　(보다, 옆의 포대기를 정아에게 덮어주는, 그리고 티브이를 끄면)
정 아　켜.
희 자　(켜고)
정 아　너도 누워.
희 자　(눕는)
정 아　(눈 감은 채, 덤덤히) 희자야.. 순영이가 남편한테 맞았다.. (가만, 눈물이 흐르

는)

희 자 (멍한, 조심스레) 많.. 이..?

정 아 ...

희 자 (맘 아픈, 눈가 붉어지는) 어떡해... (하고, 정아를 안쓰레 보는)

그렇게 누워 있는 둘의 모습이 풀 샷으로 보여지는,

씬 64. 국도 변 + 석균의 차 안, 낮.

희자, 창가 보며, 편안히 가고, 정아는 막막한 듯 운전하며 가는,

완 (N) 누가 그랬다. 우리는 다 인생이란 길 위에 서 있는 쓸쓸한 방랑자라고. 그리고 그 길은 되돌아갈 수 있는 길과 절대 되돌아갈 수 없는, 두 갈래 길로 분명히 나눠져 있다고.

희 자 (그때, 문자 받는, 보면, 성재의 '굿모닝!'과 이모티콘(상대에게 뽀뽀를 보내는 듯한)이 보이는, 이상한, 왜 이러나 싶은, 정아에게 말하려 정아 보다, 정아의 처연한 눈빛 보고, 말 못 하고, 문자 지우고, 창가 보는, 성재가 왜 이걸 보냈나 싶은)

완 (N) 어떤 길은 이미 지나쳐 왔어도, 마음만 있으면, 언제든 되돌아갈 수 있어서,

씬 65. 성재의 집 안, 낮.

성재, 꽃을 부인의 영정에 놔주고, 웃고, 희자에게 보낸 문자를 충남에게 전달하는,

완 (N) 즐거운 설레임이 되고, 기쁨이 되고,

씬 66. 충남의 집 안, 낮.

충남, 종식, 주영과 밥 먹다, 문자 오면, 종식, 보고, 무심히, 핸드폰을 충남에게 보여주며,

종 식 누가 고모한테 뽀뽀를 보내냐?

충남, 문자 보고, 놀라, 딸꾹질하다, 캑캑대고, 종식, 주영, '고모 고모' 하며, 등을 쳐주는,

완 (N) 새롭게 다시 시작하고 싶은, 찬란한 희망이나 기대가 되기도 하지만,

씬 67. 경찰서 밖, 낮.

순영, 담담히 먼저 걸어 나오고, 수영, 호영(맘 아파, 우는)과 석균, 나오는, 순영, 오른쪽으로 가면, 석균, 순영을 뒤따라 오른쪽으로 가고, 수영과 호영, 둘이 가는 모습을 보다, 호영, 순영을 미안한 듯 보고,

호 영 언니, 연락할게! (하다가, 수영과 왼쪽으로 울며 가는)

완 (N) 어떤 길은, 이미 너무 멀리 와서, 혹은, 이미 돌아가는 길이 가로막혀, 되돌아가려야 되돌아갈 수 없는 길이 돼버리기도 한다.

씬 68. 쌍분의 들판, 낮.

밭일하는 쌍분과 인봉, 그걸 보는 호진,
완, 차에 기대 멀리서 그 모습을 편안히 지켜보는,

완 (N) 할머니와 할아버진, 지금 각자 어떤 길 위에 서 있을까? (그때, 연하의 전화가 오는, 그걸 가만 보는) 그리고 나와... 연하는...

씬 69. 야외 카페, 낮.

연하, 전화를 하고, 점원(5부에 나왔던), 안에서 커피를 가져와 연하를 주고, 둘이 마주 앉아, 커피를 마시며, 즐겁게 얘기를 하는, 연하, 여전히 핸드폰을 든 채다,

완 (N) 지금 어떤 길 위에, 서 있나? 되돌아갈 수 있나? 아니면, 이대로 여기서 멈춰야 하나? 이 혼란스러움을, 정리할 때가 왔다.

씬 70. 쌍분의 들판, 낮.

완, 맘을 다잡고, 전화기를 끄는데, 그때, 난희, 오며,

난희 엄마, 나 정아 언니 엄마 보러 가요!
쌍분 (일만 하는)
인봉 잘 가, 누나!
난희 (차 타며, 완에게) 어서, 가!
완 할아버지, 나 가!
호진 (보고, 웃는)
완 할머니!
난희 못 알아들어!
완 아차, (하고, 호진에게만 손 흔들고, 차 타고 가는)

씬 71. 식당 안, 낮.

석균, 밥을 게걸스레 막고, 순영도 밥을 먹는,

완 (N) 순영 언니는 석균 아저씨를 빼내기 위해, 조용한 이혼과 미국에서 카페를 얻기 위해 재산 분할로 사용하려던, 자신의 진단서를 이용했다.

석균 (아무렇지 않게) 그래서, 미국 간다고?

순영 (싫지만, 대답하는) 네.

석균 자주 와.

순영 (밥만 먹는)

석균 (먹기만 하며) 다 잊고, 잘 살고.

순영 (싫은, 톡 쏘는) 뭘 벌써 다 잊어요.

석균 (보는) ?

순영 (퉁명스레) 내가 뭐 아버지가 잊으람 잊고, 말람 말어요?

석균 (눈치 보고, 다시 밥만 먹으며) 가서, 연락처 남겨라. (주머니에서 만 원 놓고, 나가는)

순영 (먹다가, 서운해도, 일어나는)

씬 72. 길거리, 낮.

석균, 가고,
순영, 그런 석균을 멍하니 속상해 보다가, 뒤돌아 가는,
석균, 가다, 멈춰서, 등 뒤로 가는 순영을 가만 느끼는, 뒤돌아보지 않는,

완 (N) 아저씨는 미안하단 말 한마디 없이, 그렇게 딸을 보냈다. 그렇게 아저씨의 진실이 묻혔다.

씬 73. 석균의 회상, 골목, 낮.

젊은 석균, 대학생으로 보이는 남자애(사장 아들)를 마구 패며, '싫다는데 왜 만져, 싫다는데, 왜 만져!' 사람들 와서 말리는, '그러다, 직장 짤려!', 석균, '짜르라 그래! 니가 사장 아들이면 다냐, 새끼야! 귀한 내 딸 왜 만져!' 하며 패는,

완 (N) 나중에, 나중에, 어느 한 날, 술 취한 아저씨가 나에게 해준 얘기다. 나는 물었다. 그렇게 직장까지 짤렸으면서, 아버지로서 도리를 다했으면서, 왜 딸에게 미안하다고 말 한마디 못 했느냐고? 그리고 그때, 그 진실을 왜 말 안 했냐고?

씬 74. 아파트, 일각, 낮.

석균, 비질하고, 수위 2, 짜증 내는,

수위 2 (화난) 뭐 하는 거예요, 직장이 장난이야? 아저씨, 나오고 싶음 나오고, 안 나오고 싶음 안 나오고! 사람이 왜 그래요?! 안 짤렸다고 배짱이야?!

석 균 (일만 하는)

완 (N) 아저씨, 대답은 간단했다. 자신은, 그 시대 남자들이 다 그랬듯, 미안하단 말을 하는 법을 배운 적이 없고, 그리고, 진실이고 뭐고 무슨 말을 할 게 있냐고. 딸을 성추행한 놈보다 자신의 가난이 더 미웠는데.... 바보 같은 아저씨.. 아저씨가 돌아가시고 나서, 나는 순영 언니에게 이 사실을 전했다. 인생이란 죽어서도 끝나지 않는다는 걸, 죽어서도 뜨거운 화해는 가능하다는 걸, 나는 그때 알았다.

석 균 (전화하는, 단호한) 성재야? 너 요즘도 변호사 일 하지? 어.. 그게 내가 어떤 놈 하날 반드시 죽일 일이 있거든?

씬 75. 요양원 안, 낮.

완, 휠체어를 차에 싣고,
보호사, 좋은, 정아와 악수하며, 인사하는,
차 안에 난희, 희자, 정아 모, 탄,

보호사 오늘 컨디션이 별나게 좋으신데, 아이고 잘 오셨네, 잘 오셨어.

정 아　저녁에 올게요. 제 차는 두고 갈게요.

보호사　그러세요, 그러세요.

정 아　(완에게) 가자.

완　네. (하고, 차 타고, 가는)

씬 76. 달리는 국도 변 + 차 밖, 차 안, 낮.

완, 운전석, 난희, 조수석에 앉아 있고, 뒷좌석에는 정아 모, 가운데, 양쪽에 희자, 정아가 탄,

난 희　(돌아보며) 엄마 나 아셔? 나 누구? 어? 엄마가 어려서 밥도 많이 해주셨는데? 삼 년 전에도 한 번 뵀고, 나 누구?

정아 모　(웃음 띤, 정아 보면)

정 아　(웃으며) 모르나 보네, 울 어머니.

희 자　(웃으며) 엄마, 나는, 누구?

정아 모　희.. 희..

완　어머.. 머.. 아시나 봐?

희 자　(좋은, 정아 모 손잡고) 아이고 고마워라, 울 어머니.

정 아　(정아 모 귀에 대고) 엄마, 우리 바다 간다.. 좋지, 좋지?

정아 모　(웃는)

정 아　(웃다, 순간 가슴이 쿵 하는, 아랠 보면, 제 손과 정아 모의 손이 맞잡은 게 보이는데, 힘이 들어간, 눈가 붉어지는)

완　(창문 열고) 바람 좋다, 오늘... 소풍 가는 거 같다, 진짜..

난 희　좋다, 좋아..

희 자　(창가 보며, 노래 흥얼거리는)

정 아　(아무도 모르게 정아 모의 손만 보고, 만지는, 정아 모를 보는, 눈가 붉은)

완　(N) 정아 이모는 그날 그 어느 때보다 제 손을 꽉 잡은 어머니의 손을 느끼며, 아셨단다. 어머니와 이제.. 이게 마지막이리라..

정 아　(맘 다잡고, 애써 차분하게) 완아, 가까운 데 가자.. 너무 멀린 어머니 힘들다.. (하고, 정아 모의 머릴 넘겨주는데, 눈가가 그렁해지는)

씬 77. 서해 바닷가, 낮.

정아, 정아 모를 휠체어에 태우고, 편하게 웃으며 가는,
희자, 혼자 파도를 보며, 걷고, 완이, 난희, 서로 물에 빠트리려 뛰는,

정 아 엄마, 새다, 새!
정아 모 (덤덤히, 새를 보는, 힘든)
정 아 아우... 이뻐라! 에미 새, 애기 새, 아빠 새, 친구 새, 다 있네.. 다..
희 자 (와서 정아 모의 옆에 앉아, 조개 주며) 엄마, 잡아.
정아 모 (조개 잡고, 작게 힘없이, 웃고, 새 보는)
정 아 (정아 모와 같이 그렇게 새를 보는데)

정아 모의 손에서 조개가 떨어지고, 희자, 그 옆에 앉아 있다, 다시 조개를 주워, 정아 모의 손에 쥐여주려는데, 안 되는, 정아, 희자의 행동을 보는,
희자, 다시 쥐여주려다가, 그제야 정아 모를 보면, 눈감은, 희자, 멍한, 정아를 올려다보면,
정아, 그 모습 다 지켜보다, 고개 돌려, 새를 보며, 눈물 흐르는,

희 자 (정아 모가 죽은 걸 알겠는) 정아야..
정 아 (맘 아파도, 짐짓 담담히, 휠체어를 몰고 가며) 엄마.. 새 봐라.. 새..

희자, 멍한, 일어나는, 눈가 붉어, 따라가는, 담담한,
완이와 난희의 즐거운 모습과 정아와 희자의 걷는 모습에서 엔딩.

dear my friends

7 부

~

바람이 분다,
파도가 친다

씬 1. 서해 바닷가, 낮(6부 엔딩씬 이어지는).

정아, 돌아가신 정아 모의 휠체어를 끌고, 바다 쪽으로 가고, 희자, 눈가 붉어 막막하게 그 옆에서 걸어가다, 정아와 정아 모만 있게 하는 게 낫겠다 싶어서 걸음을 멈추는, 정아는, 정아 모의 휠체어를 몰고 바다 쪽으로 더 가는,

＊점프컷 》

난희, 완이, 서로 장난을 치며, 넘어뜨리려 하면서 깔깔깔 웃으며 즐거운, 난희와 완이, 서로 안 잡히려 하다, 난희, 완이의 목을 헤드락 하듯 잡고, 신나서, 발을 걸어 넘어뜨리고, 난희, 두 팔 들고 깔깔깔 웃으며 신나서, 뛰어다니며,

난 희 이겼다, 이겼다! 늙은 에미가 젊은 딸년을 이겼다!

하는데, 완이, 어느새, 일어나, 말꼬리 끊으며, 난희의 허릴 잡아 넘어뜨려, 진흙을 얼굴에 묻히는데, 난희, 웃으며 '야, 하지 마, 하지 마' 하다가, 멀리, 눈가를 닦는 희자를 보고, 이상한, 왜 저러나 싶어,

난 희 (완이에게) 야야야, 잠깐만, 잠깐만.. (하다가, 희자에게) 언니! 언니!

완 (난희에게 장난치는) 언니는 무슨.. (하고, 난희의 얼굴에 진흙을 계속 묻히는데)

난희 아우, 아우! (하며, 완이 등짝을 치며) 언니, 울잖어!

완 (그제야, 고개 돌려, 희자를 보는)

난희 (일어나, 뛰어가, 희자의 어깨를 잡고, 돌려 보며) 왜 그래?

희자 (눈물 닦고, 작게 따뜻하게 웃으며) 어머니.. 가셨다... (하고, 차 쪽으로 가는)

난희 ?! (정아와 정아 모를 보는)

완 (조금 멀리서, 그 소리 듣고, 가는 희자 보다, 난희에게로 와서, 뭐라고 해야 할지 모르는, 조심스레, 놀란) 할머니?

난희 (막막하게 정아 쪽만 보는)

완 (정아 쪽 보며, 어쩔 줄 모르겠는) ... 어.. 떡.. 해?

난희 (순간 멍하고, 막막하고, 맘 아프게 정아 쪽을 보다, 차 쪽으로 가는)

완 (정아 쪽 보다, 난희에게로 가며) 안 가봐? 정아 이모한테..

난희 (맘 아픈, 차 쪽으로 가며) 좀 냅둬..

완 (다시 정아 쪽 보며) 어떡해....

난희 (갈 길만 가며) 어떡하긴 뭘.. 장례... 치러야지... (가며, 주머니에서 전화기 꺼내, 충남에게 전화를 하는) 언니, 정아 언니 어머니 돌아가셨네.... 여기? **해변... 언니가 장례는 빠꿈이니까, 언니한테 첨 전화했지... 석균 오빠한테는.. 언니 전화 끊고... 아.. 그래, 구급차를 일단 여기로 불러? 아.. 사람이 죽어도 그게 오는구나.. 언니는 주변에 여럿 죽으니.. 별걸 다 아네... (이어지는 느낌)

완 (걸어가다, 다시 정아를 보는데, 어쩔 줄을 모르겠는, 정아와 정아 모가 안쓰런, 눈가가 붉어지는)

정아와 정아 모의 그림 위로,

완 (N) 정아 이모의 어머니가 돌아가셨다. 오십 년 과부로 살며 평생을 농사일로 허리가 휘어지게 자식 셋을 건사하다, 천식과 온갖 노환으로 오 년을 요양 병원에서 고생하고, 기껏 살아생전 첨으로 사랑하는 딸과 바닷가를 온 날, 어머니가 돌아가셨다. (정아와 정아 모를 보다, 돌아서서 가는)

멀리, 차에 기대, 희자가 앉아 있고, 난희는 누군가와 전화를 하는, 완, 전화를 하는, 조심스럽고 어쩔 줄을 몰라 작게, '영원이 이모.. 정아 이모 엄마 돌아가셨어.. 어떡해?' 하는,

완　(N) 경험 없는 내 자신이 조개껍질처럼 작고, 초라하게 느껴지고, 온갖 세상 일을 겪은 늙은 어른들이 거대하고 대단해 보일 때가 있다.

씬 2. 몽타주.

1, 영원의 촬영장 일각, 낮.

영 원　(화려한 옷을 입고, 립스틱을 덧바르며, 전화하는, 답답한) 그랬구나.. 알았어, 장례식장 정해지면, 전화 다시 줘, 완아... 어, 어... 그래, 일 끝나면 바로 갈게.. (하고, 전화 끊고, 립스틱을 덧바르며, 구시렁대는) 사람 죽어도 먹고살라고 얼굴에 분칠을 하고.. 아우, 지랄..

순 철　(공손히) 촬영 시작했습니다.

영 원　(서둘러 가는)

＊점프컷, 카페 안, 촬영하는 풍경 》

영원, 물을 마시는데, 상대 여자가 물 잔을 들어, 영원의 얼굴에 뿌리면, 영원, '이년이!' 하며, 상대의 머리채를 잡는,

완　(N) 죽은 자는 죽은 자, 그래도 산 자는 살아야 한다고 분명한 선을 그을 때! 사람의 힘으로 할 수 없는 일과 할 수 있는 일을 확실히 분간할 때!

2, 충남의 집 안, 낮.

충남, 돋보기 쓰고, 수첩을 들고, 담담히 전화하는 모습 위로 완의 내레이션 이어지는,

충 남　아이고, 왜 이렇게 말귀를 못 알아들어, 장례식장은 아직, 안 정해졌다고, 정해지면 연락... 어디긴.. 안 정해졌다니까! 아우, 옆에 딸 바꿔!

*점프컷 》

충남　(다른 곳에 전화하는) 아, 욕실서 넘어져 허리 다쳤어? 그럼, 오지 마. 에헤, 오지 말라니까! 줄초상난다, 그러다! (하고, 끊고)

*점프컷 》

완　(N) 어쩔 수 없는 모든 것을 순리라고 받아들일 때! 나는, 어른들이 산처럼 거대하고 위대하고 대단해 보인다.

충남　(기자와 통화하는, 답답한) 미쳤나, 그 인간이.. 정아 언니랑 석균 오빠 지 모친상 부친상 때, 사흘을 지네 집에서 버텼는데, 지는 왜 못 온대? 다리가 부러졌대? 왜 못 온대?!

3, 기자의 집 안, 낮.

기자　(돋보기를 끼고, 과일을 먹으며, 전화하는) 여편네가 딸년 시집갈 날짜 받아놨는데, 상갓집 가면 초 친다 그랬댄다? (사이) 내 말이 그 말이야, 지가 언제부터 지 마누라 말을 그렇게 잘 들었는데? 그럼 뭐, 전에 바람폈을 때도 마누라가 허락해서 핀 거래?! 개**! 봉이, 그거 죽을 때, 우리 다 가지 말자! 참, 나 부조 삼만 원만 해도 될까? 참, 너, 상조에 음식 맞출 때, 절대 홍어는 빼지 말고 넣어라?

4, 마트의 건어물 코너, 밤.
난희, 카트를 끌고, 땅콩이며, 온갖 안줏거릴 챙기며, 전화하는, 쌍분, 안줏거릴 사서 카트에 담는, 난희와 완인, 검은 옷, 쌍분은 한복을 입은, 멀리 인봉, 다릴 끌며, 카트에 소주를 챙기는,

난희　(화난) 홍어 넣음, 비싸대잖아! 오징어회 넣어! 정아 언니 동생들, 죄 농사꾼인데.. 무슨 돈이 있다고, 아, 요즘 누가 홍얼 먹어?

쌍분　(카트에 건어물 넣다가, 버럭) 홍언 넣어야지!

난희 (어이없게 쌍분 보면) ?

쌍분 상가에 홍어가 없음 뭘 먹어?! 나 죽어도 제상에 돈 아껴라! (하고, 가는)

난희 (쌍분 답답하게 보다, 전화하는) 그래, 기자 언니, 홍어 넣자, 홍어 넣어! (버럭) 그래, 넣어! (하고, 전화 끊고 물건들 살 것 보는데)

완 (다른 건어물을 가져다 넣으며) 장례식장 안 가? 지금 이 상황에, 홍어는 뭐고, (카트 끌고 가며, 카트 안의 물건 보며, 답답한) 진짜 이해 안 가, 상조 회사에서 이런 거 다 알아서 하는 거 아냐? 굳이 이걸 사 가야 돼?

난희 (완에게) 조용히 해,

그때, 인봉, 카트 끌고, 난희 옆에 와서, 말하는,

인봉 (난희에게) 내가 필리핀 여자랑 결혼하는 거 반대하는 엄마를 누난 어떻게 생각해?

완 ?

난희 (인봉 보며, 답답한) 걔 스물이라며?

인봉 스물둘!

난희 야, 그 어린앨, 데려다,

인봉 (속상한) 거짓말! 다, 내 다리 때문이면서. (하고, 가는)

난희 (답답해, 가는 인봉 보다, 주변 보고, 쌍분 찾는데 없는, 놀란) 엄마! 엄마!

완 (인봉을 보는, 아픈 다리가 맘에 걸리는)

5, 마트, 옷 매장, 밤.
난희와 완이, 쌍분 보면, 쌍분, 검은 양장(반짝이 있는)을 빤히 들여다보고 있는,

난희 그거 샀다, 언제 입어?

쌍분 (가만 보다) 맞다, 낼모레 죽을 누무 거, 사서 뭐해. (하고, 가다, 멈춰 서서, 난희 보며, 버럭) 내가 낼모레 죽을 누무 거, 왜 저것도 하나 못 사?! 저거 사줘! (하고, 다시 옷 매장으로 가는)

완 (쌍분 보며, 고개 젓고 뒤돌아 가는)

난희 (답답하게, 쌍분을 보며, 쌍분에게로 가며) 엄마, 정말 그 반짝이 입고, 장례

식장 갈 거?!

6, 희자의 집 안, 밤.
희자, 검은 옷을 입고, 민호, 검은 양복을 입고, 무릎 반만 꿇고 앉아 있는(희자와 키를 맞춘),
희자, 민호의 목에 검은 넥타이를 매주고 있는,
그때, 전화 오고,

희 자 (받으며) 여보세요?

7, 병원, 장례식장 앞, 밤.
성재, 전화하고 있는,

성 재 꼬마야, 너 왜 안 오냐? (하다가, 오는 친구 보고, 악수하며) 창식아, 야, 이런 데서나 만난다, 우리가!
친 구 객사시라며.. 시신은?
성 재 (웃으며) 조사 끝나고 막 왔어. 들어가 있어. (하고, 친구 보내고, 다시 희자와 전화하는) 야, 꼬마야, 너 언제 와?

8, 희자의 집 안, 밤.

희 자 (전화를 탁 끊고, 민호의 넥타이 해주는)
민 호 누구?
희 자 (넥타이만 매는)
민 호 (희자 머리 만지며) 엄마도 엄마가 있었어?
희 자 그럼 있었지, 니 할머니. 일찍 돌아가셔, 니가 못 봐 그렇지.
민 호 (웃으며) 이상하다, 엄마가 엄마가 있었다는 게..
희 자 (짠해지는) 나도... 있었어, 엄마..

9, 장례식장 장례 물품 판매점 안, 밤.
정아(멍한), 석균(담담하지만, 속상한), 상복 입고, 앉아 있고, 충남, 돋보기

쓰고 앉아, 뭔가를 적고 있고, 상조 회사 직원, 서 있는,
순영, 정아를 등 뒤에서 맘 아프게 안고 있고, 호영은 석균 옆에서, 눈물 찍고 있는,

충 남 (상조 회사 직원에게) 리무진? (석균에게) 리무진?
석 균 (정아 보면)
정 아 (넋 나간 듯) 빼.
석 균 (충남 보고) 빼.
충 남 (리무진 빼고를 종이에 적고) 관은? 오동나무, 향나무, 솔송, 젤 싼 나왕.
석 균 나왕을 어떻게, 관은 오동이지.
정 아 (힘든, 안 보고, 버럭) 나왕 해! (석균 보며) 살았을 때 잘하지!
석 균 야, 나왕을 어떻게,
충 남 (말꼬리 자르며, 상조 직원에게) 관은, 나왕! 가격 얼마야? 내가 늙었어도 이런 일엔 빠꿈이다, 견적 제대로 뽑아? 얼마야?

그때, 정아 남동생, 문 열고, 들어와,

정아 남동생 (초라한, 수염 기른, 술 먹은) 울 엄마, 살려내, 울 엄마! 누나, 엄마 살려내라, 어, 누나!
석 균 (일어나, 남동생 끌고 가며) 야야야, 처남, 너 왜 그래! 가자, 가자, 가자.
정 아 (그러든지, 말든지, 멍한)

10, 승화원, 불 속으로 들어가는, 관.

완 (N) 정아 이모 어머니의 소란하고 요란한 장례는, 그렇게 사흘 만에 덧없이 끝이 났다.

11, 바닷가, 낮.
완, 차에 기대, 어른들을 보는,
정아, 희자, 난희, 충남, 영원, 동그랗게, 앉아 있고, 정아가 보자기에서, 분골을 꺼내는,

충 남 동생들이 분골 가져가게 놔둬? 언니가 안 모셨다고, 난리 피더니?

영 원 동생들은 납골당에 다 모신 줄 알지. 언니가 몰래, 한 줌만 챙겼대.

정 아 울 엄마, 평생 시끄럽게 살아, 시끄런 거 딱 질색이야, 조용히 뿌려.

희 자 (한 줌 들고, 일어나, 바다로 가는)

충남, 영원, 난희도 한 줌씩 들고 일어나 가는,

난 희 남 일 아니네.. 이게.. 내 일이지... (하고, 가는)

***점프컷 》**

각자, 흩어져 뼛가루를 뿌리는, 어른들 모두, 각각 보여주는데, 편안한 모습이다, 완, 어른들을 지켜보는, 그 그림 위로, 내레이션 이어지는,

완 (N) 굴곡진 삶을 산 정아 이모의 어머니가 바닷가, 바람 위에 파도 위에 뿌려졌다. 언젠간.. 이모들도 저렇게 가실 날이 오겠지. 그리고 (난희를 보며, N) 내 엄마도. (울컥하는, 참고)

완 (착잡한, 난희 보며, 담담히 혼잣말) 그래, 엄마 소원인데.. 글 쓰자, 엄마 얘기, 이모들 얘기... 한번 해보자.. 나중에 후회 말고. (돌아서서 가는)

***점프컷 》**

희자, 충남, 바닷가에서 차로 가며, 얘기하는,

충 남 (이상한) 언니한테... 꼬마라 그랬다고?

희 자 (아무렇지 않게) 그래, 한두 번도 아니고, 번번이. 꼬마, 꼬마.. 내가 진짜.. 누가 들을까 겁나.. (하고, 가는)

충 남 (이상한, 핸드폰 꺼내, '꼬마야, 잘 자'라는 문자 보고) 뭐야.. 이 오빠.... (하고, 성재에게, 전화하면)

씬 3. 석균 정아의 집 안, 낮.

석균과 성재, 상복 입은 채, 소주를 따라 마시고, 수영, 호영, 각각 설거지하고 방을 걸레질하는, 성재, 충남에게 전화 온 것 확인하고 핸드폰 끄고, 석균에게 손 내밀며,

성 재　쥐봐요. 녹음한 거.
석 균　(일하는 딸들을 한 번 휙 보고, 핸드폰을 주면)
성 재　(심각하게 듣는)
오 서방　(E) 그래 내가 때렸다..
석 균　그걸로, 그놈 인생 종칠 수 있겠냐?
성 재　(손사래 치며, 심각하게 다시 틀어, 듣기만 하는, 진지한)

씬 4. 바닷가, 낮.

충 남　(가며, 실망스런) 이 오빠가.. 맹랑하네, 아주......

***점프컷 》**
정아와 영원, 손잡고 가는, 영원, 정아를 짠하게 보고 웃으며, 잡은 손을 흔들며 가는, 정아, 그 맘을 받아, 짠해져 작게 웃는,

영 원　언니, 대철 씨가 나한테 꽃 보낸다?
정 아　.. 부인.. 없어?
영 원　(앞만 보며, 웃으며) 모르지..

***점프컷 》**
난희, 걸어가는데, 문자 오는 소리에, 핸드폰 확인하면, 스팸 문자다, 지우고, 문자가 여러 개 있는 걸 확인하다, 충남의 문자가 있는 걸 확인하고 뭔가 싶어 열어 보는,

충 남　(E) 난희야, 완이가 유부남을 만난다.

난희 (뭔가 싫어, 완을 보면)

＊점프컷 》

완, 산책하는 모습 보이는,

난희 (완 보다, 다시 문자 보는)

충남 (E) 출판사 국장, 걔 유부남 맞지? 확실해, 내 느낌은. 걔 그 유부남과 분명히 바람펴. 말려라.

그때, 어느새 완이가 와, 난희를 와락 안으며,

완 (밝게) 엄마!

난희 (완 보는데, 조금 굳은, 아직은 모르니까, 참자 싶은) ?!

완 바람 좋다, 그지?

난희 (맘을 다잡고, 가는, 문자 신경 쓰이는)

충남 (E) 확실해, 내 느낌은. 걔 그 유부남과 분명히 바람펴. 말려라.

완 (난희의 목에 팔 건 채) 슬퍼? 많이? 할머니.. 생각나?

난희 (빤히, 보기만 하는)

완 내가 기쁘게 해줄까? 내가 엄마 소원 들어줄게. 글 쓸게. 이모들이랑, 엄마의 이야기. 기분 좋지?

난희 (멈춰 서서, 완의 팔을 빼서, 뿌리치고, 가는, 맘이 무거운)

완 (이상한, 걱정스런) 많이 슬픈가... (하고, 따라가는)

자막

바람이 분다. 파도가 친다.

씬 5. 석균 정아의 방 안, 밤.

석균, 자다가 뒤척이다, 옆에 정아가 없는 걸 느끼고, 일어나는, 머리가 산발이다,

석 균　순영아... 순영아.. (하고, 찾다가, 뭔가 이상한, 일어나 나가는)

씬 6. 석균 정아의 화장실 안, 밤.

석균, 조심스레 문을 열면, 정아, 화장실 벽에 기대앉아, 엉엉 울고 있는, 바닥에 흑맥주 세 병 정도 뒹굴고, 한 병은 손에 든, 석균, 그 모습을 보다가,

석 균　무슨 술을.. (하다가, 참고, 장에서 수건 꺼내 정아의 무릎에 놔두고, 안쓰레 보다, 나가는)

정 아　(우는)

완　(N) 하지만, 살면서 아무리 경험 많은 어른이어도, 이 세상에 내 어머니가 돌아가시는 경험은 그 누구에게나 단 한 번뿐. 그래서, 슬픈 건 어쩔 수 없이 슬픈 것. 늙은 딸이 늙은 엄마를 그렇게 보냈다.

F. I.

씬 7. 난희의 가게 전경, 낮.

씬 8. 난희의 가게 안, 낮.

사람들, 북적이고, 팔달, 음식 나온 걸, 테이블에 가져다놓느라 정신없는, 난희, 식사 끝내고 가는 손님의 카드를 결제해주고,

난 희　(바쁜) 감사합니다, 또 오세요.. (하고, 주방으로 가서) 경북 엄마, 짬뽕, 탕수육 왜 안 나오냐?

경북 엄마　(열심히, 일하며) 그거 안 나갔어?

상 숙　(열심히, 설거지하며, 안 보고) 짬뽕은 아까 나갔는데?

난 희　그건 이 번?! 육 번 테이블에 짬뽕이랑 탕수육?! 안 나왔잖어?

팔 달　나갔어요, 왜 그래, 하루 종일 정신없이! 팔 번 테이블 짜장면은 안 나왔네.

난 희　(그랬나 싶은, 속이 답답한, 그때, 손님 오면, 문 쪽 보고) 어서 오세요!

＊점프컷, 주방 안 》

손님들, 거의 다 나간, 경북 아빠, 상숙, 난희(땀 나는), 재료 준비를 하며, 파 등을 써는, 팔달, 경북 엄마, 설거지를 하며, '정신이 하나도 없네, 손님이 무슨 떼로 와, 저녁에도 단체 있지?' 하며, 분주한 모습이지만, 난희는 생각이 많은, 그 얼굴 위로,

＊점프컷, 회상 》

동진이가 완의 현관문 버튼키를 누르던 모습,

난 희　(계단 오르다가) 넌 비번, 어떻게 아냐?

동 진　(돌아보며, 조금 당황한, 어색하지만, 애써 밝게) 어머니... 그게, 완이가 문잘 보냈드라구요. 일하는데 방해하지 말고, 그냥 들어오라고....

＊점프컷, 현실 》

난희, 답답한데,

충 남　(E) 확실해, 내 느낌은. 걔 그 유부남과 분명히 바람펴. 말려라.

난희, 파 썰다, 손을 베는, '악!' 하는, 피를 보고, 아파도 담담히, 휴지로 감싸는,

모두 난희 보고, '아우, 어떡해요, 어떡해' '파 썰래니까, 왜 손을 썰어!'

하는, 난희, 그냥 나가는,

＊점프컷, 가게 안 》

난희, 작심하고, 핸드폰으로 전화하는, 심각한, 화난,

난 희　충남 언니, 영원이랑 나 좀 보자. 내가 언니네 갈까, 언니가 올래?

씬 9. 난희의 집 전경, 밤.

난 희 (E, 화가 나 달려들 듯, 버럭) 사람이 할 말이 있고, 안 할 말이 있어! 어떻게 그런 막말을 해?

씬 10. 난희의 집 안, 밤.

충남(뚝심 있게 난희 보는), 소파에 앉아 있고, 영원(답답한), 난희(화난, 분한) 바닥에 앉아 있는,

난 희 (삿대질하며) 어떻게, 어떻게, 어떻게?!

충 남 (버럭) 소리 낮춰!

난 희 (화난, 충남에게 앉은 채 다가가 앉으며, 따지는, 흥분해, 버럭대는, 가슴 치며, 삿대질하며) 내가 지금 소리 낮추게 생겼어?! 멀쩡한 내 딸년을 유부남하고 바람핀다고 몰아가는데! 대체, 날, 내 딸년을 어떻게 보고 그런 소릴 해! 내가 숙희 년한테 당한 게 있는데, 내 딸년을 유부남 만나라고 시켰겠냐?! 내가 딸년을 그렇게 갈쳤겠어! 언닌 대체 나이 어디로 먹어? 왜 없는 말을 만들어?! 걔들 그냥 친한 대학 선후배야! 내가 언니가 언니만 아님 어젯밤에 뛰어갔어! 사는 게 심심해?! (하고, 달려들면)

영 원 (어깨 잡아 말리며) 야야야, 야, 난희야!

충 남 (버럭) 내가 심심해서 말할 거 같으면, 말 많은 기자 언니한테 따따부따하지, 미쳤다고 너한테 말해?!

난 희 (화난, 버럭) 뭐?!

영 원 (둘 다 번갈아 보며, 버럭) 이렇게 싸울 거면 둘이 싸워, 뭐 하는 짓이야, 나이 먹은 사람들이! (가방 들고, 일어나며) 아우, 나 갈래. (하고, 일어나, 나가려 하면)

난 희 (잡아서, 앉히며) 어딜 가, 가긴, 너 여깄어! (충남 보며) 뭘 봤니, 대체? 대체 언니가 뭘 봤길래, 그런 막말을 하냐고, 하나밖에 없는 내 딸년을! 자는 거 봤냐? 둘이 뒹구는 거라도 봤어?! 보고 그런 소리 해?! (하고, 물 마시는)

영원　(속상하고, 답답한) 아오, 진짜.. (하고, 물 마시는데)

충남　(바로 치고 나오는, 난희 보며, 답답하지만, 확실히 말하는) 둘이 뒹구는 건 못 봤고, 입 맞춘 건 봤다, 왜?

난희　(물 먹다, 캑 하고, 보는) ?!

영원　(난희가 캑 하는 것과 동시에, 물 잔 집어던지며, 버럭, 충남에게, 대들며) 언니가 뭘 봐?! 뭘?! 코앞에 글자도 못 봐서 돋보기 끼고 살면서?! 눈도 안 보이면서, 뭘 봐?!

충남　(영원에게, 버럭) 입 닥치고, 넌 난희 건져! 오늘 일은 내가 다 뒤집어써! (하고, 난희 보며) 내가 분명히 봤어. 출판사 앞에서, 비 오는 날 둘이, 입 맞추드라.

영원　진짜.. (속상해, 일어나 나가는)

난희　(눈가 붉은 채, 충남 꼬나보며) 진짜... 봤냐?

충남　난 너랑 끝나는 거보다, 완이 인생이 더 중요해. 우리 사이 안 좋아지는 게 뭔 상관이야? 내 딸년 같은 니 딸년 완이, 인생 조지게 생겼는데! 확인해, 그리고 아니면 너나 완이 인생이나 땡큐고, 기면.. 갈 길 아니니 가지 마라, 말림 되고. (하고, 가는)

난희　(참담한, 미동 않고, 가만있는, 화가 나도, 차분한, 영원에게 전화하는) 완이 연하랑, 왜 헤어졌냐, 동진이 때문이냐? 너랑 완이 친구처럼 친하잖어.

씬 11. 난희의 아파트 앞, 밤.

영원　(가다, 멈춰 서서, 난희의 집에서 나와, 제 앞을 스쳐가는, 충남을 보고, 담담하게) 내가 아는 건 한 가지야. 완이는 완이 인생, 완이가 알아서 할 거라는 거, 더는 암것도 몰라. (하는데, 어느새, 충남 와서, 전화를 뺏는)

충남　(영원의 전화기로 말하는) 난희야, 일단 완이 핸드폰 뒤져.

영원　(그 모습을 답답히 보다, 그냥 가버리는, 원망이나 화내는 건 아닌)

충남　(가는 영원 보며) 지난번 내가 완이가 영원이 샵 왔을 때, 얼핏 보니까, 핸드폰 비밀 기호가 리을이드라. 확인해. (하고, 전화 끊고 가는)

씬 12. 난희의 집 안, 밤.

난 희 (전화 끊고, 다시 한숨을 길게 쉬고, 완이에게 전화를 하는, 차분하지만 차가운, 짐짓 아무렇지 않게) 완이, 너 엄마 속이는 거 있어?

씬 13. 완의 집 안, 밤.

완, 노트북으로 연하와 통화하던 중인, 편한, 차분한,

완 뜬금없이.. 속일 게 있어야 속이지. (웃으며) 왜, 금고에 돈이 비냐? 엄마, 나 연하랑 일로 통화 중. 제발 끊어. (하고, 전화 끊고, 연하에게) 다시 켜.

연 하 (웃으며, 핸드폰으로 만화 주인공을 보여주는)

완 (차분하고, 편한) 귀엽다.. (하고, 보는)

연 하 (핸드폰을 집중해 보는 완이를 따뜻하게 보는)

완 (작게 웃으며) 이 여자 주인공.. 혹시.. 나?

연 하 아니, 새로 만난 니키타.

완 (어이없이 보는) 니.. 키타는 뭐니?

연 하 말했잖아, 음악 카페의 알바 점원 아가씨. 대학원생이래. 진짜.. (하고, 핸드폰을 켜서, 둘이 웃으며 찍은 사진을 보여주는) 이쁘지? 섹시하고?

완 (묘하게 질투가 나는, 짐짓 담담히) 너 진짜 걔.. 사귀어?

연 하 (깔깔대고 웃는)

완 (어이없는 표정) ?

연 하 (계속 웃는)

완 (어이없는, 묘한 질투심 숨기고) 생각만 해도 좋아 죽겠니?

연 하 (웃음을 참으며) 근데, 얘 되게 당돌하다?

완 (어이없는) ?

연 하 .. 글쎄 나랑 두 번째 데이트하는 날이었는데, 갑자기 차 마시다, 아주 맑은 눈으로, 날 보면서 당돌하게 그러드라. 근데, 밤에 돼요? (깔깔깔 웃는)

완 (어이없는, 질투 나는, 애써 차분히) 그래서?

연 하 (웃으며) 당근 된다, 그랬지! 그리고 이번엔 내가 물었지? 혹시.. 밤에 그럼..

그걸 확인해볼 생각이 있냐고?

완　(어이없고, 황당한) 그랬더니, 애니타임 오케이래디?

연하　어.. (깔깔대고 웃는데)

완　에이.. (하고, 물을 화면에 확 뿌리다) 어머머머! 내 노트북! (하며, 난리가 난)

씬 14. 난희의 집, 주방, 밤.

난희, 잔에 소주를 따라서, 주방 테이블에 앉아, 골똘히 생각하는, 화도 나고, 침착하자 싶기도 하고, 복잡한, 술 마시며, 생각 많은,

씬 15. 달리는 영원의 차 안, 밤.

영원, 운전하고, 충남, 창가 보며 가는,

충남　(창가만 보며) 너는 오늘 내가 한 짓 싫겠지만, 내 입장은 이래.. 완이가 난희 말이람 이러니저러니 해도 껌벅 죽으니까.. 그래서, 이번에도 듣겠지, 하고...

영원　(말꼬리 자르며, 운전만 하며) 잘했어.

충남　(보면)

영원　(운전만 하며, 답답해도 짐짓 가볍게) 내가 언니 말할 때 강하게 안 말리는 거, 못 느꼈어? 걔들 끝낼 때 됐어. 안 말려지면 인연이고, 말려지면 또 그게 순리고. 어찌 되든 터질 일 터진 거야.. (창문 열며) 바람이나 맞아.

충남　(영원 덤덤히 보는데, 그때, 성재에게 문자 오고, 보면)

***인서트, 문자 》**

귀여운 이모티콘과 잘 자라, 꼬마.

***점프컷 》**

충남　(문자 보고, 뭔가 싫은) 이 오빠가...

영 원 (충남 보면) ?

충 남 (성재에게 전화해선) 오빠, 뭐 해? 나도 꼬마, 희자 언니도 꼬마.. 꼬마 꼬마 부르며... 뭐 하는 짓이야, 지금?

씬 16. 성재의 집 안, 밤.

성재, 소파에서 돋보기 끼고, 책 보는,

성 재 (책 보다, 아무렇지 않게, 이해 안 되는) 그게 뭐 어때서? 희자는 작아서 꼬마, 너는 어리고 귀여워 꼬마, 그래서 나한텐 둘 다 꼬마! (하는데, 전화 끊기고, 전화기 보다, 전화기에 대고) 충남아?

씬 17. 달리는 영원의 차 안, 밤.

영 원 (충남이 귀여운) 뭐래?

충 남 (창가 보며) 몰라.

영 원 (귀여운, 웃으며) 울 언니, 비밀 생겼네.. 히히.

충 남 (창가 보는데, 설레는)

성 재 (E) 희자는 작아서 꼬마, 너는 어리고 귀여워 꼬마, 너는 어리고 귀여워 꼬마, 너는 어리고 귀여워 꼬마..

충 남 (고개를 흔드는)

영 원 (충남 보며) 왜 체머릴 흔들어?

충 남 (영원 보고) 운전이나 해. (하고, 창가 보는데)

성 재 (E) 너는 어리고 귀여워 꼬마, 너는 어리고 귀여워 꼬마, 너는 어리고 귀여워 꼬마..

충 남 (설레는, 두근대는지, 가슴을 쓸어내리는, 후후 숨을 작게 몰아쉬는) 야, 에어컨 켜!

영 원 날 추운데, 에어컨은.. (순간, 웃으며, 농담조) 왜, 성재 오빠랑 전화하드니, 달 뜨냐?

충 남 에어컨이나 켜!

영 원 (웃고, 창문 올리고, 에어컨, 켜며, 장난스레 노래 부르는) 십오야 밝은 둥근 달이 둥실둥실 둥실 떠오면, 설레는 마음, 아가씨 마음, 울렁울렁 울렁거리네..

충 남 (창가 보다, 짜증나, 영원을 보는데, 순간 영원이 성재로 보이는) ?!

***점프컷, 환상 》**

영원이 성재가 되어, 노래를 부르는,

***점프컷 》**

충 남 (멍한, 왜 이러나 싶어서, 창가를 보고, 창문 열고, 후 하는)

씬 18. 난희의 침실, 밤.

난희, 누워, 눈 감고 자는 듯한, 그러다, 눈 뜨는데 안 잤던 듯한, 시계를 보면, 새벽 세 시가 다 된, 난희, 다시 눈 감고, 누워, 자려다 안 되겠는지, 일어나, 머리맡에 둔, 술병에서 술을 따라 술을 벌컥벌컥 마시는, 그런 난희 모습에서 F. O.

씬 19. 석균 정아의 집 전경 + 주방, 아침.

정아, 생각 많게, 무채를 써는,

***점프컷, 회상 》**

순 영 (밥 먹으며, 진짜 좋은) 엄마 나 친구랑 미국 갈 생각만 하면, 막 기분이 좋아. 요즘은 잠도 잘 잔다. 아침에도 벌떡벌떡 일어나고.. 그러니까, 엄마도 기분 좋아야 돼? 난 이혼한 게 아니라, 해방된 거야, 해방, 자유, 프리 알지?

＊점프컷, 현실 》
정아, 일하는,

정 아　(일하며, 맘 아픈, 맘 다지려 하며, 구시렁) 맞다, 프리, 해방, 자유지.. 자유!...

＊인서트 》
바닷가의 자유로운 새,

＊점프컷, 현실 》

정 아　(울컥, 눈물 나는, 참고, 일만 하며, 구시렁) 엄마도 훨훨 나는 새 되고......

그때, 석균, 방에서 나와,

석 균　물.
정 아　(석균 모르게, 눈가 닦고, 안 들키려, 일만 하며, 퉁명스레) 떠 자셔.
석 균　(뭐라고 말하려다가, 슬금슬금 눈치 보며, 물을 떠 마시며, 위로하고 싶지만, 서툰, 그래서 가르치게 되는) 어머닌 좋은 데 가셨어, 좋은 데 안 갈 이유가 없잖어. 그리고 내가 나중에 순영이 년한테 아주아주 큰 선물을 할 거다.
정 아　(정아 모 생각에 자꾸 속이 상한, 듣는 둥 마는 둥 하는)
석 균　그럼 니가 그땐 나한테 진짜, 잘하게 될 거고, 물도 떠주겠지.
정 아　(생각에 빠져, 찌개 간을 대충 보고, 밥을 푸는)
석 균　순영이 비행기가 낼 새벽이냐?
정 아　(정아 모 생각에 힘든, 그래도 일만 하는)
석 균　(순영을 보러 가고 싶지만, 눈치 보며) 보러 갈 거지?
정 아　(일만 하는)
석 균　나도 가?
정 아　(일만 하는)
석 균　나는.. 안 봐도 되겠지? (일만 하는 정아 보며) 뭐, 나중에 너랑 내가 미국 가면 되니까, 뭐.. 나중에 보지, 뭐. 나중에.. (하고, 반찬을 손으로 집어 먹으며,

화장실로 가는)

정 아　(일하다, 순간 멈추고, 속상한, 화장실로 간 석균 보며, 덤덤히) 나중.. 좋아하시네.. 나도 울 엄마.. 나중에.. 잘 모실라 그랬네, 나중이 어딨어. (하고, 방으로 들어가며, 다시 눈가 닦고)

씬 20. 석균 정아의 방 안, 아침.

정아, 속상한 얼굴로, 서랍을 뒤져, 여러 개의 집문서 중에 제 명의로 된, 집문서를 하나, 주머니에 넣고, 전화하는,

정 아　희자야, 나 집 하나 팔아주라?

씬 21. 희자의 집 안, 아침.

희자, 서서 밥을 말아 먹으며 전화를 하는,

희 자　(밥 먹다가, 멈추며) 내가? 집을? (그때 인터폰 소리 나, 문 쪽으로 가며) 어디다 팔아? (인터폰 보면, 성재가 인터폰 화면에서 웃고 있는, 손에 봉지를 하나 들고 있는, 그런 성재를 덤덤히 보며) 나 그런 거 못 파는데.. 그런 건 충남이가 잘할 건데,

씬 22. 충남의 카페(야외), 아침.

충 남　(자다 깬, 부스스한 얼굴로 물을 마시며, 전화 받는) 집을 팔어? 언니, 그런 얘긴 눈 뜨자마자 할 얘긴 아닌 거 같은데...

씬 23. 석균 정아의 방 안, 아침.

정 아 (문 쪽 보며, 석균을 살피는, 그러다 착잡한) 알지, 나도... 근데.. 내가 오죽하면,

씬 24. 충남의 카페, 아침.

충 남 (정아와 통화하는, 생각하는, 덤덤한) 언니가 오죽하면이면... (생각하다, 결정하는) 난 무조건이네. 팔아줄게. 오빠 모르게? 맞지?

씬 25. 석균 정아의 방 안, 아침.

정 아 (착잡한) 그래, 맞어, 모르게.. (하다, 석균이 들어오면, 전화기를 덤덤히 끄고, 나가는)

석 균 (나가는 정아 보고, 옷을 찾으려다가, 열린 서랍 보고, 방바닥의 집문서 뭉치를 보고) 뭐야.. (하며, 다시 집문서를 서랍에 넣는)

씬 26. 석균 정아의 화장실 안, 아침.

정 아 (변기에 앉아, 볼일 보며, 눈가 붉지만, 참고) 엄마도 없고, 내가 이제 무서울게 뭐 있어, 이제부터 아주 막 갈 거다. (하고, 몸 부르르 떨고, 바지 치키고 나가는)

씬 27. 충남의 카페 밖, 아침.

충남, 서서 전화 보고 있고, 종식, 청소하고 있는,

충 남 (전화 보며) 바람이 불다, 불다, 이제 곧 태풍이 오겠네. (그러다, 전화기를 보

는데, 카톡 온 게 있어, 열어 보면, 예쁜 이모티콘과 함께, 성재의 문자가 와 있는, 보는)

성 재 (E) 잘 잤냐, 꼬마? 오늘도 좋은 하루!

주 영 (칫솔에 치약 묻혀 와 충남에게 주며) 고모..

충 남 (얼른, 핸드폰을 주머니에 넣고, 칫솔 받는)

주 영 영원 고모는 항암이 힘든가, 아직 자네. (하고, 가는)

충 남 냅둬. (양치하려다, 가는 주영에게) 넌 고모 연애하는 거 어떻게 생각해?

주 영 (좋은) 좋아.

충 남 진짜? (하고, 일하는, 종식에게) 넌?

종 식 나도. 플라토닉일 거 아냐? 정신적 사랑...

주 영 설마.. 고모가.. 잠도 잘 건 아니지?

종식, 주영 만약 그럼 우린 (심하게 구토하듯) 웩!.... (장난스레) 우.. 징그러. (하고, 가는)

충 남 (둘을 보다, 의기소침해져 양치하다, 그래도 문자를 보고 싶어, 성재의 문자를 보는, 순간 웃음이 나는, 다시, 웃으며, 이를 닦다가, 한쪽의 거울을 무심히 보다, 순간, 얼굴이 굳는, 거울 보며, 자신에게) 미쳤니, 왜 웃어? 뭐가 웃겨서, 웃어? 징그럽게!

영 원 (E) 언니, 미쳤어, 왜 그래?

충 남 (그 말에 돌아보는) ?!

영 원 (커피를 마시며, 걸어 나오다, 충남 보고) 거울 보고.. 뭐 하는 짓이야? 왜 그걸 보고 말을 해? 나는 누구?

충 남 (할 말 없는, 이를 닦으며, 영원을 스쳐 지나가는)

영 원 (어이없게 충남 보며, 걱정스레) 나는 누구? 말해봐, 나는 누구?

충 남 (가며, 화난 듯) 영원이!

영 원 됐네, 안 돌았음. (하고, 커피 마시는)

씬 28. 희자의 집 안, 낮.

성재, 소파에 앉아, 탁자의 봉지에서 꺼낸 묵주 만드는 물건들을 모두 벌여놓고 돋보기 끼고 설명하는, 희자, 선 채, 밥을 만 공기를 들고 밥 먹으며, 그런

성재를 이상하단 듯 보는,

성 재 (묵주를 만들며) 니가 봉사할 맘이 아무리 있어도, 기운이 없어서 안 돼... 그래서 내가 생각했지, 너한테 맞는 봉사 거리가 뭘까... 이거드라고. 그래서 어제저녁 성당 가서 받아왔지. 이건 집에서도.. 성당에서도 할 수 있겠드라고... (다 만들고 나서) 쉽지?

희 자 (밥만 먹으며) 가요, 이제.

성 재 (돋보기 벗으며) 인정머리 없이, 사람이 집까지 찾아왔는데, 차 한 잔은 줘야지.

희 자 싫어요. 차 주는 것도 싫고, 이성재 씨도 싫고, (하고, 등 돌려 밥을 먹는)

성 재 (희자 보고, 웃으며) 왜 밥을 그렇게 먹어, 잘 차려 먹지.

희 자 남이사.

성 재 대체 내가 뭐가 그렇게 싫은데?

희 자 (밥 다 먹었는지, 돌아보며, 입가 닦으며) 그렇게 웃는 거?

성 재 ?

희 자 왜 웃어요? 맨날 실없이? 석균 씨가 나랑 잤냐, 물을 때도 웃었다 그러고, 내가 우리가 언제 잤냐고 따질 때도 웃고, 지금도 괜히 웃고, 오십 년 전, 나랑 헤어질 때도 이성재 씬 지금처럼 실실 웃었죠? 나는 울어도.. 거긴 웃었죠?

성 재 (따뜻하게, 보며) 아니, 울었다.

희 자 ?!

성 재 남자 놈이 사흘은 울었다, 너 시집갔달 때.. 나보다 니가 먼저 갔잖아.. 그래서 홧김에.. 군대 안 가도 되는 사대독잔데 나이 서른 다 돼서 자원해 군대 갔는데, 너는 그거 모르지?

희 자 (미안한, 조금 가시 같은 게 가라앉지만, 당황스런, 할 말이 없는)

성 재 나 그때 많이 아펐다.

희 자 (뭐라 할 말 없어서, 설거지하다) ... 이제 가.

성 재 (웃으며, 시계 보고, 일어나 물 잔을 찾아서, 수돗물에 약을 먹고, 불쑥, 희자를 보며) 우리 여행 갈래?

희 자 (어이없는) 그 컵 내 껀데?!

성 재 (아랑곳없이) 친구 하자. 친한 친구.

희 자 (물 잔을 뺏어, 닦으며) 난 남자랑 친구 안 해요, 특히 그 노란 심장약 먹는 사람이랑은. (하고, 설거지하며) 난 내 남편이 심장병으로 죽어서, 심장병 있는 사람, 여자고 남자고 딱 질색이야.

성 재 (깔깔대고 웃으며) 아이고, 진짜.. (하고, 한쪽의 약 보며) 너도 약 많이 먹네.

그때, 전화 오는,

희 자 (받으며) 어, 민호야.

씬 29. 민호의 자동차 정비소 안, 낮.

민호, 핸드폰으로 시시티브이 화면을 보며, 사무실 전화로 전화하는, 싫은,

민 호 집에, 그 아저씨 뭐야?

씬 30. 희자의 집 안, 낮.

희 자 (조금 당황한) 뭐래, 얘가?

씬 31. 민호의 자동차 정비소 안, 낮.

민 호 (순간 희자가 자신이 시시티브이 화면을 본다는 사실을 모른다는 걸 알아차리는, 성재가 희자의 집에 있다는 게 싫은 느낌으로) 그냥.. 느낌이.. 지금 남자랑 있지? 왜 있어, 남자랑? 누가 집에 남자 들이래?

씬 32. 희자의 집 안, 낮.

희 자 남자는 무슨... 요셉! 성당 사람! 봉사 거리! (하고, 끊고, 성재에게) 나가요, 내

자식이 싫대!

성 재 (시시티브이 보고, 알겠는) 그래, 나중에 또 보자. 여행 가는 거 잘 생각해보고. 요즘 날이 넘 좋아. 우리가 내년에 이 광경을 볼지 말지.. 모르는 인생 아니냐. 너랑 나랑 약봉지 왕창 들고, 조심조심 꽃구경 한번 가자. (하고, 웃고, 가는)

희 자 지 말만... 계속.... (하고, 다시 전화 걸어) 민호야, 오해하지 마.. 엄마 남자 친구 없어. 성당 사람. 엄만 남자 친구 그런 거 징그러 해... 진짜로.. (순간, 이상한) 근데 너 남자 온 건 어떻게 알어?

씬 33. 희자의 집 앞, 거리, 낮.

성재, 휘파람을 불며, 신나고 경쾌하게 가다, 순간 다이아몬드 스텝을 밟으며, 기분 좋게, 가는,

씬 34. 충남의 집 주방, 낮.

충남, 골똘히 성재 생각하며, 설거지를 하다, 다시 핸드폰 꺼내 문자 보고, 내가 왜 이런가 싶어, 다시 핸드폰을 주머니에 넣는, 그러다 상상이 되는,

***점프컷, 상상 》**
성재, 화장실에서 나오며, 수건으로 머리를 말리며,

성 재 커피 타라.

충 남 (설거지하다, 고개 돌려 성재 보고) 싫어. (하고, 설거지하는)

성재, 충남의 옆에 와서 웃으며, 말 거는, 상상과 실제가 오가는,

성 재 그럼 내가 타줄게. (하고, 한쪽에서 거름종이를 가지고 커피를 내리는)

충 남 (좋아서, 작게, 웃으며, 설레는, 구시렁) 그래, 맞아, 그 오빤 커피 정돈 타줄 거

야.

성 재 (커피를 옆에 놔주고) 이건, 니 꺼. (자기도 마시며) 이건 내 꺼.

충 남 (좋은, 기대감에, 구시렁) 한번 만나봐? 재밌을지도 모르잖아. 근데.. 사람이 다 장단점이 있는 건데, 그 오빤, 다 좋을까?

성 재 (설거지하는 충남 보며) 근데, 설거질 너무 드럽게 한다.

충 남 (순간, 정신이 드는, 고개 돌려 옆 보면) ?

성 재 세제 범벅이네. 환경을 생각해야지, 쌀뜨물로 해, 밀가루나, 요즘 누가 거품 많이 나는 세젤 쓰니?

충 남 (실제처럼 느껴져 당황해, 버벅대며 말하는) 나, 나도 보통 땐, 미, 밀가루나 쌀뜨물 쓰거든, 근데, 이건 고, 고기 국물 그릇이라..

성 재 오빠가 뭘 좀 가르쳐주면, 그냥 네 하고 들어라, 말이 많어!

충 남 (화난, 다시 설거지를 하며, 구시렁) 분명히 그럴 거야. 오빠 오빠하면서, 날 가르칠라 들겠지! (하고는, 소파로 와서, 리모컨으로 티브이를 켜는)

***점프컷, 상상 》**

성재가 충남 무릎에 누워, 충남 손에 들린, 리모컨을 뺏어, 다른 채널로 돌리며,

성 재 뉴스 좀 보자.

충 남 ?! (속상한, 리모컨으로 티브이를 끄고) 뉴스만 보겠지, 배운 놈 티 내면서. 본 뉴스 또 보고, 본 뉴스 또 보고.. (하고, 옆에 놓인, 수학 책을 펴, 공부에 집중하려는, 그러다, 문제를 못 풀겠는) 숙제나 하자, 숙제나..

***점프컷, 다시 상상 》**

성 재 (답답한, 충남에게 진지하게) 야, 이때는 곱셈 공식 구 번 아니냐.

충 남 (성재 보는, 괜히 구박받는 거 같아, 슬픈) ?

성 재 검정고시 학원을 몇 년을 다녔으면서, 그걸 모르냐? 정신을 차려, 너 바보냐?!

충 남 (서러운) ?!

성 재 엑스 세제곱, 플러스, 와이 세제곱, 마이너스, 일, 플러스, 삼 엑스 와이! 곱셈

공식 구 번! 곱셈 공식 구 번! 너 대체 공불 하는 거야, 마는 거야?!

충 남 (싫은, 기죽지만, 버럭) 내가 알아서 할 거야?! 이날 이때껏, 육십 넘어 살면서, 내 일은 여적 내가 알아서 다 했어! 건들지 마! 냅둬!

영 원 (E) 언니.

충 남 (고개 돌려 보면)

영원, 화장실에서 세수하고 나오다, 그 모습을 본,

영 원 (당황했지만, 덤덤히) 나, 지금 언니 하는 짓 싹 다 봤다, 왜 그래?

충 남 (속상한) 끝낼 거야.

영 원 ?

충 남 (근처의 서랍장을 뒤져, 청심환을 씹으며) 괜히 가슴은 두근대고.. 내가 이러다 제명에 못 살고, 심장마비 걸려 디지지, 끝, 끝, 끝! 여기서 끝! (하고, 나가는)

영 원 ?!

씬 35. 영원이의 차가 있는 주차 공간, 낮.

영원과 충남, 차 쪽으로 걸어가는,

영 원 그래서, 정말 성재 오빠랑 끝낸다고? 둘이 뭐 시작이라도 했냐, 끝내게?

충 남 (멈춰 서서, 보며) 했지. (제 머리 톡톡 치며) 대가리로.

영 원 (어이없는)

충 남 그랬더니 아냐.

영 원 (어이없는)

충 남 테레비도 내 맘대로 못 볼 거야! 공부 많이 했으니, 빽함 이래라저래라 내 일에 껴들 거고, 그 오빠, 자식들 땜에 속 썩음, 나도 같이 속 썩을 거고,

영 원 (답답한) 벌써, 애 낳네, 애 나! 누가 오빠랑 살래냐? 놀랬지?!

충 남 놀다 정들면? 울고 짤 일밖에 더 있어! 늙어 좋은 게 뭔 줄 아냐? 안 봐도 비디오야? 훤히 보여! 그 오빠 만나면, 맘 편히 못 살, 불쌍한 내 앞날이. 끝. 여

기서 끝. (하고, 가는)

영 원 (가는 충남 보며, 어이없는, 농담) 어떻게 저렇게 똑똑해! 늙으면 썩어질 몸, 쓰고 가라, 쓰고 가! (하다가, 웃으며) 그래, 그렇게 살아라, 그냥! (하고, 가며, 허탈하게 웃는)

가는 영원과 충남의 그림 위로,

완 (N) 그날 충남 이모와 성재 아저씨의 아쌀한 정리를, 영원 이모에게 전해 들으며, 나는 어른들의 경험이 다시 한 번 부러웠다. 경험이란 그런 것인가? 충남 이모처럼 가보지 않아도, 이미 그 끝을 훤히 아는 것.

씬 36. 완이의 집 안, 낮.

완 (N) 그렇다면, 지금의 내 혼란은, 다만 경험이 없어서인가? 나이 들고 싶었다. 그래서 어서, 이러지도 못하고 저러지도 못하는 이 혼란을 이겨내고 싶었다.

카메라, 완이와 연하의 웃는 사진을 보여주고, 자는 완이에게로 이동하는, 난희, 비번을 누르고 문을 여는, 손에 반찬 그릇을 든, 들어와서, 자는 완이를 보다, 냉장고로 가서, 빈 그릇을 빼다, 문득, 생각이 나는, 완이 쪽을 보면, 머리맡에 핸드폰이 놓인, 그걸 빤히 보다, 다시 일을 하려고, 가지고 온 반찬을 풀다, 멈추고, 완이에게로 가서, 핸드폰을 집어 드는, 완이는, 자고 있는, 난희, 서서, 핸드폰의 비밀 기호를 리을로 하면, 잠금이 풀리는, 핸드폰 문자에서 동진과 완이를 찾는, 그러다, 찾아서 보면, 좌르르 문자가 뜨는, 보는,

***인서트, 문자 내용 》**
문자 보이는, 일과 관계된 내용이 서너 개 보이는,

동 진 (E) 원고 다 됐니?
완 (E) 낼까지 될 거 같아요.
동 진 (E) 책거리 파티하는데 올래? 출판사 사람들 다 있어.

완 (E) 어. 어딨는데?

*점프컷 》

난희, 담담히, 그것들을 넘기고, 다른 문자에 눈이 가는, 골똘히 심각하게 보는,

완 (E) 선배, 지난밤 미안했어.

동진 (E) 미안해하지 마.

완 (E) 아니, 미안해. 우리 만날래?

동진 (E) 아내가 왔어. 못 나가. 완아, 그리고 그날 일 실수라고 말하지 마, 그럼 진짜 화낼 거 같다. 나도 너를 사랑한.. 책임.. 있어.

*점프컷 》

난희, 가슴이 쿵 하는, 작게 호흡하고, 이것 봐라 싶은, 이후에 동진의 문자가 더 있는, 긴장한,

동진 (E) 전화해도 안 받네, 전화 주라. 걱정돼.

*점프컷 》

다른 문자,

동진 (E) 오늘도 전화 안 받네, 목요일 밤에 출판사에 와. 내가 너한테 가기 전에.

이후, 문자가 없는,

난희, 참담한, 완이를 보면, 완이 자고 있는, 난희, 핸드폰을 있던 곳에 놔두고, 화나고 어쩔 줄을 모르겠는, 그냥 휙 나가는, 문을 쾅 닫는,

완, 그 소리에 잠을 깨는, 이상한, 주방 쪽 보면, 반찬 통들이 널려져 있는,

완 (졸린 채, 난희를 찾는) 엄마? 엄마?

씬 37. 완의 집 앞 길거리, 낮.

난희, 빠르게 걷다가, 멈춰 서서, 잠시 숨을 고르고, 뒤돌아서 다시 완이네로 가는,

씬 38. 완이의 집 안, 낮.

완이, 일어나 물을 마시고 있는데, 난희, 들어와, 한쪽에 둔 제 가방을 가지러 완의 곁으로 오는,

완 (이상한) 엄마.. 왔음 왔다고 말을 해야지.. 어디 갔다 와?
난 희 (말없이 가방 들고, 그냥 가는)
완 (이상한) 엄마! (하다, 전화 오고 보면, 동진이다, 난감한, 전화 받고, 차분히) 어, 동진 선배..

씬 39. 마트 안, 낮.

정아, 희자와 카트 끌며, 물건들을 한껏 고르는, 순영의 이민에 필요한 것들이다, 순영, 다른 곳에서 밝게, 전활 하고 있는,

순 영 오늘 밤 비행긴데, 미안하다... 못 보고 갈 거 같애, 엄마랑 동생들이랑 있다, 바로 공항 갈라고.

***점프컷 》**

희 자 (순영 보고, 정아 보며, 걱정스런) 집을 팔아, 순영이 준다고?
정 아 어.
희 자 석균 씨가 그러래?
정 아 (물건만 보며) 아니.

희자　뭐라고 그럼?

정아　뭐라 그러든 말든. (하고, 물건 골라 넣는)

희자　그러다 너 석균 씨한테 이혼당해.

정아　(담담히, 카트 끌고 가며) 그럼 당하면 되겠네.... (하고, 물건만 보며) 이런 건 미국 가도 다 있겠지..

희자　정아야, 너 이상해?

정아　(서글프게 웃으며, 농담조) 너만큼?

그때, 순영, 정아의 어깨에 팔을 두르며, 친구에게 하듯,

순영　엄마, 수영이랑 호영이가 노래방 가재? 간만에 우리 가자? 우리 신나게 놀다 헤어지자, 어?

정아　(웃으며) 그러자. 놀다 헤어지자? 아고, 재밌겠다! 낄낄낄..

순영　엄마가 밝아서 좋아.

정아　니가 밝아서 좋아.

희자　(둘 보며, 정아가 부러운) 딸 있어, 좋겠다, 넌.

씬 40. 노래방, 낮.

정아, 순영, 수영, 호영, 신나게 춤을 추며, 노랠 부르는,
희자, 웃으며, 앉아, 박수 치는,
그때, 테이블에 있는 전화 와서 보면, 석균이다,
희자, 놀라 전화기 들고, 노래하는, 수영을 보여주면,
수영, 핸드폰을 보고, 정아를 보여주면,
정아, 노래 부르며, 안 받는다고, 고개 젓는,
수영, 전화기를 순영에게 보여주면, 고개 젓는, 호영이도 옆에서 고개 젓는,
수영, 난감해, 들고 나가는,

씬 41. 노래방 밖, 낮.

수 영 아빠, 왜?

씬 42. 길거리, 낮.

석균, 의기양양하게 가며,

석 균 니들 오늘 모였냐? 거기 어디냐? 내가 좋은 일이 있을 거 같은데, 일 보고, 그리 갈라 그러는데? (멈춰 서며, 이상한) 왜.. 순영일 안 만나? 그럼 니 엄만.. 어디 간 거야, 전화도 안 받고?

씬 43. 노래방 밖, 낮.

수 영 (유리창 너머 노는 정아 보며, 거짓말하는) 엄마.. 할머니 땜에 힘드셔서.. 희자 이모네 갔나? 난 모르겠네..... 아빠, 그냥.. 언니, 맘도 그런 거 같은데 조용히 보내자.. 나중에, 엄마랑 나랑 호영 언니랑 미국 가심 되잖아요.

순 영 (문 열고) 뭐 해?

수 영 (순영의 입을 틀어막으며, 작게) 아빠..

순 영 (싫다는 듯 고개 젓고, 들어가는)

씬 44. 길거리, 낮.

석 균 (기죽은, 서운한) 미국을 언제 가.. 내가!..... 알았어.. 뭐, 나중에 한번 가보지 뭐... 니가 비행기 표 사. (하고, 전화 끊고) 내, 오 서방.. 아니, 오세오.. 이 개새끼를! (하고, 마구 걸어가, 카페로 가는)

씬 45. 카페 안, 낮.

오 서방과 성재가 앉아 있는, 오 서방, 성재 핸드폰에 녹음된, 제 목소릴 들으며, 화나고 난감한, 그때, 석균, 들어와 오 서방의 멱살을 잡으며, '이 개새끼!' 하는, 성재, 뜯어말리는,

성 재　에헤!
석 균　(화를 삭이고, 앉았다, 다시 일어나, 오 서방의 뺨을 치는)
오 서방　?!
석 균　(화난, 손가락 두 개로 오 서방 눈을 찌를 듯하며) 눈깔을 확!
성 재　형님, 고만!
석 균　(화 참으며, 앉으며, 성재에게) 이 개새끼.. 그거 들려주니까, 뭐래?
성 재　(오 서방만 보며, 담담히) 어쩔 거야?
오 서방　(화를 삭이며, 참고, 전화기 놓으며) 오천.
석 균　(버럭) 일억, 아니.. 이이이, 이억!
성 재　(오 서방만 담담히 빤히 보며) 조용히 계셔, 형님은. (가방에서 서류를 꺼내며) 재산이 많대. 아파트에 이 층짜리 건물 하나, 개인 연구실까지.
오 서방, 석균　?!
성 재　거기, 교수직은 안 건드리는 대가로,
오 서방　내가 그걸 어떻게 믿어요!
성 재　안 믿음 어쩔 건데?
석 균　(오 서방 보며, 버럭) 안 믿음 어쩔 건데?
성 재　내가 그쪽 교수직도 못 하게 할 거 같았음 벌써 손썼지. 말했잖아, 오자마자, 아까? 총장이 내 친구. 고대 법대, 동기. 안 믿김 인터넷 찾아봐. 나는 이성재.
오 서방　(울상)
성 재　(담담히) 암튼 다시 말하는데, 이혼은 했으니, 교수직 유지 대가로 딱 잘라, 오억.
오 서방　(물 마시고, 화나, 후후 숨을 몰아쉬는)
성 재　그럼 얘긴 끝난 걸로. 돈은 지금 당장, 넣기.
오 서방　지금 당장 내가, 오억이,
성 재　(말꼬리 자르며) 그건 알아서.
석 균　(침을 삼키며, 잘했단 뜻으로 테이블 밑으로, 성재의 무릎을 꽉 잡는)

성 재 (가방에 서류 넣고, 전화기 챙기고, 일어나며) 갑시다, 형님.

오 서방 녹음된 거는,

성 재 돈 들어오면, 폐기 처분 약속! 안 들어오면 그땐 유튜브, 언론, 총장 총동원이고. 내가 못 할 거 같애? 나는 한다면 하는, 대쪽 같은 판검사, 변호사를 지낸 이, 성, 재. (하고, 나가는)

오 서방 (가는 둘 보다, 핸드폰으로 인터넷에서 이성재를 검색하면 진짜 성재가 나오는, 검사, 판사까지 지내고 현재 로펌 고문으로 되어 있는, 화나는, 핸드폰 던져버리는) 아우!

씬 46. 카페 밖, 낮.

성재, 석균의 손을 잡고 주차장으로 들어서며,

석 균 너 말은 그렇게 해도, 돈 받음 저놈 교수직 박탈할 거지, 그지? 그지? 내 딸년 복수해줄 거지?

성 재 (뒤를 보고, 조용히 하란 뜻으로) 쉬!

석 균 (뒤돌아보고) 왜?

성 재 저놈이 앙심 품음 어쩔 건데? 미국 쫓아가면? 순영이 더 괴로워요. 쥐를 몰아도 쥐구멍은, 열어둬야죠. 부모한테 인간 되는 법 못 배운 거 안됐다 생각하쇼. (하고, 핸드폰 흔들며) 대신 이건 안 주지. 저놈 죽을 때까지. (웃으며) 낄낄.. 내가 먼저 죽으려나..

석 균 얌마, 이건 너랑 나랑 말한 거랑 틀리잖어, 딸년이 맞았는데, 돈이 무슨 소용이야!

성 재 (말하며, 주변을 두리번거리며) 에헤, 이성적으로 생각해요, 형님... (하다가, 못을 발견하고, 웃으며) 감정은.. (못을 석균에게 주며, 턱으로 오 서방의 새 차를 가리키며) 여기다 풀고. 내가 타고 오는 거 봤지. 새 차 샀나 봐.

석 균 (못을 보고, 차를 보고, 주변 두리번거리는)

성 재 시시티브이 없어.

석 균 그래? (하고는, 못으로 차를 북 하고 길게, 차 둘레를 돌아가며, 다 긁는)

성 재 (웃으며) 갑시다, 이제.

석균 (긁으며) 좀만 더 긁자, 좀만..

성재 (사람 오는 소리 듣고) 사람 온다, 형님. (하고, 석균 손을 잡고, 건물 뒤쪽으로 숨고)

오 서방, 와서, 차를 보고, '악!' 하고 소리치며, 발로 차를 차며, 성질 피우는,

***점프컷 》**

석균, 성재 웃고, 가는, 두 사람 느린 그림으로 보여지는,

씬 47. 버스 안, 밤.

술 취한 사람 하나, 학생 하나와 석균만 탄, 석균, 조금 굳어서, 순영에게 말할 연습하는,

석균 수.. 순영아... 통장 번호 알려주라.. 아빠가 돈 줄게... 오세오 놈한테.. 니 복수를 했다..... (맘에 안 드는, 고개 젓고) 아빠가 오세오 놈한테 시원하게.. 복수하고... 니 몫을 찾았다..... 잘 가라.. 엄마 아부지 걱정은 말고, 너나 몸조심하고... 순영아... 또 보자... (하고는, 심호흡하고, 핸드폰에서 순영 찾아 전화하는데)

안내 (안내 멘트, E) 이 번호는 고객님의 사정으로 정지되었습니다.

석균 (눈가가 붉어지는, 다시 전화해보지만, 같은 내용만 나오는, 슬픈, 전화기 내리고, 창가 보는, 초라한)

씬 48. 어두운 도로 + 차 안, 깊은 밤.

길가에 수영(운전석에 탄)과 호영(뒷좌석에 탄)이가 차에 타서 정아와 순영과 희자 쪽을 보고 있는,

정아와 순영, 조금 맘 아프게, 길가 쪽에 서 있고, 그 옆에 희자, 서서 정아와 순영을 보고 있는,

정 아　(눈가 붉지만, 애써 밝게, 웃으며, 순영의 얼굴을 만져주고, 머리 넘겨주다, 그만하자 싶어서, 주머니에 손 넣고, 순영(제 눈을 못 맞추는 정아만 안쓰레 보는) 안 보고, 밝게) 가. 새벽 첫 비행기라며.. 늦어.

순 영　(희자 보며) 이모, 안녕. (하고, 안고)

희 자　(애써 밝게, 등 토닥이며) 엄마한테 연락 자주 해.

순 영　(품에서, 몸을 떼내며) 네. 몸조심하시고, 충남 이모, 영원 이모,

희 자　난희 이모까지, 안부 전할게.

순 영　(맘 아파, 짐짓 담백하게) 건강하세요. (하고, 정아 안 보고, 차 쪽으로 가다가, 맘 아픈, 눈가 붉어지는, 맘 다잡고, 뒤돌며, 정아 보고, 짐짓 밝게) 엄마. (하고, 손가락을 드는데, 새끼손가락에 돌 반지를 낀) 돌 반지!

정 아　(울컥하는, 보는) ?

희 자　(정아 보며, 작게 구시렁) 돌 반지? 쟤 보육원서 일곱 살 때 데려왔잖아.

순 영　내가 돈 필요해 패물 다 팔아도 이건 안 팔았다, 엄마가 시집갈 때 해준.. 이 돌 반진! 엄마 대신 이거 가지고, 미국 가서 새로 태어날게. 몸조심해!

정 아　(먹먹해, 말 못 하고, 고개 끄덕이는)

순 영　(맘 아파도, 깔끔하게) 사랑해! (하고, 돌 반지에 입 맞추고, 서둘러, 차 타는데, 눈물 나는, 운전하는 수영(눈가 붉은)에게) 빨리 가자!

수 영　(서둘러, 운전해 가는)

호 영　(뒷좌석에서 순영 손잡아주는, 맘 짠한)

***점프컷, 길가 》**

정아, 희자, 가는 차를 보는,
가는 차 보여주고,
정아, 순영이 맘 아픈, 돌아서는,
희자, 가는 차 보고, 돌아서다가, 다시 차 쪽을 보며,

희 자　새가 나네!

정 아　(그 소리에 돌아서 희자의 시선 따라가면)

새 한 마리, 차를 쫓아가듯 가는,

정 아 (새를 보고, 울컥하는, 벽으로 가서, 기대, 손수건 꺼내, 얼굴 가리고, 우는)

희 자 (새 보다, 정아에게 와서, 그 옆에 서서) 엄마가 새 되고 싶다더니, 새 돼서... 순영이.. 따라가시나?

정 아 (손수건에 얼굴 파묻고, 우는) 희자야, 이제 난... 엄마도 없고.. 딸도 갔다.. (하며, 울고)

희 자 (안쓰레 보며, 눈가 붉지만, 담담히) 그랬네.. 우리 다 고아 됐네... (하고, 차 쪽을 보는, 먹먹한)

둘의 모습 풀 샷으로 보이는,

씬 49. 난희의 가게 앞, 낮.

난희, 생각 많게, 비질을 하는,
그때, 일우, 기타를 메고, 오다, 난희를 보고, 웃으며, 인사하는,

일 우 안녕하세요?

난 희 (완이 생각에, 비질만 하는)

일 우 (용기 내 좀 더 크게) 안녕하세요?

난 희 (무심히, 일우 보는)

일 우 (인사하고)

난 희 (본 척 만 척 비질을 하는)

일 우 (이상한, 갈 길 가다, 멈추고, 다시 돌아와, 난희 보며) 저, 여기 (길을 가리키며) 쭉 가면.. 사거리 나오잖아요.

난 희 (무심히 보는, 생각을 방해하는 게 기분 안 좋은) ?

일 우 저 거기서 편의점 해요. 전문 뮤지션은 아니고. 그냥 기타는.. 취미예요.

난 희 (무덤덤히) 그래서요?

일 우 지난번 술 마실 때, 제가 농담으로 뮤지션이라 그래서.. 그거 농담이라고..

난 희 (고개 돌려, 비질하다, 비를 팽개치고, 가게로 들어가, 가방 들고, 큰길로 가는)

그때, 상숙, 출근하다,

상 숙 사장님 어디 가요?
일 우 (서운하게 난희를 보고, 가는)
난 희 (전화하며, 가는) 영원아, 완이 일하는 출판사가 어디냐?

씬 50. 동진의 출판사 앞, 낮.

난희, 한쪽에서 출판사 건물을 올려다보고, 시계 보는, 그러다, 완이에게 문자하는, 서로 문자 주고받는,

난 희 (E) 완아, 너 어디니?
완 (E) 나, 지금 원고 써.
난 희 (E) 오늘.. 밤에 뭐 해? 엄마 만날래?
완 (E) 출판사 갈 거야.

난희, 전화를 끄고, 한쪽에 있는, 충남과 만났던, 카페로 들어가는,

씬 51. 카페 밖 + 안, 밤.

난희, 물을 마시고, 시계 보고, 창가 보면, 완이가 지나가는 게 보이는, 가슴이 쿵 하는, 차를 마시는, 그리고, 출판사 쪽을 보고, 맞은편 건물을 보는, 다시, 물을 마시는,

씬 52. 출판사 안, 밤.

완이, 들어서면, 혜미, 퇴근하며,

혜미　웬일이야, 완이 씨가 이 밤에?

완　(동진(일하는) 쪽 보고, 어색하게 웃으며) 어.. 지나가다.. 출판사 불이 켜져 있길래..

혜미　난 애인 만나러 가는데.. 대표님하고 놀다 가... (하고, 가는)

완　(가는 직원 보고, 웃고, 동진 쪽으로 가서, 어색하게 웃으며) 뭐 해요?

동진　(원고만 보며) 니 원고 봐. 삼십 분만 기다려.

완　네. (하고, 다실로 들어가, 차를 준비하는)

***시간 경과 》**

창가, 동진, 완이 차를 들고 창틀에 몸을 기대, 서 있는,

완　(어렵게, 못 보고) 미안해, 정말.

동진　(담담히 보며) 말했잖아, 나도 너 사랑한다고.

완　(고개 들어 보는데, 맘이 아픈) 선배.

동진　(차를 마시고, 담담히) 내가 아니다 아니다 하면서도.. (쓸쓸하게 웃으며) 그랬더라고. 너를...

완　(맘 아파, 단호하게) 난, 아냐.

동진　(따뜻하게 보며) .. 알아, 넌 언제나 연하지. 걜 떠나왔어도... 넌 연하지. 난, 니가 연하를 잊는 데, 잠깐 이용당한.. 친구? 선배? 남자?

완　정말.. 미안해.

동진　(완이의 머릴 흩트리며) 그래도 사랑해.

완　(눈가 붉어져 보면, 맘 아픈, 어떻게 해야 하나 싶은)

동진　(차 마시고, 눈가 붉어, 웃으며) 근데, 알아. 여기서 우린 끝인 거. 그래야.. 이쁜 것도.

완　(눈물이 나는, 참고, 고개 숙이는)

동진　(담담히) 어른이 되나 봐... 내가... 마음이 있어도... 멈출 때는 멈추는... 그게 돼. 이제는.

완　(맘이 놓이는, 눈물 닦고, 보고, 작게 웃으며) 후... 다행이다.

동진　(작게 숨을 내뿜으며) 후... (노래하듯) 다행이다.

완　(고맙게 보고, 웃고)

동 진 정말.. 이게 마지막이다.

완 (무슨 소린가 싫어, 고개 돌리는데)

동 진 (완이의 이마에 입을 맞추는)

완 (가만있는, 맘 아프게 눈 감는)

동 진 (그리고, 완이를 안아주는, 등을 다독여주는, 맘 아픈)

＊점프컷 》

카메라, 창가로 가면, 난희, 건너편 건물 계단참 유리창으로 둘을 보고 있다, 놀라고 막막해, 순간 벽으로 숨어, 등 돌리는,

씬 53. 건너편 건물, 계단참, 밤.

난희, 가슴 떨리고 눈가 붉어지고, 정신이 없는, 벽에 기대, 서서히 주저앉는, 정신을 차리려고 후.. 하고, 들숨 날숨을 쉬는, 난희의 그 모습에서, 엔딩.

dear my friends

8 부

~

마치 아무 일도
없었던 것처럼

전 회 7부의 엔딩씬과 달리 철저히 난희의 시선으로,

씬 1. 출판사 건너편 건물 계단참, 밤.

난희, 건너편 출판사 창가에 있는 완이와 동진을 맘 아프면서도 '이것들 봐라' 싶게 보고 있는, 난희의 시선에서,

＊점프컷, 출판사 》

완 (맘이 놓이는, 눈물 닦고, 보고, 작게 웃으며) 후... 다행이다.

동 진 (작게 숨을 내뿜으며) 후... (노래하듯) 다행이다.

완 (고맙게 보고, 웃고)

동 진 정말.. 이게 마지막이다.

완 (무슨 소린가 싶어, 고개 돌리는데)

동 진 (완이의 이마에 입을 맞추는)

완 (가만있는, 맘 아프게 눈 감는)

동 진 (그리고, 완이를 안아주는, 등을 다독여주는)

＊점프컷 》

카메라, 창가로 가면, 난희가 건너편 건물 계단참에서 둘을 보고 있다, 눈 감고, 등 돌리는,

씬 2. 건너편 건물, 계단참, 밤.

난희, 가슴 떨리고 눈가 살짝 붉어지고, 정신이 없는, 벽에 기대, 서서히 주저앉는, 하지만 너무 약하지 않은, 정신을 차리려고 후.. 하고, 들숨 날숨을 쉬는, 난희, 잠시 그대로 있다가, 힘 있게 일어나, 계단을 내려가는,

씬 3. 출판사, 밤.

동진, 완을 품에서 떼어내고, 옆에 앉아, 완을 따뜻하게 보고, 웃으며,

동 진 이제 우리 어쩌지?

완 (어색하고, 따뜻하게 보고, 생각하다, 웃으며) ... 집에.. 가야지.

동 진 (크크 하고, 웃으며) 맞다. 끝난 사람들이.. 이 밤에 둘이서.. 할 게 없지.

완 (고맙게 웃고, 동진 고맙게 보고) .. 갈게.

동 진 (완이만 보며) 어.

완 (걸어가다, 문 쪽에서, 따뜻하게, 진심이지만 농담처럼) 잘 가, 내.. 첫사랑!

동 진 (따듯하게) 연하한테 가. 길.. 헤매지 말고.

완 (쓸쓸하게 웃고) 연하 애인 생겼어.. (하고, 돌아서 나가는데, 맘이 아픈)

동 진 (완이가 나간 문 쪽 보다, 핸드폰 하며, 쓸쓸하지만 짐짓 편한 척) 여보? 자?.. 안 자면, 나랑 소주 한잔할래? (일어나 자리로 가, 가방 챙기며) 웨긴.. 간만에.. 밖에서 분위기 좀 낼라 그러지.. (하며, 가는 완이를 내다보는, 그립고, 따뜻한)

씬 4. 길거리(벚꽃이 날리는), 밤.

완, 걸어가는데 홀가분한 느낌이다, 그러다, 얼굴에 꽃잎 떨어지면, 멈춰 서서 보면, 벚꽃이 날리는, 맘이 밝아지는, 핸드폰으로 연하를 연결하고, 핸드폰으로 떨어지는 벚꽃을 연하에게 보여주며, 장난꾸러기처럼 밝게 〈벚꽃엔딩〉을 부르는, 날리는 벚꽃과 제 얼굴을 연하에게 번갈아 보여주며, 노래를 부르는,

씬 5. 연하의 방 안, 밤.

연하, 자다 깬 얼굴로 누워, 그 노래를 듣는, 맘이 푸근해지는, 완이가 그리운,
완이와 연하의 모습이 교차되며, F. O.

씬 6. 난희의 집 전경, 아침.

씬 7. 난희의 집 주방, 아침.

난희, 화장실에서 세수하고 담담한 얼굴로 나와, 밥솥에서 밥을 푸다가, 입맛이 없는지, 그냥 다시 밥그릇의 밥을 밥통에 넣고, 밥그릇을 개수대에 팽개치고, 커피를 한 잔 타서, 두어 모금 마시는데,

＊플래시백 》
동진이 완이의 이마에 입 맞추던,

＊점프컷, 현실 》
난희, 그냥 냅다, 거실에 잔을 던지고, 후후 하고 천천히 한숨을 몰아쉬는, 그리고, 방으로 가는, 이내, 웃옷을 들고 나와, 나가는,

씬 8. 거리, 낮.

난희, 택시에서 내려, 걸어가다, 다시 심호흡을 하고, 백에서 거울 꺼내 보며, 립스틱을 바르고, 거울과 립스틱을 가방에 넣고, 출판사로 가는, 차갑고, 담담한, 발걸음이다,

씬 9. 출판사 안, 낮.

동진, 복사를 하고, 직원들, 전화를 받거나, 서로 회의를 준비하거나 하며 분주한, 그때, 난희, 들어서는,

동 진 (복사하며, 직원들에게) 야야, 오늘 작가 미팅 몇 시야?

혜 미 (분주하게, 회의 자료, 책 등을 챙기며) 사십 분 남았습니다.

동 진 근데, 아직도 허둥대냐, 회의 준비한다고! 자식들이.. 정신이 있어, 없어! (하다, 문 쪽 보고, 난희 보며) 어, 어머니..

직원들 (난희를 보면)

난 희 (이놈 봐라 싶지만, 짐짓 담담한) 근처 왔다가.... 커피 한 잔 주라, 동진아. (애써 작게 웃으며) 바쁜가?

동 진 (반갑게, 웃으며) 바빠도 드려야죠, 어머니, 이리 오세요. (하고, 자리로 가며, 직원에게) 커피 좀 부탁해. 난 됐고.

난 희 (동진의 자리로 가는)

동 진 일단 (앞의 의자를 가리키며) 거기 앉으세요, 어머니.. (하고, 서서, 책상 위 서류들을 치우며, 웃음 띤) 너무 지저분하죠. 잠시만요.

난 희 어.. 천천히 해. (하며, 가만 관찰하듯, 동진만 보다, 옆에 아내와 동진, 애들이 찍은 사진을 보는, 다시 동진을 보는데, 화가 끓는, 어이없게 작게 웃음 나고, 이놈 봐라 싶은)

동 진 (치우다 안 되겠다, 싶은, 어색하게 웃으며) 안 되겠네요. 치워도 치워도.. 지저분하네요.. 회의실로 가시죠. (직원에게) 작가님 오시면 자기들이 먼저 접대해. (난희에게) 오세요. (하고, 가는)

직 원 (쟁반에 차를 들고 오는데)

난 희 (직원이 가져온 커피 잔을 들고, 직원에게 오지 말라고, 눈짓 손짓하고, 커피 한 모금 마시고, 동진 따라가는)

동 진 (가다가, 뒤돌며, 웃으며) 요즘 신간이 나와서 회사가 정신이 없(어요?)

난 희 (말 끝나기도 전에 순간, 커피를 냅다, 끼얹는)

동 진 (놀라) 헉!

직원들 (일어나, 뭔가 싶어 보고, 다들 놀라) 어머!

난 희 (아랑곳 않고, 달려들어, 놀란 동진의 머리채 잡고, 울분에 차, 소리치는) 야, 이 *새끼야! 니가 감히, 내 딸을 건드려?! 과부 딸년이라 우습냐? 이 갈아 마셔도 시원치 않을 이 **발놈아!? (하고, 동진의 머릴 잡아, 벽에 두어 차례 사정없이 박는)

직원들, 놀라 뜯어말리러 가는,
난희, 아랑곳없이, 동진만 패는,

씬 10. 서점, 낮.

완, 책을 이 책 저 책 보는, 그리고, 고르는, 진지한 표정이다,

***점프컷 》**

완, 책을 한짐 안고서, 계산대로 가는데, 전화가 오는, 전화 받을 손이 없는, 주변을 둘러보다, 한쪽에 책을 놓고서, 간신히, 전화를 꺼내 보면, 혜미다, 받는, '어, 혜미 씨?' 하는데 끊기는, 완, 다시 책을 들고서 가는, 또다시 전화가 오지만, 책 때문에 짜증 나는, 그냥 가는,

씬 11. 출판사 계단, 낮.

혜미, 계단 오르며, 완이에게 심각하게 전화를 하다, 끊고, 걸어가는데, 직원, 출판사에서 나오며,

직 원 (걱정스레) 대표님은..

혜 미 (걱정되고 화가 나는, 그냥 출판사로 걸어 들어가며) 택시 타고 병원 갔어. 혼자 간대서..

씬 12. 거리, 낮.

난희, 아직도 분한, 머릿속에 생각이 가득하다, 속상하지만, 도전적인 느낌으로 걸어가며 충남과 통화하는,

난 희 어디 가긴, 일 가지... 동진이 새끼? 만났어.

씬 13. 6부에 나왔던 카페, 앞, 낮.

충남, 걸어가며, 걱정돼도 난희와 담담히 통화하고 있는,

충 남 만나서, 어쨌어? (하고, 카페 안을 보면)

***점프컷, 카페 안 》**
성재, 충남 보고 꽃 들고 웃으며 테이블에 앉아 있는 게 보이는,

씬 14. 거리, 낮.

난 희 (깔끔하게) 머리 뜯고, 그 새끼 아랫도리 깠어! (하고, 전화 끊고, 걸어가며, 택시를 부르는) 택시!

씬 15. 카페 안, 낮.

충남, 걸어서 카페 안으로 들어오며, 아무렇지 않게, 전화 다시 하면서, 성재 앞에 앉고, 직원에게 물 달라는 손짓하며, 전화 연결되면, 말하는,

충 남 (답답한, 걱정되는) 언제든.. 전화해 술 살게. (순간) 미안, 말하고 싶지 않을 건데. (하고, 끊고, 물 마시고)

씬 16. 택시 안, 낮.

난 희 (전화 끊고, 택시 타려 하며, 이젠 완이랑 붙자 싶은, 속상하고 화나는, 구시렁, 처지지 않게, 도전적인) 미친 새끼 어디서 내 딸을 넘봐.. 개**새끼.

씬 17. 카페 안, 낮.

충남, 성재 앉아 있는,

충 남 (꽃향기 맡다가, 순간 서운한, 어이없단 듯 보며) 뭐, 뭐랬어, 지금?

성 재 (깔깔대고 민망한 듯 웃으며) 귀먹었냐? 희자랑 여행 가고 싶다고... 좀 도와달라고.. (웃으며) 아, 쑥스럽네...

충 남 (가만 보며) 여행을.. 내, 내가 아니라.. 희, 희자 언니랑, 가고 싶다고?

성 재 (웃으며, 농담하듯 가볍게) 내가 너랑 여행을 왜 가냐? (하고, 차 마시느라, 충남 얼굴 못 보는)

충 남 (성재 가만 보고, 순간 맘 다잡는, 다시 고개 돌려 창가 잠시 보고, 맘 정리하고, 짜증 난 듯 말하는, 버럭대는) 못 해! 싫어!

성 재 ?! (충남의 큰 소리에 놀라, 주변 보는)

충 남 낼모레 검정고시 앞둔 늙은 학생한테 오빠는 지금 그게 할 소리야?!

성 재 (어이없는) 야.. 왜 성질을 내.. 너 시험 보는 거랑.. 내가 한 말이 무슨 상관이야?!

충 남 상관있지! 나도 오빠 좋은데!

성 재 (깔깔대고 웃다, 멈추고, 진지하게) 얌마, 내가 너 빤스 벗고 돌아다닐 때부터

봤는데....

충 남　(화나는) 그런 기억은 지워!

성 재　(농담으로 받는) 야, 나 진지해.

충 남　나도 진지해! 왜, 내가 무식해서 싫으냐?! (턱으로 앞을 가리키며) 쟤들처럼?

성 재　(앞을 보면)

박 교수, 양 교수 웃으며 들어서며, 성재에게 인사하고, 자리에 앉으며,

박 교수　(도자기를 충남 앞에 두며, 웃으며) 누님 지난번엔 우리가 죄송!

양 교수　저희가 배려가 없었습니다.

성 재　(뭔가 싫은) ?

충 남　(박 교수, 양 교수 둘만 보며, 열 받아, 화내는, 성재에 대한 화가 두 교수에게 전이되는) 니들이 교수냐, 양아치냐?!

박 교수　(화나는, 참고) ... 누님, 아무리 화가 나도.. 그렇게 말씀하시면,

충 남　(버럭) 니들 나 많이 무식한 거 알지?!

성 재　(교수들 유심히 보고, 충남 보는, 사태 파악하는)

충 남　그럼 무식한 사람 수준에서 말을 해야지! 정확하게, 누님, 하얀 집으로, 오세요, 그렇게! 왜, 까사블랑카래! 사람 헷갈리게! 젊은 거, 배운 거 무기 삼아, 사람 무시하는 무식한 양아치짓 대체 어디서 배웠니, 니들?!

박 교수　(화나는, 어이없는) 니니니니.. 들이요?

충 남　그래, 니들?! 니들이 학생 앞에서나 교수지, 내 앞에서도 교수냐?!

양 교수　(달래는) 누님,

박 교수　(벌떡 일어나, 나가는, 그러다, 다시 돌아와 충남에게) 누님이 우리들한테 돈 갖고 나이 갖고 유세 떨며 야야 하고, 오라 가라 하는 건, 양.. 아치 짓이란 생각, 안 드세요? (하고, 도자기 들고 나가는)

성 재　(심각하게, 충남 보면)

충 남　(일어나, 박 교수에게 격앙된) 그래, 나 늙은 양아치다, 근데 넌 내 수준이면 안 되지, 교수니까!

성 재　(걱정되는) ?!

양 교수　(충남 보고, 박 교수를 쫓아가는) 박 교수!

충 남　(분하고 속상해 씩씩거리며, 물 마시는)

성 재　(걱정되는, 달래는) 얌마, 앉아, 마셔, 그리고.. 애들도 아니고, 나이 꽉 찬 교수들한테 야는 심하지, 어려서도 쌈닭 같더니, 넌 대체 나이를 어디로 먹냐?!

충 남　(물 잔 내려놓고, 성재 보며) 내가 왜 싫어?

성 재　(웃으며, 달래는) 야, 앉아.

충 남　(버럭) 오빠가, 서!

성 재　(웃음 가신, 답답하게 보다, 서며, 진지하게, 충남 보며) 난 희자가 좋아. 넌 동생. 괜히 나 좋지도 않으면서, 심술 맞게 그러지 말고, 니가 좀 나서서, 희자랑 나 사이 좀 거들어.

충 남　둘이 주연이고, 내가 조연이냐?

성 재　?!

충 남　옛날에도 나한테 희자 언니한테 쓴 연애편지 전해달라드니, 늙어서도... 내가 웃겨?! 만만해?! 내 인생은 내가 주연이야! 어디서 거들래?! (하고, 나가다, 다시 돌아와, 꽃 들고 나가는)

성 재　아이고, 저 꼴통.... 혼자 잘 살다, 갑자기 괜히 왜 내가 좋아, 미쳤나... (하고, 웃다가, 자리에 앉으며, 차 마시다) 아니다, 진짜가? (하고, 영원에게 전화를 거는)

씬 18. 영원의 숍, 낮.

영 원　(작품들을 닦으며, 웃으며) 우리 오빠 말년에 복 터졌네, 양다리 걸쳐, 그냥. (웃고) 충남 언니 맘을 내가 어떻게 알어? 진짠지 가짠지.. (진지하게, 버럭) 사람 귀찮게 자꾸 말 시킴 나도 그냥 확, 오빠 좋아한다?

씬 19. 카페 안, 낮.

성 재　(전화기 떼고, 답답하고 어이없이 보며) 말년에 복 터지네, 내가.. 에우... (하고, 전화 확 끊고, 나가는)

씬 20. 영원의 숍, 낮.

영 원 (충남에게 전화하는) 나 갖긴 싫고 남 주긴 아깝냐? 그러다, 지옥 가!

씬 21. 학원 앞, 낮.

충 남 (툴툴대고, 전화하며, 가는) 내가 지옥을 갈 때 가더라도 혼잔 안 가. 지옥 갈 때 희자 언니, 정아 언니, 난희, 너 싹 다 끌고 갈 거야, 내가! (사이) 싫어, 갖고 놀 거야! 내가 평생 을로 살다, 아주 간만에 갑 잡았는데... 이 기회 왜 놓쳐?! 제대로 골려줄 거야, 내가.

씬 22. 영원의 숍, 낮.

영 원 심보두 진짜... 그렇게 장난치다, 희자 언니.. 까무라치면, 까무라치면?

씬 23. 학원 앞, 낮.

충 남 재밌겠네. 그때 앰뷸런스 니가 불러라. (하고, 전화 확 끊고, 옆에 가는 학생에게) 너 숙제 했니? 할머니 숙제 보여줘?

학 생 (웃으며, 가는) 싫어요!

충 남 햄버거, 두 개!

학 생 (가다, 보면) ?

충 남 한 개.

학 생 (싫은, 가면)

충 남 두 개!

학 생 (보고, 웃는)

충 남 (학생 보며) 저것도 나를 이겨 먹네. (하고, 가는, 전화 오고 보면 영원이다, 끄고 그냥 가는, 뭔가 서운해, 속상한) 내가 싫은 건 싫은 거고.. 지가 왜 나 말고.. 희자 언니야.. 짜증 나게..

씬 24. 영원의 숍, 낮.

영 원 (걸레질하며, 구시렁) 그래, 막가라.. 얼마나 산다고.. 참냐, 막가, 막가.

배달원 (꽃 들고 오며) 꽃 배달입니다. (하고, 놓고, 가는)

영 원 (맘이 짠해지는, 꽃을 이리저리 봐도 카드가 없는, 대철인 걸 알겠는, 꽃 내음 맡는, 슬퍼지는) 얼굴이나 한 번 보여주지, 꽃은.. 무슨.. (하고, 꽃다발 한 곳에 던졌다, 다시 집고, 직원에게) 꽃병 어딨니?

씬 25. 완이의 집 전경 + 집 안, 밤.

핸드폰이 울리는, 잠시 후, 완이 목욕을 한 듯, 수건으로 머릴 싸매고, 나와서, 전화를 받는, 밝고 편하게,

완 어, 미안, 혜미 씨? 내가 낮에 전화할라 그랬는데.. 서점이랑 도서관에 자료 찾으러 다니느라.. 너무 바빴어. 이번 책이 경제 분야라.. 내가 모르잖아. (순간 뭔가 싫은) .. 무슨 말이야? 우리.. 엄마가, 거길 왜?... (얘기 듣고, 눈 감고, 뭔가 싫은, 천천히 책상에 등을 대고, 기대서, 전화하는, 상황을 전해 듣는 듯한, 참담한, 가라앉은) 어.... 어... 그래서, 선밴?... (맘 아프고, 참담한, 눈 뜨고, 냉장고로 가서, 맥주를 따서, 마시며, 화나지만, 참고, 짐짓 태연하려 하는, 차분한(?)) .. 얼마나... 다쳤어?.. (다시, 눈 감는, 참담하고, 화나는, 참는) .... 다행이네.... 어... 아냐.. 괜찮아... 고마워요... 그래.. (하고, 눈 뜨고, 전화 끊고, 맥주를 한 모금 마시는, 화를 참느라, 차가운)

＊점프컷, 회상, 들판, 밤 》

젊은 난희, 우는 어린 완을 끌고 텅 빈 들판(혹은 논)을 가다, 풀썩 주저앉는, 어린 완이 얼결에 주저앉는,

*점프컷, 회상, 들판, 밤 》**

젊은 난희, 어린 완에게, 요구르트를 주고 멀리 보며 앉아 있는,

어린 완 (울며, 손에 요구르트를 들고) 어, 엄마.. 안.. 먹음 안 돼?

젊은 난희 (슬픈 눈으로, 가라앉은) 먹.. 어. (하고, 자기도 요구르트를 마시는)

어린 완 (슬픈, 눈치 보고, 눈물 흘리며, 먹는)

＊점프컷, 현실 》

완, 눈가 그렁해, 오기 부리며, 맥주캔을 다시 따다, 진정해야 한단 생각에 맥주캔을 놓고, 컴으로 가서, 컴을 켜고, 일하는,

＊점프컷, 회상 》

시골길, 느린 그림,

맨발의 완이 부, 울며 어린 완을 업고, 뛰는, 어린 완, 토한 채, 축 처진, 정신이 없는,

＊점프컷, 현실 》

완, 오기 부려 일하는데, 눈물이 차는, 그때, 난희의 전화가 오는,

완 (아무렇지 않게, 오기 부려, 눈물 닦고, 전화 받는, 머뭇거림이 없는)

난 희 (E, 가라앉은, 차가운) 너 뭐 해?

완 (눈물 닦고, 차가운, 가라앉은) 일해.

씬 26. 난희의 가게 안, 밤.

난희, 전화하는,

난 희 (이것 봐라 싶은, 차가운, 힘주어 말하는) 엄마 좀 만나.

씬 27. 완이의 집 안, 밤.

완　(가라앉은, 팽팽한) 일.. 한다고.

***점프컷, 교차씬 》**

두 사람의 신경전이 팽팽한,

난 희　맨날 그누무 일은.. 대체 언제 끝나는데?

완　글쎄.

난 희　(화를 참고, 차가운) 일 끝나면 전화해. (사이) 왜, 대답이 없어?

완　(담담하지만, 마음은 붙자 싶은) 전화.. 할게.. (하고, 전화 끊고, 창가를 보는)

창가에 어린 날의 회상이 비춰지는,

***점프컷, 창가에 비친 회상 》**

어린 완, 기절한 듯, 완이 부의 등에서, 토한 채로 멍하니, 기운 없이 업혀 가는, 슬로모션.

***점프컷, 현실 》**

완, 눈가 그렁해, 창가에서 등을 돌리고, 이를 앙다물고, 오기 부리며 생각하는, 그 그림 위로 내레이션 흐르는,

완　(N) 그때 일을 나는 분명히 기억하지만, 지금껏, 한 번도 그 일에 대해 엄마에게 대체 나를 왜 그랬냐? 묻지 않았다. 오늘 일도 그래야 할까. 그럼 오늘 일도, 마치 아무 일도 없던 것처럼 지나갈까.

씬 28. 난희의 가게 주방, 밤.

난희, 설거지를 부지런히 전투적으로 하며, 속상한, 구시렁,

난 희　내가 아주 이 기집애를 작살을 낼 거야, 아주!.. 어디서, 유부남을 만나.. 미친 년이.. 어디서 유부남을..

경북 엄마　(퇴근 복장) 언니, 퇴근 안 해? 할머니네 간다며?

난 희　(일만 하는) 내가 지를 어떻게 키웠는데..

경북 엄마　(이상하단 듯, 가며) 운전 조심해, 또 면허 잃지 말고.

완　(N) 아니, 이제 더는 그럴 수 없다. 정확히 엄마에게 말해줄 때다. 더 이상 내 인생에 끼어들지 말라고. 엄마와 한바탕,

씬 29. 완의 집 안, 밤.

완, 눈가 붉어, 다시 창가를 보며, 작심한 듯 오기 부리는, 그러나, 차갑고 냉정한, 맘 아픈,

완　(N) 내 인생을 걸고.. 붙을 때가 왔다. 더는 피하지 않겠다. 마치 아무 일도 없었던 것처럼.. 더 이상은.. 그렇겐 안 된다.

자막
마치 아무 일도 없었던 것처럼

씬 30. 석균 정아의 집 전경, 아침.

석균, 낄낄대는, 웃음소리가 나고,

정 아　(E) .. 고만하고, 밥.. 먹어!

씬 31. 석균 정아의 주방, 아침.

석균과 정아, 아침 먹는,

석균, 핸드폰의 문자를 앞의 정아에게 보여주며, 낄낄대고 밥을 먹고 있고, 정아, 그런 석균이 어이없고, 답답한,

석균　고만하긴 뭘 고만해! 읽어, 어서!
정아　(밥 먹고, 답답한) 아이고.. 참... (버럭, 문자 읽는) 돈.. 고마워요, 아버지. 큰딸.
석균　(낄낄대고 웃으며, 한 손으로 밥 먹으며) 다시!
정아　(핸드폰 뺏는) 고만해! 하루 이틀도 아니고, 몇 날 며칠을 밤이고 낮이고.. 뭐 하는 (짓이야)..
석균　(말꼬리 끊고, 일어나, 정아의 손에서 다시 핸드폰을 뺏어, 주머니에 넣고 앉아) 너는 나를 무시하지만, 결국 순영이가 나한테 뭐랬냐?
정아　(말하기 싫은, 밥 먹는)
석균　(정아의 밥그릇을 뺏으며) 순영이가 나한테 뭐랬어?!
정아　(귀찮은) 고마워요, 아버지!
석균　(신나, 자랑질) 내가 오세오 놈한테 눈두덩에 귓방망이 맞고, 그래도 내가 당황하지 않고, 머리가 똑똑해가지고 그놈 말을 죄다 녹음하고, 자존심 내려놓고 이성재 그놈한테 가서, 무릎 꿇고... 도와줘라, 내 딸! 그래서 (손가락을 펴며) 자그마치 오억! 들어나 봤냐, 오억?! 만져나 봤냐, 오억! 평생 가져나 봤냐, 오억! 그것도 현찰로! 내가 그거 받은 즉시, 바로 순영이 계좌로 슝~! 쐈어! (제 가슴 치며) 내가, 내가, 내가, 내가, 내가, 그런 사람이야! (순간, 생각하듯) 그래서, 내 큰딸년이 감복해서, 나한테 뭐랬다고?
정아　(어이없어, 헛웃음이 나는, 져주자 싶은, 기운 빠진) 고맙다, 했네. 평생 처음.. 당신한테.. 그게 고맙다 했네.
석균　(밥그릇 주며, 거드름 피우며) 너는 안 고맙냐?
정아　(밥 먹으며, 건성) 고마워.
석균　그럼, 꽁치!
정아　(밥 먹다, 해주자 싶어, 손으로 꽁치 뜯어, 석균 입에 넣어주는)
석균　(씹어 먹으며) 밥!
정아　(밥을 떠주는)
석균　(먹으며) 물!
정아　(밥 먹다, 버럭) 아우, 아우, 나도 좀 먹자! 먹어!
석균　(깔깔깔, 웃으며) 그래, 먹어. (하고, 밥 퍼먹고, 다시 고개 들어, 정아 보며, 진

지하게) 근데, 내 딸년이 나한테 뭐랬지? 기억이 안 나네? 낄낄낄..

정아 (밥 먹으며, 어이없는)

그때, 초인종 소리 나고,

석균 (문 쪽 보면)

충남 (덜그덕 소리 나고, 문 열고 들어서며) 서울도 문 열어놓고 사네..

석균 넌 남의 집에 왜 식전 댓바람부터 와?

충남 안녕! 집 찾아온 손님한텐, 안녕!

석균 (대뜸 핸드폰 보여주는)

충남 ?!

석균 얘 안경 없네. (정아에게) 니가 말해줘라, 꼭! 이게 뭔지! (하고, 노래를 부르며, 옷 들고 나가는)

충남 출근해?

석균 (이미 나간)

정아 (밥 먹으며, 덤덤히) 아침은?

충남 (식탁에 앉아, 서류들 꺼내놓으며) 언니 이 집은 아래 위층 전세 잡혀, 팔아도 오천도 안 남어. 알고 있어?

정아 (덤덤히 보다) .. 맞다.. 참 딴 것도 있어. (하고, 일어나, 방으로 들어가는)

충남 (일어나, 방으로 가는)

씬 32. 정아의 방 안, 아침.

정아, 서랍을 뒤져, 집문서를 꺼내려는데,
충남, 옆에 앉아, 다른 서류를 주며,

충남 이것들 찾어?

정아 ? (하다가, 돋보기 끼고, 서류를 보면)

충남 엊그제 등기소 들렀지. 오빠 집이 네 채였드라? 근데, 삼사 년 전에 모두 동생들 앞으로 명의 이전하고, 지금 남은 건 달랑, 전세 왕창 잡힌 언니 명의로 된

그 집이랑 오빠 명의로 된 이 집 하나. 오빤 동생들하고 결혼했나 봐.

정아 (멍한)

***점프컷, 회상 》**

바닷가의 훨훨 나는 새.

***점프컷, 현실 》**

충남 (정아 안쓰레 보며) 언니랑 상의 없었지?

정아 (멍하니, 가만 충남을 보는)

충남 오빠 욕해도 돼? 되면 언니 대신 내가 욕 좀 해주까? 개*****

정아 (가만 생각하다, 별일 없단 듯, 덤덤히) 오천만 남아도, 팔아줘.

충남 순영이 돈은 됐다며? 팔아 뭐에 쓰게?

정아 (안경 벗고, 주섬주섬 서류를 서랍에 넣으며, 아무렇지 않게) 나.. 살 집 얻게.

충남 ?!

정아 (아무렇지 않게) 희자네, 가자. 걔네 집 가면 맛난 거 많어. 우리 집은 누룽지 밖에 없다.. (하고, 옷장에서 옷을 꺼내는)

충남 (정아가 이상한) ?

씬 33. 쌍분의 부엌, 낮.

난희, 몸빼 입고 완과 전화하며, 들어오는, 여전히, 차갑게 가라앉은, 비아냥,

난희 그래서, 일은 어떻게 끝나셨나? 왜 말씀이 없어? 아직도 꼴난 일하셔?

씬 34. 완의 집 안, 낮.

완, 자다 일어난 듯 부스스한, 냉장고에서, 우유를 꺼내다가, 도로 넣고, 맥주를 보고, 그걸 꺼내, 따서 마시는, 차갑게 가라앉은,

난 희 (E, 차가운) 야, 박완,

완 (아랑곳없이, 맥주만 마시는)

난 희 (E, 차가운, 버럭) 야! 박완,

씬 35. 쌍분의 부엌, 낮.

난 희 너, 지금 전화 끊었어? 아님, 엄마 말 씹는 중이야, 대답 안 해?

씬 36. 완의 집 안, 낮.

완 (차분한, 가라앉은) 들어.

씬 37. 쌍분의 부엌, 낮.

난 희 (작게 숨 고르고, 짐짓 차분히) 동진이 놈이랑 통화했냐?

씬 38. 완의 집 안, 낮.

완 했지.

씬 39. 쌍분의 부엌, 낮.

난 희 (참담한, 이것 봐라 싶은, 애써 숨 고르고, 차분히) 그럼.. 오늘은 너랑 나랑 봐야겠네.. 꼭?

씬 40. 완의 집 안, 낮.

완 (차분한, 담담히, 그러나 처지는 느낌은 아니다) 봐야지, 오늘은. (하고, 맥주 한 모금을 마시는)

씬 41. 쌍분의 부엌, 낮.

난 희 언제? 어디서?

씬 42. 완의 집 안, 낮.

완 (내심 차갑지만, 짐짓 편하게) 언제.. 든, 어디서든..

씬 43. 쌍분의 부엌, 낮.

난 희 내가 갈게, 집에 있어. (하고, 끊고) *누무 기집애.. (하고, 옆에 두었던 빨래 대야 들고, 나가는)

씬 44. 완의 집 안, 낮.

완, 맥주를 마시다, 창가 보는데, 차가운,

씬 45. 쌍분의 집 마당, 낮.

난희, 빨래를 탁탁 털어 널며,

난희　(구시렁) 지가 뭘 잘했다고, 목소리가 쎄해.. 염병할 년.

호진, 한쪽에 앉아, 웃으며 쌍분만 보는,
인봉, 땀을 흘리며 푸시업을 하고,
쌍분, 파를 다듬다, 화가 나, 땀 흘리며 푸시업 하는 인봉에게 가서 인봉의 뒤통수를 치며,

쌍분　밭일 안 해?!
인봉　(푸시업만 하며, 고집스런)
쌍분　(버럭) 자꾸가 어디가 좋아?!
인봉　(푸시업만 하며) 자끌린.
난희　(덤덤히, 인봉 보면)
쌍분　자끄나, 자꾸나!
인봉　(푸시업만 하는)
쌍분　(머리통 치고, 버럭) 밭일 안 해?! (또 머리통 치며) 자꾸는 처녀도 아닌데! 뭐가 좋아?! 결혼 한 번 했다며, 뭐가 좋아? 어려 좋아? (또 머리통 치며) 이 개도둑놈아!
인봉　(푸시업만 하며)
난희　(답답하고, 안쓰레, 인봉에게 소리치는) 인봉아, 엄마가 묻잖어, 뭐가 좋냐구?!
인봉　(푸시업만 하는)
쌍분　(귀에 대고, 소리치는) 밭은 죄 갈아놨는데, 밭일은 안 하고, 허구헌 날 밤일만 생각하고? 농꾼이 밭에 씨 뿌릴 생각을 해야지, 그저 기집년한테 씨 뿌릴 생각만 하고, 그리 여자 밝혀, 뭐 될래?!
인봉　(땀 흘리며, 오기 부리며, 목발 짚고, 나가버리는)
난희　(속상한) 인봉아, 너 그 필리핀 애랑 진짜 결혼하고 싶어, 그래? 그럼 결혼해! 뭐가 문제야!
쌍분　처녀가 아녀! 자꾸는! (하고, 파만 다듬는)
난희　(옆에 와 앉아, 파 다듬으며) 처녀 아님 어때? 지 좋다는데.. 애 괜찮음 결혼시켜, 그냥.

쌍분　(고집스레, 파만 다듬는)

난희　전남편하고 얼마 살지도 않았다며, 놈팽이 늙은이한테 맞고 살다 도망쳤다며... 안된 애라며.. 열심히, 식당서 일한다며.. 그리고 스물둘이면 어리지도 않어. 인봉이도, 결혼하고 싶지. 다리 절어도 오줌발은 센데.. 왜 결혼을 안 시킬라 그래, 어? 어? 어? (쌍분 보고, 웃으며) 왜, 며느리한테 아들 뺏길까 봐, 싫어? 그래서 그래?

쌍분　(벌떡 일어나, 호진에게 가서, 산소호흡기 호스를 끼워주며, 얼굴에 대고 버럭) 이거 왜 안 차? 또 폐 아퍼, 병원 갈라 안 차?! 전번에도 그러다 삐요차 타고 병원 가서 돈 썼지! 사십팔만 원! 지난겨울, 지난봄에도 철마다, 때마다 삐요차 탔지! 그럼 차야지, 또 딸 돈 쓸라고 안 차?! 이거 차기 귀찮음 죽어! 왜 살아서 사람 고생시켜!

난희　(속상한, 화난) 엄마!

쌍분　(속상한, 옆에 무를 입으로 베서, 호진 주며) 먹어.

호진　(따뜻하게, 웃으며, 받아먹고)

쌍분　(먼 산만 보며, 자기도 무를 먹는)

난희　진짜.. 아버지가 호인이네.

쌍분　(일어나, 사발이 타고 나가는)

난희　엄마, 어디 가?! 나 서울 가야 되는데, 아버지 놔두고 어디 가?!

쌍분　(가버리는)

난희　(쌍분 보다가, 호진을 보고, 옆으로 가서, 입으로 무를 베서, 주며, 애에게 하듯) 아부지, 오래 사셔? 답답해도 호흡긴 꼭 하고? 돈도 돈이지만, 그러다 일나. 아버지 가심 엄마 기운 빠져, 알지?

호진　(먼 산만 보는)

난희　(호진이 안쓰럽고, 귀여운, 웃으며, 호진의 입가 닦아주는)

씬 46. 국도 변, 낮.

인봉, 걸어가는,

쌍분, 사발이 타고 와서 옆에 서서,

쌍분 자꾸 빚이 얼마야?

인봉 (보고) 이천만 원.

쌍분 이만 원?

인봉 이천?

쌍분 천만 원?

인봉 이천! 이천, 이천!

쌍분 (그제야 알아듣고) 미친.. 너 팔아도 이천은 안 나오겠다, 이놈아! 밭일은 안 하고 밤일만 생각하는 발라당 까진 놈의 새끼! 뭐 될래, 나중에! (그냥 되돌아가버리는)

인봉 (가는 쌍분 보며) 밭 팔면 되잖아! 누나한테 달래면 되잖아!

쌍분 (그냥 가며, 속상한)

그때, 자끌린, 오토바이 타고 배달 가는, 쌍분 옆을 지나가고, 인봉, 자끌린을 그립게 보는,

씬 47. 희자의 집 안, 낮.

충남, 정아, 희자, 영원 앉아, 온갖 주전부리며, 치즈, 과자, 과일을 놓고 먹고 있는,

희자 (O, L, 정아에게) 이혼?

정아 (과일만 먹으며, 아무렇지 않게, 티브이를 켜며) 어.

희자 (리모컨 뺏어, 끄며) 정말?

정아 어.

영원 (먹으며, 안 믿는) 언니, 무슨 그 나이에 이혼이냐? 이혼은? 그냥 오빠 머리 한번 뜯고, 팔뚝 물어뜯고, 동생들 찾아가, 명의 돌려달라 그러고, 살어.

희자 (이해 안 되는, 정아에게) 석균 씨가 순영이 돈도 해줬다며? 그럼 이혼할 이유가 뭐 있어?

정아 (과일 먹으며, 담담히) 그건 지가 딸한테 애비로서 한 도리지.. 나랑은 상관없지?

영원 (진지해지는) 어머, 이 언니, 진짜네.

충남 (먹으며) 나는 찬성!

희자 (충남에게) 야!

영원 (충남에게) 언니!

충남 (정아 보며, 담담히) 언니만 이혼하면, 우리 전부 동지야! (희자 보며) 과부, (영원 보며) 이혼녀. (자신 가리키며) 처녀. (정아 보며) 이혼녀! 난희는 과부. 딱 좋네.

정아 (낄낄대고, 웃으며) 그러네.

희자 (정아의 팔 잡아, 돌리고, 먹는 걸 뺏어, 놓고, 정아에게 말하는) 낼모레 죽어. 우리 다. 한 번 결혼했음 그냥 사는 거지, 웬 이혼? 젊은 이혼녀는 봐준다 쳐도, 늙은 이혼녀는 웃겨. (영원에게) 안 그래?

영원 (정아에게) 언니, 그냥 몇 년 살다, 장한 엄마, 고생한 아내로 영원히 남어. 여적 잘하다, 결국 이혼녀는, 아니야.

정아 (담담히) 앞으로 평균 수명이 백 세 된대.

충남 김석균이랑.. 앞으로도, 삼십 년은 너무 기네.

희자 (정아 보고, 진지한) 백 세, 그건... 우리 자식들 얘기, 우린 낼모레야.

충남 (진지하게 손가락 꼽으며) 지금이 금요일인데, 월요일날 안 죽음 언니가 책임질래?

희자 (충남 보고, 답답한, 버럭) 화요일은 모르잖니?!

충남 (먹으며) 수요일도 안 죽을걸.

영원 (정아에게 다가서며, 웃으며) 언니, 우리 여행 갈까? 한 며칠 바람 쐬고, 기분 전환하면,

정아 (말꼬리 자르며, 덤덤히) 기분 전환이 아니라, 인생 전환할 거야.

영원, 희자, 충남 ?

정아 (안 보고, 먹으며) 엄마처럼 죽어, 새 되면 뭐해. 살아 자유로운 새 돼야지.. (하고, 먹고, 담담히) 엄마 가실 때 맘먹은 거야. 지 동생들 집 줘 그런 거 아니고. (웃으며) 국수 먹자. (하고, 일어나, 주방으로 가 싱크대 수납장을 보는데, 온통 그릇과 반찬통, 라면, 밀가루 봉지, 냄비가 거의 구겨져 들어가 있는, 놀라서, 희자에게) 아이고, 정신 시끄러... 이게 다 뭐야?! 눈에 보이는 데만, 깨끗함 뭐해?! 안 보이는 덴 난리버거지로 만들어놓고.. (어이없어, 웃고, 노래를 부르며, 정리하는)

*점프컷 》

희 자　(옆에 놓인 동그랗게 말아놓은 테이프로 방의 먼지를 잡으며, 정아 보고, 영원과 충남 보며) 진짜가 봐, 쟤?

영 원　정아 언니, 진짜 독 올랐네.

충 남　(둘에게 작게 말하는) 저 언니, 본성이야, 저게. 독이 있다고, 천성이.

희 자　(그때, 집 전화 오고, 받으며) 여보세요?

씬 48. 성재의 집 안, 낮.

성 재　(부침개를 하며) 희자야, 우리 집에 와 부침개 먹고 여행 가자?

씬 49. 희자의 집 안, 낮.

희 자　(조용히, 전화 내려놓고, 뭔갈 먹고, 영원에게, 조용히) 정아는 내가 잘 알잖아, 쟤가 은근 황소고집이야.

충 남　은근이 아니라 대놓고.

희 자　(충남 보고, 영원 보고) 그래, 대놓고 황소고집이야. 쟤... 저럼.. 진짜야.. 내가 알어. 근데, 석균 씨가 합의이혼 안 하면, 어떡하니?

충 남　법정 가야지. 이성재 변호사 끼고. (영원 보며) 너도 가야 돼, 참고인으로.

영 원　아우, 진짜.

희 자　난희도 오라 그러자. (하고, 전화를 하려 하면)

영 원　(뺏으며) 걔 지금 심각해.

희 자　죽은 남편이 속 썩여? 꿈에 나타나나?

충 남　(버럭) 딸년!

영 원　(충남에게) 입 안 닫어?!

희 자　(이상한, 걱정) 완이가.. 왜?

영 원　(충남 보며) 언니,

충남 (천장 보며) 안 만나도 될 놈을 만났어. 끝. (영원 보며) 이게 빨라.

영원 (고개 젓고)

희자 (맘 아픈) 난희 어떡해.. 이쁘고 착한 완인 또 어떡하고.. (정아 보며) 쟤는 또 어쩌니?

충남 어떡하긴, 이혼하면 언니랑 살면 되겠네?

희자 ? 정아가 나랑 산대?

충남 산대가 아니라, 살면 되겠다고?

희자 (못 알아듣고, 내심 좋은) 아, 정아가.. 나랑 산대..

충남 (어이없는, 구시렁) 다들 이제 그만 만날 때가 됐네. 서로 하는 말귀도 못 알아듣고.. 하루 두어 마디 하면 날이 새니...

희자 언제 그래, 정아가 나랑 산다고?

충남 (건성, 져주는) 아.. 예..

영원 (답답한, 정아 보며) 언니, 그러지 말어.. 오빠는 어떡해? 우리가 오빨 모르는 것도 아니고..

정아 (일하며, 덤덤히) 이혼이 그러면.. 별거로 하지 뭐. 난 이제 새 될 거야.. 자유롭게 살 거야.. 훨훨.

영원 (희자 보며, 답답한) 새는 언니가 아니라, 김석균이 새 된 거야? 진짜.. (하고, 리모컨으로 티브이 켜려다, 정아 보며) 언니, 나는 분명히 반대다! 이혼은 아냐! 알았지?!

충남 (일만 하는 정아 보며) 저 언니도 귀먹었네.

영원 (티브이 켜고) 아, 인생 너무 기네, 진짜로..

희자 (생각하다, 정아 옆으로 가서) 정아야, 너 이혼함 나랑 살어?

정아 (보며).. 미쳤니, 내가, 너랑! 귀찮게!

희자 (순간, 서운한) ?!

정아 (일하며) 내가 오십 년 살 부비고 산 남편도 싫어서 헤어지는 마당에, 또 누구랑... 아.. 됐어, 다 귀찮어.

희자 (이상하고, 서운한) ?

정아 상이나 차려! 사람 일하는 거 보고도.. 멀뚱멀뚱.. 상 차려!

희자 (서운한, 한쪽에 둔 상을 끌려다가, 테이블에 앉으며, 속상하지만, 차분히) 니들 다 가, 나 국수 안 먹어. (정아한테, 대뜸) 니 남편한테 넌 또 뭘 그렇게 잘했니?

정아, 충남, 영원 (멍한) ?

희 자 맨날 사람 좋은 척 허허실실 하면서, 결국엔 이렇게 뒤통수치면서! (하고, 방으로 들어가려다, 정아 보며) 평생을 겉으로만 순종하고, 속으로 시퍼런 칼 갈고.. 친구들 동생들 다 널 보고 착하다지만, 나는 알어, 넌 착한 애가 아니라 무서운 애야. 이중인격자처럼.. (하고, 들어가는)

충 남 (희자 어이없이 보며, 구시렁) 무서운 애는 무슨.. 무서운 늙은이지.

영 원 (어이없이, 희자 들어간 문 쪽 보며) 이중인격자는 또 뭐야...

정 아 (아무렇지 않게) 맞는 소리지, 뭐.. (하고, 국수를 맛보며) 우린 먹고 가자. 맛나다.

씬 50. 난희의 달리는 차 안 + 완이의 집 주차장, 낮.

난희, 차를 주차하고 내리는, 완이의 집을 올려다보면, 불이 켜진, 완의 집으로 가기 위해, 건물 안으로 들어가는,

씬 51. 완의 집 앞, 낮.

난희, 비번을 누르면, 안 되는, 이상한, 다시 해보면, 안 되는, 잠시 후, 화가 나, 초인종을 마구 누르는데, 그때, 완이(취한, 그러나, 흐트러지지 않은), 문 열고,

난 희 (맘에 안 들게, 화를 참고, 보면) ?

완 (집으로 들어가는)

난 희 (깊게 화를 삭이는, 숨을 쉬고, 들어가는)

씬 52. 완의 집 안, 낮.

완, 조금 비틀거리며, 화장실로 가는,
난희, 들어와 가방을 테이블에 놓고, 물을 한 잔 따라 마시는,

문 닫힌 화장실에서 물소리만 나는,
난희, 마저 물을 마시다, 한쪽 보면, 맥주캔들과 소주병까지 보이는, 화가 나는, 참는, 담담히 화장실로 가서, 문 열고 보면,

씬 53. 완이의 집, 화장실 안, 낮.

완, 물을 틀고 세수한 듯, 세면기를 잡고, 정신 차리려, 혹은 화를 참으려 고개 숙인 채 가만있는,

난 희　(가라앉은, 화 참고) 대낮부터.. 술 마셨냐?
완　... (수도꼭지 잠그고, 몸을 움직여, 화장실 벽에 기대앉는, 맨발이다)
난 희　(그런 완이를 가만 보는, 화 참는, 가라앉는) 찬물로 목욕해, 정신 나게.
완　(벽에 머릴 기댄 채, 천장만 보는, 차분한, 그러나 술은 취한) 했는데.. 안 되네..
난 희　(속상해, 이걸 확.. 하고 싶은, 그러나 참고, 비아냥) 어떡하면.. 정신이.. 날 거 같은데?
완　(아무렇지 않게, 덤덤히, 안 보고) 담배 한 대 피면...
난 희　?!
완　근데 담배가.. 없네. 사다줄래, 엄마가?
난 희　(상황 판단이 안 되는, 이게 뭔가 싶은, 완이만 보는) 내가... 뭐, 뭘 사다줘?
완　(안 보고) 싫음 말고.
난 희　(가만 보며, 참담한, 그러나 참고, 눈가 붉어지는, 그러다 돌아버리겠는, 참고, 그래도 어쩔 수 없이, 화나, 문을 쾅 닫고, 나가는)
완　(담담한)

씬 54. 완의 집 밖 + 편의점, 낮.

난희, 화를 참고, 걸어가서, 편의점에 들러, 담배를 사는 모습과 돈 주고, 담배 사 들고 나오는 모습까지, 풀 샷으로 보여지는, 담배를 주머니에 넣고, 걸어가

는, 그러나 처지지 않는,

씬 55. 완의 집 안, 낮.

난희, 들어와, 화장실 보면, 문 열려 있고, 완은 없는, 바람결에 베란다를 보면, 완이, 베란다 바닥에 쪼그려 앉아 있는 게 보이는, 열을 식히려는 듯한, 난희, 담배를 베란다 바닥에 던져주고,

난 희　(화를 참고, 담담히) 라이타는?

완　....

난 희　(화를 참고, 둘레를 둘러보면, 한쪽에 라이터가 보이는, 참담한, 그걸 집어서, 베란다에 던져주고, 거실 한쪽에 완이와 등 돌리고 앉는)

***점프컷, 베란다 》**

완이, 담배를 피우는,

난희, 가만있는, 눈가가 붉어지며, 화를 힘들게 참고 있는,

잠시 후, 완, 베란다에서 조금 비틀거리며 나와, 물을 마시는데,

난희, 눈물이 나는, 천천히 일어나, 완이의 잔을 내던져버리고, 냅다 완이의 머리챌 잡고, 맘 아프게 패며,

난 희　(울며, 처지지 않게, 악을 쓰는) 내가 니 엄마야, 이년아! 어디서, 감히! 어디서 감히! 어디서 감히! 어디서 감히! 엄마 앞에서 담배를! 담배를, 담배를! 어디서, 감히! 어디서, 감히!

그때, 완의 웃옷에서 전화기 떨어지고, 전화 오던 연하와 얼결에 연결이 되는,

연 하　(E) 여보세요?

그러나, 난희와 완, 둘 다 못 듣는,

완 (앉은 채, 맞고만 있는)
난 희 (울며, 처지지 않고, 발로 등짝을 차며) 어디서, 어디서, 어디서, 어디서!
완 ....

씬 56. 연하의 마당, 낮.

연하, 땀범벅이 된 채, 역기대에 앉아, 뭔가 싫은, 심각한, 전화를 듣는,

난 희 (E) 내가 너를, 내가 너를 그렇게 키웠어?! 어디서, 감히, 어디서 감히!
연 하 (뭔가 싫은, 심각한, 조용히, 끄는)

그때, 니키타, 주스를 가져오며,

니키타 여자 친구한테 알통 보여준다더니, 왜 끊어?
연 하 (어색하게 웃으며, 역기대에 누워, 땀 흘리며, 역기를 드는) 힘든 일이 있나 봐.
니키타 그럼 위로해야지?
연 하 (역기만 들며, 맘 아프지만, 집중하려는) 걔랑 난 떨어져.. 있잖아. 해줄 게 없어.

씬 57. 완의 집 안, 낮.

완, 앉아, 두 손으로 바닥을 짚고, 멍한, 눈물만 흐르는,
난희, 가방 들고, 나가 현관문 쾅 하고 닫는 소리만 들리는,
완, 천천히, 일어나, 물을 마시러 가서, 마시는, 눈물이 나도 표정은 담담한,

씬 58. 달리는 영원의 차 안, 밤.

영원, 걱정스럽지만, 급하게 차를 몰고 가는,

씬 59. 편의점 앞 + 안, 밤.

난희, 담담하게 들어가는, 일우, 기타를 치다, 얼른 내려놓고, 난희를 보면, 난희, 아무렇지 않게, 소주를 냉장고에서 서너 병 들고, 와서, 계산대에 놓는, 일우, 난희를 보고, 그냥, 계산을 하는, 난희, 일우에게 신경도 안 가는, 카드 주면, 일우, 카드로 계산하고, 카드 돌려주고, 봉투에 술과 계산대 옆에 있는 숙취 해소제를 두어 개 담아 주는,

난 희 (담담히, 일우 보면) ?

일 우 (담담히) 드시고, 술 드세요.

난희, 그걸 들고, 나가서, 차 몰고 가버리는, 일우, 그 모습 담담히 보다, 자리에 앉아, 기타를 치는,

씬 60. 텅 빈, 난희의 집 안, 밤.

영원, 초인종을 누르다, 문을 열어보면, 열리는, 들어와,

영 원 난희야? (하고, 살펴보면, 어두운, 걱정스레 현관 보면, 난희의 신발이 놓인, 불을 켜고, 방으로 가서, 문 열면, 어두운, 불을 켜는, 한쪽 보면)

난 희 (옷도 안 갈아입고, 이미 술을 두어 병 마시고 있는, 잔만 있는)

영 원 (가만 난희 보고, 그 앞에 앉아, 덤덤히, 안쓰레 난희 보면)

난 희 (눈가 그렁한, 슬픈, 영원 보며, 차분히(?)) 너 나한테 유부남 만나는 년은.... 다 *년인 거 알지?

영 원 (안쓰레 보는)

난 희 내가 내 남편 만난 숙희 년한테도 *년 하고, 내가.. (격앙되는) 형제 같은 너도 유부남 만난달 때, *년 한 거 기억하지? 나한테 유부남 만나는 년은, 다 *년이야?! 근데 다 *년인데, 내가 내 딸년은 *년이라고 할 수가 없어서, 너를

불렀다! 영원아, 내가.. 내가.. 완이 이년을 어떡하면 좋니! 어떡하면 좋니?! (엉엉 우는)

영 원 (착잡한, 창가 보는)

씬 61. 희자의 집 안, 밤.

희자, 앉아, 텔레비전 영화를 틀어놓고, 정아와 통화하는, 서운한, 화나는,

희 자 내가 너한테 왜 그런 대접을 받아야 돼? 귀찮다니? 멀쩡하게 제 앞가림 잘하는 내가.. 뭐, 귀찮어? 내가 평생 남한테 귀찮단 소리 안 들을려고 그 애를 쓰고 살았는데, 내 남편 바람필 때도 내가 너한테 가타부타 말하디? 난 그때도 너 안 귀찮게, 다 내 속으로 삭였다?

씬 62. 석균 정아의 집 안, 밤.

정아, 누룽지 먹으며, 티브이만 보며, 미안하지만, 덤덤히,

정 아 그래도 난 혼자 살 거야.

***점프컷, 교차씬 》**

희 자 (서운한) 나랑 사는 게 왜 싫어?

정 아 우린 안 맞어. 너는 밤에도 텔레비전 켜놓고 불 켜놓고 자고.. 나는 그러면 꿈자리 사납고 머리 시끄러..

희 자 너는 방에서 자고 나는 거실에서,

정 아 (버럭, 귀찮은) 너는 내가 걸어 다니는 자리마다, 테이프 들고 다니잖어!

희 자 (옆의 테이프를 던지며) 안 하면 되잖아!

정 아 (답답한) 왜 안 해? 그걸? 너는 그게 낙인데! 나는 뭐든 줘 먹는 게 낙이고.. 넌 테이프 찍찍거리는 게 낙이고.. 그냥 너는 너대로 살고 나는 나대로 살다,

시간 나면 보면 되지... 제발 사람 좀 가만 놔둬. 내 머릿속 짐이 한짐이구만. 너까지 왜 그래?

희 자 (차갑게 식는, 속상한) 그래 놔둘게.. 여자들 의리 쓸데없단 말이 이래서 나오는구나. 너랑 나는.. 안 그럴 줄 알았는데.. 그래, 너는 너대로 살고 나는 나대로 살자! (하고, 전화 끊는)

정 아 (전화 끊고, 누룽지 먹으며) 또 괜히 쓸데없이 지 괴로움 만들어, 굴 판다, 굴파.. (소파에 누워, 텔레비전 보며, 속상한) 사는 게 다 귀찮다니까 말귀를 못 알아듣고.. 따따부따.... (문득, 짠해져) 엄마 보고 싶구만..

씬 63. 희자의 집 안, 밤.

희자, 속상해, 핸드폰으로 이성재를 찾아, 전화하는, 통화되면,

희 자 여행 가요.

씬 64. 성재의 집 안, 밤.

성재, 책 보다, 이상한,

성 재 ?... 여.. 행?

씬 65. 희자의 집 안, 밤.

희 자 네, 여행 가요. (하고, 전화 끊고, 서운한, 텔레비전을 보는)

씬 66. 성재의 집 안, 밤.

성재, 전화 끄고 좋은, 박수를 짝짝짝 치고, 춤을 추다, 핸드폰에 문자 넣는,

씬 67. 충남의 집 안, 밤.

충남, 공부를 열심히 하고 있는,
주영, 옆에서 책 읽다가, 충남의 문자를 읽어주는 듯,

주 영 고맙다, 충남아. 낮에 희자 만났다더니, 니가 날 도왔구나.
충 남 (주영 보면)
주 영 (문자만 읽는) 희자가 나랑 여행 간다네. 정말 고맙다.
충 남 (전화기 뺏어서, 책만 보며, 희자에게 덤덤히 전화하는) 언니, 낮에 만나 말을 못 했는데, 언니, 내가 좋아, 성재 오빠가 좋아?

씬 68. 희자의 집 안, 밤.

희 자 (멍한, 왜 이런 질문을 하나 싶은) .. 너..

씬 69. 충남의 집 안, 밤.

충 남 그럼 여행 가지 마. 잘못하다 나랑 삼각관계 돼. 내가 성재 오빠가 좋거든.

씬 70. 희자의 집 안, 밤.

희 자 (순간, 어이없지만, 귀찮은) .. 알았어, 그럴게. 근데, 너 정아가 나한테,

씬 71. 충남의 집 안, 밤.

충남　언니, 나 공부해, 끊어. (하고, 전화 끊는)

주영　(어이없게 보며) 고모, 심심해?

충남　(공부만 하며, 또박또박 책을 읽는)

그때, 종식, 박스를 들고 들어오며,

종식　박 교수 그 인간이, 고모한테 선물 보냈네.

충남　(반가운, 얼른 가서, 박스 안의 도자길 꺼내 보는)

종식, 주영　그거 받지 마, 또 고모한테 수작 거는 거야? 돈 쓰라고?

충남　(도자기를 이리저리 보며) 난 얘들이 좋아, 늙은이들보다.

종식, 주영　(어이없는)

충남　(심각하게, 작품만 보는)

씬 72. 희자의 집 안, 밤.

희자　(기자에게 전화하는) 내가 너무 서운하드라고, 그게...

씬 73. 기자의 집 안, (희자 집과 교차씬) 밤.

기자, 손주와 닭을 먹으며 전화하는,

기자　아우, 서운하지 그럼, 내가 너라도 서운하겠다, 정아 걔가 너한테 그럼 안 되지, 니가 걔한테 얼마나 잘했는데,

희자　잘한 건 없는데...

기자　잘한 게 없긴 야, 내가 너 인정 많은 거, 몰라? 알잖어, 나는. 니가 나한테 백만 원 줄 때.. 알아봤지, 내가 너 인정 많은 건. 니가 나한테 백만 원 줬음.. 정아한텐 오죽 퍼줬겠니? 근데, 이참에 궁금하네, 얼마나 퍼줬어? 정아한테? 이백만 원, 삼백?

씬 74. 희자의 집 안, 밤.

희 자　(속상한) 나는 돈 얘기가 아니라,

씬 75. 기자의 집 안, 밤.

기 자　오백? 천? (놀란) 설마, 억 줬니?!

씬 76. 희자의 집 안, 밤.

희 자　(전화기 보며, 속상한, 전화 끊고, 민호에게 전화하는) 민호야, 뭐 해?

씬 77. 민호의 자동차 정비소 안, 밤.

하늘, 전화 받으며,

하 늘　어머니, 민호 씨 자는데..

그때, 하늘 앞에 앉아, 민호, 보쌈을 먹다가,

민 호　(하늘 보는) ?

하 늘　(민호에게 눈짓하고) 깨울까요? 아.. 네. 안녕히 주무세요. (하고, 전화 끊고)

민 호　왜, 안 바꿔줘?

하 늘　(시시티브이 보며) 어머니 오늘 하루 종일 전화하셔.. 냅둬, 별일 없어. (하고, 주스 잔 들면)

민 호　(소주잔 들며, 쨍 하고 부딪치며, 웃으며) 너 오늘 밤 조심해라.

하 늘　(웃기지 말라고, 배를 디미는)

씬 78. 희자의 집 안, 밤.

희 자　(전화하며, 싱크대에 가서 메모지를 보는) 어.. 둘째가 감기야.. 더운 나라서 걘 왜 맨날 감기니.. 넌, 아... 피곤해.. 알았어.. 아냐.. 끊어. (하고, 전화 끊고, 메모지의 정아 이름 써놓은 걸, 빤히 보다, 서운한, 핸드폰의 연락처를 쭉 보는데, 전화할 데가 없는, 정아 이름을 물끄러미 보다, 넘기고, 그러다 성재 발견하고, 문자 넣는)

씬 79. 성재의 집 안, 밤.

성재, 문자 보고, 멍한,

***인서트, 문자 》**

희 자　(E) 나, 여행 안 가요. 나는 성재 씨보다 충남이가 중요해.

성 재　얘가 또 왜 이러나.. (하고, 희자에게 전화하지만, 통화음만 가고, 안 받는, 속 타는, 전화기 끄고 충남에게 전화하지만, 안 받는, 속 타는)

씬 80. 난희의 거실, 밤.

영원, 세수한 얼굴로 난희의 옷을 입고, 방 안에서 이불 가져와 까는, 잠시 후, 난희, 잠옷 차림으로 세수를 하고 머릴 말리며 나오는,
영원, 핸드폰으로 노랠 틀고, 불을 끄고, 이불 속에 들어가며,

영 원　(편하게) 노래 좋다.. (머리 말리는, 난희 보며) 누워.

난 희　남자랑 하던 짓을 누구한테 해, 지금?

영 원 (웃으며) 배운 기술 아깝잖니?

난 희 (서글프게 웃으며, 앉아, 막막한) 내 팔자가 참 드럽지?

영 원 (누워, 난희 보며, 작게 웃음 짓고) 암 걸린 년 앞에서 팔자 타령은?

난 희 (헛웃음이 나는, 영원 보며, 가볍게) 그러네.

영 원 (편히 웃으며) 니 팔자가 드럽다, 생각날 때, 내 팔자를 기억해라, (앉으며, 손가락으로 자신을 가리키며) 나, 암. 니가 아무리 힘들어도 암 걸린 내 팔자보단 낫지, 나 암!

난 희 (어이없는, 안쓰런, 영원 보는)

영 원 (웃으며) 내가 암 걸리고 진짜 좋은 게 있드라, 세상 사람 모두가 날 보며 괜히 힘을 얻어. 아우, 난 그래도 이영원 쟤보단 낫네. 이혼에 재혼에 다시 이혼에, 말년에 빽하면 암 수술을... 내가 인터넷에 이래 봬도 행운의 아이콘이야? 암 수술 한 번 할 때마다 사람들이 어떻게 알고, 하트가 막 달려! 굿굿 하며, 엄지가 척척 올라가고! (낄낄대고, 웃는)

난 희 (어이없어, 낄낄대고 웃으며, 영원을 패는) 아이고, 으이그.. 좋겠다, 행운의 아이콘이라.

영 원 (웃으며) 그래, 웃어, 암보다 낫잖어, 니 팔자가... (엄지 올리며) 엄지 척!

***점프컷 》**

난희, 영원, 누워 있는, 음악 없는,

난 희 (덤덤히) 아까 술 많이 마셨어?

영 원 조금.

난 희 (보며) 암 걸린 년한테.. 내가 술 줬네?

영 원 (눈 흘기며) 나쁜 년.

난 희 (천장 보며) .. 진짜.. 나는 완이가 그럴 줄 몰랐다.. 내가 그렇겐 안 갈친 거 같은데..

영 원 (담담히, 보며) 뭐 그게 갈친다고 되니? 우리 엄마는 뭐 자기가 첩질 했다고 나보고도 그러라 그랬겠냐?

난 희 (보면)

영 원 울 엄마 살아실 제 평생 입에 달고 산 말이, 총각 만나라야? (쓴웃음 짓다가, 가볍게) 그리고 뭐 넌 쌍분 엄마가 너보고 과부 되래서 과부 됐냐?

난 희 (어이없어, 웃는, 천장 보는, 쓸쓸해지는)

영 원 안 갈쳐도. 갈쳐도.. 결국은 뜻대로 안 되는 게 인생이다. 완이.. 담밴 끊음 되고, 남자도 헤어짐 되지, 뭐.

난 희 암 수술 몇 번 하더니, 현자 됐네.

영 원 그게.. 그렇게 되드라고.. (하고, 난희 머릴 넘겨주는) 자.

난 희 (돌아누워 눈 감는)

영 원 (난희의 등을 토닥여주며, 노랠 흥얼거리는) 이거 울 엄마가 술집 할 때 부르던 노랜데, 나보고 절대 배우지 말라고 했는데.. 나는 빽함 이 노래가 생각나.. (하고, 웃고)

난 희 (웃다가, 눈 뜨는데, 완이 생각에 슬픈)

씬 81. 완의 집 안, 밤.

완, 집 청소를 하는, 물건 정리하고, 청소기로 밀고, 쓰레기통에 한가득 있는 술병을 정리하는 담담한 모습이 점프컷으로 보여지는, 그 전과 다르게 완벽하게 정리가 된 집 안,

＊점프컷 》
깨끗이 정리된 집,
완, 컴퓨터에 '디어 마이 프렌즈'라고 쓰고, '제1장'이라고 쓰는,
'엄마..'라고 쓰다, 지우고, '난희 이야기'라고 쓰고, 가만 보는, 담담한,

씬 82. 희자의 집 안, 밤.

희자, 소파에 앉아, 젊은 아이가 주인공인 영화를 보는, 그러다, 시계 보면, 새벽 두 시가 넘은, 다시, 텔레비전을 보는, 그러다, 채널을 돌리다, 다시 시계 보면, 거의 그대로인, 그러다, 다시 전화기의 연락처를 보는데, 큰아들이 보이는, 전화하면, 전화기가 꺼져 있는,

희 자　애는 나 죽어도 모르겠네.. (하고, 끄고, 다시 텔레비전을 보다, 전화기 들어, 전화하는) 뭐 해?

씬 83. 석균 정아의 집 안, 밤.

석균, 자는, 정아, 석균과 거꾸로 누워 자다가 전화를 받는,

정 아　(따뜻하게) 잤지..

***점프컷, 교차씬 》**

희 자　(속상하고, 제 신세가 처량한) 끊을까, 전화?

정 아　(졸리지만, 따뜻하게) 말해.

희 자　전화 끄고 자지.. 왜, 순영이나, 니 애들이 전화할까 봐?

정 아　그것들이 에미 부려 먹을 때나 전화하지.. 안 해.. 낮에도 나한테 전화 안 하는데, 밤에 하나..

희 자　잘 땐 전화 꺼. 내가 귀찮게 하잖아.

정 아　니 전화 받을라고.. 안 끄는 거야...

희 자　(맘이 짠해지는, 알면서 묻는) .. 내.. 전화..?

정 아　(졸린) .. 늙은이 하룻밤이 무서운데.. 뭔 일 있음 어째..

희 자　(맘이 짠해지는)

정 아　내가 너랑 안 산다고 해서, 서운했어? 근데.. 희자야, 나는... 그냥 혼자 있고 싶어.. 사방이 시끄러서... 우린 같이 안 살아도.. 자주 보고 놀고.. 힘들면 또 같이 있고.. 그럼 되니까.. 굳이.... 같이 안 살아도...

희 자　(맘 알겠는) 같이 안 살아도.. 너는 나랑 있지, 언제나... 지금처럼.

정 아　(졸리면서도 웃는) 그럼.. 있지.. 늘.. 지금처럼.

희 자　(따뜻하게) 이제.. 자.

정 아　화 풀렸어?

희 자　넌 이중인격자 아냐. 석균 씨한텐 참을 만큼 참았어. 이제 너 하고 싶은 대로 해. 내가 응원할게.

정아 자.. 어여, 잠을 잘 자야, 치매 안 걸려.

희자 어. (하고, 전화 끄고, 맘이 따뜻해지는, 영화를 보다, 순간 생각난, 전화하는) 근데, 정아야, 충남이가 성재 씨 좋아한대, 너 그거 몰랐지? 아우, 난 몰랐지.. 그래선 뭐가 그래서야, 내가 의리 지켰지... 내가 성재 씨랑 여행 갈라다 안 간다고 했지.. (주방 가서, 물 마시며) 내가 언닌데, 양보해야지? (이상한) 뭐, 양보할 만큼 좋았냐고? 글쎄..

씬 84. 달리는 완이의 차 안, 낮.

완, 담담히 운전해 가는,

씬 85. 난희의 집 안, 낮.

난희, 사과를 씹어 먹으며, 식탁에 앉아 영원의 메모를 보는,

***인서트, 메모 》**
나, 촬영 가. 너랑 간만에 여고생 때처럼 한 이불 덮고 자서, 굿! 엄지 척!

***점프컷 》**
난희, 담담히, 메모 보며, 사과 맛없게 먹는데, 그때, 문소리 나고, 난희, 문 쪽 보면, 완이가 들어와, 개수대로 가서, 손을 씻는,
난희, 그런 완이를 가만 보다가, 사과 먹으며, 방으로 들어가는,

***점프컷 》**
완이, 거실에 앉아 있는,
완이, 가방에서 연필과 노트 꺼내놓고, 핸드폰의 녹음 기능을 켜놓는, 그리고, 연필을 칼로 깎는,

난희 (일 가러 나오며) 너, 동진이랑은 헤어졌냐?

완　(아무렇지 않게, 연필을 깎으며) 우린 헤어지고 말 것도 없어.

난희　(어이없이 완을 보며, 완의 맞은편 자리에 앉는) 너 연하랑은 왜 안 만나고, 동진일 만나는 건데?

완　엄마, 나 오늘 엄마 취재하러 온 건데?

난희　(화나는, 참고) 뭐?

완　(연필 깎으며, 난희 보며, 담담히) 엄마 소원이었잖아. 소설 쓰라며.. 이모들이랑 엄마 얘기.. 그래서.. 취재할라고..

난희　(지금이 그때냐, 싶은, 가만 덤덤히 보며) 너, 연하랑은 왜 헤어졌니?

완　(연필만 깎는)

난희　둘이 좋아는 했니? 사귀긴 했어?

완　(아무렇지 않게, 연필을 깎으며, 난희 보며) 근데, 이야기 출발을 어디부터 할까? 엄마 태어났을 때부터가 좋은가? 아니, 엄마가 기억이 나는.. 나이 때부터?

난희　(완이만 보며, 참고) 사귀지, 니들? 그지?

완　(보면)

난희　내 보기에 니들은 분명히 사귀었어. 근데, 연하랑 왜 헤어졌어? 설마.. 그놈도 바람 폈니, 전에 동진이 새끼처럼?

완　(연필을 깎으며, 안 보고, 담담히) 장애인 됐어. 장애인이랑 결혼하지 말라며, 엄마가.

난희　(먹먹한, 마음이 쿵 하는, 이게 무슨 소리지 싶은) ?!...

완　그래서 헤어졌어.. 아니, 버렸지, 내가. 나 엄마 말 잘 듣잖아.

난희　(연하가 장애인 됐단 소리가 맘 아픈, 참담한, 완이를 낯설고, 멍하게 보는) ...

완　(연필 깎다 말고, 보며, 담담히) 이제 취재 시작할까, 그때는 어때?

난희　?

완　엄마 이야기의 시작은.. 내가 여섯 살 때, 할머니 집에 갔을 때, 그때부터.

난희　(뭔 소린가 싶은)

완　(눈가 붉어지지만, 담담히) 기억 안 나? 나는 너무나 또렷이 기억나는데.. 그때 일,

난희　?

완　엄마.. 그때 왜.. 나 죽일라고 그랬어?

난희　(가슴이 쿵 하는, 그때 일을 기억하나 싶어 당황한, 미동도 않지만, 가슴이 뛰

는) ?!

완 (눈가 붉지 않은) 들판에서...

무슨 소린가 싶은 난희와 차분한 완의 모습에서 엔딩.